이빨 자국

TOOTH AND NAIL

이빨 자국

TOOTH AND NAIL

존 리버스 컬렉션

이언 랜킨 지음
최필원 옮김

오픈하우스

또다시 미란다에게 바친다.
그리고 이번에는
머그웜프에게도.

작가의 말

나는 1986년부터 1990년까지 4년간 런던에서 살았다. 당시 내가 살던 집은 리 강에서 얼마 떨어지지 않은 토트넘의 복층 주택이었다. 1990년 여름, 내가 프랑스로 떠났을 때는 친구 몇몇이 집을 맡아주었다. 우리는 계속 연락을 주고받았다. 『이빨 자국(Tooth and Nail)』은 결국 1992년 봄에 출간되었다. 당시 제목은 'Tooth and Nail'이 아니라 'Wolfman'이었다. 울프맨은 책에 등장하는 연쇄살인범의 이름이다. 출간되고 몇 달이 흘렀을 때 토트넘의 친구들이 내 옛집과 강(책에서 첫 살인사건이 발생한 곳) 사이에서 찍은 지하도 사진을 보내왔다. 음울한 분위기가 감도는 지하도는 하얀 타일로 뒤덮여 있었고, 한쪽 벽에는 누군가가 검은색 페인트로 '울프맨'이라고 큼지막하게 적어놓았다.

나는 아직도 그 사진을 잘 보관해두고 있다. 작가가 영원히 만나고 싶어 하지 않는 팬들도 있다는 걸 스스로에게 상기시키기 위해서다.

미국 출판사의 편집자는 '울프맨'이 너무 공포소설 제목처럼 들린다며 미국 독자들을 위해 'Tooth and Nail'로 바꾸는 게 어떻겠느냐고 제안했다. 공명을 불러일으키는 제목이었고, 무엇보다 이미 소개된 존 리버스 소설 두 편의 제목들과 패턴이 맞아 마다할 이유가 없었다. 현재 내가 소속되어 있는 출판사 오리온이 이 작품의 판권을 획득했을 때 나는 그들에게 영국에서도 'Tooth and Nail'이라는 제목으로 나오기를 희망한다는 입장을 밝혔다.

소설은 런던을 배경으로 하고 있다. 존 리버스 소설 중 유일하게 스코틀랜드를 벗어난 작품이다. 나는 리버스를 외부인으로 그려보고 싶었다. 런던에 온 그는 물 밖으로 나온 고기나 다름없다. 그는 거대한 도시에 쉽게 적응하지 못한다. 그는 베이글이 무엇인지 모르고, 주변 사람들은 그의 말씨와 방언을 신기해한다(실제로 몇몇 스코틀랜드 초등학교는 이 책을 보조교재로 채택해 쓰기까지 했다). 런던을 떠날 채비를 하던 나는 리버스로 하여금 그 도시에 대한 내 개인적인 감정을 탐구토록 했다. 1970년대 초부터 1990년 5월까지 나는 하루에 한 페이지씩 일기를 썼다. 그리고 어떤 이유에서인지 프랑스에 도착하는 순간 그 습관을 접게 되었다. 그해 3월 11일에 쓴 일기를 보면 이런 내용이 나온다. "계획과 조사가 충분히 이루어지지 않은 상태에서 건성으로 새 리버스 소설을 집필하기 시작했다. 나는 이 작품의 제목을 '울프맨'이라고 지었다. 만약 출간된다면 그 제목을 달고 나올 것이다." 나는 토머스 해리스라는 미국 작가의 엄청난 성공에 살짝 자극을 받은 상태였다. 밤을 꼬박 새워 『양들의 침묵』을 읽었던 기억이 있다. 그는 비범한 재능의 소유자였고, 그걸 앞세워 무수한 책을 팔아치웠다. 솔직히 나는 후자가 부러웠다. 연쇄살인범의 인기는 나날이 높아졌고 사람들은 악의 심리와 병리에 흠뻑 매료되었다. 다행히 내 편집자인 유언 카메론은 유행에 쉽게 빠지지 않는 타입이었다. 초고를 보고 난 그는 스토리에 섹스와 폭력이 너무 많으니 적당한 수준으로 줄여달라는 주문을 해왔다. 그때 나는 값진 교훈을 얻었다. 그 두 가지는 생생하고 관음증적인 묘사 없이도 충분히 표현될 수 있다는 걸.

런던에서 지낼 때 배심원의 의무를 다하기 위해 중앙형사법원을 들락거린 적이 있었다. 책 속의 법원 장면은 당시의 기이하고 불만족스러웠던 경험을 토대로 탄생한 것이다. 내가 배심원으로 참여했던 재판은 실소가 터져 나오는 순간들로 넘쳐났다. 이름이 데스(De'Ath)인 경관, 180도와 360도의 차이를 모르는 검사, 범인이라는 확신은 있지만 그가 교도소에서 썩는 걸 원치 않는다며 무죄에 표를 던진 배심원. 덕분에 피고는 자유의 몸이 되었다(이 소설에는 경찰의 어리석은 실수로 토미 왓키스가 풀려나는 장면이 나온다. 내가 배심원으로 참여했던 재판에서도 똑같은 일이 벌어졌었다).

중앙형사법원을 들락거리면서 많은 디테일을 기록해놓았다. 실내 구조, 보안 체계, 법정에서 배심원 협의실로 가는 방법. 어느 날, 법원을 나서려는데 보안 요원이 달려와 나를 붙잡았다. 그는 노트를 보여달라고 요구했고, 기록된 내용을 확인한 후 몸서리를 쳤다. 그는 내가 보는 앞에서 노트를 북북 찢어버렸다. 나는 고맙다는 말을 남기고 밖으로 나와 같은 내용을 다시 기록했다. 보안 요원은 창가에서 무기력한 모습으로 그런 나를 내다보았다.

『이빨 자국』은 에든버러 암흑가를 지배하는 깡패 '모리스 제럴드 캐퍼티' 캐릭터가 처음으로 소개된 작품이다. 이 소설에서는 잠깐 카메오로 등장할 뿐이지만 나중에는 비중이 크게 늘어난다. 또한 나는 책에서 스코틀랜드식 표현을 많이 풀어냈다. 왠지 오랫동안 쓰지 않으면 잊어버릴 것 같았기 때문이다. 프랑스 남서부의 시골에 살면서 'wersh(맛이 없다)', 'winching(혀를 이용한 키스)', 그리고 'hoolit(술고래)' 같은 표현을 쓸 기회가 얼마나 있겠는가. 세월이 가면 결국 이런 단어들도 옥스퍼드 영어사전에 속속 등재될 것이다. 존 리버스 소설들은 참고 문헌으로 언급될 것이고. (오,부디!)

위에 언급한 대로 『이빨 자국』의 집필을 위한 계획과 조사가 충분히 이루어지지 않았다는 사실을 고백한다. 맨 끝 감사의 글에 실린 긴 명단은 사실 내 조크다. 그들은 모두 내 친구들이다. 나는 최대한 많은 친구를 이 책을 빌려 소개하려 했다. 예를 들면, 스티브 애덤스와 피오나 캠벨은 토트넘에 사는 내 이웃이었다. 타이리 맥그리거와 돈 니콜은 에든버러 대학 시절 알게 된 대학원생들이었고. J. 커트 교수도 특필할 만하다. 그는 바로 내 친구 존 커트다. 술에 절어 살던 시절 우리는 아파트를 빌려 같이 지냈었다. 당시 나는 대학원생이었고, 그는 석사 학위를 막 딴 상태였다. 존은 옥스퍼드 바에서 파트타임 바텐더로도 일했다. 그 친구 덕분에 리버스도 단골 술집을 갖게 된 것이다. 나는 그 보답으로 『이빨 자국』에서 그를 교수로 만들어주었다. 나중에 그는 병리학자, 커트 박사가 되어 리버스의 친구로 자주 얼굴을 내밀게 된다. 또한 이 책에는 내가 가장 좋아하는 짤막한 농담이 실려 있다. 한번 잘 찾아보도록.

일러두기

1. 본문의 괄호는 모두 옮긴이주이다.
2. 외국 인명, 지명은 외래어표기법을 따르되 일부는 관용적인 표기를 따랐다.
3. 책, 신문, 잡지는 『 』, 단편과 시는 「 」, 영화와 노래 제목은 〈 〉로 묶어 표기했다.
4. 본문에 나오는 'Tooth'는 '이'로 번역하는 것이 맞지만 글맛을 살리기 위해 '이빨'로 번역하였음을 밝혀둔다.

"적들이 양가죽을 뒤집어쓰고 있을 때
우리를 쫓는 늑대는 몇 마리로 여겨지는가?"

-맬컴 라우리, 『화산 아래서』

프롤로그

그녀는 칼을 힘껏 찔러 넣는다.

과거 경험을 통해 알고 있는 아주 친숙한 순간이다. 그녀의 손은 칼의 차가운 손잡이를 움켜쥐고 있다. 칼날이 목 깊숙이 파고든다. 손이 목구멍에 직접 닿을 정도로. 맞대어진 살들. 먼저 재킷 혹은 모직 저지, 다음은 면 셔츠나 티셔츠, 그다음은 살. 이제 옷은 찢겨져 너덜거린다. 칼이 몸부림치고 있다. 코를 킁킁대는 짐승처럼. 따뜻한 피가 칼자루와 손을 뒤덮어버린다. 또 다른 손은 비명이 터져 나오려는 입을 꼭 막아 쥐고 있다. 모든 게 완벽해졌다.

게임. 감동적인. 입은 크게 벌어졌고 피로 범벅이 된 몸은 뜨겁게 달아오른다. 몸뚱이 안에서는 거센 소용돌이가 일고 있다. 그렇게 속과 겉이 바뀌어버린다. 너무도 빨리 끝이 나버렸다.

그녀는 여전히 배가 고프다. 정상적인 반응도, 흔히 있는 일도 아니다. 그녀는 옷을 조금 벗어본다. 아니, 꽤 많이 벗어젖힌다. 필요 이상으로 많이. 그리고 그녀는 반드시 해야 할 일을 벌인다. 칼이 다시 꿈틀거린다. 그녀는 눈을 질끈 감는다. 그녀는 이 부분을 좋아하지 않는다. 과거에도 그랬고, 지금도 마찬가지다. 물론 과거에는 지금보다 훨씬 심했다.

마침내 그녀가 이를 드러내고 허연 배에 박아 넣는다. 있는 힘껏 물어뜯고 나서 늘 그러듯이 속삭인다.

"이건 게임일 뿐이야."

조지 플라이트가 연락을 받은 것은 저녁이었다. 그것도 일요일 저녁. 일요일은 축복받은 휴일이어야 했다. 소고기와 요크셔테리어, 텔레비전 앞 탁자에 얹어놓은 발, 무릎에 펼쳐놓은 신문. 하지만 그는 하루 종일 묘한 기분에 시달렸다. 점심 때 술집에서도 느꼈다. 배 속에서 벌레들이 기어다니는 듯한 기분. 자그맣고 눈이 먼 하얀 벌레들. 굶주린 벌레들. 그가 결코 만족시킬 수 없는 벌레들. 그는 그것들이 무엇인지 알고 있었고, 그것들 역시 자신들의 정체를 알고 있었다. 엎친 데 덮친 격으로 그는 술집 복권 3등에 덜컥 당첨되고 말았다.

90센티미터짜리 주황색과 하얀색 곰 인형. 벌레들조차도 그를 비웃었다. 그때 그는 알 수 있었다. 하루가 무사히 마무리되지 않을 거라는 것을.

전화벨은 마지막 주문만큼이나 끈질겼다. 날이 밝을 때까지 기다릴 수 없는 나쁜 소식임이 분명했다. 물론 그는 그것이 무슨 뜻인지 알고 있었다. 지난 몇 주간 마음을 졸이며 기다렸던 소식이 아니었나? 그럼에도 그는 선뜻 수화기를 집어 들 수 없었다. 마침내 그가 결심을 굳혔다.

"플라이트입니다."

"또 그놈입니다. 울프맨이에요. 그가 또 일을 벌였습니다."

플라이트는 무음 상태의 텔레비전을 응시했다. 전날 럭비 경기의 하이라이트가 이어지고 있었다. 다 큰 남자들이 우습게 생긴 공을 쫓아 필사적으로 내달리는 중이었다. 빌어먹을 게임일 뿐인데. TV 옆에서는 3등 상품으로 받아온 곰 인형이 능글맞게 웃고 있었다. 저 인형은 어디 처박아둬야 하지?

"알았어." 그가 말했다. "어디로 가야 하는지만 말해."

"그래 봤자 게임일 뿐인데요, 뭐."

리버스는 미소를 흘리며 테이블 맞은편에 앉은 잉글랜드 남자를 향해 고개를 끄덕였다. 그의 시선은 이내 창밖으로 돌아가버렸다. 마치 흐리고 어둑한 바깥 풍경에 지대한 관심이 있기라도 한 것처럼. 잉글랜드 남자는 벌써 열 번도 넘게 같은 말을 반복하고 있었다. 이곳까지 오는 동안 남자는 그 외의 다른 말을 거의 하지 않았다. 그는 리버스로부터 레그룸(다리를 뻗을 수 있는 공간)을 야금야금 훔쳐가는 중이었다. 테이블에 널린 빈 맥주캔들도 신문과 잡지가 수북이 쌓인 리버스의 개인 공간을 위협하고 있었다.

"티켓 검사를 하겠습니다!" 객차 끝에서 차장이 소리쳤다.

리버스는 한숨을 내쉬며 티켓을 찾았다. 에든버러를 출발한 후로 벌써 세 번째였다. 티켓은 매번 그가 예상한 곳에서 발견되지 않았다. 버릭(영국 스코틀랜드 남동부 보더스 주 동부의 옛 주 이름)에서는 셔츠 주머니를 뒤졌지만 티켓은 해리스 트위드 재킷에서 발견되었다. 더럼(영국 잉글랜드 북동부에 있는 카운티의 주도)에서는 재킷을 뒤졌지만 정작 티켓은 테이블의 잡지 밑에 깔려 있었다. 피터버러(영국 잉글랜드 케임브리지셔 주에 있는 도시)를 지나온 지 10분이 지난 지금은 뜻밖에도 바지 뒷주머니에서 발견되었다. 그는 티켓을 꺼내 들고 차장을 기다렸다.

잉글랜드 남자의 티켓은 계속 같은 자리에 놓여 있었다. 맥주캔 밑. 리버스는 이미 숱하게 훑었던 일요일자 신문을 다시 들여다보았다. 그는 일부러 그것을 신문더미 맨 위에 놓아두었다. 특별한 이유는 없었다. 그저 크고 검은 표제가 보기 좋았기 때문이다.

SCOTS WHA HAE!(Scots, Who Have, 스코틀랜드 국가)

그 밑에는 전날 머레이필드에서 벌어진 캘커타 컵 럭비 경기 관련 기사가 실려 있었다. 불굴의 투지로 무장한 스코틀랜드가 13대 10으로 잉글랜드를 물리쳤다는 내용이었다. 리버스와 함께 일요일 저녁 기차를 타고 런던으로 향하는 잉글랜드인 럭비팬은 크게 실망한 듯 보였다.

런던은 리버스가 그다지 좋아하지 않는 곳이었다. 어차피 자주 찾을 일도 없었지만. 그는 관광이 아닌, 업무차 온 것이었다. 로디언(스코틀랜드 동남부에 있던 주)과 보더스(스코틀랜드 남부의 주) 경찰을 대표해서. 진중하게 행동할 수밖에 없는 상황이었다. 그의 보스는 리버스를 떠나보내며 신신당부했다. "일을 망치지 마, 존."

그는 최선을 다해볼 생각이었다. 특별히 할 일은 없겠지만. 깨끗한 셔츠와 넥타이, 공들여 닦은 구두와 고급 재킷으로 치장하고 다니는 것쯤은 얼마든지 견딜 수 있었다.

"티켓을 보여주시겠습니까?"

리버스가 티켓을 건넸다. 앞쪽 통로 어딘가에서 윌리엄 블레이크의 시, 「예루살렘」의 한 대목이 들려왔다. 1등칸과 2등칸 사이에 낀 식당차에서 들려오는 소리인 듯했다. 리버스 맞은편의 잉글랜드 남자가 미소를 지었다.

"그래 봤자 게임일 뿐입니다."

기차는 예정보다 5분 늦게 킹스 크로스에 도착했다. 11시 15분. 하지만 리버스는 급할 게 없었다. 그는 런던 경찰청의 배려로 시내의 한 호텔에서 지낼 수 있게 되었다. 그의 재킷 주머니에는 런던에서 보내온 정보와 약도가 들어 있었다. 리버스는 짐을 많이 챙겨오지 않았다. 웬지 그 부분도 런던 경찰청이 잘 챙겨줄 것 같았기 때문이다. 출장 기간은 사나흘 정도로 예상했다. 그가 수사에 별 도움이 되지 않는다는 걸 그들도 금세 깨닫게 될 테니까. 그래서 그는 작은 여행가방 하나, 운동가방 하나, 그리고 서류가방 하나만을 달랑 챙겨왔다. 여행가방에는 양복 두 벌, 갈아 신을 신발 한 켤레, 셔츠 두 장과 그것들에 어울리는 넥타이, 그리고 양말과 속옷이 담겨 있었다. 운동가방에는 세면도구, 수건, 문고판 소설 두 권, 여행용 자명종, 플래시건(카메라의 섬광 장치)이 달린 35밀리 카메라와 필름, 티셔츠, 접이식 우산, 선글라스, 트랜지스터 라디오, 일기장, 성서, 파라세타몰(진통제의 한 종류) 97알이 담긴 약병, 그리고 최고의 아일레이 몰트위스키 한 병 – 술병은 티셔츠로 잘 감싸놓았다 – 이 담겨 있었다.

한마디로 꼭 필요한 것들만 챙겨온 셈이었다. 서류가방에는 메모지, 펜, 휴대용 녹음기, 공 테이프, 데이터가 기록된 테이프, 복사된 런던 경찰청 서류로 가득 채워진 두꺼운 종이 파일, 그리고 컬러 사진과 신문기사들을 정리해놓은 작은 링바인더 등이 담겨 있었다. 바인더 앞에는 '울프맨'이라고 적힌 하얀 라벨 스티커가 붙어 있었다.

리버스는 급할 게 하나도 없었다. 런던에서의 첫날 밤은 그만의 시간이었다. 미팅 스케줄은 월요일 아침 10시로 잡혀 있었다. 그는 그때까지 수도에서 자신이 원하는 대로 시간을 보낼 생각이었다. 보나마나 호텔방에 틀어박혀 있겠지만. 그는 나머지 승객들이 모두 내릴 때까지 자리를 지켰다. 그리고 짐칸에서 운동가방과 서류가방을 꺼내 객차의 미닫이문으로 향했다. 문 옆의 또 다른 짐칸에서는 여행가방을 꺼냈다. 플랫폼으로 나온 그는 잠시 멈춰 서서 심호흡을 했다. 다른 기차역들과는 또 다른 냄새가 풍겼다. 에든버러의 웨이벌리 역과는 확실히 달랐다. 악취가 진동하는 정도는 아니었지만 그렇다고 오랫동안 들이마시고 싶은 공기도 아니었다. 갑자기 피로가 리버스를 엄습해왔다. 그의 콧속으로 달콤하면서도 역겨운 냄새가 스며들어왔다. 그는 그것이 무엇을 연상시키는지 제대로 짚어내지 못했다.

중앙 홀로 빠져나온 그는 지하철역으로 향하는 대신 매점 쪽으로 다가갔다. 그곳에서 그는 『런던 A-Z』(알파벳순 도로명이 있는 시가지 지도책)를 구입해 서류가방에 집어넣었다. 조간신문이 막 도착했지만 리버스는 모른 척했다. 아직까지는 일요일이었다. 월요일이 아니라. 일요일은 주일이었다. 그가 성서를 챙겨온 것도 바로 그런 이유에서였다. 그는 몇 주째 예배를 보지 못하고 있었다. 아니, 몇 달째였나? 파머스턴 플레이스의 대성당을 한 번 체험하고 온 후로는 통 교회를 찾지 못했다. 밝고 가벼운 분위기는 나쁘지 않았지만 집에서 너무 먼 것이 문제였다. 게다가 리버스는 아직도 조직화된 종교에 대한 불신을 떨쳐내지 못한 상태였다. 차분히 경계가 늦추어질 때까지 기다리는 수밖에 없었다. 그는 배가 고팠다. 아무래도 호텔로 향하는 길에 식사를 해야 할 것 같았다.

리버스는 열띤 토론을 벌이는 두 여자를 지나쳐 걸어나갔다.

"20분 전에 라디오에서 들었어."

"또 죽었대?"

"그렇다니까."

여자가 몸을 바르르 떨었다. "생각만 해도 소름끼치네. 이번에도 그가 죽였대?"

"그런 얘긴 없었지만 느낌만으로 알 수 있지 않아?"

느낌은 분명히 그랬다. 리버스는 기가 막힌 타이밍에 도착한 것이었다. 또 다른 살인사건. 이번이 네 번째였다. 3개월 동안 네 건. 그간 바쁘게 지낸 모양이었다. 그들이 울프맨이라 부르는 킬러는.

그들은 범인에게 울프맨이라는 별명을 지어 붙인 후 곧바로 리버스의 보스에게 연락해 사람을 보내달라고 했다. 그에게 뾰족한 수가 있을지도 모른다고. 리버스의 보스, 왓슨 총경은 그 편지를 리버스에게 건네주었다.

"은탄(silver bullet)을 챙겨가는 게 좋을 거야, 존." 그는 말했다. "아무래도 자네가 그들의 유일한 희망인 것 같아." 그가 빙그레 웃었다. 리버스가 사건 해결에 별 도움이 되지 못할 거라고 믿는 듯이. 물론 그것은 누구보다도 리버스 자신이 잘 알고 있었다. 리버스는 아랫입술을 깨물며 침묵을 지켰다. 그는 최선을 다해보기로 했다. 자신이 할 수 있는 모든 걸 해보기로 했다. 그들이 실망하고 그를 돌려보낼 때까지.

사실 그에게는 휴가가 절실했다. 왓슨도 어떻게든 그를 멀리 쫓아내려 애쓰고 있었다.

"우리도 모처럼 떨어져 지내면 좋지 않겠어?"

애버딘(영국 스코틀랜드 북해 연안에 있는 도시) 출신의 총경은 '농부 왓슨'이라는 별명으로 불렸다. 에든버러의 경찰 모두가 그 별명이 붙여진 사연을 잘 알고 있었다. 어느 날, 술에 취한 리버스가 왓슨 앞에서 그 별명을 무심결에 부른 적이 있었다. 그 후로 그에게는 문서 업무와 감시 임무 그리고 각종 교육 따위의 하찮은 일만 주어졌다.

교육! 다른 건 몰라도 왓슨의 유머감각만큼은 인정해줘야 했다. 가장 최근에 리버스가 받은 교육은 '부하 관리법'이었다. 그리고 그것은 작은 재난으로 막을 내렸다. 부하들을 다정하게 대하는 법, 그들을 활발히 참여시키는 법, 그들에게 동기를 부여하는 법, 그들에게 공감하는 법. 코스를 수료한 후 소속 경찰서로 돌아간 리버스는 딱 하루 날을 정해 배운 대로 실천해보았다. 참여시키기, 동기 부여하기, 공감하기. 확 달라진 그를 보고 경장 하나가 미소를 흘리며 리버스의 등을 탁 쳤다.

"쉽지 않죠, 존? 그래도 재밌었어요."

"그 손 치워." 리버스가 으르렁거렸다. "그리고 존이라고 부르지 마."

그의 반응에 경장의 입이 떡 벌어졌다. "하지만 아까 말씀하신 건……" 그가 입을 열었다가 이내 닫아버렸다. 짧은 휴가는 그렇게 끝나버리고 말았다. 리버스는 좋은 관리인이 되어보고 싶었지만 야심찬 시도는 실패로 돌아갔다.

지하철역 계단을 내려가던 그가 다시 멈춰 서서 여행가방과 서류가방을 내려놓았다. 그는 운동가방의 지퍼를 열고 트랜지스터 라디오를 꺼냈다. 그런 다음, 전원을 켜고 귀에 가져가 붙인 후 다이얼을 살살 돌려나갔다. 잠시 후 라디오에서 뉴스 속보가 흘러나오기 시작했다. 행인 몇몇이 그에게 눈길을 주었을 뿐 대부분은 무시하고 지나쳐갔다. 마침내 그가 원하던 소식이 나왔다. 그는 라디오를 끄고 다시 운동가방에 집어넣었다. 이번에는 서류가방을 열고 『런던 A-Z』를 꺼냈다. 지도책에 열거된 도로명들을 훑어나가던 그는 런던이 얼마나 크고 인구가 많은 도시인지 새삼 깨달았다. 천만 명이 산다던가? 그게 사실이면 스코틀랜드 전체 인구보다 두 배가 많다는 얘긴데. 실로 엄청난 수였다. 천만 영혼들.

"이제 천만 명에 하나가 더 늘었군." 리버스가 중얼거리며 지도책을 계속 훑어나갔다.

공포의 방

"아주 끔찍합니다."

조지 플라이트 경위는 잽싸게 주위를 돌아보았다. 그는 경사의 말이 시체에 대한 것인지, 아니면 주변 지역에 대한 것인지 궁금했다. 다른 건 몰라도 울프맨은 범행 장소를 고르는 데 있어서만큼은 전혀 깐깐하지 않았다. 이번에 그의 선택을 받은 곳은 강변 도로였다. 플라이트는 리 강을 강으로 인정하지 않았다. 슈퍼마켓 카트들의 무덤, 물줄기 한쪽에는 습지대, 그 반대편에는 공업 용지와 저층 주택들이 버티고 있었다. 까만 정맥 같은 폭 좁은 강은 런던 중앙 동부에서부터 템스 강 상류까지 이어졌다. 리 강을 따라 걸으면 에드먼턴(런던 북부의 엔필드 남동부의 지구)까지도 이를 수 있었다. 하지만 런던 시민들 대부분은 이 강의 존재조차 모르고 있었다.

물론 조지 플라이트는 리 강을 잘 알고 있었다. 그는 리 강에서 얼마 떨어지지 않은 토트넘 헤일 출신이었다. 그의 아버지는 스톤브리지와 토트넘 록 사이의 항해 구역에서 낚시를 즐기곤 했다. 어릴 적 그는 습지에서 축구를 했고, 지금 서 있는 건너편 황무지에서는 불법 담배를 피우거나 여자들과 시시덕거리곤 했다.

사건 현장은 그에게 너무나도 친숙한 곳이었다. 따뜻한 일요일 오후마다 강변 도로는 많은 시민들로 넘쳐났다. 강변 술집에서는 맥주를 마시며 분주히 오가는 배들을 구경할 수 있었다. 하지만 밤이면 취하고 무모하고 용감한 이들만이 조용하고 어둑한 길을 누비고 다녔다. 취하고 무모하고 용감한…… 주민들. 진 쿠퍼도 그곳 주민이었다. 그녀는 남편과 헤어진 후 여동생과 함께 예선로(내륙 수로를 운항하는 선박을 예인하기 위해 호안을 따라 나 있는 길) 근처의 작은 주택 단지에서 살아왔다. 그녀는 리 브리지 가 주류 판매점에서 일했고, 7시에 퇴근했다. 강변 도로는 그녀의 집으로 통하는 지름길이었다.

그녀의 시체는 9시 45분, 술집으로 향하던 두 청년에 의해 발견되었다. 그들은 황급히 리 브리지 가로 되돌아가 마침 그곳을 지나는 순찰차를 멈춰 세웠다. 스토크 뉴잉턴 경찰서 형사들은 신속하게 수사를 진행했고, 검시관은 범행 수법을 확인한 후 플라이트에게 보고했다.

그가 도착했을 때도 현장은 여전히 어수선했다. 피해자의 신원을 확인한 경찰은 인근 주거지역을 살핀 끝에 여동생을 찾아냈다. 현장 수사 담당 경관들은 과학수사대 소속 몇 명과 열띤 논쟁을 벌이는 중이었다. 경찰은 저지선을 쳐놓고 현장을 통제했다. 발과 머리를 완전히 덮는 폴리에틸렌 작업복을 걸치지 않으면 절대 접근할 수 없었다. 사진사 두 명이 발전기로 켜놓은 휴대용 조명 아래서 신나게 셔터를 눌러대고 있었다. 발전기 옆에는 작전용 밴이 세워져 있었고, 그 안에서는 또 다른 사진사가 비디오카메라와 씨름하고 있었다.

"싸구려 테이프를 써서 그렇습니다." 그가 투덜거렸다. "싼 맛에 샀는데 반도 못 쓰고 고장나버렸어요."

"그럼 싸구려를 사지 않으면 되잖아." 플라이트가 말했다.

"충고 감사합니다, 셜록." 카메라맨이 이를 갈며 말했다. 그리고 다시 테이프와 테이프 판매자와 브릭 레인 시장의 판매자의 가판대에 저주를 퍼부었다.

접착테이프와 가위와 커다란 폴리에틸렌 봉지들로 무장한 법의학자들은 시체를 향해 천천히 다가갔다. 그들은 테이프를 이용해 범인의 체모나 섬유가 남아 있을지 모르는 피해자의 옷을 더듬어나가기 시작했다. 플라이트는 먼발치에서 그들을 지켜보았다. 휴대용 조명이 현장에 눈부신 빛을 뿌리고 있었다. 어둠에 파묻힌 채 서 있는 플라이트는 마치 극장에 들어와 있는 듯한 기분을 느꼈다. 맙소사, 무슨 인내력 테스트하는 것도 아니고. 모든 건 규칙대로 처리해야 했고, 세부적인 부분까지 꼼꼼하게 따져봐야 했다. 그는 아직 시체를 가까이서 보지 못했다. 그 기회를 잡으려면 앞으로 한참을 기다려야 할 것만 같았다.

또다시 통곡 소리가 터져 나왔다. 리 브리지 가에 세워진 포드 시에라 순찰차에서 들려오는 소리였다. 순찰차 뒷좌석에서는 여순경이 뜨겁고 달콤한 홍차 한 잔을 권하며 진 쿠퍼의 여동생을 위로하고 있었다. 하지만 그것은 최악의 순간이 아니었다. 동생이 영안실에서 시체의 신원을 확인할 때, 그때가 바로 최악의 순간이 될 것이다.

진 쿠퍼의 신원을 확인하는 것은 어렵지 않았다. 길바닥에는 그녀의 핸드백이 떨어져 나뒹굴고 있었고, 그 안에는 편지와 주소 태그가 달린 집 열쇠가 담겨 있었다. 플라이트는 그 열쇠를 머릿속에서 지워내지 못했다. 열쇠에 집 주소를 적어놓는 건 어리석은 일이잖아, 안 그래? 하지만 그런 것을 따지기에는 너무 늦어버렸다. 사건은 이미 터져버렸으니. 또다시 통곡이 시작되었다. 애처로운 울부짖음. 리 강과 주변 습지는 주황색 하늘빛에 물들어 있었다.

플라이트는 시체 쪽을 돌아보았다. 그런 다음, 리 브리지 가를 따라 이곳에 왔을 진의 퇴근길을 차분히 되짚어보았다. 그녀는 45미터도 채 나아가지 못하고 습격을 받았다. 사건 현장은 조명이 환한 간선 도로에서 45미터, 아파트 단지 뒤편에서 20미터밖에 떨어져 있지 않았다. 그녀가 살해된 지점은 강변 도로에서 가장 어두운 곳이었다. 조명이라고 해봤자 고장 난 가로등 하나－이제야 시의회가 적극적으로 나서서 고쳐놓겠지만－와 먼발치 아파트 창문에서 새어나오는 불빛뿐이었다. 이런 끔찍한 범행을 벌이기에 이보다 더 좋은 곳은 없었다.

아직은 울프맨을 의심할 단계가 아니었다. 그러기에는 너무 일렀다. 하지만 그의 육감은 이미 울프맨을 범인으로 지목해놓은 상태였다. 사건 현장의 위치, 흉기에 찔린 상처들, 그리고 울프맨이 거의 3주째 조용히 자중해왔다는 사실. 그 3주 동안 그의 흔적은 전부 씻겨져 나갔다. 오랜만에 다시 나타난 울프맨은 위험을 무릅쓰고 한밤중이 아닌 늦은 저녁에 범행을 저질렀다. 목격자가 있을 가능성과 범인이 허둥대며 현장을 뜨는 과정에서 결정적인 단서를 남겨놓았을 가능성이 높았다. 주여, 제발 단서를 찾을 수 있게 도와주소서. 플라이트는 손으로 자신의 배를 살살 문질렀다. 꿈틀대던 벌레들은 솟구치는 위산에 다 녹아버렸다. 실로 오랜만에 느껴보는 평온함이었다.

"실례합니다." 웅얼거리는 목소리가 들려왔다. 플라이트는 몸을 살짝 틀어 잠수부 두 명이 지나갈 수 있게 비켜주었다. 그들은 고성능 손전등을 하나씩 쥐고 있었다. 플라이트는 경찰 잠수부들이 전혀 부럽지 않았다. 강은 어둡고 유독했으며 차가웠다. 수프처럼 걸쭉한 건 말할 것도 없고. 하지만 그렇다고 무시해버릴 수는 없었다. 만약 킬러가 실수로 리 강에 무언가를 떨어뜨렸다면, 혹은 범행에 사용한 칼을 던져버렸다면 잠수부들이 들어가 최대한 빨리 건져내야만 했다. 동이 틀 때까지 기다렸다가는 유사(流沙)나 휩쓸려온 쓰레기에 뒤덮여버릴 수도 있었다. 꾸물거릴 여유가 없었다. 그래서 그는 소식을 전해 듣기가 무섭게 잠수팀부터 소집했다. 그가 따뜻하고 아늑한 집을 나서기도 전에. 그가 현장으로 향할 채비를 하고 있을 때 그의 아내가 다가와 말했다. "너무 늦지 마요." 두 사람 모두 그것이 얼마나 무의미한 당부인지 잘 알고 있었다.

그는 첫 번째 잠수부가 강으로 뛰어드는 걸 넋 놓고 지켜보았다. 손전등 불빛에 검은 물이 확 밝아졌다. 곧이어 두 번째 잠수부가 뛰어들었다. 플라이트는 하늘을 올려다보았다. 무겁게 드리운 구름은 꿈쩍도 하지 않고 있었다. 일기예보에 따르면 새벽에 비가 내릴 거라고 했다. 비가 오면 현장에 남겨진 발자국과 섬유, 혈흔, 그리고 체모가 전부 씻겨 나갈 것이다. 텐트를 들여오기 전에 어떻게 해서든 초반 현장 작업을 마무리 지어야만 했다.

"조지!"

플라이트는 목소리가 들려온 쪽으로 몸을 틀었다. 오십대 중반의 남자는 키가 컸고 유령 같은 얼굴을 하고 있었다. 그의 길고 핼쑥한 얼굴은 환한 미소를 머금고 있었다. 왼손에 커다란 검은 가방을 든 남자가 플라이트 앞으로 오른손을 내밀었다. 그의 옆에는 플라이트 또래의 예쁘장한 여자가 서 있었다. 사실 그는 여자가 자신보다 정확히 한 살 하고도 하루 어리다는 걸 알고 있었다. 그녀의 이름은 이소벨 페니였다. 완곡하게 표현하면 그녀는 유령 같은 남자의 '조수'이자 '비서'였다. 그들이 지난 8~9년 동안 부적절한 관계를 맺어왔다는 건 모두가 알고 있었다. 물론 공개적으로 떠들고 다니지는 않았지만. 플라이트도 그들의 관계에 대해 속속들이 알고 있었다. 학창 시절 급우였던 이소벨이 모든 걸 숨김없이 털어놓은 덕분이었다.

"어서 오십시오, 필립." 플라이트가 검시관의 손을 잡으며 말했다.

25년 경력의 필립 커즌스는 본청 최고의 검시관이었다. 그는 지금껏 단 한 번도 틀린 적이 없었다. 커즌스는 세부적인 것들을 놓치지 않는 눈과 집요한 고집으로 수십 건의 살인사건을 해결해왔다. 스트리섬의 교살 사건부터 서인도 제도에서 발생한 정부 관료 독살 사건까지. 그를 모르는 사람들은 그가 검시관에 딱 어울리는 외모를 가졌다고 입을 모았다. 짙은 청색 양복하며, 차가워 보이는 잿빛 얼굴하며. 하지만 그들은 그의 트레이드마크인 재치와 유머 감각, 다정함, 그리고 강의실을 가득 메운 의대생들을 쥐락펴락하는 카리스마를 몰랐다. 플라이트도 그의 강의를 한 번 들어본 적이 있었다. 그때 그는 동맥 경화증에 대한 강의를 들으며 턱이 빠져라 웃어댔었다.

"아프리카에 계시는 줄 알았는데요." 그가 이소벨의 볼에 가볍게 입을 맞추며 말했다.

커즌스가 한숨을 내쉬었다. "페니가 향수병에 걸리는 바람에 그냥 돌아왔어요." 그는 늘 그녀의 성(姓)을 사용했다. 그녀가 그의 팔뚝을 장난스레 툭 쳤다.

"거짓말!" 그녀는 이내 담청색 눈을 플라이트 쪽으로 돌렸다. "향수병은 필립이 걸렸어." 그녀가 말했다. "여기 놓고 온 시체들이 자꾸 눈에 밟힌대. 몇 년 만의 휴가였는데 자꾸 따분하다는 얘기만 하더라고. 정말 너무하다고 생각하지 않아, 조지?"

플라이트가 미소를 흘리며 고개를 저었다. "이렇게 와주셔서 감사합니다. 울프맨이 또 일을 벌인 것 같습니다."

커즌스가 플라이트의 어깨너머를 흘끔 살폈다. 아직도 사진사들은 카메라와, 과학수사대는 접착테이프와 씨름 중이었다. 모두들 파리떼가 몰려들기 전에 작업을 마치려 애쓰고 있었다. 그는 울프맨의 처음 세 피해자를 직접 맡아 검사했다. 연쇄살인사건을 수사할 때는 연속성이 중요했다. 그는 피해자들에게서 무엇을 눈여겨봐야 하는지, 울프맨의 트레이드마크가 무엇인지 누구보다도 잘 알고 있었다. 만약 범인의 범행 수법이 바뀌었다면 그는 나머지 사건들과 다른 점을 손쉽게 짚어낼 수 있을 것이다. 예를 들면, 이전과 다른 범행 도구가 사용되었다든지, 피해자를 덮친 각도가 달라졌다든지. 플라이트의 머릿속에서는 울프맨의 이미지가 조금씩 완성되어 가는 중이었다. 하지만 그게 현실에 얼마나 근접한지는 오직 커즌스만이 알려줄 수 있었다.

"플라이트 경위?"

"네?"

트위드 재킷 차림의 남자가 다가오고 있었다. 그에게는 가방이 몇 개 들려 있었고, 제복 경관이 그를 뒤따르고 있었다. 그가 가방들을 땅에 내려놓고 자신을 소개했다.

"존 리버스입니다." 플라이트는 여전히 멍한 얼굴이었다. "존 리버스 경위입니다." 그가 한 손을 내밀자 플라이트는 악수에 응했다.

"아, 네." 그가 말했다. "방금 도착한 겁니까?" 그가 가방들을 내려다보며 물었다. "내일 보기로 한 줄 알았는데요, 경위."

"킹스 크로스에서 뉴스를 듣고……" 리버스가 턱으로 환히 비춰진 예선로를 가리켰다. "곧장 와보고 싶었습니다."

플라이트가 정신이 팔린 듯한 표정으로 고개를 끄덕였다. 사실 그는 스코틀랜드 남자의 억센 말씨를 제대로 이해하기 위해 애쓰는 중이었다. 쪼그려 앉아 있던 한 법의학자가 일어나 그들에게 다가왔다.

"어서 오세요, 커즌스 박사님." 그가 말했다. 그리고 이내 플라이트를 돌아보았다. "대충 끝났습니다. 커즌스 박사님과 살펴보셔도 됩니다." 플라이트가 필립 커즌스를 돌아보며 진지한 표정으로 고개를 끄덕였다.

"자, 들어가 보자고, 페니."

플라이트가 그들을 뒤따르려다 멈칫했다. 방금 도착한 손님을 그냥 두고 갈 수는 없었다. 그가 다시 존 리버스를 돌아보았다. 그의 눈이 리버스가 입고 있는 야단스러운 색깔의 투박한 재킷에 고정되었다. 꼭 드라마 「핀레이 박사 사례집」(핀레이 박사라는 마을 의사가 주인공인 스코틀랜드를 배경으로 하는 BBC 제작 드라마)에서 튀어나온 캐릭터를 보는 듯했다. 한밤중의 예선로에 전혀 어울리지 않는 옷차림이었다.

"들어가서 같이 살펴보겠습니까?" 플라이트가 물었다. 리버스는 무성의하게 고개를 끄덕였다. "좋습니다. 짐은 그냥 여기 둬도 돼요."

두 남자는 커즌스와 이소벨을 따라 현장으로 들어갔다. 플라이트가 그들을 가리켰다. "필립 커즌스 박사님이십니다." 그가 말했다. "이름은 들어봤죠?" 하지만 리버스는 천천히 고개를 저었다. 플라이트가 어이없다는 듯이 그를 쳐다보았다. 마치 리버스가 우표 속 여왕의 얼굴을 알아보지 못하기라도 한 것처럼. "오." 그가 냉담하게 말했다. 그리고 또다시 손으로 가리켰다. "그리고 저 사람은 이소벨 페니입니다. 커즌스 박사님의 조수."

자신의 이름이 들리자 이소벨이 돌아보며 미소를 지었다. 소녀 같은 그녀의 둥근 얼굴은 발그레하니 꽤 매력적이었다. 신체적으로 보면 그녀는 동반자와 정반대였다. 큰 키에 좋은 체격. 리버스의 아버지가 보았다면 분명 뼈대가 굵은 여자라고 했을 것이다. 그녀의 건강한 혈색도 커즌스의 병약해 보이는 안색과 대조적이었다. 리버스는 지금껏 혈색 좋은 검시관을 본 기억이 없다. 아무래도 직업상 하루 종일 인공광 아래 서 있어야 하니 그럴 만도 했다.

그들은 시체가 있는 곳에 다다랐다. 리버스의 눈에 가장 먼저 들어온 것은 그를 겨누고 있는 비디오카메라였다. 하지만 카메라는 이내 시체를 향해 돌아갔다. 플라이트는 과학수사대 대원 하나와 대화를 나누고 있었다. 두 사람 모두 시체에서 떨어져 나온 테이프 조각에 시선을 집중시킨 상태였다.

"그래." 플라이트가 말했다. "아직 연구소로 보낼 필요는 없어. 부검할 때 테이핑을 한 번 더 해볼 생각이야." 남자가 고개를 끄덕이고 돌아섰다. 그때 강 쪽에서 첨벙대는 소리가 들려왔다. 리버스는 그쪽으로 시선을 가져갔다. 수면으로 올라온 잠수부 하나가 잠시 주위를 살피다가 다시 물속으로 사라져버렸다. 에든버러에도 이런 곳이 있다. 도시 서부의 공원과 맥주 공장을 가로지르는 운하. 그는 그곳에서 살인사건을 수사한 적이 있었다. 도로 교량 밑에서 심하게 폭행당한 부랑자의 시체가 발견되었고, 킬러는 사과주 한 캔 때문에 그와 언쟁을 벌였던 또 다른 부랑자로 밝혀졌다. 법원은 과실치사 혐의를 씌웠지만 엄밀히 따져보면 그것은 과실치사가 아닌 살인이었다. 리버스는 아직도 그 사건을 잊지 못하고 있었다.

"당장 저 손부터 싸두는 게 좋겠습니다." 커즌스 박사가 말했다. "부검할 때 자세히 살펴봐야겠어요."

"그러시죠." 플라이트가 폴리에틸렌 봉지를 가지러 갔다. 리버스는 분주히 움직이는 검시관을 지켜보았다. 그는 이따금 소형 녹음기에 대고 무언가를 주절거렸다. 이소벨 페니는 스케치 패드를 꺼내 시체를 그려나가는 중이었다.

"쓰러지기 전에 이미 사망했을 것으로 추정됨." 커즌스가 말했다. "타박상은 많지 않음. 혈액 강하는 지형과 일치함. 이곳 현장에서 숨진 것이 확실함."

플라이트가 봉지 몇 개를 챙겨 돌아왔을 때 커즌스는 이미 기온과 내부 온도 측정을 마친 상태였다. 그들이 서 있는 도로는 길고 곧았다. 목격자가 있었다면 킬러는 대번에 알아차릴 수 있었을 것이다. 하지만 근처의 집들과 간선 도로에서 피해자의 비명을 듣고 목격자가 달려왔을 가능성은 분명 있었다. 내일이면 호별 조사가 진행될 것이다. 시체 근처 길에는 온갖 쓰레기가 널려 있었다. 녹슨 음료수 캔, 콘돔 상자, 사탕 포장지, 찢어지고 색 바랜 신문. 강에도 쓰레기가 떠다니고 있었다. 수면 위로 튀어나온 슈퍼마켓 카트의 빨간 손잡이도 보였다. 잠시 후, 또 다른 잠수부가 모습을 드러냈다. 강과 교차되는 간선 도로의 다리 위로 많은 주민이 몰려들었다. 제복 경관들은 구경꾼을 쫓아내고 최대한 많은 공간에 저지선을 쳐놓으려 애쓰고 있었다.

"다리에는 약간의 찰과상과 타박상이 나 있음." 목소리가 이어나갔다. "흙이 묻은 것으로 보아 피해자는 땅에 쓰러졌거나 범인에게 떠밀렸거나 살며시 내려놓아졌을 것으로 추정됨. 범인은 나중에 피해자의 몸을 뒤집어 놓았음." 커즌스 박사의 목소리는 차분했다. 마치 이 사건에 특별한 관심이 없다는 듯이. 리버스는 심호흡을 몇 번 했다. 더 기다릴 것 없이 전면에 나서야 할 때였다. 자신이 휴가를 보내기 위해 런던에 온 것이 아니라는 걸 그들에게 보여줘야 했다. 그는 먼저 시체의 상태부터 유심히 살펴보았다. 운하와 잠수부, 구경꾼, 그리고 저지선 밖 경관들에게는 신경을 끊었다. 길 끝에 덩그러니 놓인 자신의 짐도 더 이상 걱정하지 않았다.

그녀는 두 팔을 양옆에 붙인 채 누워 있었다. 다리도 가지런히 모아져 있었다. 스타킹과 팬티는 무릎까지 내려져 있었지만 스커트는 뒷부분만 주름져 있을 뿐, 들춰져 있지는 않았다. 스키복 스타일의 재킷은 지퍼가 열려 있었고, 블라우스는 찢겨져 있었지만 브래지어는 온전한 상태였다. 그녀의 머리카락은 검고 길었으며, 귀에는 커다란 후프 귀걸이가 걸려 있었다. 한때 예쁘장했을 얼굴에는 세월의 흔적이 선명히 남아 있었다. 얼굴과 머리에는 피가 말라붙어 있었다. 킬러의 흔적이었다. 피가 뿜어져 나온 곳은 여자의 목에 큼직하게 난 구멍이었다. 그녀의 스커트 밑으로도 쏟아져 나온 피가 넓게 펼쳐져 있었다.

"뒤집어서 뒷면을 살펴볼 차례." 커즌스가 녹음기에 대고 말했다. 그는 플라이트의 도움을 받아 시체를 뒤집었다. 그리고 여자의 목덜미에서 긴 머리를 걷어냈다. "자창." 그가 녹음기에 대고 말했다. "목 앞부분의 큰 상처와 일치함. 관통상으로 추정됨."

하지만 리버스는 더 이상 박사의 분석에 귀를 기울이지 않았다. 그는 여자의 주름진 스커트에서 시선을 떼지 못하고 있었다. 등의 잘록한 허리 부분과 엉덩이와 허벅지 윗부분은 피로 완전히 범벅이 되어 있었다. 그는 서류가방에 챙겨온 보고서를 통해 출혈의 원인을 파악해둔 상태였다. 하지만 피해자의 상태를 직접 눈으로 확인하니 등골이 오싹해졌다. 그는 심호흡을 몇 번 더 해보았다. 지금껏 살인 현장에서 구토를 해본 적 없던 그는 이번이 그 첫 경험이기를 원치 않았다.

"일을 망치지 마." 그의 보스는 당부했다. 그놈의 자존심 때문에. 하지만 리버스는 이미 이번 런던 출장을 무척 진지하게 여기고 있었다. 자존심이나 보여주기식 성과나 최선을 다하는 것 따위는 중요하지 않았다. 지금은 오직 변태 성욕자이자 잔혹한 사디스트인 범인을 잡는 데만 온 신경을 집중시켜야 할 때였다. 그가 또다시 범행을 저지르기 전에. 은탄이 필요하다면 그것을 써서라도.

누군가가 작전용 밴에 앉아 덜덜 떨고 있는 리버스에게 차가 담긴 플라스틱 컵을 건넸다.

"고마워요."

피부에 돋아난 소름은 언제든 추위 탓으로 돌릴 수 있었다. 문제는 밖이 별로 춥지 않다는 사실이었다. 하늘은 구름으로 덮여 있었고, 바람은 거의 없었다. 런던의 기온은 항상 에든버러보다 몇 도 높았다. 겨울만큼이나 매서운 에든버러의 여름 바람도 런던에서는 맞을 수 없었다. 남들에게는 몰라도 그에게 오늘 밤 날씨는 훈훈하게 느껴질 뿐이었다.

그는 잠시 눈을 감아보았다. 피곤해서가 아니라 진 쿠퍼의 싸늘한 시체를 보고 싶지 않아서였다. 하지만 그녀는 이미 그의 눈꺼풀에 깊숙이 아로새겨진 상태였다. 조지 플라이트 역시 냉정함을 유지하는 데 실패했고, 그 사실은 리버스에게 그나마 위안을 주었다. 그의 행동과 말에서는 더 이상 기운이 느껴지지 않았다. 그는 비명을 지르거나 발길질을 하고 싶은 충동을 애써 억누르고 있는 듯했다. 잠수부들이 속속 올라오기 시작했다. 예상대로 그들은 빈손이었다. 아침에 추가 잠수가 예정되어 있었지만 그들의 목소리에서는 희망이 묻어나오지 않았다. 플라이트는 그들의 보고를 듣고 나서 고개를 끄덕였다. 리버스는 플라스틱 컵 뒤에서 말없이 지켜볼 뿐이었다.

사십대 후반의 조지 플라이트는 리버스보다 몇 살 많았다. 키가 작지는 않았지만 체격은 다부져 보였다. 출렁대는 뱃살로도 근육질의 탄탄한 몸을 감추지 못했다. 리버스는 힘으로 그에게 이길 자신이 없었다. 플라이트의 갈색 머리는 심하게 뻣뻣했고, 정수리 부분은 숱이 적었다. 그는 가죽 항공 재킷(허리 부분이 꼭 끼고 앞은 지퍼로 잠그는 짧은 재킷)에 청바지 차림이었다. 청바지가 어울리는 사십대 남자는 플라이트가 유일할 것 같았다. 청바지는 그의 반항적인 태도와 활발하고 사무적인 걸음걸이에 썩 잘 어울렸다.

오래전 리버스는 CID(영국 경찰청 범죄 수사과) 형사들을 옷차림에 따라 세 개의 그룹으로 나누어본 적이 있었다. 어떻게든 터프하게 보이려 애쓰는 가죽과 청바지 여단, 말쑥한 옷차림으로 승진과 존경심을 노리는 정장광들, 그리고 아무거나 닥치는 대로 걸치고 나오는 평범남들.

CID 형사들 대부분은 마지막 그룹에 속했다. 리버스도 같은 그룹이었지만 사이드 미러로 살짝 엿보이는 그의 모습은 말쑥하다는 평가를 받을 만했다. 정장광들은 가죽과 청바지 여단과 잘 지내지 못했다.

플라이트는 고위급 인사로 보이는 남자와 악수를 하고 있었다. 남자는 한 손을 주머니에 찔러 넣은 채 고개를 떨구고 플라이트의 말에 귀를 기울였다. 골똘한 생각에 잠긴 듯한 그는 가끔 고개만 끄덕일 뿐 입을 열지는 않았다. 남자는 양복에 검은 모직 코트 차림이었다. 한낮이었다 해도 이보다 더 말쑥하게 차려입기는 힘들었을 것이다. 현장의 모두가 지친 모습이었다. 그들의 옷과 얼굴은 심하게 주름져 있었다. 하지만 이 남자와 필립 커즌스만은 예외였다.

남자는 커즌스 박사, 그리고 그의 조수와도 차례로 악수를 나누었다. 플라이트가 손으로 밴을 가리켰다. 아니, 그는 리버스를 가리키고 있었다. 그들이 밴으로 다가왔다. 리버스는 입에서 컵을 떼고 왼손에 옮겨 쥐었다. 남자가 불쑥 악수를 청해올지도 모르는 일이었으니.

"이쪽은 리버스 경위입니다." 플라이트가 말했다.

"아, 국경의 북쪽에서 오신 손님." 남자가 거만한 표정으로 미소를 흘리며 말했다. 리버스는 살짝 미소를 머금은 채 플라이트를 돌아보았다.

"리버스 경위, 이쪽은 하워드 레인 경감님이십니다."

"반갑습니다." 악수. 하워드 레인. 거리명처럼 들리는 이름이었다.

"우릴 도와주러 오셨다죠?" 레인 경감이 말했다.

"저……" 리버스가 말했다. "제가 뭘 어떻게 도와드릴 수 있을지 잘 모르겠습니다만, 최선을 다해보겠습니다."

레인은 말없이 미소만 지어 보였다. 순간 리버스에게 나무를 쪼개는 번개처럼 깨달음이 찾아들었다. *내 말을 이해하지 못하고 있어!* 그들은 멀뚱히 서서 미소만 짓고 있었다. 리버스는 헛기침을 한 번 하고 나서 다시 시도해보았다.

"최선을 다하겠습니다, 경감님."

레인이 다시 미소를 흘렸다. "고마워요, 경위. 플라이트 경위가 많이 도와줄 겁니다. 적응은 좀 됩니까?"

"사실 좀……"

플라이트가 불쑥 끼어들었다. "리버스 경위는 도착하자마자 뉴스를 듣고 곧장 달려왔습니다. 적응은커녕 아직 정신이 없을 겁니다."

"그렇습니까?" 레인이 감명을 받은 것처럼 말했다. 하지만 리버스는 그에게서 조바심을 감지할 수 있었다. 그는 마음에도 없는 한담을 늘어놓고 있었고, 흔들리는 눈은 연신 빠져나갈 구멍만을 찾고 있었다. "자, 경위." 그가 말했다. "나중에 또 봅시다." 그가 플라이트 쪽으로 몸을 틀었다. "난 이만 가보겠네, 조지. 자넬 믿어도 되겠지?" 플라이트가 고개를 끄덕였다. "좋아. 알겠네." 경감은 그 말을 남기고 자신의 차를 향해 걸어나갔다. 플라이트까지 배웅을 위해 사라지자 리버스의 입에서 긴 한숨이 터져 나왔다. 런던의 누구도 그를 환영하지 않았다. 그는 자신에게 울프맨 사건을 떠안긴 장본인이 누구인지 궁금해졌다. 대체 유머 감각이 얼마나 뒤틀렸으면. 보스가 그에게 문제의 편지를 건네줬었다.

"아무래도 말이야……" 그가 말했다. "자네만 한 연쇄살인사건 전문가가 없는 것 같아, 존. 자네야말로 지금 런던에서 가장 절실히 필요한 사람이라고. 그들이 자넬 며칠 빌려달라고 정식으로 요청해왔네."

리버스는 불신의 표정으로 편지를 읽어보았다. 그들은 몇 년 전 리버스가 해결했던 아동 살인사건까지 내용에 언급해놓았다. 하지만 그것은 개인적인 사건이었을 뿐 연쇄살인범의 소행이 아니었다.

"전 연쇄살인범들에 대해 아는 게 없습니다." 리버스는 상관에게 항의했다.

"그럼 더 걱정할 것도 없겠군, 안 그런가?"

지금 그는 런던 북동부 어딘가에 서서 도저히 마셔줄 수 없는 형편없는 차를 간신히 홀짝이고 있었다. 그의 배 속은 울렁거렸고, 신경은 바짝 곤두선 상태였다. 땅에 덩그러니 놓인 가방들도 리버스만큼이나 외롭고 부적절해 보였다. 절대 해결할 수 없는 사건의 수사를 돕기 위해 국경의 북쪽에서 와준 손님. 대체 누가 날 여기로 보낼 생각을 한 거지? 런던 경찰청은 리버스를 이곳으로 끌어들이는 것으로 자신들의 실패를 인정해버린 셈이었다.

레인이 떠나자 플라이트는 긴장이 한층 풀린 모습이었다. 그는 리버스에게 살짝 미소를 지어 보인 후 과학수사대 대원 두 명에게 무언가를 지시했다. 남자들은 차에서 커다란 비닐백을 가져왔다. 그들은 경찰 저지선을 넘어와 시체 옆에 그것을 깔아놓았다. 2미터에 가까운 시체 운반용 부대는 반투명했다. 커즌스 박사는 가까이 서서 시체를 비닐백에 넣고 지퍼를 닫는 남자들을 묵묵히 지켜보았다. 한 사진사가 다가가 시체가 누워 있었던 지점을 촬영했다. 두 남자가 시체를 번쩍 들고 저지선 너머의 차로 돌아갔다.

호기심에 찬 영혼 몇몇을 제외하고는 구경꾼들은 전부 뿔뿔이 흩어진 상태였다. 그들 틈에서 오토바이 헬멧을 손에 쥔 청년이 리버스의 눈에 들어왔다. 그는 은색 지퍼가 채워진 검은 가죽 재킷 차림이었다. 무척 피곤해 보이는 제복 경관 하나가 그를 멀리 쫓아내려 애쓰고 있었다.

리버스 자신도 구경꾼이 된 듯한 기분이 들었다. 그는 지금껏 봐온 TV 드라마와 영화 들을 떠올렸다. 시작되자마자 살인사건 현장에 불쑥 나타나 법의학적 증거를 훼손하고, 59분이나 89분경에 너무나도 손쉽게 사건을 해결해버리는 형사들. 생각할수록 터무니없었다. 경찰 업무는 말 그대로 업무였다. 끊임없고 규칙적이고 따분하고 불만스럽고, 무엇보다도 시간 소모가 컸다. 그는 손목시계를 들여다보았다. 새벽 2시. 그의 호텔은 런던 중심부에 자리하고 있었다. 피커딜리 광장 뒤편 어딘가에. 호텔까지는 30~40분 정도 걸릴 것이다. 물론 운 좋게 순찰차를 얻어 탈 수 있다면.

"갈까요?"

플라이트였다. 그는 몇 미터 앞에 서 있었다.

"그러죠." 리버스가 말했다. 그는 묻지 않아도 플라이트의 목적지를 알 수 있었다.

플라이트가 미소를 지었다. "절대 포기하지 않는 타입인 것 같군요, 리버스 경위."

"스코틀랜드인들이 고집이 좀 세죠." 리버스는 한 일요일자 신문의 럭비 기사를 인용했다. 그 말에 플라이트가 웃음을 터뜨렸다. 리버스는 오늘 밤 현장에 와보기를 잘했다고 생각했다. 서먹서먹한 분위기를 완전히 깨버리지는 못했지만 첫날 치고 이 정도면 충분했다.

"자, 갑시다. 내가 차를 가져왔어요. 짐은 잠수부들에게 잘 챙기라고 당부하겠습니다. 내 차 트렁크는 자물쇠가 고장 나서 안 열리거든요. 몇 주 전에 누군가가 쇠지레로 뜯으려다 실패한 모양입니다." 그가 리버스를 흘끔 돌아보았다. "요즘엔 그 어디도 안전하지 않아요." 그가 말했다. "그 어디도."

강변 도로는 무척 어수선했다. 사방에서 흥분된 목소리와 차 문을 거칠게 닫는 소리가 들려왔다. 이제 현장에는 보초가 세워지게 될 것이다. 운 좋은 경관들은 따뜻한 경찰서나 집으로 복귀하겠지만 차 몇 대는 밴을 따라 영안실로 향하게 될 것이다.

리버스는 플라이트의 조수석에 올랐다. 어색한 분위기에 갇힌 두 남자는 목적지에 다다를 때까지 몇 마디 나누지 않았다.

"그 여자 신원은 확인됐습니까?" 리버스가 물었다.

"진 쿠퍼." 플라이트가 말했다. "그녀 핸드백에서 신분증이 나왔습니다."

"그녀가 굳이 그 길로 이동한 이유는요?"

"퇴근길이었습니다. 현장 근처 주류 판매점에서 일했더군요. 동생이 그러는데 그녀의 퇴근 시간은 7시였다고 합니다."

"시체가 발견된 시간은?"

"9시 45분."

"공백이 꽤 크군요."

"그녀를 도그 앤드 덕에서 봤다는 목격자들이 있습니다. 그녀가 일하는 곳에서 얼마 떨어지지 않은 술집입니다. 퇴근길에 종종 들러 한 잔씩 걸쳤다더군요. 바텐더는 그녀가 9시쯤 술집을 나섰다고 했습니다."

리버스는 앞유리 밖을 물끄러미 응시했다. 늦은 시간이었지만 도시는 여전히 활기차 보였다. 그들은 시끌벅적한 젊은 행인들을 지나쳐 달려나갔다.

"스토키에 클럽이 있습니다." 플라이트가 설명했다. "아주 인기 있는 곳이죠. 하지만 버스가 일찍 끊겨 다들 저렇게 걸어갑니다."

리버스가 고개를 끄덕였다. "스토키?"

플라이트가 미소를 지었다. "스토크 뉴잉턴. 킹스 크로스에서 오는 길에 지나쳤을 텐데요."

"그야 알 수 없죠." 리버스가 말했다. "내 눈엔 다 똑같아 보여서 말입니다. 택시 기사가 날 관광객으로 오해했던 모양입니다. 킹스 크로스에서 오는데 왜 그리 오래 걸리는지. 어쩌면 M25(런던 외곽순환 고속도로)로 돌아왔는지도 모르겠네요." 리버스는 플라이트의 웃음이 터지기를 기다렸다. 하지만 그는 미소만 살짝 지어 보일 뿐이었다. 또다시 어색한 침묵이 흘렀다. "그 진 쿠퍼라는 여자 말입니다. 싱글이었나요?" 마침내 리버스가 입을 열었다.

"기혼이었습니다."

"결혼반지가 안 보이던데요."

플라이트가 고개를 끄덕였다. "별거 중이었습니다. 여동생과 함께 살았답니다. 아이는 없었고요."

"술집은 혼자 들락거렸던 모양이네요."

플라이트가 리버스를 흘끔 돌아보았다. "무슨 뜻이죠?"

리버스가 어깨를 으쓱였다. "아무것도 아닙니다. 술집에서 킬러를 만났을 가능성이 문득 떠올라서요."

"정말 그랬는지도 모르죠."

"그녀가 그를 알았든 몰랐든, 킬러는 술집에서부터 그녀를 미행했을 수도 있습니다."

"그때 술집에 있었던 모두를 인터뷰할 겁니다. 걱정 말아요."

"그게 아니라면……" 리버스가 혼잣말하듯 말했다. "킬러가 강변에서 진을 치고 있었는지도 모르고요. 그랬다면 현장 근처에서 범행을 목격한 사람이 있었을 가능성이 높습니다."

"그 부분도 조사해보겠습니다." 플라이트가 짜증 섞인 목소리로 말했다.

"미안합니다." 리버스가 잽싸게 말했다. "내가 주제넘게 나불거렸군요."

플라이트가 다시 그를 돌아보았다. 그들은 왼쪽으로 방향을 틀어 한 병원의 정문으로 들어섰다. "괜찮습니다." 그가 말했다. "어떤 의견이든 환영합니다. 어쩌면 내가 미처 생각지도 못했던 답이 나올지도 모르죠."

"스코틀랜드였다면 이런 일은 없었을 겁니다." 리버스가 말했다.

"그래요?" 플라이트의 얼굴에 경멸의 표정이 살짝 스쳤다. "어째서죠? 북쪽의 추운 나라가 너무 문명화되어 있어서요? 난 스코틀랜드 훌리건들이 세계 최악이라고 알고 있는데요. 당연히 요즘도 그렇겠죠?"

리버스는 고개를 저었다. "스코틀랜드 주류 판매점들은 일요일에 영업하지 않습니다. 그래서 진 쿠퍼에게 그런 일이 벌어지지 않았을 거라고 한 겁니다."

리버스는 입을 꼭 닫고 앞유리 밖을 응시했다. 개새끼. 그의 머릿속에서 만트라(기도나 명상 때 외는 주문)처럼 같은 단어가 맴돌았다. 개새끼. FYTP(Fuck you, too, pal). 20분도 안 돼서 본색을 드러내는군. 런던 놈들은 다 저렇게 오만한가?

차에서 내린 리버스는 뒷유리 안을 흘끔 들여다보았다. 뒷좌석에 실린 커다란 물체가 그를 멈칫하게 만들었다. 그가 입을 열려고 하자 플라이트가 경고하듯 잽싸게 한 손을 올렸다.

"묻지 말아요." 그가 으르렁거리며 운전석 문을 거칠게 닫았다. "아깐 내가 심했습니다. 사과할게요."

리버스는 어깨를 으쓱였다. 하지만 찌푸려진 미간은 펴지지 않았다. 그는 플라이트 경위가 뒷좌석에 커다란 곰 인형을 싣고 사건 현장으로 달려온 이유가 궁금해 미칠 지경이었다.

영안실은 죽은 자들이 고깃덩어리로, 내장품으로, 피와 뼈로 바뀌는 곳이었다. 리버스는 지금껏 한 번도 살인사건 현장에서 속을 비워내본 적이 없었다. 하지만 처음 몇 번 영안실을 찾았을 때는 툭하면 바닥에 토사물을 쏟아내곤 했다.

안으로 들어서니 한껏 들뜬 모습의 땅딸막한 남자가 그들을 맞아주었다. 그의 얼굴 한쪽은 검푸른 색을 띤 커다란 모반으로 뒤덮여 있었다. 커즌스 박사를 잘 아는 듯한 그는 시체가 도착하기도 전에 부검을 위한 준비를 완벽히 마쳐놓은 상태였다. 커즌스가 부검실을 체크하는 동안 진 쿠퍼의 동생은 신원 확인을 위해 대기실로 안내되었다. 단 몇 초 만에 언니의 얼굴을 확인한 그녀는 눈물을 쏟으며 부검실을 뛰쳐나왔다. 경관들이 안전하게 집까지 데려다주겠지만 그녀는 절대 잠을 이루지 못할 것이다. 적어도 리버스는 그렇게 확신했다. 어쩌면 병적으로 꼼꼼한 검시관 덕분에 이곳의 모두가 뜬눈으로 밤을 지새우게 될지도 몰랐다.

마침내 바디백이 부검 테이블에 올려졌다. 진 쿠퍼의 시체 위로 긴 형광등이 불을 밝히고 있었다. 소독제 냄새가 진동하는 부검실은 허름한 느낌이었다. 타일로 덮인 벽 곳곳에는 금이 가 있었고, 사방에서는 매캐한 화학물질의 냄새가 풍겨 나왔다. 그들의 목소리에서는 기운이 느껴지지 않았다. 피해자에 대한 예의 때문이 아니라 음산한 두려움 때문이었다. 부검실은 거대한 죽음의 상징이었다. 진 쿠퍼의 몸은 사원이었고, 그들은 그 사원에 감춰진 보물과 비밀 들을 약탈하려 하고 있었다.

손 하나가 리버스의 어깨에 살며시 얹어졌다. 그는 흠칫 놀라며 뒤를 돌아보았다. 쌀쌀맞아 보이는 키 큰 남자가 서 있었다. 그의 금발머리는 짧게 깎여 있었고, 앳되어 보이는 얼굴은 여드름으로 덮여 있었다. 이십대 중반의 남자는 리버스의 눈에 열네 살쯤 되어 보였다.

"당신이 그 작(Jockland의 Jock. 스코틀랜드 사람을 가리키는 모욕적인 표현)이오?" 남자가 무뚝뚝하게 물었다. 리버스는 아무 말도 하지 않았다.

FYTP. "그래, 내 그럴 줄 알았지. 아직도 사건을 해결 못하셨나? 응?" 그의 얼굴에서 경멸과 불만의 표정이 교차했다. "우린 당신의 도움이 필요하지 않아요."

"아." 조지 플라이트가 말했다. "램 경장이 왔군요. 그렇지 않아도 소개하려던 참이었는데."

"반가워요." 리버스가 램의 이마에 난 점들을 유심히 쳐다보았다. 왠지 그것들을 선으로 이어놓으면 멋진 그림이 탄생할 것만 같았다. 램(Lamb, 새끼 양)이라니! 남자와 전혀 어울리지 않는 성(姓)이었다. 커즌스 박사가 부검 테이블 너머에서 헛기침을 한 번 했다.

"여러분." 그가 말했다. 곧 작업이 시작된다는 뜻이었다. 부검실 안에는 또다시 무거운 침묵이 흘렀다. 천장에 매달린 녹음기가 테이블 위에서 흔들거렸다. 커즌스가 조수를 돌아보았다. "녹음기는 켰나?" 조수는 고개를 끄덕이며 금속 도구들을 쟁반에 가지런히 놓아두었다.

리버스에게도 익숙한 도구들이었다. 절단기와 톱과 드릴들. 전기를 이용하는 것도 있고, 사람의 힘이 필요한 것도 있었다. 전기 도구들은 끔찍한 소음을 냈지만 그래도 작업만큼은 신속히 해치울 수 있었다. 손을 쓰는 도구들은 소음도 소음이지만 시간이 너무 오래 걸린다는 단점이 있었다. 그나마 본격적으로 일을 벌이기 전에 마음의 준비를 해둘 충분한 시간이 주어진다는 건 다행스러운 일이었다. 시체에서 옷을 벗기고 분석을 위해 정리하는 작업은 최대한 느리고 신중하게 처리해야 했다.

리버스와 형사들이 지켜보는 가운데 사진사 두 명이 달려들어 시체를 촬영했다. 한 명은 흑백, 또 한 명은 컬러 필름을 사용했다. 비디오 카메라맨은 기계 고장으로 촬영을 포기했다. 이번에도 싸구려 테이프가 문제였다. 어쩌면 영안실 작업을 피하기 위해 꼼수를 쓴 것인지도 몰랐다.

마침내 시체가 알몸이 되자 커즌스가 근접 촬영이 필요한 몇 곳을 손으로 짚어주었다. 촬영이 끝나자 접착테이프로 무장한 남자들이 테이블로 몰려들었다. 예선로에서 했던 작업을 시체의 맨몸에 또다시 해야만 했다. '테이프맨'이라는 별명은 그들에게 썩 잘 어울렸다.

커즌스가 리버스, 플라이트, 그리고 램이 서 있는 곳으로 다가왔다.

"차 한잔 했으면 좋겠는데 말입니다, 조지."

"알겠습니다, 필립. 이소벨은요?"

커즌스가 이소벨 페니를 돌아보았다. 그녀는 시체를 스케치하는 중이었다. 이미 사진사들이 구석구석 촬영을 해두었음에도. "페니." 그가 조수를 불렀다. "차 한잔 하겠나?" 그녀가 눈을 크게 뜨고 의욕적으로 고개를 끄덕였다.

"알겠습니다." 플라이트가 문으로 향하며 말했다. 그는 잠시나마 영안실을 떠나 있게 되어 안도하는 모습이었다.

"아주 잔인한 놈입니다." 커즌스가 말했다. 리버스는 순간적으로 그것을 조지 플라이트에 대한 평가로 오해했다. 물론 커즌스는 범인을 두고 얘기한 것이었다. "특별한 이유도 없이 계속 이런 일을 벌이다니. 그놈에겐 살인이 그저 오락에 지나지 않을 겁니다."

"이유 없는 범죄는 없습니다." 리버스가 말했다. "방금 말씀하셨지 않습니까, 오락. 그게 그의 범행 동기입니다. 하지만 범행 수법, 그가 피해자들에게 해놓는 짓. 거기엔 또 다른 동기가 있을 겁니다. 우리가 아직 꿰뚫어보지 못하고 있을 뿐이죠."

커즌스가 그를 빤히 쳐다보았다. 리버스는 그의 푹 파인 눈에서 따스한

빛이 깜빡이는 걸 볼 수 있었다. "경위, 난 그저 조만간 누군가가 그걸 파악해내길 바랄 뿐입니다. 벌써 네 명이 목숨을 잃었어요. 달이 뜨는 것만큼이나 규칙적인 놈입니다."

리버스가 미소를 지었다. "원래 늑대인간들은 달에 영향을 받지 않습니까."

커즌스가 웃음을 터뜨렸다. 영안실 분위기와 전혀 어울리지 않는 굵고 낭랑한 웃음이었다. 램은 따라서 웃지도, 미소를 짓지도 않았다. 그는 두 사람의 대화에 별 관심이 없어 보였지만 그렇다고 완전히 배제되는 건 원치 않았던 모양이다.

"지금쯤 미친 듯이 울부짖고 있을 겁니다. 그 모습이 눈에 선하네요."

"자." 농담이 견디기 힘들 만큼 진부하다고 느꼈는지 커즌스가 진지한 톤으로 말했다. "시작해볼까요?" 그가 부검 테이블을 돌아보았다. "다 끝났습니까?" 과학수사대 대원들이 일제히 고개를 끄덕였다. "장신구도 다 뗐고요?" 그들이 다시 고개를 끄덕였다. "좋습니다. 이제 본격적으로 살펴봅시다."

시작은 늘 나쁘지 않았다. 측정, 그리고 외형적 기술. 키 170센티미터, 갈색 머리, 뭐 그런 것들. 잘라낸 손톱과 그 밑에 낀 이물질은 폴리에틸렌 봉지에 넣어졌다. 지금껏 수백 건의 살인사건 수사를 지켜봐온 리버스는 더 늦기 전에 증거 채취용 봉지를 제조하는 회사의 주식을 사둬야겠다고 생각했다.

분위기는 아주 천천히, 하지만 결연하게 악화되어 갔다. 커즌스는 면봉으로 진 쿠퍼의 질에서 표본을 채취한 후 본격적인 관찰에 들어갔다.

"목에 무언가에 찔린 커다란 상처가 나 있음. 상처의 크기로 보아 작은 칼로 찌른 후 한 번 비튼 것 같음. 관통상의 크기로 보아 칼날은 13센티미터쯤 되었을 것으로 추정됨. 자입구 주변 피부에는 칼자루나 손잡이에 의한 것으로 보이는 타박상이 나 있음. 칼이 엄청난 힘으로 박혀 들어갔다는 의미로 해석할 수 있음."

"손과 팔에는 저항의 흔적이 보이지 않음. 피해자는 방어할 겨를도 없이 제압되었을 것으로 보임. 그녀가 뒤에서 습격을 당했을 가능성도 있음. 입 주변에는 옅은 멍자국이 나 있고, 오른쪽 볼에는 립스틱이 번져 있음. 만약 범인이 뒤에서 덮쳤다면 그의 왼손이 그녀의 입을 틀어막았을 가능성이 높음. 립스틱은 범인이 오른손으로 피해자를 찌를 때 번졌을 것으로 보임. 목의 상처가 살짝 하향각으로 나 있는 것으로 보아 범인의 키가 피해자보다 컸다는 걸 확인할 수 있음."

커즌스가 다시 헛기침을 했다. 흠. 리버스는 생각했다. 그렇다면 영안실 직원과 사진사들 중 하나를 용의자 명단에서 제외시킬 수 있겠군. 여기서 170센티미터가 안 되는 사람은 그들뿐이니까.

검시관이 잠시 뜸을 들이자 구경꾼들이 기다렸다는 듯 헛기침을 하며 창백해진 서로의 얼굴을 쳐다보았다. 리버스는 검시관이 제시한 '시나리오'에 적잖이 놀랐다. 그 수수께끼를 푸는 것은 그가 아닌 형사들의 몫이었다. 지금껏 리버스가 겪어본 검시관들은 죄다 보이는 사실들만 줄줄이 늘어놓을 뿐이었다. 추정은 리버스에게 맡겨버리고. 하지만 커즌스는 그들과 확실히 달랐다. 어쩌면 그는 좌절한 형사였는지도 몰랐다. 리버스는 아직도 자의에 따라 검시관의 길로 들어선 사람들을 이해할 수 없었다.

플라이트 경위가 유리컵 세 개가 놓인 플라스틱 쟁반을 들고 나타났다. 커즌스와 이소벨 페니가 컵을 하나씩 집어 들었고, 나머지 하나는 플라이트가 챙겼다. 입안이 바짝 마른 경관들은 부러운 눈으로 그들을 쳐다보았다. 리버스도 마찬가지였다.

"자." 커즌스가 차를 한 모금 넘기고 나서 말했다. "이제 항문 상처를 살펴볼 차례입니다."

상황은 계속 악화되었다. 리버스는 커즌스의 말에 집중하려 했지만 그건 쉬운 일이 아니었다. 범인은 같은 칼로 피해자의 항문을 여러 차례 찔러놓았다. 팬티스타킹이 거칠게 끌어내려진 허벅지에는 마찰의 흔적이 남아 있었다. 리버스는 이소벨 페니를 흘끔 쳐다보았다. 얼굴이 살짝 상기되었을 뿐 그녀는 감정에 흔들리지 않고 있었다. 보통 여자가 아니었다. 보나마나 이보다 몇 배 더한 시체도 여럿 겪어봤을 것이다. 아니, 설마. 어떻게 이보다 더한 시체가 있을 수 있겠어?

"복부에서 흥미로운 것을 발견했음." 커즌스가 녹음기에 대고 말했다. "블라우스가 뜯겨나간 부분의 피부에 곡선으로 된 자국 두 개가 남아 있음. 타박상이나 찰과상 정도는 아님. 출혈은 없었고, 그저 피부에 살짝 자국만 나 있음. 칼로 찌르고 난 후, 그러니까 사후에 남겨놓은 것으로 추정됨. 복부의 물린 자국 주변에 마른 얼룩이 보임. 유사한 세 건의 피해자들에게서 보았듯이 눈물이나 땀에서 나온 염분일 가능성이 높음. 이제 심부온을 측정하려 함."

리버스의 입안이 바짝 말라갔다. 영안실의 열기와 피로가 뼛속 깊이 스며들고 있었다. 수면 부족 때문인지 모든 게 환각으로 느껴지는 듯했다. 검시관과 그의 조수와 영안실 직원의 머리 위로 광륜이 보였다. 벽들이 점점 다가오는 것 같았고, 리버스는 당장이라도 고꾸라질 듯 휘청거렸다. 그를 쳐다보는 램 경장이 능글맞게 웃으며 윙크했다.

직원이 시체를 물로 씻어냈다. 담갈색과 검은색을 띤 얼룩들, 그리고 들러붙은 피딱지들이 깨끗하게 떨어져 나갔다. 커즌스는 다시 시체를 유심히 살펴보았다. 새로운 흔적을 찾지 못한 그는 곧바로 내부 검사에 들어갔다.

시체 앞부분이 길고 깊게 절개되었다. 채취된 혈액 샘플과 소변 샘플, 위 속 내용물, 간, 눈썹을 포함한 체모, 그리고 조직 들은 과학수사대로 넘겨졌다. 이런 과정은 한때 리버스를 짜증나게 했다. 피해자가 어떻게 죽었는지 다 밝혀진 마당에 굳이 이럴 필요가 있나? 하지만 그는 외상처럼 눈에 보이는 것만큼이나 보이지 않는 것들도 중요하다는 걸 경험을 통해 알게 되었다. 현미경이나 화학적 검사로만 확인할 수 있는 자그마한 비밀들. 그래서 그는 인내심을 발휘하는 중이었다. 30초에 한 번씩 하품을 해가면서.

"내가 너무 따분하게 만들고 있나요?" 커즌스의 목소리는 정중한 웅얼거림에 가까웠다. 그가 고개를 들고 리버스의 눈을 쳐다보며 미소를 지었다.

"전혀요." 리버스가 말했다.

"괜찮습니다. 우리 모두 같은 생각을 하고 있지 않습니까. 빨리 집에 가서 눕고 싶다는 생각 말입니다." 모반으로 덮인 직원만이 안 그런 척했다. 커즌스가 시체의 가슴에 한 손을 얹었다. "최대한 빨리 해보겠습니다."

지켜보는 이들의 얼굴을 잿빛으로 만들어버린 것은 부검 광경이 아니라 그것이 동반한 음향 효과였다. 살이 찢기는 소리는 도살업자가 짐승의 옆구리에서 고기를 뜯어내는 소리와 비슷했다. 그뿐 아니라, 체액에 거품이 이는 소리와 절삭 공구들이 내는 소음 역시 거슬리기는 마찬가지였다. 귀를 틀어막으면 그나마 견딜 수 있을 것 같았다. 어떤 이유에서인지 리버스의 귀는 영안실에만 들어오면 몇 배 더 예민해지는 것 같았다. 다음엔 꼭 귀마개를 가져올 거야. 다음엔 꼭……

차례로 떼어내진 흉부와 복부 장기들은 깨끗한 테이블로 옮겨져 세척되었다. 커즌스는 잘 씻긴 그것들을 하나씩 해부해나갔고, 영안실 직원은 소형 전기 회전톱을 사용해 뇌를 떼어냈다. 리버스는 눈을 질끈 감아버렸지만 아찔한 기분은 가시지 않았다. 이제 얼마 남지 않았어. 곧 끝날 거야. 하지만 이제는 끔찍한 소리보다도 역겨운 냄새가 문제였다. 오해의 여지가 없는 생고기 냄새. 그 냄새는 향수처럼 콧구멍과 목구멍에 달라붙었고, 폐를 서서히 채워나갔으며, 입안에 톡 쏘는 맛을 남겨놓았다. 리버스는 손으로 가슴을 살살 문질러 울렁거리는 속을 달랬다. 이젠 다들 눈치 채겠군. 이렇게 티를 내고 있으니.

"속을 비울 거면 말입니다," 램이 나지막이 속삭였다. 리버스의 어깨에 앉은 여자 악령이라도 되는 것처럼. "나가서 해요." 그가 목 잠긴 소리로 웃음을 터뜨렸다. 꼭 시동이 걸리지 않는 엔진 소리를 듣는 듯했다. 리버스는 고개를 살짝 틀고 그를 쏘아보았다. 기분 나쁜 미소를 지으면서.

마침내 떼어냈던 모든 장기가 제자리로 돌아갔다. 비탄에 잠긴 친척들이 도착할 즈음이면 진 쿠퍼의 시체는 꽤 자연스러운 모습으로 손님 맞을 채비를 하게 될 것이다.

부검은 끝이 났지만 영안실의 침울한 분위기는 걷히지 않았다. 부검을 지켜본 모두는 진 쿠퍼와 똑같은 인간이었다. 그들은 잠시 동안 개성을 빼앗긴 채 그곳에 서 있었다. 그들은 그저 몸뚱이, 동물, 내장 주머니에 지나지 않았다. 그들과 진 쿠퍼의 유일한 차이가 있다면 그들의 심장은 아직도 피를 뿜어내고 있다는 것이었다. 하지만 언젠가는 그들의 심장 역시 멎어버릴 것이고, 진 쿠퍼처럼 이 도살장에, 이 정육점에 끌려오게 될 것이다.

커즌스는 고무장갑을 벗고 손을 공들여 씻었다. 직원이 종이타월을 가져와 그에게 건넸다. "다 끝났습니다. 이젠 페니가 메모를 타이핑해서 정리할 일만 남았군요. 피해자는 9시에서 9시 30분 사이에 사망한 것으로 보입니다. 범행 수법은 다른 울프맨 사건들과 동일하고요. 이 여자는 그의 네 번째 피해자일 겁니다. 내일 앤소니 모리슨을 불러 이빨 자국을 살펴보게 할 겁니다. 그가 어떤 결론을 내릴지 지켜보죠."

생소한 이름에 리버스가 물었다. "앤소니 모리슨이 누굽니까?"

플라이트가 모처럼 입을 열었다. "치과의사입니다."

"치아 병리학자입니다." 커즌스가 바로잡아주었다. "아주 능력 있는 친구죠. 나머지 세 명의 피해자의 상태도 그가 분석했습니다. 물린 자국들에 대한 그의 분석은 수사에 큰 도움을 주었죠." 커즌스가 지원을 요청하듯 플라이트를 돌아보았다. 하지만 플라이트의 시선은 자신의 구두에서 떨어지지 않고 있었다. 그의 모습은 마치 이렇게 받아치고 있는 것 같았다. *그 정도는 아니지 않습니까.*

"자." 침묵의 의미를 알아차렸는지 커즌스가 말했다. "이것으로 내 할 일은 다 끝났습니다. 이젠 과학수사팀이 마무리 지으면 됩니다. 저기 저 여자도……" 커즌스가 턱으로 만신창이 시체를 가리켰다. "필요하다면 수사에 적극 협조할 겁니다. 난 이만 집에 돌아가봐야겠어요."

플라이트는 커즌스가 자신에게 화가 나 있다는 걸 뒤늦게 깨달은 듯했다. "고생하셨습니다, 필립." 형사가 검시관의 팔뚝에 살며시 손을 얹었다. 커즌스는 얹어진 손과 플라이트를 차례로 쳐다본 후 미소를 지었다.

그들은 춥고 어두운 밖으로 나왔다. 리버스의 손목시계는 새벽 4시 30

분을 알리고 있었다. 그는 거의 탈진 상태였다. 그럴 수만 있다면 본관 앞 잔디에 드러누워 잠을 청하고 싶었다. 그의 짐을 챙긴 플라이트가 다가왔다.

"내가 데려다줄게요." 그가 말했다.

쓰러지기 직전의 리버스는 그 말이 그렇게 고마울 수가 없었다. 실로 오랜만에 누려보는 친절함이었다. "내가 탈 자리가 있을까요?" 그가 말했다. "곰 인형도 버티고 있고."

플라이트가 걸음을 멈추었다. "그냥 걸어가고 싶습니까, 경위?"

리버스가 잽싸게 두 손을 올려 사과의 제스처를 취했다. 플라이트가 차 문을 열자 그는 잽싸게 빨간 시에라의 조수석에 올랐다. 좌석이 그의 몸을 폭 감싸주는 듯했다.

"자." 플라이트가 휴대용 술병을 리버스에게 건넸다. 리버스는 뚜껑을 비틀어 열고 냄새를 맡아보았다. "마셔도 안 죽습니다." 플라이트가 말했다. 거짓말은 아닌 것 같았다. 냄새로는 위스키가 분명했다. 고급 위스키는 아니었지만 그렇다고 싸구려 같지도 않았다. 호텔에 도착할 때까지 뜬눈으로 버티려면 몇 모금 마셔줘야만 했다. 리버스는 앞유리에 건배를 하고 술병을 입에 물었다.

플라이트가 운전석에 올라 시동을 걸었다. 그리고 리버스에게서 돌려받은 위스키를 게걸스럽게 들이켰다.

"호텔까진 얼마나 걸립니까?" 리버스가 물었다.

"20분 정도 걸릴 겁니다." 플라이트가 술병을 주머니에 넣으며 대답했다. "정지 신호를 무시하고 달리지 않는 한."

"눈에 보이는 모든 정지 신호를 무시하고 달리는 걸 허락하겠습니다."

피곤한 얼굴의 플라이트가 웃음을 터뜨렸다. 두 사람 모두 머릿속에서 시체의 이미지를 지워내려 애쓰는 중이었다.

"날이 밝을 때까지 그냥 잊어버리는 게 좋겠죠?" 리버스가 말했다. 플라이트는 말없이 고개만 끄덕이며 차를 출발시켰다. 그들은 차에 오르는 커즌스와 이소벨 페니에게 손을 흔들어 인사했다. 리버스는 차창 밖으로 램 경장을 내다보았다. 램은 번드르르한 스포츠카 옆에 서 있었다. 역시 생긴 대로 노는군. 리버스는 생각했다. 전혀 놀랍지가 않아. 램은 리버스를 쳐다보며 기분 나쁜 미소를 흘리고 있었다.

FYTP. 리버스는 속으로 웅얼거렸다. FYTP. 그는 몸을 돌려 뒷좌석의 곰 인형을 바라보았다. 플라이트는 그것이 왜 차에 실려 있는지 끝내 설명해주지 않았다. 리버스는 미치도록 궁금했지만 묻지 않았다. 그깟 호기심 때문에 살얼음판 같은 그와의 관계를 악화시킬 수는 없었다. 그는 일단 아침까지 참아보기로 했다.

위스키가 그의 콧구멍과 폐와 목구멍을 뻥 뚫어주었다. 그는 깊은 숨을 들이쉬며 검푸른 모반으로 덮인 영안실 직원과 아마추어 화가처럼 시체를 스케치하던 이소벨 페니를 떠올렸다. 박물관 전시실에 와 있기라도 한 듯이 진지하게 작업에 임하던 여자. 그는 그녀의 비밀이 궁금했다. 어떻게 그토록 평온할 수 있었는지. 단지 투철한 직업정신 때문이었을까? 언젠가는 리버스도 그렇게 될 것이다. 하지만 그는 그러지 않기를 바랐다.

호텔로 향하는 동안 플라이트와 리버스는 거의 입을 열지 않았다. 영안실로 향했을 때보다도 대화가 없었다. 빈속에 들이킨 위스키와 차 안의 후텁지근한 공기가 리버스를 알딸딸하게 만들었다. 그는 차창을 조금 내려보았지만 기다렸다는 듯 쏟아져 들어온 칼바람은 그의 상태를 더 악화시키기만 할 뿐이었다.

그의 머릿속에서 부검 장면이 다시 떠올랐다. 절삭 공구들, 떼어내지는 장기들, 절개와 검사들, 스펀지 같은 조직을 뚫어져라 쳐다보는 커즌스의 얼굴, 모든 걸 지켜보며 기록하는 이소벨 페니, 목에서 치골까지 이어진 절개선. 그의 눈앞에서 런던의 야경이 휙휙 스쳐갔다. 플라이트는 정말로 정지 신호를 무시하고 달려나갔다. 아직도 많은 차들이 도로를 질주하고 있었다. 잠들지 않는 도시. 나이트클럽, 파티, 부랑자, 노숙자, 개를 산책시키러 나온 사람, 밤새 영업하는 베이글 가게. 어떤 간판은 'beigel'로, 또 어떤 간판은 'bagel'로 표기되어 있었다. 베이글(beigel)은 또 뭐지? 우디 앨런 영화에서 툭하면 배우들이 먹어대는 그건가?

그녀에게서 뽑아낸 눈썹 샘플. 맙소사. 눈썹을 뽑아가서 대체 뭘 하려고. 지금 그들이 집중해야 할 것은 피해자가 아니라 범인이었다. 이빨 자국. 그 치과의사의 이름이 뭐였더라? 아, 치과의사가 아니지. 치아 병리학자. 그래, 그거야. 모리슨. 에든버러의 거리명과 같은 이름. 백조 한 쌍이 사는 맥주공장 수로에서 얼마 떨어지지 않은 모리슨 가. 그놈들이 죽으면 어떻게 되는 거지? 맥주공장이 또 다른 한 쌍을 구해서 풀어놓을까? 번들거리는 빨간 차 안은 푹푹 쪘다. 리버스의 울렁거리는 속도 심각한 수준에 이르렀다. 목에 박힌 채 천천히 비틀려지는 작은 칼. 그는 머릿속으로 그 광경을 떠올려보았다. 부엌칼. 그의 입안에서 톡 쏘는 시큼한 맛이 느껴졌다.

"거의 다 왔습니다." 플라이트가 말했다. "샤프츠베리 가를 따라 쭉 가기만 하면 됩니다. 오른쪽으로 보이는 게 바로 소호입니다. 지난 몇 년간 대대적인 청소를 해왔죠. 우리가 얼마나 고생했는지 상상도 못할 겁니다.

그건 그렇고, 오는 동안 머리를 좀 굴려봤습니다. 시체가 발견된 지점은 한때 크레이 가족이 살던 리 브리지 가였습니다. 당시 난 젊은 경관이었죠."

"제발……" 리버스가 말했다.

"그들은 스토키에서 사람을 죽였습니다. 잭 맥바이티. 아마 그였을 겁니다. 사람들은 그를 '잭 더 햇'이라고 불렀죠."

"여기서 잠깐 세워줘요." 리버스가 불쑥 말했다. 플라이트가 그를 돌아보았다.

"무슨 일입니까?"

"바람을 쫌 쐬야겠어요. 여기서부터 걸어가겠습니다. 빨리 차를 세워줘요."

플라이트는 내키지 않았지만 그냥 시키는 대로 했다. 차가 연석 앞에 멈춰 서자 리버스가 잽싸게 튀어나갔다. 순식간에 그의 기분이 나아졌다. 그의 이마와 목과 등에는 식은땀이 맺혀 있었다. 그는 다시 깊은 숨을 들이쉬었다. 플라이트가 그의 짐을 꺼내왔다.

"고마워요." 리버스가 말했다. "그리고 미안합니다. 호텔이 어느 쪽인지만 알려줘요."

"광장을 지나자마자 나올 겁니다." 플라이트가 말했다.

리버스가 고개를 끄덕였다. "부디 야근 보이가 있었으면 좋겠네요." 그의 상태는 빠르게 나아지고 있었다.

"4시 45분입니다." 플라이트가 말했다. "아마 일찍 출근한 주간 근무자들만 보게 될 겁니다." 그가 웃음을 터뜨렸다. 하지만 리버스가 진지한 얼굴로 고개를 끄덕이자 웃음이 뚝 멎어버렸다. "오늘은 다들 할 만큼 했다고 봐야겠죠. 안 그렇습니까, 존?"

리버스가 다시 고개를 끄덕였다. 존. 이로써 빙산에서는 또 다른 조각이 떨어져 나간 셈이었다.

"그렇습니다." 그가 말했다. 그들은 악수를 했다. "10시 미팅 때 보는 겁니까?"

"11시로 옮기죠. 시간 맞춰 호텔로 차를 보내겠습니다."

리버스는 고개를 끄덕이며 땅에 놓인 가방들을 집어 들었다. 그리고 또 다시 몸을 기울여 차의 뒷유리를 들여다보았다. "잘 자라, 테디." 그가 말했다.

"길 잃어버리지 않도록 조심해요!" 플라이트가 차 안에서 소리쳤다. 차는 요란하게 유턴을 한 후 왔던 길로 맹렬히 돌아갔다. 리버스는 주위를 둘러보았다. 샤프츠베리 가. 사방을 에워싼 건물들이 위협적으로 느껴졌다. 극장들, 상점들, 일요일 밤 외출의 흔적인 쓰레기들. 쓰레기차는 요란한 소음을 내며 안개 낀 골목을 누비고 있었다. 차에 탄 남자들은 주황색 작업복 차림이었다. 그들은 리버스에게 눈길조차 주지 않았다. 얼마나 더 가야 하지? 굽이 진 거리는 가도 가도 끝이 없었다.

빌어먹을 런던. 얼마나 걸었을까. 마침내 에로스(그리스 신화에 나오는 사랑의 신)가 올라 선 분수대가 그의 눈에 들어왔다. 하지만 무언가 이상했다. 광장은 더 이상 광장이 아니었다. 에로스는 광장의 한복판을 차지하고 있었고, 차들은 그것을 멀리 돌아가는 대신 그냥 스쳐 지나가고 있었다. 왜 저렇게 해놨을까? 그의 뒤로 차 한 대가 다가와 멈춰 섰다. 주황색 줄무늬가 있는 하얀 차였다. 순찰차. 조수석의 경관이 차창을 내리고 그를 불렀다.

"실례합니다. 지금 어디 가시는 길입니까?"

"네?" 뜻밖의 질문에 리버스가 흠칫 놀랐다. 운전석과 조수석에서 경관 두 명이 내렸다.

"그게 다 선생님 가방입니까?"

리버스는 속에서 분노가 끓어오르는 걸 느꼈다. 그는 순찰차 창문에 비친 자신의 모습을 흘끔 쳐다보았다. 4시 45분, 런던 한복판, 잠을 못 자 부스스한 모습, 텁수룩한 수염, 양손에 들린 여행가방과 운동가방, 그리고 서류가방. *서류가방?* 이런 새벽에 서류가방이라니. 리버스는 짐을 내려놓고 한 손으로 콧날을 문질렀다. 갑자기 그의 어깨가 들썩이기 시작했다. 웃음이 터져버린 것이다. 두 제복 경관이 서로의 얼굴을 쳐다보았다. 리버스는 킬킬대며 주머니에 손을 찔러 넣었다. 한 경관이 뒤로 주춤 물러났다.

"겁먹지 마." 리버스가 신분증을 내밀며 말했다. "난 자네들과 같은 편이라고." 조수석에서 나온 경관이 리버스에게서 신분증을 받아들고 유심히 들여다보다가 다시 돌려주었다.

"아주 먼 길을 오셨군요, 경위님."

"말 안 해도 알아." 리버스가 말했다. "자넨 이름이 뭔가?"

순간 경관의 얼굴에 경계하는 표정이 떠올랐다. "베넷입니다, 경위님. 조이 베넷. 아니, 조셉 베넷."

"좋아, 조이. 부탁이 하나 있는데 들어주겠나?" 경관이 고개를 끄덕였다. "혹시 프린스 로얄 호텔이 어디 있는지 아나?"

"물론입니다, 경위님." 베넷이 왼손을 들어 호텔이 있는 방향을 가리키려 했다. "여기서 45미터만 더 가시면……"

"됐어." 리버스가 그의 말을 끊었다. "그냥 거기까지 안내해주게. 응?"

젊은 경관은 대꾸가 없었다. "그래 줄 수 있겠지, 베넷 경관?"

"물론입니다, 경위님."

리버스가 고개를 끄덕였다. 그래, 런던쯤이야 식은 죽 먹기지. 주눅 들 거 없어. "좋아." 그가 프린스 로얄 쪽으로 걸음을 옮겨나가기 시작했다. "참." 그가 두 경관을 홱 돌아보며 말했다. "내 짐은 자네들이 책임져주게." 리버스는 다시 돌아섰다. 그의 뒤에서 두 경관의 입이 딱 벌어지는 소리가 들렸다. "그게 싫다면……" 그가 어깨너머로 말했다. "레인 경감님께 연락해서 두 경관 놈들이 런던 경찰청의 초대를 받고 먼 길을 달려온 손님을 희롱했다고 일러바칠까?"

리버스는 계속 걸어나갔다. 두 경관이 그의 짐을 챙겨 들고 잽싸게 그를 뒤따랐다. 그들은 순찰차 문을 잠가야 할지를 놓고 티격태격 싸우고 있었다. 그의 얼굴에서는 연신 미소가 흘렀다. 소소한 승리였다. 비록 사기성이 짙었지만. 하지만 그런 건 아무래도 상관없었다. 어차피 이곳은 런던이니까. 그것도 쇼비즈니스의 메카, 샤프츠베리 가.

* * *

마침내 집에 돌아온 그녀는 샤워부터 했다. 씻고 나니 기분이 한결 나아졌다. 그녀는 차 트렁크에서 쓰레기 봉지를 가져왔다. 봉지에는 그녀의 옷과 조잡한 싸구려 물건들이 담겨 있었다. 내일 저녁 그녀는 뒤뜰을 정리하고 모닥불을 피워놓을 것이다.

그녀는 더 이상 울지 않았다. 이미 진정이 된 상태였다. 흥분을 가라앉히는 건 그녀의 특기였다. 그녀는 비닐로 된 쇼핑백에서 또 다른 비닐봉지를 꺼냈고, 그 안에서 피 묻은 칼을 꺼냈다. 주방 싱크대는 끓어오르는 비눗물로 가득 차 있었다. 그녀는 옷이 담긴 쓰레기 봉지에 비닐봉지를 쑤셔 넣었다. 칼은 싱크대에 던져놓았다. 그녀는 칼을 조심스레 닦고 싱크대에 물을 채웠다 빼기를 반복했다. 콧노래까지 흥얼거리면서. 사실 그것은 노래도, 선율도 아니었다. 하지만 콧노래는 어머니의 자장가처럼 그녀를 차분하게 만들어주었다.

힘든 일이 마무리되자 그녀는 후련해졌다. 비결은 집중이었다. 집중력이 흐트러지면 실수를 하게 되고, 자신이 무슨 실수를 했는지 짚어낼 수도 없다. 그녀는 피가 닿은 싱크대를 세 차례에 걸쳐 닦았다. 칼은 식기건조대에 걸어놓았다. 복도로 나온 그녀는 침실 문 앞에 서서 열쇠를 꺼냈다.

그녀의 비밀 공간이었다. 그녀만의 화랑. 한쪽 벽은 유화와 수채화로 완전히 덮여 있었다. 그중 세 점은 복원이 불가능할 정도로 훼손된 상태였다. 유감스럽게도 셋 다 그녀가 가장 좋아하는 작품들이었다. 이제 그녀는 한적한 시골 시냇가를 그린 작품을 가장 좋아하게 되었다. 심플하고 흐릿하게 그려진 작품에서는 소박함이 느껴졌다. 시내는 전경에 자리하고 있었고, 그 옆에는 남자와 소년이 앉아 있었다. 아니, 어쩌면 남자와 소녀인지도 몰랐다. 긴가민가했다. 그게 바로 소박한 스타일의 단점이었다. 화가에게 물어볼 수도 없고. 이미 오래전에 죽어버렸으니.

그녀는 반대쪽 벽을 돌아보지 않으려 애썼다. 그 벽은 늘 그녀를 진저리나게 했다. 곁눈질로도 보고 싶지 않았다. 그녀가 가장 좋아하는 작품은 크기까지 완벽했다. 가로 25센티미터, 세로 20센티미터. 물론 바로크 양식의 금칠한 액자는 빼고. 액자는 작품과 전혀 어울리지 않았다. 그녀의 어머니는 액자를 고르는 안목이 전혀 없었다. 자그마한 크기와 바래진 색이 작품에 미묘함과 겸손함, 온화함을 더해주었다. 그녀가 그 작품을 특히 좋아하는 이유였다. 무슨 엄청난 진리를 담고 있지는 않았다. 오히려 그림은 사실과는 정반대인 가공할 거짓말을 하고 있었다. 그곳에는 시내가 없었고, 아버지와 아이의 오붓한 시간도 없었다. 그곳에는 오직 공포만이 있을 뿐이었다. 그래서 그녀는 벨라스케스가 좋았다. 그림자 극(劇), 풍부한 색조의 검정, 두개골과 불신…… 드러난 검은 심장.

"검은 심장." 그녀의 고개가 끄덕여졌다. 그녀는 남들이 쉽게 보지 못하는 것들을 보았고, 남들이 쉽게 느끼지 못하는 것들을 느껴왔다. 그것이 바로 그녀의 삶이었다. 그녀의 존재 이유. 그림이 그녀를 조롱하기 시작했다. 어느새 시내는 잔인한 청록색 미소로 변해 있었다.

그녀는 다시 나지막이 콧노래를 불렀다. 그녀가 의자에 놓인 가위를 집어 들고 그림을 그어나가기 시작했다. 처음에는 세로로, 그런 다음에는 가로로. 그리고 다시 세로로. 그녀는 그렇게 심장을 갈가리 찢어나갔다. 거짓으로 가득 찬 장면이 완전히 사라질 때까지.

지하철

"그리고 바로 여기……" 조지 플라이트가 말했다. "여기가 바로 울프맨이 태어난 곳입니다."

리버스는 그곳을 눈여겨보았다. 무언가가 탄생하기에는 너무 음울한 장소였다. 자갈 깔린 막다른 골목, 3층짜리 건물들, 판자를 쳤거나 창살로 덮어놓은 창문들. 몇 주째 도로변에 방치되어온 듯한 검은 쓰레기 봉지들. 창문들 앞 담장못에 꽂혀버린 봉지도 몇몇 보였다. 그렇게 뚫린 구멍마다 악취 나는 내용물이 쏟아져 나왔다. 꼭 터져버린 하수관을 보는 듯했다.

"멋지군요." 그가 말했다.

"건물들은 다 비어 있습니다. 이 중 한 곳의 지하에서 지역 밴드들이 연습을 할 뿐이죠. 엄청 시끄럽습니다." 플라이트가 창살로 덮인 창문들을 가리켰다. "저기가 의류 제조업자의 집입니다. 유통업자였나? 뭐 아무튼, 그는 우리가 이 동네에 출몰한 직후로 코빼기도 보이지 않고 있습니다."

"그래요?" 리버스는 흥미롭다는 듯 말했다. 하지만 플라이트는 이내 고개를 저었다.

"몸을 사리는 게 당연하죠. 방글라데시에서 온 불법체류자들을 노예처럼 부리고 있거든요. 갑자기 경찰이 들락거리니 얼마나 겁이 났겠습니까. 보나마나 다른 데로 장비들을 옮길 겁니다."

리버스가 고개를 끄덕였다. 그는 막다른 골목을 유심히 둘러보며 시체가 발견된 현장 사진들을 떠올렸다.

"바로 저기였습니다." 플라이트가 철책 한쪽에 난 문을 가리켰다. 아, 맞아. 리버스는 기억이 났다. 1층이 아니라 지하로 통하는 돌계단이었다. 피해자는 계단 맨 아래에서 발견되었다. 어젯밤 피해자와 같은 수법으로 당한 모습이었다. 복부의 물린 자국까지 똑같았다. 리버스는 서류가방에서 마닐라 폴더를 꺼내 펼쳤다.

"마리아 왓키스. 38세. 직업, 매춘부. 1월 16일 화요일, 지역 자문 위원회 위원들에 의해 발견됨. 피해자는 발견되기 2~3일 전에 살해된 것으로 추정됨. 시체를 숨기려 한 흔적이 남아 있음."

플라이트가 턱으로 담장못에 꽂힌 쓰레기 봉지를 가리켰다. "범인은 시체 위에 쓰레기를 부어놓고 달아났습니다. 쥐들이 아니었다면 아마 쉽게 발견되지 못했을 겁니다."

"쥐라고요?"

"수십 마리가 모여 있었다더군요. 놈들에겐 최고의 회식이었겠죠."

리버스는 계단 맨 위에 서 있었다. "우린 말입니다……" 플라이트가 말했다. "울프맨이 돈을 주고 그녀를 이곳으로 데려왔을 거라 생각하고 있습니다. 어쩌면 그녀가 그를 데려왔는지도 모르고요. 그날 그녀는 올드 가의 술집에 있었습니다. 걸어서 5분 거리죠. 그곳 단골들을 만나봤는데 그녀가 누구랑 술집을 나서는 걸 보지 못했다고 합니다."

"그가 차를 타고 접근하지 않았을까요?"

"충분히 가능한 일입니다. 사건 현장들의 물리적 거리를 따져보면 범인은 꽤 기동성이 있었던 것 같습니다."

"보고서를 보니 피해자가 기혼으로 돼 있더군요."

"그렇습니다. 그녀의 남편, 토미는 아내가 하는 일을 알고 있었답니다. 하지만 전혀 문제 삼지 않았다더군요. 꼬박꼬박 돈을 가져와 안겨줬으니 그럴 만도 하죠."

"실종 신고도 안 했답니까?"

플라이트의 미간이 찌푸려졌다. "못하는 게 당연하죠. 하루 종일 술집에 진을 치고 있으니. 우리가 찾아갔을 때도 그는 거의 혼수상태에 빠져 있었습니다. 나중에 술이 깼을 때 물어보니 마리아가 종종 며칠씩 사라졌다 나타나곤 했답니다. 단골손님 한두 명과 해변을 즐겨 찾았다나요."

"그 고객들을 찾아보진 않았겠죠?"

"그만해요." 플라이트가 뜻밖의 농담을 듣기라도 한 듯 웃음을 터뜨렸다. "도움이 될진 모르겠지만 토미는 그중 한 놈의 이름이 빌이나 윌이었다고 했습니다."

"그렇군요." 리버스가 미소를 흘리며 말했다.

"어쨌든……" 플라이트가 말했다. "토미는 아내가 사라졌다고 경찰을 찾아올 사람이 아닙니다. 전과도 많고. 솔직히 얘기하면 그는 우리의 첫 번째 용의자였습니다."

"의심은 해봐야죠." 모든 경찰은 보편적 진리를 알고 있었다. 대부분 살인사건은 가정에서 벌어진다.

"2년쯤 됐을 겁니다." 플라이트가 말했다. "마리아가 심하게 폭행당한 적이 있었어요. 병원 신세까지 져야 했죠. 고객도 아닌 남자랑 놀아나다가 토미에게 두들겨 맞았다더군요. 그 전에도 토미는 가중 폭행죄로 형을 살았습니다. 피해 여성이 증인석에만 올랐어도 강간죄까지 포함됐을 텐데. 하지만 두렵다면서 끝내 증언을 거부하더군요. 증인까지 확보된 상황에서 어이없게도 강간죄를 적용할 수 없게 된 거죠. 그래서 가중 폭행죄로만 기소할 수밖에 없었습니다. 그는 운 좋게 딱 8개월만 살다 나왔고요."

"요주의 인물이군요."

"그런 셈이죠."

"여성들을 상대로 범행을 저질러온 기록이 분명히 남아 있고."

플라이트가 고개를 끄덕였다. "처음엔 그럴듯해 보였습니다. 마리아를 죽인 범인을 멀리서 찾지 않아도 된다며 다들 들떴었죠. 하지만 수사를 할수록 점점 더 앞뒤가 안 맞더군요. 그에겐 확실한 알리바이가 있었습니다. 피해자의 몸에서 발견된 물린 자국도 그의 치아와 일치하지 않았고요. 그건 치과의사가 확인해주었습니다."

"모리슨 박사 말입니까?"

"네, 맞아요. 난 필립을 약 올리려고 일부러 치과의사라 부릅니다." 플라이트가 턱을 살살 문질렀다. 그의 재킷 팔꿈치에서 가죽 늘어나는 소리가 들렸다. "아무튼 무엇 하나 딱딱 들어맞는 게 없었습니다. 그러다가 두 번째 사건이 발생했죠. 그때 우린 깨달았습니다. 토미가 범인이 아니라는 걸."

"확실합니까?"

"존, 난 오늘 아침에 무슨 색 양말을 신고 나왔는지조차 확실히 모르는 사람입니다. 내가 양말을 신고 나오기는 했는지도 가물가물하고요. 하지만 토미 왓키스가 범인이 아니라는 건 백 퍼센트 확신합니다. 아스널 경기를 보며 흥분하는 건 몰라도 여자들을 죽여 시체를 훼손하는 걸 즐기는 사람은 절대 아닙니다."

리버스의 눈은 여전히 플라이트에게서 떨어지지 않았다. "오늘은 파란

양말을 신고 나왔군요." 그가 말했다. 플라이트가 자신의 발을 내려다보았다. 그의 얼굴에 환한 미소가 떠올랐다.

"하지만 양쪽이 색조가 좀 다릅니다." 리버스가 덧붙였다.

"맙소사, 정말 그렇군요."

"그래도 왓키스 씨는 한번 만나보고 싶습니다." 리버스가 말했다. "뭐 급하진 않고요. 그래도 괜찮겠습니까?"

플라이트가 어깨를 으쓱였다. "좋을 대로 해요, 셜록. 자, 이제 이 거지 소굴 같은 곳을 뜹시다. 더 둘러볼 게 없다면."

"그러죠." 리버스가 말했다. "갑시다." 그들은 다시 플라이트의 차가 세워진 골목 입구로 향했다. "이 동네를 뭐라고 부른다고 했죠?"

"쇼디치. 그 왜 이런 동요도 있지 않습니까. '부자가 되면, 쇼디치의 종이 말하네'."

그래, 어렴풋이 기억나는 것 같아. 리버스는 생각했다. 어머니의 무릎에 앉아서 들었었나? 아니면, 아버지가 불러주셨었나? 절대 아니었겠지만 묘하게도 그에게는 그런 기억이 남아 있었다. 그들은 골목 입구에 다다랐다. 널찍한 도로는 몰려든 차들로 북적거렸다. 주변 건물들은 검게 때가 껴 있었다. 창문들도 죄다 수북한 먼지로 덮여 있었다. 사무실, 창고들. 주방용품 전문점을 제외하고는 상점이 보이지 않았다. 가정집도 없었다. 한밤중 골목에서 비명이 터져 나온다 해도 들어줄 사람이 없었다. 현장을 내다보려 해도 먼지 덮인 창문으로는 그러지 못할 것이고. 피로 얼룩진 킬러는 그렇게 유유히 이곳을 빠져나갔을 것이다.

리버스는 막다른 골목을 바라보다가 첫 번째 건물의 한쪽 모퉁이로 시선을 돌렸다. 명판에는 골목의 이름이 흐릿하게 새겨져 있었다. 울프 가

E1.

경찰이 킬러를 울프맨이라고 부르는 이유였다. 그의 흉포한 범행 수법이나 현장에 남겨진 이빨 자국 때문이 아니라 이 골목이 바로 그가 탄생한 곳, 그가 처음으로 범행을 벌인 곳이기 때문에. 울프맨의 행방은 상대적으로 덜 중요했다. 그보다는 이 도시의 천만 개 얼굴 중 누구라도 그가 될 수 있다는 사실이 훨씬 더 중요했다.

"이제 어디로 갈까요?" 리버스가 조수석 문을 열며 말했다.

"킬모어 가." 플라이트가 대답했다. 아이러니한 거리명에 두 남자의 시선이 마주쳤다.

"킬모어 가. 좋습니다." 리버스가 차에 오르며 말했다.

리버스의 하루는 일찍 시작되었다. 세 시간 만에 잠에서 깬 그는 라디오를 켜고 오전 뉴스를 들으며 옷을 입었다. 어디로 안내될지 몰라 일단 편하게 입기로 했다. 연갈색 코르덴 바지, 얇은 재킷, 셔츠. 트위드 재킷과 넥타이는 챙기지 않았다. 그는 샤워를 하고 싶었지만 같은 층 샤워실 문이 잠겨 있어 들어갈 수 없었다. 그는 프런트에 내려가 얘기해보기로 했다. 계단 앞에는 구두 닦는 기계가 놓여 있었다. 그는 낡은 검은 구두를 닦고 아침을 먹으러 내려갔다.

레스토랑은 출장 온 사람들과 관광객들로 넘쳐났다. 한 테이블에는 조간신문들이 줄지어 놓여 있었다. 리버스는 『가디언』을 집어 들었고, 지친 모습의 웨이트리스는 그를 1인용 테이블로 안내했다.

아침식사는 셀프서비스였다. 중앙의 커다란 카운터에는 다양한 종류의 주스와 시리얼과 과일이 놓여 있었다. 잠시 후, 주문도 하지 않은 커피와 살짝 구운 토스트가 도착했다. 전구를 사용해 구웠는지 토스트는 전혀 바삭거리지 않았다. 리버스는 삼각형 모양의 빵조각에 버터를 발랐다.

풀코스로 서빙되는 영국식 아침식사는 베이컨 한 줄, 살짝 데운 토마토 한 개, 작은 버섯 세 개, 느끼해 보이는 달걀과 자그마한 소시지로 구성되어 있었다. 리버스는 그것들을 단숨에 먹어치웠다. 커피는 조금 싱거웠지만 그것도 깨끗이 비워냈다. 그는 리필을 요청한 후 신문을 펼쳤다. 4면 하단에 실린 전날 밤 살인사건 관련 기사는 짧고 간략했다.

기본 뼈대만 갖추어놓은 기사. 그는 주위를 둘러보았다. 천방지축 두 아이를 진정시키며 민망해하는 커플이 눈에 들어왔다. 그러지 말아요. 리버스는 생각했다. 그냥 뛰놀게 내버려둬요. 내일 무슨 일이 생길지 누가 알겠어요? 애들이 죽을지, 부모가 죽을지. 그의 딸도 런던 어딘가에 살고 있었다. 그의 전처와 아파트에서. 런던에 왔으니 그들에게 연락을 해보고 싶었다. 나중에 기회를 봐서. 구석 테이블의 남자는 타블로이드 신문을 훑고 있었다. 리버스의 시선이 그 앞표지에 고정되었다.

울프맨, 또다시 물다.

아, 저래야 정상이지. 리버스는 마지막 토스트를 향해 손을 뻗는 순간 버터가 동나버렸음을 깨달았다. 그때 누군가의 묵직한 손이 그의 어깨에 얹어졌다. 그는 깜짝 놀라며 들고 있던 토스트를 떨어뜨렸다. 뒤를 돌아보니 플라이트가 우뚝 서 있었다.

"좋은 아침입니다, 존."

"어서 와요, 조지. 잘 잤습니까?"

플라이트가 의자를 끌어와 리버스 맞은편에 풀썩 주저앉았다. 그의 두 손이 무릎에 가지런히 얹어졌다.

"전혀요. 당신은요?"

"간신히 몇 시간 눈을 붙였습니다." 리버스는 샤프츠베리 가에서의 소동을 언급할까 하다가 그만두기로 했다. 왠지 나중에 적절한 기회가 있을 것 같았기 때문이다. "커피 한 잔 하겠습니까?"

플라이트가 고개를 저었다. 그의 시선이 주위를 슥 훑었다. "오렌지 주스 한 잔 정도는 괜찮을 것 같습니다만." 리버스가 일어서자 플라이트가 황급히 손짓해 다시 앉혔다. 플라이트는 직접 주스를 가져와 단숨에 들이켰다. 그의 눈이 질끈 감겼다. "주스 가루를 물에 탄 것 같군요." 그가 말했다. "아무래도 커피로 입가심해야겠습니다."

리버스가 또 다른 잔에 커피를 따랐다. "봤어요?" 그가 턱으로 구석 테이블을 가리키며 말했다. 플라이트가 타블로이드 신문을 쳐다보며 미소를 지었다.

"저렇게 난리쳐봤자 소용없습니다. 어차피 제대로 볼 수 있는 건 우리뿐이니까요."

"제대로 볼 수 있다뇨?"

플라이트는 말없이 리버스를 응시했다. 그가 커피를 한 모금 넘겼다. "11시에 회의가 있을 겁니다. 아무래도 못 갈 것 같아서 레인에게 맡겨뒀습니다. 회의 주재가 그의 취미거든요."

"그럼 우린 뭘 할 겁니까?"

"리 강 주변에서 탐문 수사를 벌이거나 쿠퍼 부인이 일했던 곳을 찾아가봐야 하지 않겠습니까?" 리버스는 의욕이 생기지 않았다. "나머지 세 건의 현장을 둘러보고 싶다면 기꺼이 안내하겠습니다." 그 말에 리버스의 귀가 쫑긋 세워졌다. "좋습니다." 플라이트가 말했다. "그럼 경치나 구경하러 가죠. 커피를 충분히 마셔두는 게 좋을 겁니다. 오늘도 긴 하루가 될 것 같으니까요."

"한 가지 궁금한 게 있습니다." 리버스가 컵을 입으로 가져가다 말고 말했다. "왜 날 베이비시팅 하는 겁니까? 내 기사 노릇을 할 시간에 더 중요한 일을 할 수도 있을 텐데 말입니다."

플라이트는 잠시 리버스의 얼굴을 유심히 살폈다. 진짜 이유를 털어놓을까? 아니면 그럴 듯한 이유를 꾸며 둘러대? 그는 후자를 선택했다. "당신이 빨리 적응하도록 돕고 싶어서요." 리버스는 천천히 고개를 끄덕였다. 하지만 플라이트는 그가 자신의 거짓말을 곧이곧대로 믿지 않았음을 알고 있었다.

차에 다다르자 리버스가 곰 인형을 찾아 뒷유리를 들여다보았다.

"내가 죽였습니다." 플라이트가 운전석 문을 열며 말했다. "완벽한 살인."

"에든버러는 어떤 곳입니까?"

리버스는 플라이트가 관광지로서의 에든버러에 대해 묻는 게 아니라는 걸 알고 있었다. 에든버러 성과 온갖 축제의 도시. 그는 범죄의 온상으로서의 에든버러에 대해 묻는 것이었다. 관광객들이 모르는 또 다른 세상.

"글쎄요." 그가 말했다. "아직도 마약 문제가 심각합니다. 악덕 사채업자들도 다시 기승을 부리고 있고요. 하지만 그런 문제들을 제외하면 꽤 살 만합니다."

"하지만……" 플라이트가 말했다. "몇 년 전 아동살해범이 난리를 치지 않았습니까."

리버스가 고개를 끄덕였다.

"킬러는 당신이 잡았고요." 리버스는 아무 대꾸도 하지 않았다. 연쇄살인만 아니었어도 그의 개인적 개입에 대해서는 언론에 공개되지 않았을 것이다.

"수천 시간에 달하는 인시(한 사람이 한 시간에 생산하는 노동 혹은 생산성 단위)가 해결한 사건이죠." 그가 대수롭지 않다는 듯 말했다.

"위에서는 그렇게 믿고 있지 않습니다." 플라이트가 말했다. "그들은 당신을 연쇄살인 전문가로 여기고 있어요."

"그들이 잘못 짚은 겁니다." 리버스가 말했다. "난 그냥 당신과 같은 형사일 뿐입니다. 그건 그렇고, 윗사람들이라니. 정확히 누굴 얘기하는 겁니까? 이건 누구 아이디어였죠?"

플라이트가 고개를 저었다. "나도 잘 모르겠습니다. 물론 윗사람들이 누군진 잘 알죠. 레인과 피어슨 총경. 하지만 그들 중 누가 당신을 불러들였는지는 모릅니다."

"편지엔 레인의 이름이 적혀 있던데요." 리버스가 말했다. 그는 그 사실이 별 의미가 없다는 걸 알고 있었다.

한낮의 행인들이 인도를 따라 분주히 움직이고 있었다. 도로는 쏟아져 나온 차들로 꽉 막혀버린 상태였다. 그와 플라이트가 30분에 걸쳐 이동한 거리는 5킬로미터도 채 되지 않았다. 도로 공사, 이삼중 주차, 계속 이어지는 정지 신호, 무단횡단자들, 그리고 무모하게 끼어드는 이기적인 운전자들 때문에 속도가 잘 나지 않았다. 플라이트는 그의 생각을 꿰뚫어보는 듯했다.

"몇 분 후면 뻥 뚫릴 겁니다." 그가 말했다. 그는 리버스가 한 말을 곱

씹어보고 있었다. *난 그냥 당신과 같은 형사일 뿐입니다.* 하지만 리버스는 아동살해범을 잡았잖아. 안 그래? 사건 파일에는 분명 그가 해결했다고 기록되어 있었고, 그는 그 공을 인정받아 경위 자리를 꿰찰 수 있었다고 했다. 리버스는 겸손한 척하고 있는 거야. 괜찮은 친구인 것 같은데.

몇 분 후, 15미터쯤 더 벗어나오자 출입 금지 표지판이 붙은 좁은 교차로가 나타났다. 플라이트는 옆길을 흘끔 살폈다. "조금 대담해질 필요가 있을 것 같습니다." 그가 급하게 핸들을 꺾으며 말했다. 거리 한쪽으로는 노점들이 길게 늘어서 있었다. 리버스는 노점상들의 속사포 같은 수다에 귀를 기울였다. 누구도 일방통행로를 거꾸로 달려나가는 수상한 차에 관심을 보이지 않았다. 이동식 노점을 끌고 가던 남자가 맹렬히 내달리는 차를 보고 멈칫했다. 그의 두툼한 주먹이 운전석 차창을 거칠게 두드렸다. 플라이트가 차창을 내리자 분홍빛을 띤 둥근 얼굴이 불쑥 나타났다.

"이봐, 대체 어쩌려고 이러는 거야?" 버럭 성을 내던 남자가 운전자를 확인한 후 움찔했다. "오, 플라이트 씨. 차창 때문에 못 알아봤어요."

"안녕, 아놀드." 플라이트가 나지막이 말했다. 그의 시선이 앞에서 묵직하게 움직이는 노점 쪽으로 돌아갔다. "잘 지냈어?"

남자가 긴장한 얼굴로 웃음을 터뜨렸다. "착실하게 살고 있습니다, 플라이트 씨."

그제야 플라이트가 고개를 돌리고 그를 쳐다보았다. "듣던 중 반가운 소리군." 그가 말했다. 리버스에게 그 대꾸는 무척 위협적으로 들렸다. 어느새 눈앞의 도로는 뻥 뚫려 있었다. "계속 수고해." 플라이트는 그 말을 남기고 속도를 높였다.

리버스가 그를 빤히 응시하며 설명을 기다렸다.

"성범죄자입니다." 플라이트가 말했다. "어린아이들을 상대로 몹쓸 짓을 하다가 두 번 잡혀 들어갔죠. 정신과 의사는 다 나았다고 했지만 난 모르겠어요. 저런 놈들은 절대 믿어선 안 됩니다. 여기 몸담은 지는 몇 주 됐는데 주로 물건을 싣고 내리는 일을 하더군요. 나름 쓸 만한 정보원입니다."

리버스는 상황이 이해되었다. 플라이트는 육중하고 억세 보이는 남자를 쥐락펴락하고 있었다. 플라이트가 아놀드의 비밀을 흘리는 순간 아놀드는 직장에서 쫓겨나는 것은 물론, 사회에서 완전히 매장되어버릴 게 뻔했다. 어쩌면 그는 선하고 생산적인 사회 구성원으로 거듭났는지도 몰랐다. 아무리 경찰이라도 죗값을 치르고 나와 확 달라진 삶을 사는 사람에게 이래도 되는 것인지 리버스는 궁금했다. 물론 그 자신도 찔리는 구석이 없지는 않았다.

"내겐 정보원이 스무 명 정도 있습니다." 플라이트가 말했다. "전부 아놀드 같진 않죠. 돈을 쥐어줘야만 입을 여는 놈도 있고, 그냥 말하는 걸 좋아해서 묻지 않아도 술술 늘어놓는 놈도 있습니다. 대부분 나 같은 사람에게 쓸 만한 정보를 제공하는 걸 영광으로 여깁니다. 이 정도 규모의 도시에선 정보원들의 역할이 아주 중요하죠."

리버스는 말없이 고개만 끄덕였다. 플라이트는 계속해서 나불거릴 모양이었다.

"어찌 보면 감당하기 힘들 만큼 큰 도시지만 또 어찌 보면 작다고 할 수 있죠. 모두가 모두를 알고 있지 않습니까. 알다시피 런던은 강을 중심으로 남북이 갈라져 있습니다. 꼭 두 개의 다른 나라가 나란히 붙어 있는 것 같죠. 하지만 도시가 이렇게 나뉜 것도 그렇고, 변함없는 충성심, 늘 같은 얼굴들을 보면 가끔은 내가 자전거를 타고 마을을 순찰하는 경관이 된 듯한 기분이 들기도 합니다." 플라이트가 돌아보자 리버스는 다시 고개를 끄덕였다. 그는 속으로 생각했다. 또 그 얘긴가? 이미 지겹도록 들었는데. 런던이 그 어느 도시보다 크고, 좋고, 거칠고, 중요하다는 얘기. 그와 함께 교육을 받은 런던 경찰국 형사들과 런던에서 온 방문자들도 플라이트와 같은 태도를 보였다. 런던이라는 도시가 사람들을 그렇게 만들어놓는 모양이었다. 하긴, 리버스 역시 상대의 눈에 더 터프하고 중요한 인물로 비치기 위해 에든버러를 필요 이상으로 과장해 묘사한 적이 여러 차례 있었다.

아무리 그렇다 해도 경찰 업무는 바뀌지 않았다. 서류작업과 컴퓨터와 진실을 향해 뚜벅뚜벅 나아가는 형사들.

"거의 다 왔습니다." 플라이트가 말했다. "킬모어 가는 왼쪽으로 세 번째 골목입니다."

킬모어 가는 공업단지 한구석에 자리하고 있었다. 그런 이유로 밤에는 인적이 뚝 끊겼다. 지하철역까지의 거리는 180미터 정도였고, 주변 골목들은 복잡하게 얽혀 있었다. 한적하고 인구도 적은 동네에 지하철이 다닌다는 사실이 리버스를 놀라게 했다. 그것도 주요 도로나 버스 노선이나 기차역도 없는 좁은 뒷골목에.

"신기하네요." 그가 말했다. 플라이트는 어깨를 으쓱이며 고개를 저었다.

누구든 한밤중에 지하철역을 나오면 어둡고 쓸쓸한 골목을 오래 걸어 나가야 할 것이다. 양옆으로 늘어선, 텔레비전 불빛이 새어 나오는 레이스 커튼들을 벗 삼아서. 플라이트는 공업단지와 그 뒤편 대정원을 가로지르는 지름길을 보여주었다. 공원은 평평했고 생기가 느껴지지 않았다. 보이는 것이라고는 축구 골대 한 쌍과 원뿔형의 주황색 도로 표지 두 개가 전부였다. 공원 너머에는 고층 아파트와 저층 주택 들이 빽빽이 들어찬 동네가 세 블록에 걸쳐 자리하고 있었다. 메이 제솝도 부모님이 살고 있는 그 동네로 향하던 길이었다. 열아홉 살의 그녀는 좋은 직장에 다녔지만 퇴근이 너무 늦는다는 게 문제였다. 거의 매일 야근을 하다 보니 그녀의 부모는 그날도 10시가 되기 전까지 딸 걱정을 전혀 하지 않았다. 그리고 11시, 누군가가 그들의 현관문에 노크를 했다. 그녀의 아버지는 당연히 딸일 거라 생각하고 부리나케 나가보았다. 하지만 문밖에 서 있는 건 형사였고, 그는 메이의 시체가 발견되었다는 청천벽력 같은 소식을 전해주었다.

또 하나의 사건. 피해자들은 서로 아무 관련이 없었고, 모든 사건이 템스 강 북부에서 발생했다는 사실 외에는 지리상의 연결고리도 없었다. 매춘부와 사무장과 주류 판매점 직원 사이에 무슨 공통점이 있었을까? 리버스는 그게 궁금했다.

세 번째 살인사건은 노스 켄싱턴의 서쪽 끝에서 발생했다. 시체가 발견된 지점은 철도선로 바로 옆이었고, 그런 이유로 수송경찰이 초기 수사를 맡게 되었다. 시체의 신원은 마흔한 살의 셸리 리처즈였다. 미혼에 무직. 그녀는 피해자들 중 유일한 유색인이었다. 노팅힐과 래드브로크 그로브와 노스 켄싱턴을 차례로 가로질러 나가는 동안 리버스는 전반적인 상황에 대해 골똘히 생각해보았다. 웅장한 저택들로 가득 찬 동네를 벗어나자 쓰레기가 널린 지저분한 도로가 나타났다. 주변은 판자를 친 창문과 벤치에 진을 친 부랑자들로 넘쳐났다. 부자와 가난한 사람들이 서로 착 달라붙어 살고 있는 것이었다. 경계가 뚜렷한 에든버러에서는 상상도 못할 일이었다. 한쪽에서는 인종 폭동, 또 다른 쪽에는 외교관들. 플라이트의 설명은 믿기 힘들 정도였다.

셸리 리처즈가 살해된 곳은 그 어떤 현장보다도 외롭고 애처로운 분위기였다. 리버스는 선로 밑 경사면을 내려가 낮은 벽돌벽을 넘어갔다. 그의 바지가 녹색 이끼로 물들었다. 그가 손으로 문질러보았지만 얼룩은 지워지지 않았다. 리버스는 철도교 밑을 걸어 플라이트가 기다리는 차로 향했다. 웅덩이와 쓰레기를 요리조리 피해나가는 그의 발소리가 요란하게 울려 퍼졌다. 그는 잠시 멈춰 서서 귀를 쫑긋 세워보았다. 사방에서 쌕쌕거리는 소리가 들려왔다. 머리 위 다리가 죽어가고 있는 듯했다. 그는 고개를 들고 비둘기떼의 검은 윤곽을 올려다보았다. 철제 대들보가 서서히 식어가는 중이었다. 쌕쌕거림은 바로 거기서 나는 소리였다. 그때 그의 머리 위로 기차가 맹렬히 지나갔다. 우레 같은 소음에 비둘기들이 사방으로 흩어졌다. 그는 몸을 바르르 떨며 서둘러 다리 밑을 빠져나왔다.

한참 후, 그는 '머더 룸'으로 돌아올 수 있었다. 강력계 형사들의 보금자리는 건물 최상층에 마련되었다. 리버스와 플라이트가 들어섰을 때 그곳에서는 스무 명 남짓의 남녀 형사가 업무에 몰두하고 있었다. 살인사건 수사 현장의 분위기는 어느 곳이든 똑같았다. 수화기나 컴퓨터를 붙들고 씨름하는 형사들과 두툼한 서류뭉치를 여기저기로 분주히 옮기는 사무직원들. 한쪽 구석에서는 복사기가 쉴 새 없이 종이를 토해내고 있었고, 배달부들은 새로 주문한 서류 캐비닛들을 벽에 나란히 세워놓고 있었다. 한쪽 벽에는 상세한 런던 지도가 붙어 있었고, 살인사건 현장들은 핀으로 표시되어 있었다. 그들은 핀들을 색 테이프로 연결해놓았고, 곳곳에 현장 사진과 메모를 붙여놓았다. 남은 공간에는 근무자 편성표와 작업 진도 도표가 걸려 있었다. 모든 게 무척 효율적으로 보였지만 그들의 얼굴은 리버스에게 전혀 다른 이야기를 들려주고 있었다. 열심히 뛰는 데도 한계가 있다고. 오로지 기적만을 바라고 있다고.

활기찬 사무실 분위기에 잔뜩 고무된 플라이트는 곧바로 수많은 질문을 속사포처럼 쏟아내기 시작했다. 회의는 어땠는지. 램버스-그는 리버스에게 과학수사연구소가 그곳에 자리하고 있다고 귀띔해주었다-에서는 아무 소식이 없었는지. 어젯밤 사건 수사에는 진전이 있었는지. 탐문수사 결과는 어땠는지. 쓸 만한 단서가 하나라도 발견되기는 했는지.

모두가 어깨를 으쓱이거나 고개를 저어댔다. 다들 마지못해 일하고 있는 듯해 보였다. 기적을 기다리면서. 하지만 끝내 기적이 오지 않는다면? 리버스에게는 그 답이 있었다. 직접 기적을 만들면 되지.

큰 사무실 옆 작은 방은 통신 센터로 쓰이고 있었다. 그곳에는 또 다른 방 두 칸이 딸려 있었고, 각 방마다 책상이 세 개씩 놓여 있었다. 고참 형사들의 공간이었다. 두 방 모두 비어 있는 상태였다.

"앉아요." 플라이트가 말했다. 그가 책상에서 수화기를 집어 들고 어디론가 전화를 걸었다. 그리고 응답을 기다리며 눈앞에 10센티미터 높이로 쌓인 문서들을 물끄러미 내려다보았다. "여보세요? 지노?" 그가 수화기에 대고 말했다. "조지 플라이트예요. 샌드위치를 좀 주문할게요. 살라미 샐러드." 그가 리버스를 흘끔 돌아보며 반응을 살폈다. "통밀빵으로 부탁해요, 지노. 네 개면 충분해요. 고마워요." 그가 전화를 끊고 또 다른 곳으로 전화를 걸었다. 이번에는 버튼을 두 번만 눌렀다. 내부 전화. "모퉁이만 돌면 지노의 카페가 나옵니다." 그가 리버스에게 설명했다. "거기 샌드위치가 정말 기가 막혀요. 배달도 되고요." 그가 다시 수화기로 주의를 돌렸다. "오, 여보세요? 나 플라이트 경위야. 차 좀 부탁할게. 큰 주전자로 하나만.

사무실로 가져와. 오늘은 진짜 우유인가, 아니면 또 그 빌어먹을 분유인가? 그래? 그거 잘됐군. 고마워." 그가 수화기를 내려놓고 마치 마술 공연을 펼치듯 두 손을 펼쳐 보였다. "오늘은 운이 좋았습니다, 존. 모처럼 진짜 우유를 타서 마실 수 있게 됐어요."

"이젠 어쩔 겁니까?"

플라이트가 어깨를 으쓱인 후 한 손으로 미결 서류함을 탁 내리쳤다. "읽을 게 이렇게 쌓여 있지 않습니까. 그간 무슨 일이 있었는지 살펴봐야죠."

"그런다고 사건이 해결됩니까?"

"그건 아니지만……" 플라이트가 말했다. "위에서 곤란한 질문을 던졌을 때 그럴듯하게 둘러댈 순 있게 해주죠. 피해자 키가 얼마나 되는지, 머리는 무슨 색인지, 시체는 누가 발견했는지. 그 모든 답이 저기 다 들어 있지 않습니까."

"키 170센티미터, 갈색 머리. 누가 발견했는지는 전혀 중요하지 않습니다."

플라이트가 웃음을 터뜨렸다. 하지만 리버스는 어느 때보다도 진지했다. "살인자들은 어느 날 갑자기 불쑥 튀어나오지 않습니다." 그가 계속 이어나갔다. "그들은 만들어지는 겁니다. 연쇄살인범이 만들어지기까지는 오랜 시간이 걸립니다. 이 사건의 범인도 마찬가지였을 거고요. 과연 그는 그 세월 동안 뭘 하고 살아왔을까요? 외톨이일 가능성이 높지만 멀쩡한 직장과 가정이 있는지도 모릅니다. 누군가는 분명 뭔가를 알고 있을 겁니다. 어쩌면 그의 아내는 남편이 밤마다 어디를 쏘다니는지, 그의 신발 끝에 남아 있는 혈흔은 어디서 묻은 것인지, 부엌칼은 또 어디로 사라진 것인지 궁금해하고 있는지 모릅니다."

"알았어요, 존." 플라이트가 다시 두 손을 펼쳐 보였다. 이번에는 화해의 제스처였다. 리버스는 자신의 언성이 필요 이상으로 높아졌음을 깨달았다. "흥분하지 말아요. 뭔 소린지 알아듣기 힘들지만 대충 알 것 같습니다. 자, 그럼 우리가 뭘 해야 좋겠습니까?"

"홍보. 우린 시민들의 도움이 절실합니다."

"이미 수십 통의 제보전화가 들어왔습니다. 자기가 범인이라고 주장하는 미치광이들부터 옆집 이웃을 의심하는 익명의 밀고자들까지. 원한이 있어 거짓 제보를 하는 경우도 있고, 또 귀담아들을 만한 정보도 몇몇 있습니다. 일일이 잘 살펴보는 게 우리가 할 일이죠. 언론도 잘 이용해야 하고요. 오늘 총경님의 인터뷰가 있을 겁니다. 신문, 잡지, 라디오, TV. 딱 필요한 만큼만 알려주고 널리 퍼뜨리게 해야죠. 우리에겐 영국 최고의 언론 담당자가 있습니다. 이제 곧 시민들은 우리가 어떤 괴물을 상대하고 있는지 상세히 알게 될 겁니다."

그때 열린 문에서 노크 소리가 들려왔다. 여자 경관이 쟁반을 들고 들어와 플라이트의 책상에 내려놓았다. "어머니 노릇은 내가 할게요." 그가 두 개의 하얀 머그잔에 차를 따랐다.

"언론 담당자의 이름이 뭡니까?" 리버스가 물었다. 그도 최고의 언론 담당자를 알고 있었다. 하지만 그녀가 런던에 있을 리는 없었다. 그녀는 에든버러에 있었다.

"캐스 패러데이." 플라이트가 말했다. "캐스 패러데이 경위입니다." 그가 우유갑을 집어 들고 냄새를 맡은 후 머그잔에 조금 따랐다. "운이 좋으면 그녀를 만나볼 기회가 있을지도 모릅니다. 아주 멋진 여자예요. 내가 자기에 대해 이런 얘길 했다는 걸 알면 날 가만두지 않을 겁니다." 플라이트가 씩 웃었다.

"알긴 아네." 문밖에서 들려온 목소리였다. 플라이트가 움찔하며 벌떡 일어났다. 그 바람에 차 몇 방울이 그의 셔츠에 떨어졌다. 문이 벌컥 열리면서 백금색 머리를 한 여자가 들어왔다. 그녀는 팔짱을 끼고 문설주에 몸을 기댔다. 리버스의 시선이 고양이처럼 치켜 올라간 그녀의 눈으로 향했다. 얼굴은 갸름했고, 빨간 립스틱이 칠해진 입술은 가늘었다. 그녀의 머리는 금속성 물질로 이루어진 듯 반짝거렸다. 두 남자보다 몇 살 많은 그녀는 짙은 화장으로 얼굴 주름을 감추어놓은 상태였다. 리버스는 화장을 과하게 한 여자를 별로 좋아하지 않았다. 대부분의 남자들과 달리.

"어서 와, 캐스." 플라이트가 애써 태연한 척하며 말했다. "그렇지 않아도 우린……"

"내 얘길 하고 있었지? 알아." 그녀가 팔짱을 풀고 방 안으로 걸어 들어와 리버스 앞으로 한 손을 내밀었다. "리버스 경위, 맞죠?" 그녀가 말했다. "얘기 많이 들었어요."

"아, 그래요?" 리버스가 플라이트를 흘끔 돌아보았다. 플라이트의 눈은 아직도 캐스 패러데이에게서 떨어지지 않고 있었다.

"조지가 잘 접대하고 있나요?"

리버스가 어깨를 으쓱였다. "이 정도면 뭐 나쁘지 않습니다."

그녀의 눈이 점점 더 고양이 같아졌다. "그렇군요." 그녀가 말했다. 그녀의 목소리가 살짝 낮아졌다. "그래도 적당히 긴장하는 게 좋을 거예요, 경위. 다들 조지처럼 다정다감하진 않거든요. 런던에서 온 누군가가 당신 사건에 꼬치꼬치 참견하면 기분이 어떻겠어요?"

"캐스." 플라이트가 말했다. "굳이 그런 얘길……"

그녀가 한 손을 들어 그의 말을 막았다. "그냥 경고일 뿐이야, 조지. 한 경위가 또 다른 경위에게 보내는 우호적인 경고. 우리끼리 서로 잘 챙겨야 하잖아, 안 그래?" 그녀가 손목시계를 들여다보았다. "이만 가봐야겠어요. 5분 후 피어슨과 미팅이 있거든요. 만나서 반가웠어요, 경위. 안녕, 조지."

그녀는 문도 닫지 않고 사무실을 나가버렸다. 그녀가 나간 후로도 독한 향수 냄새는 오랫동안 가시지 않았다. 두 남자는 한동안 어색한 침묵을 지켰다. 한참 후, 먼저 입을 연 것은 리버스였다.

"아까 아주 멋진 여자라고 했었죠, 조지? 아무래도 당신에게 소개팅 주선 요청은 절대 못할 것 같습니다."

늦은 오후, 리버스는 플라이트의 사무실에 홀로 앉아 책상에 수북이 쌓인 문서들을 훑어보고 있었다. 그는 펜으로 책상을 톡톡 두드리며 자신이 적어놓은 두 개의 이름을 물끄러미 내려다보았다.

앤소니 모리슨 박사, 토미 왓키스.

그가 만나보고 싶은 사람들이었다. 그는 그것들 밑에 두껍게 밑줄을 그어놓고, 또 다른 이름 두 개를 추가로 적었다. 로나, 사만다. 그들도 그가 만나보고 싶은 사람들이었다. 개인적인 이유로.

플라이트는 레인 경감을 만나러 가기 위해 자리를 비운 상태였다. 보나마나 같은 건물의 다른 층에 있을 것이다. 경감은 어떤 이유에서인지 리버스까지 호출하지 않았다. 그는 먹다 남은 살라미 샌드위치를 집어 들었다가 그냥 쓰레기통에 던져버렸다. 너무 짜서 못 먹겠어. 살라미는 또 무슨 고기야? 그는 차 생각이 간절했다. 그는 플라이트처럼 내선번호 18번을 눌러 차를 주문하려다 말았다. 괜한 짓 했다간 웃음거리가 될지도 몰라. 피어슨 총경의 눈 밖에 날 수도 있고.

우호적인 경고. 리버스는 긴장을 늦출 수 없었다. 그는 명단을 구겨 쓰레기통에 던져 넣고 자리에서 일어나 밖으로 나갔다. 무언가라도 해야 했다. 딱히 할 게 없으면 아무거나 하는 척이라도 해야 했다. 어째서 자신이 600킬로미터가 넘는 먼 곳에서 불려 왔는지 잊어서는 안 되었다. 하지만 도무지 비집고 들어갈 틈이 보이지 않았다. 비록 실속은 없었지만 모두가 최선을 다해 수사에 임하고 있었다. 존재감 없는 외부인에 불과한 그는 그들과 함께 기적을 기다리는 것 외에는 할 게 없었다.

그가 벽에 걸린 지도를 유심히 들여다보고 있을 때 뒤에서 누군가의 목소리가 들려왔다.

"경위님?"

그가 홱 돌아보았다. 머더 룸 경관 하나가 서 있었다. "네?"

"누가 보자고 하십니다, 경위님."

"나를요?"

"여기서 계급이 가장 높으시거든요."

리버스는 잠시 머리를 굴려보았다. "누굽니까?"

경관이 손에 쥔 종이를 들여다보았다. "프레이저 박사님이십니다, 경위님."

리버스는 또다시 머리를 굴렸다. "알겠습니다." 그가 작은 사무실 쪽으로 돌아서며 말했다. "잠시 후에 들여보내줘요." 그리고 덧붙였다. "오, 차도 좀 준비해주고."

"알겠습니다, 경위님." 경관이 말했다. 그는 리버스가 방으로 들어가는 걸 확인한 후 동료들을 돌아보았다. 각자의 책상에 앉은 그들이 경관을 쳐다보며 미소를 흘렸다. "스코틀랜드 놈답게 꽤 뻔뻔하군." 그가 모두가 들을 수 있도록 큰 소리로 말했다. "아무래도 찻주전자에 오줌을 좀 타야겠어."

프레이저 박사는 여자였다. 흠칫 놀란 리버스는 엉거주춤 일어나 매력적인 여자를 맞았다.

"리버스 경위님이신가요?"

"그렇습니다. 프레이저 박사님이시죠?"

"네." 그녀가 가지런한 치아를 드러내며 말했다. 리버스는 그녀에게 앉을 것을 권했다. "제 소개가 좀 필요할 것 같군요." 리버스는 그녀의 눈을 똑바로 쳐다보며 고개를 끄덕였다. 그는 그녀의 매끈한 황갈색 다리를 훑어보지 않으려 애썼다. 그녀의 허벅지는 꽉 끼는 크림색 미니스커트에 덮여 있었다. 그녀는 리버스만큼이나 키가 컸다. 맨다리는 늘씬했고, 몸은 탄력 있어 보였다. 그녀는 스커트와 매치되는 재킷과 수수한 흰 블라우스 차림이었다. 목에는 진주 목걸이가 걸려 있었고, 그 바로 위에는 희미한 흉터가 남아 있었다. 햇볕에 그을린 황갈색 얼굴에는 화장기가 없었다. 턱은 각이 졌고 어깨까지 곧게 흘러내린 검은 머리는 뒤로 묶어놓았다. 그녀는 무릎에 내려놓은 검은 가죽 서류가방의 손잡이를 손가락으로 살살 문지르고 있었다.

"전 의사가 아니에요." 리버스는 조금 놀랐다. "학위가 있어서 박사라고 부를 뿐이죠. 전 칼리지에서 심리학을 가르치고 있어요."

"그리고 미국인이시죠?" 리버스가 말했다.

"캐나다인이에요."

그 정도는 알아차렸어야 했는데. 그녀의 말씨에서는 미국인들에게는 없는 묘한 억양이 묻어나왔다. 스콧 기념탑을 카메라에 담으려고 프린시즈 가에 모여든 관광객들의 곳소리와도 분명한 차이가 있었다.

"그렇군요." 그가 말했다. "그런데 여긴 무슨 일이십니까?"

"아침에 이곳의 누군가와 통화를 했어요. 제가 울프맨 사건에 관심이 있다고 알려줬죠."

리버스는 그제야 깨달았다. 울프맨에 대한 황당한 분석을 내놓은 또 다른 미치광이. 머더 룸 형사들은 리버스를 골탕 먹이기 위해 그녀를 불러들이고 그와 상의도 없이 미팅 약속을 잡아버린 것이다. 모든 걸 알고 있었던 플라이트는 모른 척 자리를 비워버린 것이고. 하지만 손해를 본 건 오히려 그들이었다. 미치광이든 아니든 매력적인 여자와 함께하는 시간은 흐뭇했으니까. 특별히 할 일도 없던 차에 오히려 잘된 일이었다.

"계속 말씀하세요." 그가 말했다.

"울프맨의 프로파일을 만들어보고 싶어요."

"프로파일?"

"심리학적 프로파일. 몽타주처럼 말이에요. 얼굴 대신 심리를 그려보겠다는 것이죠. 범죄자 프로파일 작성에 대한 조사를 좀 해봤어요. 유사한 기준을 이용해 프로파일을 만들면 킬러를 더 잘 이해할 수 있을 거예요." 그녀가 잠시 머뭇거렸다. "어떻게 생각하세요?"

"왜 그러고 싶으신 거죠?"

"공공심 때문이기도 하고요." 그녀가 자신의 무릎을 내려다보며 미소를 지었다. "제 분석이 옳다는 걸 확인하고 싶기도 해요. 옛 사건들로 충분히 연습을 해왔거든요. 이젠 진짜 사건을 다뤄보고 싶어요."

리버스는 등받이에 몸을 붙이고 천천히 펜을 집어 들었다. 그가 펜에서 눈을 뗐을 때 그녀는 그를 빤히 응시하고 있었다. 심리학자답게 그를 관찰하는 것이었다. 그는 펜을 내려놓았다. "이건 게임이 아닙니다." 그가 말했다. "여긴 강의실도 아니고요. 지금까지 네 명의 여자가 희생됐습니다. 킬러는 여전히 미쳐 날뛰고 있고, 우린 모든 단서를 꼼꼼히 분석하느라 눈코 뜰 새 없이 바쁩니다. 이런 상황에서 우리가 왜 박사님에게 아까운 시간을 내드려야 하는 겁니까?"

순간 그녀의 얼굴이 벌겋게 상기되었다. 그녀는 아무 대꾸도 하지 못했다. 리버스는 말없이 앉아 그녀의 입이 열리기를 기다렸다. 그의 입안은 바짝 말라 있었고, 목구멍은 송진이 발라진 듯 끈적거렸다. 주문한 차는 왜 안 오는 거지?

마침내 그녀가 입을 열었다. "전 그저 이 사건과 관련된 자료를 훑어보고 싶을 뿐이에요."

리버스는 빈정대는 투로 말했다. "그게 다예요?" 그가 미결 서류함에 수북이 쌓인 문서들을 톡톡 두드렸다. "마음대로 하세요. 딱 두 달만 기다리시면 될 겁니다." 그녀는 못 들은 척 서류가방을 뒤적여 얇은 주황색 폴더를 꺼냈다.

"자." 그녀가 냉랭하게 말했다. "이걸 읽어보세요. 20분도 채 안 걸릴 거예요. 미국의 한 연쇄살인범에 대한 프로파일이에요. 이걸 보고 나서도 제가 울프맨을 찾는 데 아무 도움이 안 될 거라 판단되시면 순순히 돌아갈게요."

리버스는 파일을 넘겨받았다. 오, 맙소사. 그는 생각했다. 이젠 심리학

공부까지 해야 하나? *공감하기…… 참여시키기…… 동기 부여하기.* 심리학이라면 경영 훈련 과정에서 지겹도록 배웠다. 하지만 그는 그녀를 쫓아낼 마음이 없었다. 머더 룸의 모두가 능글맞게 웃으며 지켜보고 있는 가운데 자기 혼자 바보처럼 사무실을 지키고 싶지 않았기 때문이다. 그는 폴더를 열고 깔끔하게 타자를 쳐 묶은 스물다섯 장짜리 논문을 꺼냈다. 그녀는 프로파일을 훑어나가는 리버스를 유심히 지켜보았다. 그는 일부러 고개를 살짝 쳐들었다. 그녀에게 축 늘어진 목살을 내보이고 싶지 않았기 때문이었다. 또한 근육도 별로 없는 가슴이 두드러져 보이도록 어깨도 뒤로 뺐다. 그는 어릴 적 자신의 살을 찌워주지 않은 부모를 원망했다. 빼빼 마른 체구에 살을 붙이려 할 때마다 배와 엉덩이만 볼록해질 뿐이었다. 정작 살이 가야 할 곳은 가슴과 팔뚝이었는데.

엉덩이, 가슴, 팔뚝. 그는 프로파일을 읽어나가면서도 시야에 살짝 걸쳐진 그녀를 가끔 훔쳐보았다. 그는 그녀의 이름조차도 모르고 있었다. 어쩌면 영영 알 기회가 없을지도 몰랐다. 그는 골똘한 생각에 빠진 듯이 미간을 찌푸린 채 첫 페이지를 훑었다.

다섯 번째 페이지에 이르러서는 점점 관심이 생겼고, 열 번째 페이지에 이르러서는 그의 태도가 눈에 띄게 진지해졌다. 대부분 추측에 근거한 주장이었지만 꽤 그럴듯했다. 사건을 바라보는 그녀의 관점은 확실히 리버스와 달랐다. 이 여자에게 울프맨의 프로파일을 맡긴다고 손해 볼 건 없잖아. 어차피 지금도 뾰족한 수가 없는데. 런던에 머무는 동안 여성 동료와 최대한 시간을 보내는 것도 나쁠 거 없고. 게다가 이 여자는 매력적이기까지 하잖아. 순간 그는 전처에게 연락해 만날 약속을 잡고 싶어 했던 사실을 떠올렸다. 그는 남은 내용을 마저 빠르게 훑었다.

"다 봤습니다." 그가 논문을 덮으며 말했다. "아주 흥미롭군요."

그의 반응에 그녀는 안도하는 분위기였다. "도움이 될 것 같나요?"

그는 잠시 머뭇거리다 대답했다. "그럴 것도 같네요."

그녀는 그의 대답이 성에 차지 않는 모양이었다. "이 정도면 울프맨의 프로파일을 맡겨도 되겠어요?"

그가 명상하듯이 천천히 고개를 끄덕였다. 그러자 그녀의 얼굴이 확 밝아졌다. 리버스의 얼굴에도 미소가 머금어졌다. 그때 누군가가 사무실 문에 노크했다. "들어와요." 그가 말했다.

플라이트였다. 그는 차가 쏟아진 쟁반을 들고 있었다. "차를 시켰다고요?" 그가 말했다. 그의 시선이 이내 프레이저 박사에게로 돌아갔다. 리버스는 흠칫 놀라는 그의 얼굴을 지켜보며 흐뭇해했다.

"아……" 플라이트가 여자와 리버스를 번갈아 쳐다보며 말했다. 그는 민망한 상황을 어떻게 모면해야 할지 황급히 머리를 굴렸다. "손님이 오셨다는 얘긴 들었지만 이런…… 그러니까, 이런 여자분이 오셨을 줄은 미처……" 그가 말을 끝맺지 못하고 쟁반을 책상에 내려놓았다. 그는 여자 쪽으로 홱 돌아섰다. "조지 플라이트 경위입니다." 그가 한 손을 내밀며 말했다.

"프레이저 박사입니다." 그녀가 말했다. "리사 프레이저."

플라이트는 여자와 악수를 하며 리버스를 흘끔 돌아보았다. 리버스는 처음보다 훨씬 여유가 생긴 모습이었다. 그가 플라이트를 쳐다보며 장난스레 윙크를 했다.

"네……"

그녀는 그에게 두 권의 책을 남기고 떠났다. 그중 하나는 『시리얼 마인드』라는 책으로, 여러 교수가 쓴 논문을 엮은 것이었다. 훑어보니 런던 대학의 리사 프레이저가 쓴 「끝장내기: 연쇄살인범의 동기 부여 방식들」이라는 논문도 포함되어 있었다. 리사. 어울리는 이름이었다. 하지만 그녀의 박사 학위와 관련된 언급은 없었다. 또 하나는 제럴드 Q. 맥노티가 쓴 『대량살인의 패턴들』이라는 난해한 책으로, 온갖 도표와 그래프와 도해로 넘쳐났다.

맥노티? 장난인가(McNaughtie라는 성은 '버릇없는', '말을 안 듣는'이라는 뜻을 가진 'naughty'라는 단어를 연상시킴)? 하지만 표지에는 분명 맥노티 교수라고 적혀 있었다. 그는 캐나다 출신으로, 컬럼비아 대학에서 가르치고 있었다. Q가 무엇의 첫 글자인지는 알 길이 없었다. 그는 남은 근무시간 동안 두 권의 책을 빠르게 훑었다. 리사 프레이저의 논문은 특히 집중해서 읽어보았다. 그것도 두 번이나. 맥노티의 책에서는 '시체 훼손 패턴들'이라는 챕터가 특히 흥미로웠다. 그는 차와 커피와 오렌지 탄산음료를 연거푸 들이켰지만 입안의 신맛은 가실 줄 몰랐다. 소름끼치는 책을 읽는 내내 구역질이 나서 미쳐버릴 것 같았다. 4시 45분. 정신이 몽롱해진 그는 화장실에 가려고 자리에서 일어났다. 바깥 사무실에서는 근무를 마친 형사들이 하릴없이 서성이고 있었다.

오후 내내 자리를 비웠던 플라이트는 정각 6시에 사무실로 돌아왔다. "나가서 한잔할까요?" 리버스는 고개를 저었다. 플라이트는 의자 가장자리에 걸터앉았다. "무슨 일 있습니까?"

리버스는 손으로 책들을 가리켰다. 플라이트는 그중 하나를 집어 들고 유심히 살펴보았다. "오." 그가 말했다. "잠자리에서 읽기엔 좀 부적절할 것 같군요."

"맞아요. 아주…… 지독한 책들입니다."

플라이트가 고개를 끄덕였다. "균형 잡힌 시각으로 바라볼 필요가 있겠죠. 안 그렇습니까, 존? 너무 끔찍하다고 진실을 피해 다니면 살인자들은 더 신나게 날뛸 겁니다. 살인보다 더한 일들도 터지게 될 거고요."

리버스가 고개를 들었다. "살인보다 더한 일이 뭡니까?"

"뭐 생각해보면 많죠. 생후 6개월 된 아기를 고문하고 강간하는 현장을 촬영해 유사한 성향을 가진 사람들에게 뿌린다든지."

리버스는 기어들어가는 목소리로 말했다. "물론 농담이겠죠?" 하지만 그는 농담이 아니라는 걸 알고 있었다.

"세 달 전에 있었던 사건입니다." 플라이트가 말했다. "범인은 아직 잡지 못했지만 런던 경찰국은 문제의 비디오테이프를 여럿 입수했습니다. 혹시 기형아 포르노를 본 적 있습니까?" 리버스는 고개를 저었다. 플라이트가 그의 앞으로 얼굴을 불쑥 내밀었다. "약한 모습 보이지 말아요, 존." 그가 나지막이 말했다. "그런다고 해결되는 건 아무것도 없습니다. 명심해요. 여긴 런던입니다. 스코틀랜드가 아니라. 여기선 한낮에 버스를 타는 것도 위험합니다. 한밤중의 예선로는 말할 것도 없고요. 하지만 런던 사람들은 너무나 둔감합니다. 눈에 뭐가 씌었는지. 당신과 난 절대 그러면 안 됩니다. 하지만 가끔 한잔하는 건 괜찮죠. 자, 갈까요?"

강의를 마친 그가 일어나 두 손을 비볐다. 리버스는 고개를 끄덕이고 천천히 일어났다. "딱 한 잔입니다." 그가 말했다. "저녁에 약속이 있거든요."

약속 장소까지는 지하철로 이동했다. 열차는 승객들로 넘쳐났다. 그는 손목시계를 들여다보았다. 저녁 7시 30분. 여기선 러시아워가 영원히 이어지는 모양이지? 열차 객실에서는 시큼하고 퀴퀴한 냄새가 풍겼다. 천장에 붙은 세 개의 스피커에서는 열차 소음에 전혀 뒤지지 않는 요란한 음악이 흘러나오고 있었다. 리버스 주변 승객들은 모두 멍한 표정이었다. 둔감함. 플라이트의 말대로였다. 그들은 단조롭고 답답하고 고통스러운 모든 것들을 완전히 차단한 채 살아가고 있었다. 리버스는 갑자기 우울하고 피곤해졌다. 하지만 그는 관광객이기도 했다. 그런 것들까지 고스란히 체험해볼 필요가 있었다. 그래서 그는 택시 대신 지하철을 선택했다. 블랙 택시(영국의 전통적인 검은 택시) 요금이 터무니없이 비싸기도 했지만 무엇보다도 목적지가 지하철역에서 가까웠기 때문에 망설임 없이 지하철에 몸을 실을 수 있었다.

리버스는 외지인처럼 보이지 않으려 애썼다. 거리의 악사나 거지들을 얼빠진 듯 쳐다보지도 않았고, 틈틈이 멈춰 서서 광고판을 읽어보지도 않았다. 부랑자가 열차에 올라 난동을 부렸을 때도 그는 끝내 모른 척해버렸다. 귀가 먹고, 눈이 멀고, 말도 할 수 없는 사람처럼. 승객들에게 외면당한 부랑자는 풀이 죽은 모습으로 다음 역에서 내렸다. 리버스는 부랑자의 돌출행동보다도 승객들의 무반응에 더 크게 놀랐다. 그들은 마음의 문을 꼭꼭 걸어 잠그고 참견하기를 거부했다. 여기서 난투극이 벌어져도 이럴까? 육중한 남자가 관광객의 지갑을 훔쳐가도? 아마 그럴 것이다. 그것은 선과 악의 문제라기보다 도덕성 상실의 문제였다. 그것이 그 무엇보다도 리버스를 놀라게 했다.

하지만 보상이 아주 없는 건 아니었다. 눈에 들어오는 모든 예쁘장한 여자들을 보며 리버스는 리사 프레이저를 떠올렸다. 열차가 센트럴 라인으로 접어들었을 때 금발의 젊은 여자가 다가와 그의 옆에 앉았다. 그녀의 블라우스 안으로 가슴골이 살짝 드러났다. 리버스는 티나지 않게 그녀의 가슴을 이따금씩 훔쳐보았다. 그녀가 읽던 소설에서 눈을 떼고 그를 흘끔 올려다보았다. 딱 걸려버린 그는 황급히 시선을 돌렸다. 그녀의 차가운 눈빛이 그의 머리 측면에서 고스란히 느껴졌다.

모든 남자는 강간범이다. 누가 했던 말이더라? *염분의 흔적…… 물린 자국들……* 열차가 다음 역에서 멈춰 섰다. 마일 엔드. 그의 목적지였다. 옆에 앉은 여자도 그와 함께 하차했다. 그는 여자가 사라질 때까지 플랫폼을 서성거렸다. 특별한 이유는 없었다. 그는 천천히 1층으로 올라가 신선한 공기를 한껏 들이마셨다. 그 신선한 공기가 일산화탄소라는 걸 알고 있으면서도.

3차선 도로는 차량들로 꽉 막힌 상태였다. 트레일러 트럭 하나가 건물의 좁은 정문으로 들어서지 못하고 길을 막아버린 것이었다. 격분한 순경 두 명이 달려가 상황 수습에 들어갔다. 리버스는 우스꽝스러운 그들의 긴 모자를 물끄러미 바라보았다. 스코틀랜드 순경들이 쓰는 납작한 모자가 훨씬 실용적이었다. 축구 경기에서도 쉽게 표적이 되지 않았고.

리버스는 순경들에게 속으로 행운을 빌어준 뒤 기드온 파크로 향했다. 그곳은 이름처럼 공원이 아니라 도로였다. 약속 장소인 78번지는 네 채의 아파트로 나뉜 4층짜리 건물이었다. 그는 밑에서 두 번째 버저를 누르고 기다렸다. 잠시 후, 키가 크고 빼빼 마른 십대 소녀가 문을 열고 나왔다. 그녀의 긴 머리는 새까맣게 염색된 상태였고, 양쪽 귀에는 귀걸이가 세 개씩 붙어 있었다. 그녀가 미소를 지으며 그에게 와락 안겼다.

"어서 오세요, 아빠." 그녀가 말했다.

사만다 리버스가 아버지를 이끌고 좁은 계단을 올라갔다. 모녀는 2층 아파트에 살고 있었다. 리버스는 전처의 모습을 보고 깜짝 놀랐다. 그녀가 이토록 아름다웠던 적이 또 있었던가? 전에 없던 흰머리가 몇 가닥 보이기는 했지만 세련된 머리 스타일과 햇볕에 그을린 황갈색 얼굴이 그녀에게 우아함과 건강미를 불어넣어 주었다. 반짝이는 눈으로 서로를 빤히 쳐다보던 두 사람이 서로를 힘껏 끌어안았다.

"존."

"로나."

그녀는 책을 읽고 있던 중이었다. 그는 표지를 흘끔 내려다보았다. 버지니아 울프의 『등대로』. "난 톰 울프가 더 잘 맞던데." 그가 말했다. 거실은 좁았지만 벽거울이 있어 실제보다 훨씬 커 보였다. 친숙한 것들이 그의 눈에 속속 들어왔다. 기분이 묘했다. 의자, 쿠션 커버, 램프. 그가 로나와 함께 살 때 쓰던 것들이 이제는 감옥 같은 아파트를 가득 메우고 있었다. 그는 아늑한 분위기가 마음에 쏙 든다고 했고, 그녀는 리버스를 위해 차를 가져왔다. 그는 가져간 선물을 건넸다. 사만다에게는 레코드 상품권, 로나에게는 초콜릿. 두 여자는 속을 알 수 없는 표정으로 선물을 받았다.

두 여자. 사만다는 더 이상 소녀가 아니었다. 몸은 아직도 아이처럼 유연했지만 움직임과 행동과 얼굴은 완전한 성인이 되어 있었다.

"좋아 보이네, 로나."

뜻밖의 칭찬에 그녀가 멈칫했다. "고마워, 존." 그녀가 말했다. 하지만 전남편에게는 같은 평가가 나오지 않았다. 모녀는 은밀하게 눈빛을 교환했다. 오랫동안 함께 지내온 그들은 이제 텔레파시로도 소통이 가능해진 모양이었다. 리버스는 말수가 줄어든 모녀를 대신해 저녁 내내 어색한 침묵이 생기지 않도록 혼자서 신나게 떠들어댔다.

일방적인 대화라도 상관없었다. 그는 업무 관련 디테일을 쏙 뺀 에든버러 소식을 주절주절 풀어놓았다. 깨어 있는 시간의 대부분을 일에 쏟아붓는 그로서는 쉬운 일이 아니었다. 로나는 리버스와 함께 아는 친구들에 대해 물었고, 그는 더 이상 그들과의 교류가 없음을 털어놓았다. 그녀는 학교와 런던의 부동산 가격에 대해 들려주었다. 새 집을 장만하는 데 금전적으로 도움이 되어달라는 노골적인 요청은 없었다. 그를 버리고 떠난 게 바로 자신이었으니. 사랑은 남자와, 결혼은 직장과. 그녀가 말버릇처럼 늘어놓는 표현이었다. 사만다는 자신이 밟고 있는 비서 과정에 대해 들려주었다.

"비서 과정?" 리버스는 최대한 열광하는 척했다. 하지만 사만다의 대꾸는 냉담했다.

"언젠가 편지로 말씀드렸잖아요."

"아." 또다시 어색한 침묵이 찾아들었다. 리버스는 버럭 소리를 지르고 싶었다. 난 네 편지를 빠짐없이 읽는다고, 새미! 네 편지가 아빠에게 얼마나 힘이 되는지 알아? 매번 답장을 쓰지 못해서 미안해. 하지만 아빠에게 글재주가 없다는 거 알잖니. 대충 쓸 수도 없고, 엄청난 정성을 요하는 일인데. 하지만 너무 바쁘고, 늘 지쳐 있어서 말이다. 아빠가 떠맡아야 하는 사건이 얼마나 많은 줄 아니? 아빠만 바라보고 있는 사람도 한둘이 아니고.

하지만 그는 아무 말도 하지 않았다. 현명하게도. 지금은 보우 가의 자그마한 거실에 어울리는 의례적인 수다만 늘어놓아야 할 때였다. 할 말은 많지만 아무 말도 할 수 없는 상황. 견디기 힘들었다. 정말 견디기 힘들었다. 리버스는 두 손으로 무릎을 짚었다. 떠나려는 이들이 일반적으로 보이는 제스처. 여기 더 있고 싶지만 빳빳하게 풀 먹힌 호텔 침대와 얼음 만들어주는 기계와 구두 닦는 기계가 날 기다리고 있어서 말이야. 그가 천천히 몸을 일으켰다.

그때 버저가 울렸다. 짧게 두 번, 길게 한 번. 사만다가 계단으로 쌩하니 달려갔다. 로나의 얼굴에 미소가 떠올랐다.

"케니." 그녀가 말했다.

"누구라고?"

"사만다 남자친구야."

리버스는 천천히 고개를 끄덕였다. 이해심 많은 아버지처럼. 새미는 열여섯 살이었고, 칼리지에서 비서 과정을 밟고 있었다. 그리고 이제는 남자친구까지. "당신은, 로나?" 그가 말했다.

그녀가 대답을 위해 입을 열었을 때 계단을 오르는 요란한 발소리가 들려왔다. 청년의 손을 잡아끌고 들어온 사만다의 얼굴은 붉게 상기되어 있었다. 리버스는 반사적으로 일어났다.

"아빠, 케니예요."

케니는 검은 가죽 재킷에 검은 가죽 바지 차림이었고, 거의 무릎까지 올라오는 부츠를 신고 있었다. 검은 가죽 장갑이 끼워진 손에는 헬멧이 쥐어져 있었다. 툭 튀어나온 두 손가락이 마치 리버스를 가리키는 것처럼 보였다. 케니는 사만다와 붙잡고 있던 손을 놓고 리버스 앞으로 손을 내밀었다.

"안녕하세요."

굵고 자신감 넘치는 목소리였다. 그의 새까만 머리의 가르마는 한가운데 있었다. 볼과 목에는 여드름 자국이 나 있었고, 턱에는 딱 하루 동안 기른 만큼의 수염이 텁수룩하게 돋아나 있었다. 리버스는 의욕 없는 표정으로 청년의 뜨거운 손을 잡았다.

"어서 와, 케니." 로나가 말했다. 그리고 리버스를 돌아보았다. "케니는 오토바이 배달원이야."

"응." 리버스가 다시 자리에 앉으며 말했다.

"네, 그래요." 케니가 말했다. "주로 시내에서 활동하고 있습니다." 그가 로나를 돌아보았다. "오늘은 벌이가 괜찮았어요, 로나." 그가 윙크를 하며 말했다. 로나의 얼굴에 환한 미소가 떠올랐다. 열여덟쯤 되어 보이는 청년은 로나에게도 꽤 공을 들여온 모양이었다. 그가 다시 리버스를 돌아보며 능글맞은 미소를 지어 보였다. "바쁠 땐 하루에 100파운드도 넘게 벌어요. 옛날엔 정말 벌이가 좋았는데. 퀵서비스 회사도 많았고요. 뭐 요즘도 스피드와 신뢰만 있으면 큰돈을 벌 수 있어요. 반드시 절 써야 한다고 회사에 요구해오는 고객도 늘어났고요. 이걸로도 충분히 성공할 수 있다는 걸 기필코 보여줄 겁니다." 그가 사만다 옆 소파에 앉아 리버스의 대꾸를 기다렸다.

그는 청년이 무엇을 기대하고 있는지 잘 알았다. 케니는 당돌하게도 그에게 도전을 해온 것이었다. 못마땅하면 받아치라는 것. 대체 이 친구가 원하는 게 뭐지? 자존심을 살려달라는 건가? 딸의 순결을 빼앗아도 좋다는 승낙? 속도위반 단속 지역을 피해 다니는 노하우? 그것이 무엇이든 리버스는 순순히 내주고 싶지 않았다.

"폐에 좋지 않을 텐데." 그가 말했다. "배기가스를 다 맡고 다니려면 말이야."

뜻밖의 대꾸에 케니는 살짝 당황하는 모습이었다. "그래도 건강엔 아무 문제없습니다." 그가 언짢아하는 톤으로 말했다. 재밌군. 리버스는 생각했다. 이런 건방진 놈을 짜증나게 만드는 건 내 특기지. 로나가 그에게 눈을 흘기고 있었다. 그만두라는 경고였다. 하지만 리버스는 개의치 않고 케니에게만 집중했다.

"어릴 땐 나도 식료품 가게에서 배달 일을 했었지. 자네 같은 애들을 우러러보는 유망주도 많겠군."

케니의 표정이 금세 밝아졌다. "그럼요." 그가 말했다. "그렇지 않아도 저만의 팀을 만들어볼까 생각 중이었어요. 필요한 건……" 그가 갑자기 입을 닫았다. 리버스가 '애들'이라는 부적절한 표현을 썼다는 걸 뒤늦게 깨달은 모양이었다. 마치 그가 반바지와 학생모 차림의 꼬마라도 되는 것처럼. 하지만 다시 되돌아가 바로잡기에는 너무 늦어버렸다. 이대로 계속 밀고 나갈 수밖에 없었다. 문제는 그가 주절대는 모든 말이 이제 유치한 몽상으로만 들린다는 사실이었다. 리버스는 스코틀랜드 형사였지만 이스트 엔드 베테랑들만큼이나 노련했다. 그리고 노련한 사람은 절대 입을 함부로 놀리지 않았다. 대체 무슨 일이 벌어지고 있는 거지? C&A(네덜란드의 유명 의류 제조업체) 매장에서나 볼 법한 어색한 옷차림의 터프한 스코틀랜드 형사가 어린 딸의 남자친구 앞에서 어릴 적 식료품 가게에서 일했던 사연이나 신나게 늘어놓고 있다니. 리버스는 한때 가게 주인의 '메시지 보이'–스코틀랜드에서 '메시지'는 '쇼핑'을 의미한다–였다. 그는 핸들 앞에 직사각형 금속 바구니가 달린 검은 자전거를 타고 배달을 했었다.

"그땐 나도 큰돈을 벌 줄 알았어." 리버스가 말했다. 이제 결정적인 대목에 접어들 때였다. "하지만 그건 착각이었지. 나중에 제대로 된 직장을 힘겹게 구했지만 자전거를 타고 노인들에게 식료품을 배달하던 시절이 잊히지 않더군. 가끔 그들이 팁으로 과일이나 잼을 쥐어주기도 했지."

잠시 방 안에 침묵이 감돌았다. 밖에서 경찰 사이렌이 요란하게 지나쳐 갔다. 리버스는 등받이에 몸을 붙이고 팔짱을 꼈다. 그의 얼굴에는 감상적인 미소가 환하게 번져나갔다. 순간 케니에게 깨달음이 찾아들었다. 리버스는 그를 조롱하고 있는 것이었다. 그의 눈이 휘둥그레졌다. 모두가 그걸 꿰뚫어보고 있었다. 로나도. 새미도. 그는 당장이라도 형사 놈에게 박치기 맛을 보여주고 싶었다. 상대가 새미의 아버지든 아니든. 하지만 그는 꾹 참았다. 로나가 일어나 차를 가지러 주방으로 들어갔다. 형사도 이만 가봐야겠다며 벌떡 일어났다.

케니는 아직도 리버스의 이야기를 곱씹으며 분석하는 중이었다. 물론 리버스도 그걸 알고 있었다. 무식한 애송이는 딱하게도 리버스가 자신을 얼마나 바보로 만들었는지 계산이 안 되는 모양이었다. 그 답은 리버스가 대신 들려줄 수도 있었다. 딱 필요한 만큼만. 로나는 못마땅한 표정이었고, 사만다는 당혹해하는 기색이었다. 그러거나 말거나. 그는 자신이 할 만큼 했다고 믿었다. 더 이상 그들에게 신경 쓰고 싶지 않았다. 좁고 답답한 아파트에서 계속 이렇게 살라지 뭐. 이 한심한 놈이랑 어울려서. 리버스는 할 일이 쌓여 있었다. 읽어야 할 책도, 기록해야 할 것도 많았다. 또 한 번의 바쁜 하루가 그를 기다리고 있었다. 어느덧 시간은 10시가 넘어 있었다. 11시쯤이면 호텔에 도착할 수 있을 것 같았다. 그에게는 휴식이 필요했다. 지난 이틀간 그가 눈을 붙인 시간은 여덟 시간도 채 되지 않았다. 자꾸 짜증이 나고 상대에게 시비를 걸고 싶어지는 이유였다.

그는 살짝 부끄러워졌다. 케니는 너무나 손쉬운 상대였다. 집채만 한 분노로 자그마한 파리를 뭉개버린 것이었다. 분노였어, 존? 질투가 아니고? 그것은 존 리버스 같은 사람이 답할 질문이 아니었다. 더군다나 그는 죽을 만큼 피곤했다. 내일. 내일이면 답이 그를 찾게 될지도 몰랐다. 큰 기대를 한몸에 받으며 런던에 온 이상 최소한의 성과라도 내놓아야 했다. 그는 내일부터 본격적으로 뛰어볼 생각이었다.

리버스는 다시 케니와 악수를 했다. 그리고 남자들끼리만 던질 수 있는 윙크를 남기고 아파트를 나왔다. 로나는 사만다와 케니를 거실에 남겨두고 그를 배웅했다.

"나올 것까진 없는데." 리버스가 말했다. "나 혼자 갈 수 있어." 그는 계단을 내려가기 시작했다. 왠지 로나에게서는 한바탕 잔소리가 쏟아질 것만 같았다. 더 이상 싸울 이유가 없는 사이가 되었지만. "빨리 올라가서 저 바람둥이 녀석이나 잘 감시하라고." 그가 참지 못하고 툭 내뱉었다.

밖으로 나온 그는 로나 역시 젊은 애인을 좋아한다는 사실을 떠올렸다. 어쩌면 그녀도…… 아니, 이제 그런 걱정은 무의미했다. "미안해." 그가 말했다. 그리고 황급히 몸을 틀어 지하철역을 향해 걸음을 옮겨나갔다.

* * *

뭔가 좀 이상하다.

첫 살인 직후 그녀는 공포와 후회와 죄책감을 느꼈다. 용서도 빌었고, 두 번 다시 사람을 죽이지 않겠노라고 맹세도 했다.

그렇게 무사히 한 달을 보내자 그녀는 낙관적으로 바뀌었다. 또 배가 고파진 것이다. 그래서 그녀는 또 죽였다. 한 달간의 만족을 위해. 하지만 이번은 달랐다. 네 번째 살인을 벌인 지 24시간 만에 그녀는 또다시 충동에 휩싸였다. 그 어느 때보다도 강렬하고 집중적인 충동에. 하지만 선불리

일을 벌이기에는 위험부담이 너무 컸다. 경찰은 아직도 눈에 불을 켜고 범인을 쫓는 중이었다. 시민들은 아직 경계를 늦추지 않았고. 지금 또 사람을 죽인다면 그녀의 패턴 없는 패턴은 깨져버릴 것이고, 경찰은 결정적인 단서를 잡게 될 수도 있었다.

해결책은 하나뿐이었다. 옳은 방법이 아니라는 건 그녀도 잘 알고 있었다. 이곳은 그녀의 아파트가 아니었다. 하지만 그녀는 개의치 않았다. 그녀는 문을 열고 화랑으로 들어갔다. 바닥에는 꽁꽁 묶인 몸뚱이가 누워 있었다. 그녀는 이번 피해자를 잘 보관해두기로 했다. 경찰의 눈에 오래도록 띄지 않게. 시간도 넉넉하니 여유롭게 가지고 놀면 되는 것이다. 그래, 이번에는 보관을 해야지. 이 은신처에. 들킬 염려도 없고. 어차피 여긴 사적 공간이니까. 겁낼 거 없어. 그녀는 몸뚱이 주위를 빙빙 맴돌며 기분 좋은 정적을 만끽하다가 카메라를 눈에 갖다 댔다.

"환하게 웃어봐." 그녀가 셔터를 누르며 말한다. 문득 그녀의 뇌리를 스치는 아이디어가 있었다. 그녀는 새 필름을 끼워 넣고 벽에 걸린 풍경화를 하나 골라 촬영한다. 새 장난감을 가지고 논 후에 갈가리 찢어버릴 작품이다. 하지만 그 전에 기록으로 남겨놓아야만 한다. 영구 기록으로. 그녀는 현상되는 사진을 덤덤히 지켜보다가 갑자기 플레이트를 긁어대기 시작한다. 화학물질이 소용돌이치면서 색과 초점이 마구 번져갔다. 그녀의 어머니가 보았다면 못마땅해했을 게 뻔했다.

"나쁜 년." 그녀가 그림으로 덮인 벽에서 돌아서며 말한다. 그녀의 얼굴은 분노로 일그러져 있다. 그녀는 가위를 집어 들고 새 노리개 앞으로 다가간다. 그런 다음, 무릎을 꿇고 앉아 피해자의 얼굴 앞으로 가위를 들이민다. 가위의 뾰족한 끝과 코의 거리는 1센티미터도 채 되지 않는다. "나쁜 년.” 그녀가 콧구멍에 대고 가위질을 시작한다. 그녀의 손은 덜덜 떨리고 있다. “코털이 너무 길어.” 그녀가 투덜거린다. “부적절해. 어울리지도 않고.”

그녀는 다시 일어나 반대편 벽으로 다가간다. 그리고 스프레이 페인트를 세차게 흔든다. 아주 요란하게. 그녀의 디오니소스 벽은 검은 페인트로 적어놓은 구호로 덮여 있었다.

예술은 죽었다. 살인이 바로 예술이다. 법은 멍청하다. 부자들을 무시해라. 가난한 이들을 딱하게 여겨라.

그녀는 점점 줄어가는 공간에 채워 넣을 구호를 떠올려본다. 잠시 후 그녀의 손이 춤을 추기 시작한다.

“이게 예술이야.” 그녀가 액자들로 덮인 아폴로 벽을 돌아보며 말한다. “이게 바로 예술이라고, 빌어먹을 예술.” 그녀는 번쩍 뜨인 인형의 눈을 보고 그쪽으로 잽싸게 몸을 날린다. 그녀가 바짝 다가오자 인형은 다시 눈을 질끈 감아버린다. 그녀는 두 손으로 눈꺼풀을 걷어낸다. 두 얼굴은 서로 맞닿을 듯 가까워졌다. 한없이 친밀해지는 순간이다. 그녀의 호흡이 점점 빨라진다. 그건 인형도 마찬가지다. 테이프가 붙여진 인형의 입이 실룩거린다. 벌렁거리는 코에서는 뜨거운 콧김이 뿜어진다.

“빌어먹을 예술.” 그녀가 인형에 대고 속삭인다. “이게 바로 빌어먹을 예술이야.” 그녀는 다시 가위를 집어 든다. 그리고 그 끝을 인형의 콧구멍으로 쑤셔 넣는다. “코털이 너무 길어, 자니. 남자가 단정해야지. 이건 부적절하다고.” 그녀가 잠시 멈칫한다. 마치 무슨 소리를 듣기라도 한 듯이. 그녀가 고개를 끄덕인다. “일리 있는 얘기야.” 그녀가 미소를 지으며 말한다.

“일리가 있어.”

이빨 자국

리버스는 전화벨 소리에 눈을 떴다. 수화기를 찾아 손을 더듬거리던 그는 전화기가 헤드보드 오른쪽 벽에 붙어 있음을 뒤늦게 깨달았다. 그가 벌떡 일어나 앉아 수화기를 낚아채 들었다.

"여보세요?"

"리버스 경위님?" 열의가 묻어나오는 목소리였다. 그는 상대가 누구인지 도무지 맞힐 수가 없었다. 그가 침대 옆 탁자에서 론진 시계를 집어 들고 심하게 긁힌 표면을 들여다보았다. 7시 15분. "저 때문에 깨신 건가요? 미안해요. 리사 프레이저예요."

그 말에 리버스는 정신이 번쩍 들었다. 그의 목소리에서도 흐트러짐이 사라졌다. 그는 침대 가장자리에 축 늘어진 채 앉아 있었지만 목소리에서는 생기가 넘쳐났다. "안녕하세요, 프레이저 박사님. 무슨 일이십니까?"

"경위님이 주신 울프맨 사건 파일을 읽어봤어요. 밤을 꼬박 새웠죠. 잠이 안 오더라고요. 너무 흥분이 돼서. 예비 분석을 좀 해놨어요."

리버스는 아직 온기가 남아 있는 침대를 손으로 더듬었다. 마지막으로 여자와 같이 누워본 게 언제였더라? 마지막으로 후회 없이 눈을 떠본 건 또 언제였고?

"알겠습니다." 그가 말했다.

그녀의 웃음소리가 분사된 물처럼 들려왔다. "오, 경위님, 죄송해요. 아직 잠이 덜 깨신 것 같네요. 나중에 다시 전화드릴게요."

"아닙니다. 괜찮습니다. 정말이에요. 그저 조금 놀랐을 뿐입니다. 만나서 더 듣고 싶은데 괜찮으시겠습니까?"

"물론이죠."

"하지만 오늘은 좀 바쁠 것 같네요." 그는 기운 빠진 목소리로 말했다. 그리고 곧바로 빅 카드를 내밀었다. "저녁은 어떠십니까?"

"좋아요. 어디서 볼까요?"

그가 견갑골을 살살 문질렀다. "글쎄요. 여긴 제 도시가 아니라서 말이죠. 전 그냥 관광객일 뿐입니다."

그녀가 다시 웃음을 터뜨렸다. "저도 이곳 토박이가 아니라서 잘 몰라요. 그래도 경위님보단 좀 낫겠죠? 오늘 저녁은 제가 살게요." 그녀가 말했다. "잘 아는 레스토랑이 있어요. 7시 30분쯤 호텔로 모시러 가도 되죠?"

"좋습니다."

그녀 덕분에 기분 좋게 하루를 시작할 수 있었다. 리버스는 다시 침대에 누워 베개를 토닥였다. 그의 눈이 스르르 감기려는 찰나 전화벨이 다시 울렸다.

"네?"

"프런트입니다. 너무 게으르시군요. 빨리 내려와요. 아침을 얻어먹어야겠습니다."

딸깍, 뚜…… 리버스는 수화기를 걸어놓고 투덜대며 일어났다.

"왜 이리 오래 걸렸습니까?"

"알몸으로 식당에 들어갈 순 없지 않습니까. 당신이 너무 일찍 온 겁니다."

플라이트가 어깨를 으쓱였다. "할 일이 생겨서요." 리버스는 심상치 않은 플라이트의 표정을 유심히 살폈다. 창백한 안색에 다크서클. 단순히 수면 부족 때문만은 아닌 듯했다. 그의 볼살도 평소보다 더 늘어져 있었다. 마치 바닥에 숨겨진 자석이 잡아끌고 있기라도 한 듯이. 하긴, 리버스 자신도 상태가 썩 좋지는 않았다. 지하철에서 감기를 옮아왔는지 목이 아프고 머리가 욱신거렸다. 도시가 사람을 아프게 한다는 말이 맞았나? 리사 프레이저의 한 논문에서도 유사한 주장을 본 기억이 있다. 환경이 연쇄살인범을 만든다. 리버스는 그 주장에 대해 딱히 할 말이 없었다. 지금은 그저 꽉 막혀버린 코가 미칠 듯이 신경 쓰일 뿐이었다. 내가 손수건을 챙겨왔던가?

"할 일이 생겼습니다." 플라이트가 다시 말했다.

그들은 2인용 테이블에 자리를 잡았다. 식당은 조용했다. 스페인계 웨이트리스가 싹싹한 태도로 주문을 받았다. 근무가 시작된 직후라 그런지 팔팔한 모습이었다.

"오늘은 뭘 하고 싶습니까?" 플라이트가 대화의 물꼬를 트기 위해 물었다. 하지만 리버스는 이미 구체적인 계획을 잡아놓은 상태였다.

"난 마리아 왓키스의 남편, 토미부터 만나보고 싶습니다." 플라이트가 미소를 지으며 테이블을 내려다보았다. "그냥 개인적인 호기심을 충족시키는 차원에서 말입니다." 리버스가 계속 이어나갔다. "그런 다음엔 그 치아 병리학자라는 모리슨 박사도 만나봐야 하고요."

"어딜 가야 그들을 만날 수 있는지 알고 있습니다." 플라이트가 말했다.

"계속해봐요."

"그게 답니다. 저녁엔 프레이저 박사를 만나기로 했어요." 그 말에 플라이트가 고개를 들었다. 그의 눈은 휘둥그레져 있었다. "킬러의 프로파일에 대해 들어보려고요."

"그렇군요." 플라이트는 의심이 되는 모양이었다.

"그녀가 두고 간 책들을 읽어봤습니다. 우리가 눈여겨봐야 할 내용이 좀 보이더군요." 리버스가 말했다.

주문한 커피가 도착했다. 플라이트는 커피를 한 모금 넘기고 나서 입맛을 다셨다. "내 생각은 좀 달라요." 그가 말했다.

"무슨 말씀입니까?"

"심리학적으로까지 파고들 필요는 없다는 얘깁니다. 과학과 달리 짐작만 해대는 거 아닙니까. 난 실질적인 걸 좋아합니다. 치아 병리학자처럼 말이죠."

리버스가 미소를 지었다. "난 동의할 수 없습니다. 병리학자가 사망 시점을 정확히 맞힌 적이 한 번이라도 있었습니까? 그들도 짐작만 해대는 건 마찬가지 아닙니까."

"하지만 그들은 사실만을 다루지 않습니까. 물리적 증거 말입니다."

리버스는 몸을 뒤로 살짝 젖혔다. 그는 아주 오래전에 읽었던 디킨스 소설 속 캐릭터를 생각하고 있었다. 오직 사실만을 원했던 교사. "조지." 그가 말했다. "지금은 20세기 아닙니까."

"그렇죠." 플라이트가 말했다. "더 이상 예언자를 믿지 않는 시대가 됐죠." 그가 다시 고개를 들었다. "내가 잘못 알고 있는 겁니까?"

리버스는 비워낸 잔에 다시 커피를 따랐다. 그의 볼이 점점 얼얼해졌다.

어쩌면 이미 벌겋게 상기된 상태인지도 몰랐다. 언쟁이 붙을 때마다 나오는 반응. 이런 사소한 의견 충돌도 예외는 아니었다. 그의 목소리는 한층 부드럽고 이성적으로 바뀌었다.

"그러니까 하고 싶은 얘기가 뭡니까?"

"경찰 업무는 꾸준히 해나가는 겁니다, 존. 지름길은 없어요. 뭐 어쨌든, 난 그저 당신이 매력적인 여자에게 흔들리지 않기만을 바랄 뿐입니다."

리버스는 이번에도 받아치지 않았다. 굳이 그래야 할 필요가 없었기 때문이다. 속에 담아둔 말을 시원하게 쏟아낸 플라이트는 만족해하는 모습이었다. 어쩌면 그가 옳은지도 몰랐다. 리버스는 정말 일 때문에 리사 프레이저를 만나려 하는 걸까? 아니면 그녀가 리사 프레이저라서? 아무튼 그는 그녀를 옹호하고 싶었다.

"내 말 들어봐요." 그가 말했다. "아까 얘기했듯이 난 그녀가 놓고 간 책들을 꼼꼼히 훑어봤어요. 꽤 쓸 만한 내용도 이따금 보였고요." 플라이트는 여전히 못미더운 표정이었다. 플라이트는 그의 신경을 살살 긁고 있었다. 전날 밤 리버스가 오토바이 배달원에게 그랬던 것처럼. 비록 어리석고 어설프게 들린다 해도 그는 리사 프레이저를 옹호할 수밖에 없었다. 플라이트가 어떻게 생각하는지는 전혀 중요하지 않았다.

"우리가 쫓는 범인은 여성 자체를 증오하는 남자입니다." 플라이트가 황당해하며 그를 쳐다보았다. 마치 너무나도 당연한 소리를 늘어놓는다는 듯이. "아니면……" 리버스가 잽싸게 덧붙였다. "남자를 상대하기엔 너무 약하고 두려워서 여자들만 골라 범행을 저지르는지도 모릅니다." 이번에는 플라이트가 고개를 살짝 끄덕였다. "소위 연쇄살인범이라고 하는 이들 대부분은 말입니다……" 리버스가 무의식적으로 버터나이프를 집어 들었다. "아주 보수적인 사람들입니다. 야심적이지만 좌절을 맛본 사람들. 그들은 자신들 바로 위의 계층으로부터 무시당했다고 느끼고 그들을 표적으로 삼습니다."

"네? 매춘부, 점원, 사무원. 그들이 같은 사회 집단에 속해 있다고 생각하는 겁니까? 울프맨이 창녀들보다 못한 그룹에 속해 있다고요? 헛소리 말아요, 존."

"난 그저 통칙을 얘기하고 있을 뿐입니다." 리버스가 말했다. 그는 괜한 말을 꺼낸 자신을 질책했다. 그가 손에 쥔 칼을 살살 돌렸다. "오래전 프랑스에서는 연쇄살인을 저지른 귀족도 있었다더군요." 그가 한층 낮아진 목소리로 말했다. 플라이트의 얼굴에는 짜증 섞인 표정이 떠올랐다. "전부 책에 나와 있는 내용입니다. 이치에 닿는 내용도 꽤 있고요. 아직 울프맨에 대해 알려진 게 없으니 책에서라도 단서를 찾아봐야 하는 거 아닙니까?"

플라이트는 두 번째 잔도 깨끗이 비워냈다. "계속해봐요." 그가 시큰둥하게 말했다. "책에 또 어떤 내용이 나와 있던가요?"

"연쇄살인범 중엔 언론의 주목을 즐기는 타입도 적지 않습니다." 리버스가 말했다. 그는 5년 전 자신을 조롱했던 킬러를 떠올렸다. 경찰을 무척이나 고생시켰던 놈. "만약 울프맨이 우리에게 접촉을 시도해온다면 그를 잡을 수 있는 가능성이 확 높아질 텐데 말입니다."

"그럴지도요. 그래서 대체 무슨 얘기가 하고 싶은 겁니까?"

"늦기 전에 덫을 치고 함정을 파놓아야 한다는 얘깁니다. 패러데이 경위에게 약간의 거짓 정보를 언론에 흘리라고 해야겠어요. 경찰이 울프맨을 게이나 복장 도착자로 보고 있다고 소문을 내도 되고요. 어떻게든 그의 보수성을 자극해야 합니다. 그럼 그가 빈틈을 내보일지도 몰라요."

리버스는 칼을 내려놓고 플라이트의 반응을 기다렸다. 하지만 플라이트는 성급히 달려들지 않았다. 그가 손가락으로 컵의 가장자리를 살살 문질렀다. "나쁜 아이디어는 아니군요." 마침내 그가 말했다. "설마 그것도 책에서 본 건 아니겠죠?"

리버스가 어깨를 으쓱였다. "그야 모르죠."

"그럴 줄 알았습니다. 이따 캐스가 뭐라고 하는지 들어보기로 하죠." 플라이트가 의자에서 일어났다. "그럼 토미 왓킨스에게 한번 가볼까요? 덕분에 아침 잘 먹었습니다."

"별말씀을." 리버스가 말했다. 플라이트는 아직도 못미더운 모양이었다. 솔직히 긴가민가하기는 리버스도 마찬가지였다. 어쩌면 그는 플라이트가 아니라 리사 프레이저 박사에게 깊은 인상을 남기기 위해 애쓰는 중인지도 몰랐다.

리버스는 서류가방을 챙겼고, 그들은 함께 로비를 가로질러 나갔다. 플라이트가 갑자기 그를 돌아보았다.

"혹시……" 그가 말했다. "우리가 왜 올드 빌이라고 불리는지 알아요?" 리버스는 어깨를 으쓱였다. "어떤 이들은 런던의 한 주요 지형지물의 이름을 따서 지은 거라고 하더군요. 그쪽으로 가는 동안 그게 무엇인지 맞혀 봐요." 플라이트가 회전문을 힘껏 밀고 밖으로 나갔다.

올드 베일리(런던의 중앙형사법원)는 리버스의 기대에 미치지 못했다. 유명한 반구형 지붕과 눈가리개를 하고 한 손에 저울을 든 정의의 여신을 제외하면 볼 게 없었다. 그는 고풍스러워야 할 법원 청사가 너무 현대식으로 지어진 게 못마땅했다. 보안 시스템은 빈틈이 없어 보였다. 엑스선 기계, 한 번에 한 명씩만 지날 수 있는 작은 상자 모양의 문, 구석마다 진을 친 경비들. 창문들은 접착테이프로 덮여 있었다. 폭발물이 터졌을 때 위험천만한 파편들이 중앙 홀로 날아드는 것을 막기 위한 조치였다. 검은 망토를 두른 여성 정리(廷吏)들은 길 잃은 배심원들을 분주히 안내하고 있었다.

"4번 법정 배심원분들 안 계세요?"

"12번 법정 배심원분들은 이쪽으로 오세요!"

장내 방송에서는 쉴 새 없이 사라진 배심원들의 이름이 흘러나오고 있었다. 흔하디흔한 법원 풍경이었다. 증인들은 줄담배를 피워댔고, 근심 어린 표정의 변호사들은 멀건 눈의 의뢰인들에게 무언가를 속삭여댔으며, 증언을 위해 불려온 경관들은 긴장된 모습으로 순서를 기다렸다.

"우리의 승패가 갈리는 곳입니다, 존." 플라이트가 말했다. 리버스는 그가 법정을 말하는 것인지, 아니면 중앙 홀 자체를 말하는 것인지 알 수가 없었다. 위층은 행정실, 로빙 룸(예복을 갈아입는 방), 레스토랑 등으로 이루어져 있었다. 하지만 사건들이 재판에 부쳐지고, 판결을 받게 되는 곳은 바로 아래층이었다. 그들 왼편에 나 있는 문들은 돔 지붕으로 덮인 올드 베일리의 오래된 공간으로 통했다. 대리석으로 덮인 눈부신 통로와 완전히 다른 어둡고 으스스한 곳. 홀은 구둣발이 내는 끽끽 소리와 하이힐의 또각거림, 그리고 사방에서 쉴 새 없이 흘러나오는 소곤거림으로 울려댔다.

"자." 플라이트가 말했다. 그가 한 법정으로 리버스를 이끌었고, 형사를 본 경비와 서기는 그들을 법정 안으로 안내했다.

대리석과 검은 가죽으로 뒤덮인 중앙 홀과 달리 법정은 나무 패널과 초록색 가죽으로 이루어져 있었다. 그들은 문 안쪽의 의자에 나란히 앉았다.

그들 옆에는 램 경장이 무표정한 얼굴로 팔짱을 낀 채 앉아 있었다. 그가 몸을 기울이고 속삭였다. "오늘 완전히 박살내버릴 겁니다." 그리고 다시 원래 자세로 돌아갔다.

법정 반대편에는 열두 명의 배심원이 무료한 표정으로 앉아 있었다. 뒤편에는 피고가 난간에 두 손을 얹은 채 서 있었다. 마흔 살쯤 되어 보이는 남자는 짧은 반백 머리에 굳은 표정을 하고 있었고, 풀어헤친 셔츠의 깃은 오만해 보였다. 그의 곁에는 경관이 붙어 있지 않았다.

그의 앞에서는 조수들이 지켜보는 가운데 변호사들이 분주히 서류를 살피고 있었다. 피고 측 수석 변호사는 다부진 체격에 지친 표정을 하고 있었다. 머리처럼 잿빛 얼굴을 한 그는 볼펜을 물어뜯고 있었다. 반면에 키가 큰 검사는 자신감에 차 있었다. 통통한 체구의 그는 단정한 옷차림이었고, 몸에서는 후광이 비치는 듯했다. 그는 복잡한 무늬가 새겨진 고급 만년필로 무언가를 휘갈겨 적어 내려가는 중이었다. 도전적으로 입을 꽉 다문 모습이 영락없는 처칠이었다. 텔레비전이 묘사하는 칙선 변호사(영국에서 최고 등급의 법정 변호사)의 모습 그대로였다. 물론 럼폴(영국의 법정 드라마 「베일리의 럼폴」의 주인공)은 제외하고.

위층에서는 방청객들이 발을 질질 끄는 소리가 들려왔다. 리버스는 항상 방청석에 노출된 배심원단을 걱정했다. 이곳 법정도 방청객이 배심원들을 똑똑히 지켜볼 수 있도록 설계되어 있었다. 그는 재판이 휴정되고 나서 배심원들에게 접근해 두툼한 돈뭉치나 불끈 쥔 주먹을 내미는 피고의 친척들을 몇 번 본 적이 있었다.

판사는 고압적인 자세로 앉아 앞에 놓인 문서를 훑고 있었고, 그 아래에서는 서기가 수화기를 들고 누군가와 통화를 하고 있었다. 그 모든 걸 지켜본 리버스는 두 가지 사실을 깨달았다. 첫째, 오늘이 재판 첫날이 아니라는 것. 둘째, 판사가 미묘한 법률적 논점을 놓고 고민에 빠져 있다는 것.

"이거 보셨습니까?" 램이 플라이트에게 타블로이드 신문을 건넸다. 그리고 두 번 접은 신문의 한 칼럼을 톡톡 두드렸다. 플라이트는 내용을 빠르게 훑고 나서 미소를 흘리며 리버스에게 넘겼다.

"자, 읽어봐요, 전문가님."

리버스는 출처가 모호한 기사를 읽어보았다. 지지부진한 상태에 빠진 진 쿠퍼 살인사건 수사를 지적하는 내용이었다. 그의 눈길을 확 잡아끈 것은 바로 기사의 마지막 단락이었다. "'울프맨 살인사건'을 담당하고 있는 수사팀은 타 지역에서 파견된 연쇄살인 전문가의 지원을 받고 있다."

리버스는 한동안 신문을 물끄러미 내려다보았다. 캐스 패러데이는 아니겠지? 하지만 그녀가 아니라면 신문사가 어떻게 알 수 있었을까? 플라이트와 램이 그를 지켜보고 있었다. 그는 믿을 수가 없었다. *내가? 전문가라고?* 그것은 사실도 아니거니와 더 이상 중요한 문제도 아니었다. 이제 중요한 건 전문가로 떠받들어진 그가 확실한 성과를 내보여야 한다는 사실뿐이었다. 만에 하나 실패한다면 그는 만천하의 웃음거리로 전락해버릴 게 뻔했다. 그는 '전문가'에게 공을 빼앗기고 싶어 하지 않는 근면한 형사들의 시선이 부담스러웠다. 리버스는 폭발 직전이었다.

플라이트는 언짢아하는 리버스를 측은하게 여겼다. 하지만 램은 능글맞게 웃기만 할 뿐이었다. 마치 고소해 죽겠다는 듯이. 리버스는 램에게 신문을 돌려주었고, 그는 그것을 재킷 주머니에 쑤셔 넣었다.

"보고 싶어 하실 것 같았습니다." 그가 말했다.

마침내 판사가 고개를 들고 배심원단을 돌아보았다. "배심원 여러분." 그가 말했다. "본 판사는 국가 대 토머스 왓키스 사건에서 밀스 순경의 증언에 포함된 특정 구절이 여러분의 객관성에 영향을 미쳤을 가능성을 무시할 수 없습니다."

역시. 피고석에 선 남자가 토미 왓키스였어. 마리아의 남편. 리버스는 그를 다시 돌아보았다. 왓키스의 얼굴은 묘한 형태를 띠고 있었다. 얼굴 윗부분은 광대뼈와 턱뼈보다 훨씬 넓었다. 턱이 빠진 권투선수를 보는 듯했다. 판사는 경찰이 제시한 증거의 오류들을 계속 열거해나가는 중이었다. 왓키스를 체포한 순경이 범인에게 접근하며 처음 던진 말부터가 문제였다. "안녕, 토미. 무슨 일이죠?" 그는 증언을 하던 중 배심원단에게 왓키스가 지역 경찰대에 꽤 잘 알려진 인물이라는 사실을 강조했고, 판사는 그 발언이 배심원단의 판단에 영향을 미칠 수 있다고 판단했다. 결국 배심원단은 해체될 운명에 처하게 되었다.

"잘됐어요, 토미!" 방청석에서 누군가가 소리쳤다. 판사가 노려보자 술렁이던 방청석이 금세 조용해졌다. 리버스는 그 목소리가 귀에 익었다.

휴정이 선언되자 리버스는 앞으로 몇 걸음 나아가 발코니를 올려다보았다. 일제히 자리에서 일어난 방청객들 틈에서 가죽 바이커 재킷 차림의 청년이 보였다. 한 손에 헬멧을 쥔 그는 왓키스를 내려다보며 미소를 흘리고 있었다. 그는 주먹을 번쩍 들어 승리의 제스처를 해 보인 후 돌아서서 방청석 출구로 향했다. 케니였다. 사만다의 남자친구. 리버스는 다시 플라이트와 램이 서 있는 곳으로 돌아갔다. 그들은 호기심에 찬 눈으로 그를 쳐다보고 있었다. 리버스는 개의치 않고 피고석을 돌아보았다. 왓키스의 얼굴에는 안도의 표정이 떠올라 있었다. 반면에 램 경장은 우거지상을 하고 있었다.

“운이 좋았군.” 그가 툭 내뱉었다.

“다 경찰이 자초한 일이야, 램.” 플라이트가 퉁명스럽게 말했다.

“혐의가 뭐였습니까?” 리버스가 물었다. 그는 여전히 혼란스러운 상태였다. 신문 기사도 그렇지만 무엇보다도 케니의 출현과 그가 보인 행동이 영 거슬렸다. 판사는 배심원석 옆 초록색 가죽이 씌워진 문을 열고 나가버렸다.

“뭐 늘 똑같죠.” 램이 한층 차분해진 목소리로 말했다. “강간. 마누라가 죽자 그는 그 빈자리를 메워줄 여자가 필요했습니다. 그래서 피해자를 붙잡아 꼬드겼죠. 큰돈을 벌게 해주겠다고 말입니다. 하지만 그녀는 단칼에 거절했고, 이성을 잃은 그는 그녀에게 달려들었습니다. 개자식. 재심에선 유죄 판결이 내려질 겁니다. 난 아직도 그가 아내를 죽였다고 믿고 있어요.”

“그럼 가서 증거를 찾아와.” 플라이트가 말했다. “난 그 미련한 순경이나 만나봐야겠어.”

“알겠습니다.” 램이 말했다. 그는 사악한 미소를 흘리며 불운한 밀스 순경을 찾으러 법정을 나갔다.

“플라이트 경위.” 검사가 그들 쪽으로 빠르게 다가왔다. 그의 왼손에는 각종 문서와 책 몇 권이 들려 있었다. 그가 오른손을 앞으로 불쑥 내밀었다. 플라이트는 잘 관리된 그의 손을 잡았다.

“안녕하세요, 챔버스 씨. 이쪽은 리버스 경위입니다. 울프맨 사건을 돕기 위해 스코틀랜드에서 왔습니다.”

챔버스는 흥미롭다는 표정을 지었다. “아, 그렇죠, 울프맨. 그 사건도 꼭 내가 맡아 해치우고 싶군요."

"꼭 그렇게 됐으면 좋겠습니다." 리버스가 말했다.

"쉽게 갈 수도 있었는데 유감입니다." 챔버스가 텅 빈 피고석 쪽을 흘끔 돌아보았다. "그래도 끝까지 애써봐야죠." 그가 한숨을 내쉬며 말했다. "끝까지는." 그가 잠시 뜸을 들이다가 플라이트를 쳐다보며 나지막하게 덧붙였다. "알아둬요, 조지. 난 같은 편에게 뒤통수 맞는 걸 좋아하지 않아요. 알아듣겠습니까?"

플라이트의 얼굴이 화끈 달아올랐다. 챔버스의 질책은 경감이나 서장이 할 때보다 몇 배 더 따끔하게 와 닿았다. "그럼 나중에 또 봅시다." 그가 돌아서며 말했다. "행운을 빕니다, 리버스 경위님."

"감사합니다." 리버스가 그의 등에 대고 말했다.

플라이트는 문을 열고 법정을 빠져나가는 챔버스를 물끄러미 바라보았다. 그의 긴 가발은 치렁거렸고, 법복 자락은 펄럭거렸다. 마침내 문이 닫히자 플라이트가 빙그레 웃었다.

"거만한 놈이지만 검찰에 저만한 인물도 없죠."

리버스는 런던에 과연 질 낮은 사람이 하나라도 있을지 궁금해졌다. 그가 런던에서 소개받은 사람들은 모두 각자 분야에서 권위자로 통했다. '정상급' 병리학자, '최고의' 검사, '정예' 과학수사팀, '우수한' 경찰 잠수부들. 그는 도시 전체가 거만하게 느껴졌다.

"정말 유능하다면 나가서 법률사무소를 차려야죠. 다들 그러지 않습니까." 리버스가 말했다.

"꼭 그렇지만은 않습니다. 그건 탐욕스러운 놈들 얘기죠. 챔버스는 그럴 사람이 아닙니다. 그에게 검사 일은 마약과도 같거든요. 검사들은 배우나 다름없습니다. 연기들이 정말 기가 막혀요."

리버스도 오스카상을 받아 마땅한 변호사들을 몇몇 알고 있었다. 법정에서 그들의 변론 내용이 아닌 그들의 테크닉에 당해 와르르 무너져 내린 적도 몇 번 있었다. 고작 5만 달러에 불과한 그들의 연봉은 상업지구에 개업한 친구들에 한참 못 미쳤다. 사명감이 아니었다면 진작 때려치웠을 것이다.

플라이트가 문 쪽으로 걸음을 옮겨나갔다. "게다가……" 그가 말했다. "챔버스는 미국 유학파 출신입니다. 거기선 변호사들에게 능청스러운 연기를 가르칠 뿐만 아니라 그들을 아예 냉철한 개자식들로 만들어버린답니다. 듣기로는 수석으로 졸업했다더군요. 그래서 그를 우리 편에 세워둬야 하는 겁니다." 플라이트가 잠시 머뭇거렸다. "아직도 토미를 만나보고 싶습니까?"

리버스가 어깨를 으쓱였다. "물론입니다."

왓키스는 중앙 홀의 커다란 창문 옆에 서서 담배를 피우며 변호사의 말에 귀를 기울이고 있었다. 잠시 후, 두 남자가 움직이기 시작했다.

"생각이 바뀌었습니다." 리버스가 말했다. "왓키스는 다음에 만나보기로 하죠."

"알겠습니다." 플라이트가 말했다. "당신이 전문가니까." 그가 리버스의 뚱한 표정을 확인하고 웃음을 터뜨렸다. "걱정 말아요." 그가 말했다. "당신이 전문가가 아니라는 걸 아니까."

"그렇다면 안심입니다, 조지." 리버스가 떨떠름한 표정으로 말했다. 그는 멀어지는 왓키스를 바라보며 생각했다. 떨떠름한 기분으로 법원을 나서는 게 나 혼자만은 아닌 것 같군.

플라이트가 다시 웃음을 터뜨렸다. 하지만 그는 아직도 리버스가 법정에서 보인 기묘한 행동을 궁금해하고 있었다. 그가 갑자기 튀어나가 방청석을 유심히 올려보았던 순간을. 하지만 그는 굳이 묻지 않았다. 리버스가 입을 다물고 있다는 건 그럴 만한 이유가 있기 때문일 테니. 플라이트는 그의 입이 열릴 때까지 기다리기로 했다. "이젠 어쩔 겁니까?" 그가 물었다.

리버스는 턱을 북북 문질러대고 있었다. "치과 진료를 예약해놨습니다." 그가 말했다.

그냥 '토니'로 불러달라고 한 앤소니 모리슨은 리버스의 예상보다 훨씬 젊었다. 아무리 높이 잡아도 서른다섯은 넘지 않을 것 같았다. 발육이 불완전한 탓인지 몸에 비해 머리가 유난히 커 보였다. 리버스는 호기심에 찬 눈으로 그를 유심히 살펴보았다. 번들거리는 얼굴, 까칠까칠한 수염으로 덮인 턱, 면도기가 미치지 못한 듯한 광대뼈, 깔끔하게 다듬어진 머리, 그리고 예리해 보이는 눈. 거리에서 우연히 마주친다면 고등학생으로 오해할 만했다. 또 다른 병리학자인 필립 커즌스와는 무척 대조되는 외모였다.

리버스가 스코틀랜드인이라는 사실을 알게 된 모리슨은 현대 병리학이 스코틀랜드에 큰 빚을 지고 있다고 설명했다. 특히 글레이스터와 리틀존과 시드니 스미스 경에게. 시드니 스미스는 뉴질랜드 출신이기는 했지만. 그는 외과의사였던 자신의 아버지도 스코틀랜드인이라면서 리버스에게 영국 법의학회가 에든버러에서 설립되었다는 사실을 아느냐고 물었다. 리버스는 깜짝 놀라며 미처 몰랐다고 고백했다.

모리슨은 경쾌하게 걸으며 그들을 자신의 사무실로 안내했다. 하지만 사무실에 들어서기가 무섭게 치과의사의 태도가 진지하게 돌변했다.

"놈이 또 바빠졌더군요." 그가 곧장 본론으로 들어갔다. 두 형사는 그를 따라 책상 뒷벽으로 다가갔다. 벽에는 컬러와 흑백 사진이 여러 장 붙어 있었다. 진 쿠퍼의 복부에 남겨진 이빨 자국을 근접 촬영한 것들이었다. 그중 몇몇에는 화살표가 그려져 있었고, 모리슨의 분석 내용이 메모된 것들도 있었다.

"이제부턴 뭘 눈여겨봐야 하는지 알게 됐습니다." 그가 말했다. "그래서 동일범의 소행이 맞는지 대번에 확인할 수 있죠. 패턴이 하나 발견됐습니다만 좀 충격적입니다." 그가 자신의 책상에서 사진 몇 장을 더 챙겨왔다. "이건 첫 번째 피해자입니다. 범인에게 물린 자국이 깊지 않다는 걸 확인하실 수 있죠? 두 번째와 세 번째 피해자들에게선 좀 더 뚜렷한 자국을 발견할 수 있습니다. 자, 여기……." 그가 들고 온 사진들을 가리켰다.

"확실히 깊게 찍혀 있군요." 리버스가 말했다. 모리슨의 얼굴이 환해졌다.

"그렇습니다."

"범행이 점점 잔혹하고 대담해져간다는 뜻이겠죠?"

"이미 숨진 사람을 공격하는 걸 '잔혹하다'고 표현한다면, 맞습니다, 리버스 경위님. 그는 점점 더 잔혹해지고 있습니다. 아니, 점점 더 불안정한 상태로 빠져들고 있다는 게 나은 표현이겠군요." 리버스와 플라이트가 서로의 얼굴을 쳐다보았다. "이빨 자국의 상대적 깊이의 변화를 제외하고는 제가 특별히 덧붙일 건 없습니다. 치아는 의치일 가능성이 크고……"

리버스가 그의 말을 끊었다. "틀니라는 말씀입니까?" 모리슨이 고개를 끄덕였다. "그걸 어떻게 알 수 있죠?"

모리슨이 다시 미소를 지었다. 꼭 선생님 앞에서 잘난 체하기 좋아하는 영재를 보는 듯했다. "이걸 어떻게 설명해 드려야 이해하시기 좋을까요?" 그는 잠시 골똘한 생각에 빠졌다. "사람의 치아는 오래 쓰면 조금씩 닳아 버립니다. 경위님의 치아라고 다르지 않습니다. 날카로웠던 부분들은 서서히 깨지고 닳게 되죠. 의치의 끝부분은 그보다 매끄럽고 둥급니다. 특히 앞니에서 차이가 크고요. 그건 그렇고, 경위님도 한번 검진을 받아보셔야 할 것 같습니다."

리버스는 입을 꼭 다문 채 혀끝으로 톱니 같은 자신의 이를 훑어나갔다. 그는 지난 10년간 단 한 번도 치과를 찾지 않았다. 굳이 검진을 받아야 할 필요를 느끼지 못했기 때문이다. 하지만 모리슨의 말을 듣고 보니 마음이 흔들렸다. 정말 그렇게 심각해 보이나?

"아무튼." 모리슨이 계속 이어나갔다. "그런 이유로 킬러가 의치를 하고 있다는 결론을 내리게 됐습니다. 그뿐 아니라, 좀 이상한 점도 있습니다."

"네?" 리버스가 자신의 썩어가는 이를 최대한 가린 채 말했다.

"플라이트 경위님에겐 이미 설명해 드렸는데요." 모리슨이 잠시 뜸을 들이는 동안 플라이트가 고개를 끄덕였다. "간단히 다시 말씀드리면, 아랫니에 비해 윗니의 깨무는 곡선이 월등히 큽니다. 이런 구조라면 얼굴형 자체가 아주 기묘할 거예요. 대충 추측해서 스케치를 해봤습니다만 그보다 나은 방법이 떠올랐습니다. 아주 타이밍을 잘 맞춰서 오셨어요." 그가 찬장으로 다가가 문을 열었다. 리버스는 플라이트를 돌아보았고, 플라이트는 어깨를 으쓱였다. 다시 그들을 향해 돌아선 모리슨의 오른손에는 갈색 종이 봉지에 싸인 큼직한 물체가 들려 있었다.

"보십시오." 그가 물체에서 종이 봉지를 걷어내며 말했다. "울프맨의 머리입니다!"

순간 사무실 안에 정적이 흘렀다. 바깥의 소음이 한층 뚜렷하게 들렸다. 리버스와 플라이트는 꿀 먹은 벙어리가 되었다. 그들은 킥킥거리는 모리슨 앞으로 천천히 다가갔다. 그는 미소를 흘리며 자신의 창조물을 내려다보고 있었다. 밖에서 급정차한 차의 바퀴 미끄러지는 소리가 요란하게 들려왔다.

"울프맨입니다." 모리슨이 다시 말했다. 그는 인간 머리의 석고 모형을 들고 있었다. 옅은 분홍색 석고로 만든 것이었다. "코 위로는 그냥 무시하셔도 됩니다." 모리슨이 말했다. "턱의 평균 측정값을 바탕으로 추측해 만든 것이니까요. 하지만 턱 자체는 실제와 아주 가까울 겁니다."

특이하게 생긴 턱이었다. 윗니가 심하게 돌출되어 입술과 코밑의 피부가 길게 늘어나 있었다. 거기에 하악골마저 윗니에 덮여 있어 꼭 네안데르탈인을 보는 듯했다. 턱 끝은 좁았고, 광대뼈는 코와 비슷한 높이로 솟아 있었다. 하지만 아래로 내려갈수록 안으로 옴폭 들어간 모습이었다. 실로 보기 드문 얼굴형이 아닐 수 없었다. 리버스는 지금껏 살아오면서 이런 얼굴을 본 기억이 없었다. 하지만 평균값과 짐작을 바탕으로 재현한 모형인 만큼 큰 의미를 부여할 수는 없었다. 플라이트는 기억에 심어두려는 듯 문제의 얼굴을 뚫어지게 응시하고 있었다. 리버스는 플라이트가 그 석고 모형의 사진을 언론에 공개한 후 유사한 골상을 가진 첫 용의자를 기소할지 모른다는 생각에 몸을 바르르 떨었다.

"그럼 기형으로 봐야 하는 겁니까?" 리버스가 물었다.

"전혀 아닙니다." 모리슨이 웃으며 말했다. "이 정도로는 기형으로 구분 지을 수 없습니다. 진짜 기형인 케이스를 못 보셔서 그래요."

"하이드 씨가 연상되는 얼굴입니다." 플라이트가 말했다.

내 앞에서 하이드를 언급하지 말아요. 리버스는 속으로 웅얼거렸다.

"그런가요?" 모리슨이 다시 웃으면서 말했다. "어떻게 생각하십니까, 리버스 경위님? 무슨 생각이 떠오르나요?"

리버스가 다시 석고 모형으로 시선을 돌렸다. "내 눈엔 선사시대 사람 같은데요."

"아!" 모리슨이 흥분하며 말했다. "저도 처음에 그렇게 생각했습니다. 돌출된 위턱이 특히 그렇게 보였죠."

"위턱이 문제라고 확신하는 이유가 뭡니까?" 리버스가 말했다. "그 반대의 경우일 수도 있지 않습니까."

"아마 제 짐작이 맞을 겁니다. 이빨 자국이 꽤 일정하거든요. 세 번째 피해자만 빼면."

"네?"

"세 번째 피해자는 좀 이상한 케이스입니다. 아랫니 자국이 윗니보다 더 두드러졌거든요. 이 모형을 보면 아시겠지만 킬러가 그런 자국을 남기려면 얼굴을 심하게 일그러뜨려야 합니다."

그가 입을 크게 벌리고 고개를 쳐들며 하악을 불쑥 내밀었다. 그런 다음 하악만 써서 깨무는 시늉을 해 보였다.

"나머지 피해자들은 이렇게 물렸습니다." 그가 다시 무언극을 해 보였다. 이번에는 윗니로 아랫니를 덮으면서 깨무는 시늉을 했다.

리버스는 고개를 저었다. 그렇게 간단한 문제가 아니었다. 모리슨의 설명이 이어질수록 그는 점점 더 혼란스러워졌다. 그가 턱으로 석고 모형을 가리켰다. "정말로 우리가 찾는 남자가 이렇게 생겼다고 믿으십니까?"

"그렇습니다. 범인이 남자든 여자든 대충 이런 얼굴형일 겁니다. 제가 범인을 조금 과장되게 표현했는진 모르겠습니다만."

리버스는 순간 움찔했다. "뭐라고요? 여자라고요?" 그가 물었다.

모리슨이 연기하듯 어깨를 으쓱였다. "그 부분도 플라이트 경위님과 의논한 적이 있습니다. 이빨 자국만 놓고 보면 이 머리의 주인이 여자일 가능성도 적지 않습니다. 위턱이 큰 건 남성에 가깝지만 아래턱은 오히려 여성에 가깝습니다. 여성의 턱을 가진 남성이거나 남성 같은 위턱을 가진 여성일 수도 있겠죠." 그가 다시 어깨를 으쓱였다. "어느 쪽인지는 형사님들이 밝혀내셔야죠."

리버스가 플라이트를 돌아보았다. 플라이트는 천천히 고개를 저었다. "아니에요." 플라이트가 말했다. "범인은 분명 남자입니다."

리버스는 단 한순간도 범인이 여성일 가능성을 떠올려본 적이 없었다. 적어도 지금까지는.

여자? 설마. 하지만 불가능한 건 아니잖아? 플라이트는 대체 무슨 근거로 아니라고 큰소리치는 거지? 리버스가 전날 밤 훑어본 논문들은 여성 연쇄살인범의 수가 꾸준히 늘어가는 추세라고 했다. 하지만 여자가 피해자들을 그렇게 난도질해댈 수 있었을까? 자신과 키와 기운이 비슷한 피해자들을 손쉽게 압도할 수 있었을까?

"사진이 필요합니다." 플라이트가 말했다. 그는 모리슨으로부터 건네받은 석고 모형을 유심히 살피는 중이었다.

"알겠습니다." 모리슨이 말했다. "하지만 명심하십시오. 이건 그저 제 짐작일 뿐입니다."

"고마워요, 토니. 수고했습니다."

플라이트에게서 원하는 반응을 얻은 모리슨이 겸손하게 어깨를 으쓱였다.

모리슨의 공연에 깊은 인상을 받았는지 플라이트는 확신에 찬 모습이었다. 하지만 리버스에게 그것은 실질적인 증거가 아닌 쇼맨십일 뿐이었다. 법정 멜로드라마. 그는 울프맨을 잡으려면 석고로 만든 장난감과 씨름할 게 아니라 직접 범인의 머릿속에 들어가봐야 한다고 생각했다.

상대가 남자든 여자든.

"이빨 자국만으로 범인을 확인할 수 있습니까?"

모리슨은 잠시 생각에 잠겼다가 고개를 끄덕였다. "충분히 가능합니다. 용의자를 잡아 데려오시면 울프맨이 누구인지 정확히 짚어 드리겠습니다. 남자든 여자든."

리버스는 집요하게 물고 늘어졌다. "법정에서도 먹히겠습니까?"

모리슨이 팔짱을 끼고 미소를 지었다. "제가 과학으로 배심원들의 눈을 멀게 만들겠습니다." 그의 얼굴에 다시 진지한 표정이 떠올랐다. "솔직히 말씀드려서 제 주장만으로는 유죄 판결을 끌어내기 힘들 겁니다. 하지만 다른 증거들과 함께 제시되면 어찌 될지 모르죠."

"그 자식이 재판까지 버틸지 모르겠습니다." 플라이트가 인상을 찌푸리며 말했다. "구류 중에 사고를 당하는 경우가 많아서 말이죠."

"일단 우리가 잡는 게 먼저입니다." 리버스가 말했다.

"그건 형사님들만 믿겠습니다." 모리슨이 말했다. "킬러에게 이 친구를 소개할 생각을 하니 벌써부터 흥분되네요." 그가 석고 머리를 앞뒤로 흔들어 까르르 웃는 모습을 연출했다.

두 형사를 배웅하던 모리슨이 리버스의 팔뚝에 손을 얹었다. "경위님

치아 상태가 심각해 보입니다." 그가 말했다. "더 늦기 전에 검진을 받으시는 게 좋겠어요. 원하시면 제가 직접 봐 드리겠습니다."

본부로 돌아온 리버스는 곧장 화장실로 들어가 비누가 튄 거울을 들여다보았다. 내 이가 어쨌다는 거지? 내 눈엔 멀쩡해 보이는데. 까만 선이 그어지고 깨진 데가 좀 보이지만 이 정도면 양호한 편이잖아. 색이 누레진 건 담배와 차 때문이고. 지극히 정상인데 왜 드릴과 그라인더를 갖다 대지 못해 안달인 거지? 치과는 딱 질색이야. 의자도, 뾰족한 바늘도, 피를 뱉어내는 것도.

그는 책상에 앉아 노트에 낙서를 하기 시작했다. 모리슨 그 친구, 과잉행동장애가 있는 것 같던데. 그냥 긴장을 좀 한 건가? 설마 미친 건 아니겠지? 아무튼 좀 특이한 친구였어.

연쇄살인범들 중에는 분명 여성도 있었다. 하지만 통계적으로 보면 그 수가 많지 않다. 내가 언제부터 통계를 믿었지? 어젯밤, 로나와 사만다를 만나고 와서 호텔방에 틀어박혀 심리학 교과서들을 파고들었을 때부터? 케니. 그 자식은 대체 토미 왓키스와 어떤 관계인 거야? 딸의 남자친구. 설마 그 녀석이? 포기해, 존. 아무리 그래도 그 부분은 더 이상 네가 통제할 수 없다고. 그는 자신도 모르게 미소를 흘리고 있었다. 그럼 내가 통제할 수 있는 부분은 뭐지? 그의 인생에 의미를 주는 건 일뿐이었다. 그는 자신이 진 것을 플라이트에게 솔직히 인정하고 에든버러로 돌아가고 싶었다. 악당과 그들의 범죄를 분명히 알 수 있는 곳으로. 마약밀매, 갈취, 가정폭력, 사기.

달이 차오르는 것만큼이나 매달 규칙적으로 발생하는 살인사건. 그는 벽에서 달력을 떼어왔다. 이탈리아의 초상화들. 지노의 샌드위치 바가 경찰서에 기증한 것이었다. 마리아 왓키스가 발견된 1월 16일에 보름달이 떴었나? 아니. 하지만 그녀가 숨진 지 사나흘 만에 발견된 건지도 모르잖아. 보름달이 뜬 날은 1월 11일, 목요일이었다. 영화 속 늑대인간들은 보름달에 영향을 받잖아. 안 그래? 하지만 그들이 킬러에게 울프맨이라는 별명을 붙여준 건 사건 현장이 울프 가에 있었기 때문인데. 그 또는 그녀가 보름달이 뜰 때마다 사람을 죽여서가 아니라. 리버스의 머리는 점점 더 복잡해졌다. 오히려 여자들이 달에 영향을 받지 않나? 매달 한 번씩?

메이 제솝은 2월 5일, 월요일에 살해되었다. 보름달이 뜨기 나흘 전에. 셸리 리처즈가 살해된 날은 2월 28일, 수요일. 보름달과는 아무 상관이 없는 날이었다. 모리슨은 그녀에게 남겨진 이빨 자국이 나머지 피해자들과 다르다고 했다. 그리고 진 쿠퍼는 3월 18일, 일요일 밤에 살해되었다. 춘분을 불과 이틀 남겨둔 시점에.

그가 달력을 책상 위로 휙 던졌다. 패턴도, 깔끔한 수학적 해법도 보이지 않았다. 내가 지금 뭘 하는 거지? 이건 영화가 아니잖아. 운에 기대려 하지 마. 수사에 지름길이란 없으니까. 법의학적 증거를 따라 차근차근 나아가야 한다는 플라이트의 말은 옳았다. 게다가 심리학은 지름길이 아니었다. 달을 보고 짖어대는 것 역시 지름길이 아니었다. 울프맨이 언제 또 범행을 저지를지는 아무도 몰랐다. 리버스는 여전히 원점에 서 있었다.

플라이트가 지친 모습으로 들어와 의자에 풀썩 주저앉았다.

"간신히 캐스와 연락이 닿았습니다." 그가 말했다. "당신의 아이디어를 전했어요. 생각해보겠답니다."

"아주 관대한 동료군요."

플라이트가 눈을 흘기자 리버스가 사과의 제스처로 두 손을 들어 보였다. 플라이트가 턱으로 달력을 가리켰다. "또 무슨 일을 벌이는 겁니까?"

"나도 모르겠어요. 그냥 울프맨의 범행 날짜들에 패턴이 있을 것 같아서요."

"달이 차오르는 단계 말인가요? 주야 평분시 같은 거?" 플라이트는 미소를 흘리고 있었다. 리버스는 천천히 고개를 끄덕였다. "존, 그런 것들은 내가 다 알아봤어요." 그가 마닐라 폴더 하나를 골라 리버스에게 건넸다. "봐요. 숫자 패턴, 현장들 간의 거리, 가능한 교통수단, 다 살펴봤습니다. 울프맨은 기동성이 좋은 놈입니다. 보나마나 차가 있겠죠. 난 피해자들 간에 연결고리가 있는지도 살펴봤습니다. 그들이 어느 고등학교를 다녔는지, 어느 도서관을 이용했는지, 스포츠나 디스코나 빌어먹을 클래식 음악을 좋아하진 않았는지. 그런데 결과가 어땠는지 알아요? 공통점이 하나도 없었습니다. 여성이라는 사실 외엔 엮을 수 있는 게 아무것도 없었어요."

리버스가 파일을 대충 훑어보았다. 플라이트는 의외로 꼼꼼한 타입이었다. 그가 지금의 자리까지 오르게 된 건 요행도, 아첨을 잘했기 때문도 아닌 듯했다. 순전히 성실했기 때문이었을 것이다.

"알겠습니다." 리버스가 말했다. "대단하군요. 혹시 이걸 다른 사람에게도 보여줬습니까?"

플라이트가 고개를 저었다. "이건 내 짐작일 뿐이에요, 존. 그냥 지푸라기라도 잡아보려고 바동거리는 겁니다. 그게 다라고요. 자칫하다간 일을 더 복잡하게 만들 수도 있습니다. 양치기 소년 이야기도 모릅니까? 어느 날, 정말로 늑대가 나타났을 때 아무도 소년을 믿어주지 않았잖아요. 그동안 늘어놓은 헛소리 때문에."

리버스가 미소를 지었다. "그래도 이 정도면 대단한 거죠."

"그럼 뭘 예상하고 왔습니까?" 플라이트가 물었다. "휘슬 걸친 침팬지를 볼 줄 알았어요? 이래봬도 난 유능한 형삽니다. 전문가는 아니지만 전문가인 척은 하지 않아요."

리버스가 항의를 하려다 말고 미간을 찌푸렸다. "휘슬이 뭡니까?" 그가 말했다.

플라이트가 고개를 뒤로 젖히고 웃음을 터뜨렸다. "양복 말입니다. 맙소사, 존, 정말 아는 게 하나도 없군요. 그건 그렇고, 오늘 밤 나랑 저녁 먹으러 나갈래요? 월섬스토에 내가 잘 아는 그리스 레스토랑이 있습니다." 플라이트의 눈이 잠시 번뜩였다. "정말 최고예요." 그가 말했다. "버블이 많이 나오거든요." 그가 환히 미소를 지었다. 리버스의 머리가 다시 돌아갔다. 버블? 거품이 많이 이는 음식인가? 아니면 샴페인을 얘기하는 건가?

"버블 앤드 스퀵(으깬 감자와 양배추를 섞어 튀기는 요리)." 그가 말했다. "그리스 요리죠?"

"맞습니다!" 플라이트가 말했다. "이해가 빠르군요. 자, 어떻습니까? 원한다면 인도나 태국이나 이탈리아 음식도 상관없습니다. 하나 골라봐요."

하지만 리버스는 고개를 저었다. "미안해요, 조지. 선약이 있습니다."

플라이트가 고개를 뒤로 젖혔다. "맙소사." 그가 말했다. "그녀와 만나기로 한 모양이군요, 안 그렇습니까? 그 빌어먹을 정신과 의사랑. 아까 아침 먹을 때 들었는데 그새 까먹었어요. 스코틀랜드인들은 꽤 공격적으로 달려드는군요. 온 지 얼마나 됐다고 벌써 이곳 여자들과 시시덕거립니까?" 플라이트는 기분이 좋아 보였다. 하지만 그의 목소리에서는 뚜렷한 아쉬움이 묻어나왔다. 그는 진심으로 낙담한 듯했다.

"우린 내일 하죠. 어떻습니까, 조지?"

"그럽시다." 플라이트가 말했다. "내일 밤, 좋습니다. 참, 충고 하나 해도 될까요?"

"뭔데요?"

"그녀에게 상담할 기회를 주지 말아요."

"아니에요." 리사 프레이저 박사가 고개를 세차게 저으며 말했다. "그건 정신과 의사죠. 상담은 정신과 의사가 하는 거지 심리학자가 하는 게 아니에요. 완전히 다르다고요."

그녀는 꽤 매력적이었다. 그렇다고 무슨 신비함 따위가 느껴지는 정도는 아니었다. 그녀의 옷차림은 수수했고, 얼굴에는 화장기가 전혀 없었다. 머리는 뒤로 묶어 늘어뜨려놓았다. 그럼에도 불구하고 그녀에게서는 자연스러우면서 우아한 아름다움이 느껴졌다. 그녀는 정확히 시간에 맞추어 호텔에 나타났다. 두 사람은 팔짱을 낀 채 샤프츠베리 가를 걸어나갔다. 그가 경관들과 한바탕 소동을 부렸던 곳이다. 이른 저녁의 날씨는 온화했다. 리버스는 미녀와 함께 걷는 게 기분 좋았다. 거리 곳곳에서 남자들의 시선이 그에게로 쏠렸다. 아니, 그녀에게 쏠렸다고 하는 게 맞을 것이다. 가끔 늑대의 휘파람 소리가 들려오기도 했다. 그럴수록 리버스의 목은 더 뻣뻣해졌다. 그는 트위드 재킷에 넥타이를 매지 않은 셔츠 차림이었다. 그는 그녀가 넥타이 없이는 입장할 수 없는 고급 레스토랑으로 자신을 이끌지 않기를 바랐다. 설마 그렇게 재수가 없진 않겠지. 도시는 밤의 유흥을 즐기러 나온 인파로 북적거렸다. 십대 아이들은 맥주를 들이켜며 요란하게 수다를 떨어댔다. 거의 모든 술집이 손님들로 넘쳐났다. 분주히 지나쳐가는 버스들은 공중에 새카만 매연을 뿌려대고 있었다. 리사 프레이저는 그런 것들에 별로 개의치 않아 했다. 리버스는 당당한 용사가 된 기분이었다. 그럴 수만 있다면 당장 길을 막고 모든 차의 열쇠를 압수해버리고 싶었다. 그녀가 오염되지 않은 공기를 마시며 걸어나갈 수 있도록.

내가 언제부터 이랬지? 대체 언제부터 이렇게 로맨틱해진 거야? 내 영혼이 왜 이토록 간절해하고 있는 거지? 너무 의식해, 존. 넌 너무 의식적이 되어가고 있어. 바로 옆의 심리학자가 감지하지 못하면 세상 그 누구도 짚어내지 못할 거야. 자연스럽게 행동해. 차분하게. 너다운 게 가장 좋은 거라고.

그녀는 그를 샤프츠베리 가에서 얼마 떨어지지 않은 차이나타운으로 이끌었다. 이곳의 공중전화 박스는 동양 스타일의 사원 같은 모양을 띠고 있었다. 슈퍼마켓에서는 50년 된 달걀을 팔고 있었고, 입구는 홍콩에서 가져온 유물들로 꾸며져 있었으며, 모든 거리명은 중국어와 영어로 나란히 표기되어 있었다. 관광객들도 간혹 보였지만 행인들 대다수는 중국인이었다. 사방에서 요란한 중국어가 쏟아져 나오고 있었다. 뉴욕이라면 몰라도 영국에서는 좀처럼 볼 수 없는 풍경이었다. 그의 뒤로는 여전히 극장들이 늘어선 샤프츠베리 가가 펼쳐져 있었다. 빨간 버스들이 몰려다니고, 불량 청소년들이 고래고래 욕을 해대는 전혀 다른 분위기의 세상.

"다 왔어요." 그녀가 거리 모퉁이의 레스토랑 앞에 멈춰 서며 말했다. 그녀가 문을 열고 먼저 들어가라는 제스처를 해 보였다. 열린 문틈으로 서늘한 에어컨 바람이 쏟아져 나왔다. 웨이터가 쪼르르 달려와 그들을 어둑한 부스로 안내했다. 웨이트리스는 눈웃음을 지으며 그들에게 메뉴를 건넸다. 잠시 후, 다시 돌아온 웨이터가 리버스 앞에 와인 리스트를 내려놓왔다.

"고르시는 동안 먼저 한 잔 하시겠습니까?"

리버스는 리사 프레이저를 흘끔 쳐다보았다. "진토닉으로 주세요." 그녀가 망설임 없이 주문했다.

"나도 같은 걸로." 리버스가 말했다. 하지만 이내 후회가 밀려들었다. 그는 진 특유의 화학약품 같은 냄새를 별로 좋아하지 않았다.

"이번 사건을 맡게 돼서 너무 흥분돼요, 리버스 경위님."

"그냥 존이라고 불러요. 여긴 경찰서가 아니니까."

그녀가 고개를 끄덕였다. "파일을 연구할 수 있게 기회를 주셔서 감사합니다. 벌써부터 뭔가가 보이는 것 같아요." 그녀가 클러치 백에서 대형 클립으로 묶어놓은 색인 카드들을 꺼냈다. 카드는 자그마한 글자들로 빽빽이 채워져 있었다. 그녀는 그것들을 차례로 읽어나가려 했다. "먼저 주문부터 하는 게 낫지 않을까요?" 리버스가 물었다. 그녀가 잠시 멍한 표정을 지었다가 이내 미소를 보였다.

"죄송해요." 그녀가 말했다. "전 그저……"

"너무 흥분된다고요? 아까 얘기했잖아요."

"형사들도 중대한 단서를 찾을 때마다 흥분하지 않나요?"

"전혀요." 리버스가 메뉴를 훑으며 말했다. "우린 타고난 비관주의자들입니다. 범인이 유죄 선고를 받고 감옥에 갇힐 때까지 절대 흥분하지 않죠."

"신기하네요." 그녀가 색인 카드를 멀리 밀어내고 아직 접혀 있는 자신의 메뉴를 집어 들었다. "조금이라도 낙관을 하고 있어야 수사가 즐거워지지 않나요? 절대 해결하지 못할 거라 아예 단정하고 수사에 임하면 많이 우울할 것 같은데."

여전히 메뉴를 훑고 있는 리버스는 그녀가 자신이 먹을 것까지 주문해 주기를 은근히 바라고 있었다. 그가 고개를 들고 그녀를 쳐다보았다. "수사에 임할 땐 해결하고 말고를 생각하지 않습니다." 그가 말했다. "그냥 한 걸음 한 걸음 단계적으로 접근해나갈 뿐이죠."

웨이터가 술을 가져왔다.

"주문하시겠습니까?"

"난 아직." 리버스가 말했다. "몇 분만 더 줘요."

리사 프레이저는 테이블 너머로 그를 응시하고 있었다. 테이블은 별로 크지 않았다. 그녀의 오른손이 유리잔 가장자리에 얹어졌다. 두 사람의 무릎은 거의 맞닿을 듯 가까이 붙어 있었다. 레스토랑의 다른 테이블들은 훨씬 커 보였고, 다른 부스들은 훨씬 밝아 보였다.

"프레이저는 스코틀랜드 이름이죠?" 그가 말했다. 분위기 전환을 위해서였다.

"맞아요." 그녀가 말했다. "저희 증조할아버지는 커콜디라는 곳 출신이셨어요."

리버스가 미소를 지었다. "내 고향은 거기서 멀지 않은 곳입니다. 10킬로미터쯤 떨어져 있어요."

"정말이세요? 이런 우연의 일치가 있나! 전 가본 적은 없지만 할아버지에게 애덤 스미스의 출생지라고 귀가 따갑게 들었어요."

리버스가 고개를 끄덕였다. "그 사실에 실망할 거 없어요." 그가 말했다. "그렇게 나쁜 곳은 아니니까." 그가 잔을 집어 들고 살살 흔들었다. 유리잔에 얼음 부딪치는 소리가 경쾌하게 들렸다. 마침내 리사가 메뉴를 펼치고 찬찬히 훑어나가기 시작했다. 그녀가 고개를 들지 않은 채 말했다.

"여긴 왜 오셨나요?" 갑작스러운 질문에 리버스는 당황했다. 레스토랑 얘긴가, 아니면 런던 얘긴가? 아니면 이 행성?

"답을 찾기 위해 왔어요." 그는 자신이 즉석에서 내놓은 답이 마음에 들었다. 그 세 가지 가능성 모두에 잘 어울리는 답이었기 때문이다. 그가 잔을 살짝 들어 보였다. "심리학을 위하여."

그녀도 자신의 잔을 들었다. 얼음 부딪치는 소리가 차임벨을 연상시켰다. "한 걸음 한 걸음 단계적으로 접근하는 형사들을 위하여." 두 사람은 동시에 술을 홀짝였다. 그녀는 다시 메뉴로 눈을 가져갔다. "자." 그녀가 말했다. "뭘로 할까요?"

리버스는 젓가락을 쓸 줄 알았다. 하지만 이상하게도 오늘 밤에는 잘 집히지 않았다. 그의 젓가락에서 미끄러져 내린 국수와 오리 고기 조각들이 테이블에 점점 쌓여가기 시작했다. 그의 앞 테이블보는 소스 자국으로 얼룩졌다. 그는 화가 났고, 화를 낼수록 젓가락질은 더 서툴러졌다. 참다못한 그가 웨이터에게 포크를 가져다달라고 주문했다.

"내 조절력이 바닥났네요." 그가 말했다. 그녀는 이해한다는 듯 미소를 지었다. 아니, 동정을 표하는 건가? 그녀가 자그마한 컵에 차를 따랐다. 그는 그녀가 울프맨에 대해 자신이 알아낸 사실을 들려주고 싶어 몸이 달아 있다는 걸 알고 있었다. 전채요리로 나온 게살 수프를 먹으면서는 각자의 과거와 미래만을 이야기했다. 현재는 쏙 빼놓고. 리버스는 포크로 고기조각을 꾹 찔렀다. "뭘 알아냈습니까?"

그녀는 잠시 그를 빤히 쳐다보았다. 큐가 떨어진 것을 확인하기 위해서였다. 그가 고개를 끄덕이자 그녀는 젓가락을 내려놓고 색인 카드를 끌어왔다. 이내 그녀의 브리핑이 시작되었다.

"제가 가장 먼저 주목한 건 시체들에 남겨진 염분의 흔적이었어요. 대부분 그걸 땀일 거라 생각하지만 전 그걸 눈물 자국으로 보고 있어요. 킬러와 그 또는 그녀의 피해자 간의 대인관계를 살펴보면 의외로 많은 걸 알게 되죠." 또 나왔다. 그 또는 그녀. 그녀. "눈물 자국은 범인이 죄책감을 느꼈다는 사실을 뒷받침해주고 있어요. 그것도 나중이 아니라 범행을 벌이는 중에. 울프맨의 도덕적 차원을 확인해주는 단서죠. 어쩌면 그는 타의에 의해 범행을 저질렀는지도 몰라요. 특정 타이밍에만 어두운 면이 드러나는 정신 분열증 환자이거나."

리버스의 머릿속은 점점 더 복잡해져갔다. 그가 잽싸게 그녀의 말을 끊었다. "그러니까 평소에는 울프맨이 당신과 나처럼 정상적인 모습을 보일 수도 있다는 말인가요?"

그녀가 고개를 끄덕였다. "맞아요. 바로 그거예요. 범행을 저지를 때만 빼면 울프맨은 정상인으로 살아갈 거예요. 정상인인 척하는 게 아니라. 그래서 더 찾기가 힘든 거고요. 이마에 '울프맨'이라는 문신을 하고 거리를 활보하진 않잖아요."

리버스는 천천히 고개를 끄덕였다. 그의 시선은 그녀의 얼굴에 굳건히 고정되어 있었다. "계속해봐요." 그가 말했다.

그녀가 또 다른 카드 몇 장을 넘기고 숨을 깊게 들이쉬었다. "피해자는 숨진 후에도 계속 폭행을 당했어요. 그건 울프맨이 피해자를 완벽히 제압해야 할 필요를 느끼지 못했다는 걸 의미하죠. 연쇄살인범들은 대개 피해자를 통제하고 싶어 하거든요. 살인을 행할 때 비로소 자신감을 느끼고요.

하지만 울프맨은 확실히 달라요. 범행 자체가 비교적 신속히 이루어지고, 피해자도 최소한의 고통과 괴로움만을 겪게 되죠. 범인은 사디즘과 거리가 먼 인물이에요. 오히려 울프맨은 시체를 소품으로 써서 연기를 하고 있는 거예요."

쉴 새 없이 쏟아지는 예리한 분석 결과, 그리고 그녀의 에너지와 의욕이 리버스를 압도했다. 아름다운 여인을 코앞에 두니 집중하기가 쉽지 않군. "그게 무슨 뜻입니까?"

"차차 명확하게 드러날 거예요." 그녀가 잠시 설명을 멈추고 차로 목을 축였다. 그녀는 식욕을 완전히 잃은 듯했다. 그녀 앞에 놓인 그릇에서는 손이 닿았던 흔적이 전혀 보이지 않았다. 그녀는 리버스만큼이나 불안해하는 모습이었다. 물론 이유는 그와 다르겠지만. 레스토랑은 많은 손님들로 북적거렸지만 그들에게는 텅 빈 것처럼 적막하게 느껴졌다. 그들의 부스는 그들만의 영역이었다. 리버스는 여전히 뜨거운 차를 벌컥벌컥 들이켰다. 차라니! 그는 차가운 화이트 와인 생각이 간절했다.

"좀 흥미롭더군요." 그녀가 말했다. "범인이 처음엔 뒤에서 피해자를 공격했을 거라는 커즌스 박사님의 분석 말이에요. 그건 범인이 피해자와 대치되지 않은 상태에서 공격을 가했다는 뜻이잖아요. 그것으로 울프맨의 사회생활 스타일을 짐작해볼 수 있겠죠. 어쩌면 그는 피해자들의 눈을 똑바로 쳐다보지 못할 수도 있어요. 그들이 느끼는 공포가 자신의 시나리오를 망쳐놓을 수도 있을 테니까요."

리버스가 고개를 저었다. 솔직히 털어놓아야 할 때였다. "무슨 말인지 통 모르겠어요."

그녀는 살짝 놀라는 기색이었다. "간단해요. 그는 복수를 하고 있어요.

그에게 피해자들은 복수의 대상일 뿐이에요. 만약 얼굴을 보고 정면으로 맞서면 자신이 그들에게 아무 원한도 품고 있지 않음을 깨닫게 될 거예요."

리버스는 여전히 이해가 되지 않았다. "그럼 그 여자들은 그냥 대역들이란 말입니까?"

"대체물. 맞아요."

그가 고개를 끄덕였다. 그는 이제 리사 프레이저의 설명에 완전히 몰입한 상태였다. 그녀에게는 아직 공개되지 않은 카드가 반이나 남아 있었다.

그녀가 다음 카드로 넘어가며 말했다. "울프맨이 선택한 장소도 그의 내면생활에 대해 많은 걸 알려줬어요. 피해자들의 나이, 성별, 인종, 그리고 사회적 계급 등도 대충 짐작할 수 있게 해줬고요. 그들 모두 여성이고, 중년에 가까워요. 네 명 중 셋은 백인이고요. 물론 이 사실들이 우리에게 많은 걸 알려주진 않아요. 하지만 전 무너진 패턴을 보고 장소에 대해 깊이 생각하게 됐어요. 패턴이 드러날 때쯤이면 예외 없이 그 정밀성을 파괴하는 요소가 발견됐죠. 킬러가 갑자기 젊은 여성을 공격한 것도 그렇고, 이른 저녁에 일을 벌인 것도 그렇고, 흑인 피해자를 선택한 것도 그렇고."

보름달이 뜨지 않았을 때 범행을 저지른 것도 그렇지. 리버스는 생각했다.

리사의 설명이 이어졌다. "전 범행의 공간적 패턴을 곰곰이 생각해봤어요. 잘만 분석하면 킬러의 다음 범행 장소를 예상할 수도 있어요. 그가 어디 사는지도 알 수 있고요." 리버스가 눈썹을 추켜세웠다. "정말이에요, 존. 이미 여러 케이스를 통해 증명된 방식이에요."

"물론 의심하진 않아요. 내가 눈썹을 추켜세운 건 그 '공간적 패턴'이라는 표현 때문이에요." 그는 자신이 극도로 혐오했던 매니지먼트 코스에서도 같은 표현을 들어본 적이 있었다.

그녀가 미소를 지었다. "네, 이런 케이스에선 그런 용어가 남발되죠. 전 살인사건이 발생한 현장들의 패턴을 말씀드린 거였어요. 수로 옆 예선로, 철도선로, 지하철역 근처. 네 개 사건 중 세 건이 교통 시스템 인근에서 발생했어요. 그리고 이번에도 네 번째에 가서 패턴이 깨져버렸죠. 하지만 네 사건 모두 강의 북쪽에서 발생했으니 그 패턴은 계속 이어지고 있는 셈이네요. 어쨌든 제 요지는 바로 이거예요. 그가 의도적으로 패턴을 깼을 수도 있다는 것. 울프맨은 경찰이 쓸 만한 단서를 잡지 못하게 머리를 굴리고 있는 거예요. 정신적 성숙도가 꽤 높은 사람이죠."

"괜히 사이코겠습니까?"

그녀가 웃음을 터뜨렸다. "전 진지하게 얘기하는 거예요."

"알아요."

"다른 가능성이 하나 있긴 해요."

"그게 뭔가요?"

"울프맨은 현장에 흔적을 남기지 않는 방법을 알고 있어요. 경찰 업무에 정통한 인물일 수도 있다는 뜻이죠."

"경찰 업무에 정통하다고요?"

그녀가 고개를 끄덕였다. "적어도 경찰이 연쇄살인사건을 수사하는 방식 정도는 훤히 알고 있을 거예요."

"그가 경찰이란 말입니까?"

그녀가 다시 웃음을 터뜨리며 고개를 저었다. "과거에 덜미를 잡혀본 적이 있을 가능성을 말씀드리는 거예요."

"그렇군요." 그는 불과 몇 시간 전 조지 플라이트가 보여준 파일을 떠올렸다. "우린 이미 100명도 넘는 전과자들을 살펴봤어요. 아무 성과도 없었습니다."

"하지만 모든 강간과 폭행 전과자들을 일일이 살펴보진 못하셨을 텐데요."

"그렇죠. 하지만 여기서 당신이 간과한 부분이 있어요. 이빨 자국. 그건 아주 중요한 단서입니다. 만약 울프맨이 똑똑한 친구라면 왜 매번 선명한 이빨 자국을 피해자들에게 남겨놨겠습니까?"

그녀가 찻잔을 후후 불어 식혔다. "어쩌면……" 그녀가 말했다. "이빨 자국은 경찰의 관심을 딴 데로 돌려놓기 위한 미끼인지도 모르죠."

리버스는 잠시 골똘한 생각에 잠겼다. "그럴 가능성도 있겠죠." 그가 말했다. "하지만 또 다른 가능성도 있습니다. 난 오늘 치아 병리학자를 만나고 왔어요. 그는 이빨 자국만 봐선 울프맨이 여성일 가능성도 배제할 수 없다고 했습니다."

"그래요?" 그녀의 눈이 휘둥그레졌다. "흥미롭군요. 거기까진 미처 생각하지 못했어요."

"우리도 마찬가집니다." 그가 음식을 조금 떠서 자신의 그릇에 담았다. "대체 범인은 왜 피해자들을 깨무는 걸까요? 성별이 무엇이든 간에."

"저도 그 점이 궁금했어요." 그녀가 마지막 카드로 넘어갔다. "이빨 자국은 피해자들의 복부에 남겨져 있었어요. 여성의 배. 생명을 담는 주머니. 어쩌면 울프맨은 아이를 잃었거나 부모로부터 버림받았는지도 몰라요. 어릴 적 어딘가로 입양된 적이 있고, 그 사실에 분개하고 있는지도 모르고요. 불행한 유년기를 보낸 연쇄살인범이 어디 한둘인가요?"

"음. 당신이 놓고 간 책들에도 그런 내용이 있더군요."

"정말 읽어보셨어요?"

"어젯밤에요."

"어떤 생각이 드셨나요?"

"기발한 내용이 많이 보였습니다."

"이론들이 다 타당하게 느껴지셨나요?"

리버스가 어깨를 으쓱였다. "그건 울프맨을 잡고 나서 대답하겠습니다."

그녀가 다시 음식을 깨작거렸다. 그녀의 그릇에 담긴 식은 고기는 젤리처럼 변해 있었다. "항문의 상처는요, 존? 그건 어떻게 설명할 수 있죠?"

리버스는 잠시 뜸을 들였다. "아직 답을 찾지 못했습니다." 그가 말했다. "하지만 정신과 의사가 뭐라고 할지는 대충 짐작이 됩니다."

"하지만 경위님은 지금 정신과 의사가 아닌 심리학자랑 같이 계시잖아요."

"물론 잊지 않았어요. 당신의 논문을 보니 현재 미국에는 서른 명도 넘는 연쇄살인범이 활동 중이라고 나와 있더군요. 그게 사실입니까?"

"그건 작년에 쓴 거였어요. 아마 지금쯤은 더 늘었을 거예요. 상상만으로도 오싹하죠? 네?"

그가 어깨를 으쓱였다. 전율을 감추기 위한 제스처였다. "음식은 어떤가요?" 그가 물었다.

"네?" 그녀가 자신의 그릇을 내려다보았다. "오, 사실 배가 별로 고프지 않았어요. 그동안 꽤 의욕적으로 파고들었는데 막상 경위님께 들려 드리고 나니 남는 게 별로 없네요." 그녀가 다시 색인 카드들을 휙휙 넘겨보았다.

"그런 말 말아요." 리버스가 말했다. "덕분에 많은 걸 배웠어요. 수사에 큰 도움이 될 겁니다. 특히 당신이 주지의 사실들에만 집중했다는 점이 마음에 듭니다. 솔직히 알아듣지도 못하는 용어들이 줄줄이 나올까 봐 걱정했습니다." 그는 맥노티의 책에서 본 온갖 용어들을 떠올렸다. "잠재적 사이코마니아, 오이디푸스 콤플렉스가 유발하는 충동, 뭐 그런 것들."

"원하시면 줄줄이 늘어놓을 수도 있어요." 그녀가 말했다. "하지만 별 도움이 안 될 거예요."

"내 말이요."

"원래 정신의학이 좀 그래요. 심리학자들은 동인이론, 사회적 학습이론, 다면적 인성, 이런 것들에 집착하는데." 리버스는 두 손으로 귀를 틀어막았다.

그녀가 다시 웃음을 터뜨렸다. 그는 손쉽게 그녀를 웃길 수 있었다. 오래전, 그는 로나도 그렇게 웃게 했었다. 로나 이후에는 에든버러의 한 언론 담당자를 웃겨주었고. "그럼 경찰은요?" 그가 옛 기억을 접어두고 물었다. "심리학자가 보는 경찰은 어떤가요?"

"글쎄요." 그녀가 등받이에 몸을 붙이며 말했다. "경찰은 대개 외향적이고 강한 정신력을 갖고 있는 것 같아요. 보수적이고."

"보수적이라고요?"

"조금은요."

"어젯밤 책에서 봤는데 연쇄살인범들도 보수적이라면서요?"

그녀가 여전히 미소를 흘리며 고개를 끄덕였다. "오, 맞아요." 그녀가 말했다. "그러고 보면 경찰과 연쇄살인범은 공통점이 참 많은 것 같아요. 하지만 경찰이 보수적이라는 건 현상(現狀)에 변화가 생기는 걸 좋아하지 않기 때문에 해본 얘기예요. 심리학을 이용하는 데 소극적인 것도 그런 이유 때문일 거고요. 경찰 스스로가 세워놓은 엄격한 가이드라인에 걸려버리니까. 안 그런가요?"

"반박하고 싶긴 한데 그러지 않겠습니다. 그건 그렇고, 울프맨에 대한 조사가 대충 끝났으니 이젠 어떻게 해야 할까요?"

"오, 이건 그냥 겉만 핥은 수준에 불과해요." 그녀의 두 손은 여전히 색인 카드를 만지작거리고 있었다. "해볼 검사가 아직 많이 남아 있어요. 캐릭터 분석이나 뭐 그런 것 말이죠. 시간이 더 필요해요." 그녀가 말했다. "경위님은요?"

"그냥 뚜벅뚜벅 걸어나가야죠. 계속 체크하고, 조사하고, 한……"

"한 걸음 한 걸음." 그녀가 끼어들었다.

"그래요. 한 걸음 한 걸음. 내가 얼마나 더 여기 머무를지 모르겠어요. 어쩌면 이번 주말쯤 에든버러로 돌아가게 될 수도 있고."

"그들이 왜 경위님을 런던으로 모셔온 거죠?"

웨이터가 그들의 그릇을 치우러 왔다. 리버스는 뒤로 물러나 앉아 냅킨으로 입을 닦았다.

"커피나 리큐어(달고 과일 향이 나기도 하는 독한 술) 한 잔 하시겠습니까?"

리버스는 리사를 쳐다보았다. "전 그랑 마니에(브랜디와 오렌지로 만드는 프랑스 술) 한 잔 할게요." 그녀가 말했다.

"난 커피." 리버스가 말했다. "잠깐만요. 나도 같은 걸로 줘요." 웨이터는 그릇들을 챙겨 사라졌다.

"제 질문에 대답하셔야죠, 존."

"오, 복잡할 거 없어요. 그들은 내가 어떻게든 도움이 돼 줄 거라 생각했던 모양입니다. 아무래도 에든버러에서 연쇄살인범을 잡아본 경험도 있고 해서."

"정말이세요?" 그녀가 테이블보에 두 손을 얹고 몸을 앞으로 기울였다. "그 얘기 좀 들려주세요."

그래서 그는 긴 이야기를 풀어놓았다. 그는 어째서 자신이 심리학자에게 그토록 세세한 디테일까지 들려주고 있는지 궁금했다. 이 얘길 듣고 나면 날 어떻게 생각할까? 혹시 내 성격을 분석해 내게 무슨 정신병이나 편집증이 있다고 판단하진 않을까? 하지만 그는 자신에게 온 신경을 집중시킨 그녀를 실망시키고 싶지 않았다.

그들은 커피까지 두 잔씩 비운 후 계산을 하고 레스토랑을 나왔다. 밤공기가 훈훈했다. 그들은 레스터 광장과 채링 크로스 가, 세인트 마틴스 레인, 그리고 롱 에이커를 차례로 지나 코번트 가든 쪽으로 향했다. 코번트 가든을 끼고 걸어나가는 동안 리버스의 이야기는 계속 이어졌다. 그가 갑자기 공중전화 박스 앞에 멈춰 섰다. 부스 안의 거의 모든 공간에는 하얀 스티커가 붙어 있었다. 엄격한 교정조치, 프랑스어 레슨, O&A 스페셜리스트, TV, 매력적인 트루디를 혼내줘요, S/M 챔버, 풍만한 금발 여인. 모든 스티커에는 전화번호가 하나씩 적혀 있었다.

리사도 그것들을 흥미롭게 훑어보았다. "모두가 심리학자군요." 그녀가 말했다. "들려주신 얘긴 정말 엄청나네요, 존. 누가 기록해두진 않았나요?"

리버스가 어깨를 으쓱였다. "신문 기자가 기사로 몇 번 다뤘습니다." 짐 스티븐스. 맙소사. 그도 런던으로 옮겼다고 했는데. 리버스는 램이 보여준 신문 기사를 떠올렸다.

"그렇군요." 리사가 말했다. "하지만 경위님의 관점에서 바라본 기록은요?"

"없습니다." 그의 대답에 그녀가 잠시 생각에 잠겼다. "날 사례 연구 모델로 쓰려고요?"

"그건 아니고요." 그녀가 말했다. "아, 다 왔어요." 그녀가 걸음을 멈추었다. 그들은 좁은 골목 안 신발 가게 앞에 서 있었다. 줄지어 늘어선 상점들 위로는 2층짜리 아파트가 자리하고 있었다. "전 여기 살아요." 그녀가 말했다. "오늘 즐거웠어요. 시간 내주셔서 감사합니다."

"덕분에 저녁 잘 먹었습니다. 즐거웠어요."

"별말씀을." 그녀는 이내 침묵에 빠졌다. 두 사람 사이의 거리는 1미터도 채 되지 않았다. 리버스는 어색해하며 발을 꼼지락거렸다. "혼자 찾아가실 수 있어요?" 그녀가 물었다. "제가 방향을 알려 드릴까요?"

리버스는 골목의 좌우를 살폈다. 어느 쪽으로 가야 하는지 알 길이 없었다. 아무 생각 없이 구불구불한 길을 따라 들어온 탓이었다. "오, 괜찮을 거예요." 그가 미소를 지어 보였다. 그녀도 말없이 미소로 화답했다. "이제 내가 가면 되는 건가요?" 그가 말했다. "커피 한 잔 안 줄 거예요?"

그녀가 얼굴을 붉히며 그를 쳐다보았다. "정말 커피 생각이 있으세요?"

그가 그녀를 빤히 쳐다보았다. "아뇨." 그가 솔직하게 대답했다. "별로."

그녀가 돌아서서 신발 가게 옆으로 난 문을 열었다. 가게의 쇼윈도에는 수제화와 비가죽 신발을 전문으로 한다는 광고판이 붙어 있었다. 아파트로 통하는 문 옆에는 여섯 개의 이름이 적힌 엔트리폰(방문자가 건물 내부 사람과 대화할 수 있도록 입구에 붙어 있는 전화 장치)이 붙어 있었다. 그 틈에는 'L 프레이저'라는 이름도 끼어 있었다. 박사라는 직함은 보이지 않았다.

의사로 오해한 사람들이 귀찮게 굴까 봐 그랬나? 한때 그런 자격을 비밀에 부치는 게 유행했을 때가 있었다.

리사가 자물쇠에서 열쇠를 뽑고 문을 열었다. 문틈으로 조명이 환히 켜진 계단통이 드러났다. 돌로 된 수수한 계단은 수레국화 같은 파란색으로 칠해져 있었다. 그녀가 그를 돌아보았다.

"자." 그녀가 말했다. "커피를 원치 않으신다니 따라 올라오세요."

두 사람은 침대에 나란히 누워 있었다. 그녀의 손이 그의 가슴을 살살 훑어나갔다. 그녀는 남들처럼 내숭떠는 건 질색이라고 했다. 같이 자고 싶으면서 뜸은 왜 들이는지 모르겠다면서.

그래서 그녀는 리버스를 이끌고 자신의 아파트로 올라갔다. 어두운 침실로 들어선 그녀는 망설임 없이 옷을 벗고 침대에 올라가 앉았다.

"이리 와요." 그녀가 말했다. 그도 옷을 벗고 그녀 옆으로 파고들었다. 그녀가 벌러덩 누워 곧게 뻗은 두 손으로 침대 기둥을 붙잡았다. 창문으로 새어 들어온 은은한 가로등 불빛이 그녀의 알몸에 뿌려졌다. 리버스는 혀로 그녀의 허벅지 안쪽을 핥아나갔다. 그녀의 다리는 늘씬하고 탄력 있었다. 그녀에게서는 재스민 향기가 풍겼고, 톡 쏘는 꽃 맛이 났다. 리버스는 자신의 몸이 부끄러웠다. 그녀의 완벽한 몸 - 나중에 그녀는 스쿼시와 수영과 엄격한 다이어트가 몸매 관리의 비결이라고 털어놓았다 - 과 달리 그의 몸은…… 그는 손가락으로 물결치는 그녀의 살을 쓸어내렸다. 그녀의 복부 밑 살은 살짝 늘어져 있었고, 가슴과 목 옆으로는 주름이 조금 나 있었다. 그는 살집이 두툼히 붙은 자신의 가슴을 내려다보았다. 그나마 있었던 복근도 어느새 자취를 감추어버린 상태였다. 탄력은커녕 지치고 노화된 몸뚱이만 보일 뿐이었다. 스쿼시와 수영이라. 그도 본격적으로 운동을 시작할 필요가 있었다. 에든버러에 널려 있는 헬스클럽에 가입하든지.

그는 그녀의 만족을 위해 최선을 다했다. 그녀를 기쁘게 하는 것이야말로 그의 유일한 목표였다. 그래서 그는 쉬지 않고 몸을 놀려댔다. 어느새 그들의 몸은 땀으로 촉촉이 젖어 있었다. 서로의 머릿속을 훤히 꿰뚫어보는 듯한 두 사람의 움직임에는 거침이 없었다. 과하게 의욕을 부리던 그가 그녀의 턱에 코를 부딪치고 말았다. 그들은 나지막이 웃음을 터뜨리며 맞댄 이마를 살살 문질렀다. 진이 빠져버린 그는 목을 축이러 주방으로 들어갔다. 그녀가 얼음 하나를 입에 넣고 그에게 키스를 퍼부었다. 잠시 후, 다리가 풀려버린 그녀는 그의 앞에 풀썩 주저앉았다.

다시 침대로 돌아온 그들은 차가운 화이트 와인을 병째로 마시며 다시 입을 맞추었다.

두 사람 사이의 공기에서는 더 이상 초조한 기운이 느껴지지 않았다. 그들은 진정으로 서로를 즐기고 있었다. 리버스에게 올라탄 그녀는 리듬에 맞춰 몸을 놀렸다. 그리고 그 리듬은 점점 빠르고 격해져갔다. 리버스는 눈을 질끈 감은 채 흩어진 빛에 묻힌 방과 세차게 뿌려지는 차가운 물과 매끄러운 피부를 상상했다.

아니면 여성일 수도. 울프맨은 여성일 수도 있었다. 그것도 경찰 업무에 정통한. 그렇다면 여형사? 순간 캐스 패러데이의 모습이 리버스의 뇌리를 스쳤다. 게르만 민족 스타일의 앙상하고 각진 턱.

맙소사. 리사와 엉겨 붙어 있으면서 다른 여자를 떠올리다니! 순간 압도적인 죄책감이 밀려들었다. 그녀가 양 무릎으로 그의 허리를 감싼 채 두 손으로 그의 가슴을 꾹 눌렀다.

아니면 여성일 수도. 이빨 자국은 대체 왜? 다른 단서는 하나도 흘리지 않았으면서. 왜? 정말로 여성일 수도 있잖아. 경찰일 수도 있고. 아니면…… 아니면……

"됐어요, 됐어요." 그녀의 입에서 신음에 가까운 말이 반복적으로 튀어나왔다. 열 번, 스무 번, 서른 번. 뭐가 됐다는 거지?

"됐어요, 존, 됐어요, 존, 됐어요……"

그래, 됐어.

* * *

바쁜 하루였다. 자신이 아닌 사람인 척하며 사는 건 쉬운 일이 아니었다. 하지만 그녀는 다시 세상으로 나와 어슬렁거렸다. 그녀는 두 개의 세상을 마음껏 누빌 수 있는 자신의 능력이 점점 마음에 들었다. 이른 저녁, 그녀는 블랙히스에서 열린 디너파티에 손님으로 참석했다. 우아한 조지 왕조풍 저택, 소나무로 된 육중한 문, 수업료와 팩스기와 금리와 해외 부동산에 대한 수다. 그들은 울프맨을 언급하며 그녀의 의견을 물었다. 그녀의 의견은 조리 정연하고, 재치 있었으며, 쿨하기까지 했다. 차가운 샤블리와 82년산 샤토 몽로즈. 그녀는 둘 중 하나만 고를 수 없어 둘 다 한 잔씩 받아 마셨다.

한 손님이 늦게 도착했다. 유명 일간지 소속 기자였다. 그는 늦어서 미안하다고 사과했다. 그들은 다음 날 실리게 될 기사에 대해 물었고, 그는 필요 이상으로 후하게 정보를 흘려주었다. 또한 자매지인 타블로이드 신문의 1면을 장식하게 될 표제도 살짝 공개했다. '게이 울프맨의 비밀 생활'. 기자는 킬러를 유인하기 위한 미끼일 뿐이라고 설명했다. 물론 그녀도 그걸 알고 있었다. 테이블에서는 웃음이 넘쳐났고, 그녀는 포크로 파스타를 콕콕 찔러댔다. 한심하군. 그런 걸 기사라고 싣다니. 게이 울프맨? 그녀는 커다란 와인잔을 입에 갖다 붙이고 빙그레 웃었다. 그들은 고속도로 교통량, 새로 들여온 와인, 그리고 블랙히스 공원의 상태 등에 대해서도 신나게 수다를 떨어댔다. 블랙히스는 그들이 대역병 희생자들을 매장한 곳이었다. 흑사병(Black Death). 검은 황야(Black Heath). 딱 글자 하나 차이였다. 그녀는 속으로 음흉하게 미소를 흘렸다.

식사를 마친 그녀는 택시를 타고 강을 건너 자신의 동네로 돌아왔다. 그녀는 자신의 집 현관문을 지나쳐 계속 걸어나갔다. 이래서는 안 되었다. 이렇게 나돌아다녀서는 안 되었다. 하지만 왠지 그래야만 할 것 같았다. 화랑에 갇힌 노리개는 무척 외로울 것이다. 코에 동상이 걸릴 정도로 추울 것이고.

언젠가 그녀의 어머니가 말했다. *신사의 코털이 너무 길면 말이야, 자니, 그것처럼 부적절한 건 없어.* 아니, 내가 뜰에 숨어 있을 때 아버지가 불러댔던 요상한 노래였나? '빌어먹을 예술.' 그녀가 속으로 웅얼거린다.

그녀는 어디로 가야 하는지 알고 있다. 멀지 않은 곳. 골목과 대로가 만나는 교차로. 런던은 이런 교차로로 넘쳐난다. 무수히 많은 신호등과 같은 코스를 천천히 맴도는 여자들. 그들은 종종 길을 건너가 지나는 운전자들에게 늘씬한 다리와 하얀 속살을 내보이곤 한다. 차창이 내려지면 여자들은 얼굴을 들이밀고 흥정을 시작한다. 프로들이었지만 조심성은 없다. 경찰이 가끔 현장을 덮칠 때도 있지만 그런 어설픈 시도로는 그들을 절대 폐업시킬 수 없다. 게다가 매춘부들의 단골 고객 중에는 경찰도 다수 포함되어 있다. 그것이 바로 그녀가 이곳을 활보하면 안 되는 이유다. 하지만 그녀는 몸이 근질거려 견딜 수가 없다. 이런 여자들은 툭하면 행방불명이 된다. 그런 여자 몇 명이 갑자기 사라진다고 호들갑을 떨거나 수상하게 여길 사람은 없다. 게다가 이 도시, 특히 이 동네는 그런 소란을 원치 않아 한다. 첫 번째 피해자가 그랬던 것처럼 이번 피해자도 경찰에 발견될 무렵이면 이미 쥐들의 밥이 되어 있을 것이다. 사료. 그녀가 다시 킬킬 웃는다. 잠시 후, 한 여자 앞에서 그녀가 걸음을 멈춘다.

"안녕, 러브." 여자가 말을 건다. "뭐 특별히 원하는 거 있어요?"

"하룻밤에 얼마죠?"

"당신이 마음에 드니 100파운드에 해줄게요."

"좋아요." 그녀가 돌아서서 자신의 동네를 향해 걸어가기 시작한다. 이곳보다 훨씬 안전한 자신의 집이 기다리고 있는 곳으로. 여자는 몇 걸음 떨어져 졸졸 따라온다. 그녀는 여자에게 따라붙을 틈도 주지 않고 분주히 발을 놀려 집에 도착한다. 현관문이 열리는 순간 안에서 화랑이 그녀를 반겨준다. 더 이상 화랑 같아 보이지는 않지만.

화랑보다는 정육점 도마에 가까운 모습이다.

"멋진 데 사는군요, 러브."

그녀가 손가락을 펴 입술로 가져갔다. "입 열지 말아요." 그제야 여자는 심상치 않은 분위기를 감지한다. 불안해진 그녀는 잽싸게 다가가 여자의 가슴을 움켜잡는다. 그리고 어설프게 헐떡거리며 여자의 두툼한 입술에 키스를 퍼붓는다. 흠칫 놀란 매춘부는 이내 상황을 파악하고 미소를 짓는다.

"이제 보니 신사는 아니군요." 여자가 말한다.

그녀는 그 발언이 만족스러운지 고개를 끄덕인다. 그녀는 현관문을 걸어 잠근 후 화랑으로 통하는 문에 열쇠를 꽂는다.

"저 안에서 할 거예요, 러브?" 여자가 코트를 벗고 열린 문틈으로 들어선다. 마침내 방 안을 보게 된 여자는 경악한다. 하지만 돌아나갈 수는 없다. 이미 덫에 걸려버렸으니까.

그녀는 생산 라인을 책임지는 베테랑 직원처럼 민첩하게 움직인다. 그녀는 여자의 입을 틀어막고 칼을 쥔 손을 번쩍 치켜든다. 이 순간이 오면 그들은 칼을 똑바로 쳐다볼 수 있을까? 겁에 질려 눈을 감아버리는 건 아닐까? 그녀는 휘둥그레진 눈으로 자신들의 얼굴을 향해 무섭게 달려드는 칼끝에 집중하는 그들의 모습을 상상해본다. 궁금해 미치겠어. 직접 체험해볼 수도 없고. 그녀가 할 수 있는 것이라고는 벽거울을 전략적으로 걸어놓는 것뿐이다. 다음엔 꼭 그렇게 해야겠어.

꾸르륵 꾸르륵. 아폴로와 디오니소스 사이에 낀 화랑은 완벽한 공간이다. 마침내 몸뚱이가 바닥에 주저앉아버린다. 본격적으로 작업에 들어갈 시간이었다. 그녀의 머릿속이 윙윙대기 시작한다. 엄마아빠엄마아빠 엄마아빠엄마아빠. 그녀는 작업을 위해 쪼그려 앉는다.

"이건 게임일 뿐이야." 그녀가 들릴락 말락 한 목소리로 속삭인다. "게임일 뿐." 여자가 한 말이 아직도 그녀의 귓전을 맴돌고 있다. *이제 보니 신사는 아니군요*. 아니지. 당연히 아니지. 갑자기 그녀의 입에서 웃음이 터져 나온다. 또다시 그 느낌이 찾아든다. 안 돼! 아직은 아니야! *다음엔 꼭.* 칼이 움찔거린다. 아직 시작도 못했는데. 오늘 밤에 또 일을 벌일 순 없다고! 미치지 않고서야. 하지만 열망은 여전히 남아 있다. 절대적이고 다른 무엇으로도 만족시킬 수 없는 갈망. 이번엔 기필코 거울까지 갖춰놓고 해야지. 그녀가 피에 젖은 손으로 눈을 가린다.

"그만!" 그녀가 울부짖는다. "그만해요, 아빠! 엄마! 멈추게 해줘요! 제발 멈추게 해줘요!"

하지만 바로 그게 문제다. 누구도 그걸 멈추게 할 수 없다는 사실. 누구도 그렇게 해주지 않을 거라는 사실. 계속 이렇게 이어질 수밖에 없다. 매일 밤. 마음이 약해져서도, 한숨을 돌려서도 안 된다.

매일 밤. 매일 밤 계속 이어져야만 한다.

거짓말

"농담하지 마!"

리버스는 너무 피곤했고, 진심으로 화가 났다. 갑자기 글래스고로 가보라니. 리버스의 목소리에서는 상대를 불안하게 만들 만큼의 짜증이 묻어나왔다.

"그 사건은 보름 후에 심리하기로 돼 있잖아."

"그들이 일정을 바꿨어요." 목소리가 말한다.

리버스의 입에서 신음이 터져 나왔다. 그는 호텔 침대에 누워 손목시계를 들여다보았다. 8시 30분. 정각 7시에 리사의 집에서 눈을 뜬 그는 그녀가 깨지 않게 조용히 옷을 걸치고 짧은 메모를 남겨놓은 후 밖으로 빠져나왔다. 무사히 호텔로 돌아오기까지 그가 길을 잘못 든 것은 달랑 두 번뿐이었다. 하지만 뿌듯함을 느낄 새도 없이 이런 나쁜 소식을 듣게 될 줄이야.

"확 앞당겨버렸더라고요." 목소리가 말한다. "오늘부터 시작이에요. 그들에겐 경위님의 증언이 필요합니다."

물론 리버스도 알고 있다. 그가 할 일이라고는 증인석에 들어가 모리스 제럴드 캐퍼티가 그레인지머스의 술집, 시티 암스의 주인으로부터 100파운드를 건네받는 걸 보았다고 증언하는 것뿐이다. 간단한 일이지만 문제는 굳이 그곳에 가서 처리해야 한다는 사실이다. 보호비 명목으로 돈을 갈취해온 폭력조직의 두목, 캐퍼티의 사건에는 눈먼 재봉사의 엄지손가락이

쑥쑥 들어갈 만큼 크고 허술한 구멍이 너무 많다.

그는 운명이라고 체념해버린다. 꼭 이래야만 하나? 그래, 그럴 거야. 하지만 문제는 실행 계획이었다.

"모든 게 다 준비돼 있습니다." 목소리가 말한다. "어젯밤엔 전화를 안 받으시더군요. 히스로에서 첫 비행기를 타고 가십시오. 경위님을 글래스고까지 모셔갈 차를 대기시켜놓겠습니다. 검사는 3시 30분쯤 경위님을 증인으로 신청할 겁니다. 아직 시간이 충분해요. 운이 좋으면 오늘 밤에 다시 런던으로 돌아가실 수 있을 겁니다."

"이거 고마워서 어쩌나?" 리버스가 비꼬듯이 말한다.

"별말씀을요." 목소리가 말한다.

그는 피커딜리 라인이 히스로 공항까지 이어진다는 사실을 알아냈다. 피커딜리 서커스 역은 호텔 바로 밖에 자리하고 있었다. 출발은 좋았지만 느리고 답답한 지하철은 그의 마음에 들지 않았다. 히스로에 도착한 그는 티켓을 챙긴 후 곧장 스카이숍으로 달려갔다. 『글래스고 헤럴드』를 집어 드는 그의 눈에 줄지어 꽂힌 타블로이드 신문들이 들어왔다.

게이 울프맨의 비밀 생활. 역겨운 킬러에게 '도움이 필요하다'는 경찰.

이 미치광이를 잡아라.

캐스 패러데이의 활약이 돋보이는 순간이었다. 그는 세 종류의 타블로이드 신문과 『글래스고 헤럴드』를 사들고 출발 라운지로 향했다. 주위의 모두가 같은 표제와 기사를 훑고 있었다. 울프맨도 이걸 보고 있을까? 만약 보고 있다면 그 또는 그녀는 과연 어떻게 반응할까? 젠장. 이 중요한 순간에 600킬로미터도 넘게 떨어진 북쪽 땅으로 날아가야 하다니. 빌어먹을 사법제도. 판사들도, 변호사들도 다 똑같은 놈들이야. 보나마나 자기들 골프 약속이나 애들 학교 운동회 날과 겹쳐서 캐퍼티 심리를 앞당겼겠지. 고작 버릇없는 애들이 숟가락 위에 달걀을 얹고 뛰는 걸 보러 가려고 이 고생을 시키는 거야? 리버스는 흥분을 가라앉히려 천천히 심호흡을 했다. 그는 비행 자체를 좋아하지 않았다. 헬리콥터에서 떠밀려 추락했던 SAS(영국 특수부대) 시절 악몽 때문이었다. 맙소사! 별일을 다 겪어봤군.

"영국 항공 슈퍼 셔틀 승객분들은 지금……"

차가우면서도 똑 부러지는 목소리가 흘러나오자 라운지가 술렁거렸다. 일제히 일어난 사람들이 짐을 챙겨 안내된 탑승구로 우르르 몰려갔다. 몇 번 게이트라고 했지? 그는 안내방송을 미처 듣지 못했다. 내 비행기가 맞나? 미리 연락해서 차를 대기시켜놔야 하는 거 아닌가? 그는 넌더리 날 정도로 비행을 싫어했다. 그래서 일요일에도 굳이 기차를 타고 왔던 것이다. 일요일? 오늘은 수요일이었다. 기분으로는 일주일도 더 된 것 같은데 이제 겨우 이틀이 지났다니.

탑승. 오, 맙소사. 티켓을 어디 뒀더라? 그에게는 챙겨야 할 짐이 없었다. 겨드랑이 밑에서는 신문이 불안하게 꿈틀거리고 있었다. 그는 그것들을 다시 잘 밀어 넣은 후 겨드랑이를 힘껏 조였다. 그는 서둘러 흥분을 가라앉혀야 했다. 캐퍼티 생각도 해야 하고, 복잡한 머릿속도 정리해야만 했다. 피고 측 변호사들이 그의 증언에서 빈틈을 찾지 못하도록. 사실에만 집중해. 울프맨은 잠시 잊고, 리사, 로나, 새미, 케니, 토미 왓키스, 조지 플라이트…… 플라이트! 그는 플라이트에게 귀띔해주는 것을 깜빡했다. 지금쯤이면 모두들 그의 행방을 궁금해하고 있을 것이다. 그는 도착 즉시 전화를 걸어 해명하기로 했다. 지금 당장 알려야 했지만 공중전화를 찾느라 비행기를 놓치고 싶지 않았다. 잊어버려. 캐퍼티에게만 집중하라고. 그는 증인석에 오르기 전 그들에게서 받은 노트를 꼼꼼히 훑어볼 생각이었다. 증인은 달랑 두 명이었지? 아닌가? 잔뜩 겁을 먹은 술집 주인, 그리고 리버스. 그는 당당하고 믿음직스러워야만 했다. 그는 탑승구로 향하며 전신 거울을 흘끔 들여다보았다. 거울 속 그의 모습은 마치 신나게 노느라 밤을 꼬박 새운 사람 같아 보였다. 전날 밤의 기억이 그를 미소 짓게 만들었다. 다 잘 풀릴 거야. 나중에 리사에게도 전화해야지. 전화해서…… 뭐라고 하지? 고맙다고? 램프를 올라 좁은 출입구로 들어서니 남녀 승무원들이 미소로 그를 맞아주었다.

"좋은 아침입니다, 고객님."

"좋은 아침입니다." 그들 옆에는 무료 신문들이 수북이 쌓여 있었다. 젠장. 아까 괜히 돈을 썼군.

통로도 좁기는 마찬가지였다. 그는 코트와 서류가방을 좌석 위 짐칸에 쑤셔 넣고 있는 남자들 사이를 비집고 들어가 자신의 창가 자리에 풀썩 주저앉았다. 그는 습관적으로 안전벨트부터 맸다. 창밖으로 분주히 움직이는 지상 근무단의 모습이 보였다. 먼발치 활주로에서는 비행기 한 대가 우아하게 떠오르고 있었다. 통통한 중년 여자가 다가와 그의 옆자리에 앉았다. 그녀가 펼쳐든 신문의 절반 정도가 리버스의 오른쪽 다리를 덮어버렸다. 그녀는 인사를 건네지도, 그에게 눈길을 주지도 않았다.

나도 그쪽이 별로예요. 그가 속으로 웅얼거리며 다시 창밖을 내다보았다. 하지만 갑자기 들려온 혀 차는 소리에 다시 여자 쪽을 돌아보고 말았다. 그녀는 두꺼운 안경 너머로 신문을 뚫어져라 들여다보고 있었다. 손가락으로 신문을 톡톡 두드리면서.

"요즘은 그 누구도 안심할 수 없어요." 그녀가 자극적인 울프맨 관련 기사를 가리키며 말했다. "내 딸도 밤엔 절대 내보내지 않아요. 아무리 늦어도 9시 전까진 반드시 들어와야 한다고 못박아뒀죠. 적어도 그가 잡힐 때까진 그러려고요. 하지만 범인이 잡힌다고 안심이 되겠어요? 진짜 울프맨이 누군지 알고."

그녀가 수상하다는 듯 리버스를 돌아보았다. 그는 그녀를 안심시키려 환히 웃어 보였다.

"정말 가고 싶지 않았어요." 그녀가 계속 이어나갔다. "하지만 프랭크가 예약이 됐다고 하도 난리를 치는 바람에…… 아, 프랭크는 우리 남편이에요."

"글래스고를 여행하시게요?"

"여행이 아니에요. 아들이 거기 살아요. 석유회사 회계사죠. 이 비행기 티켓도 그 애가 사서 보내줬어요. 너무 멀리 살아서 늘 걱정이었는데. 글래스고가 좀 험한 곳이죠? 신문만 봐도 알겠더라고요. 별의별 일이 다 벌어진다고 하던데."

그래요. 리버스는 속으로 대답했다. 런던과는 확실히 다릅니다. 그의 얼굴에서는 미소가 지워지지 않았다. 경쾌한 기계음과 함께 안전벨트 착용등이 켜졌다. 그 옆의 금연표시등은 이미 켜진 상태였다. 빌어먹을. 리버스는 담배 생각이 간절했다. 여기가 흡연석인가, 금연석인가? 그는 발권 데스크에서 물어보지 못한 자신을 질책했다. 요즘은 기내 흡연이 법적으로 금지돼 있지 않던가? 만약 신이 인간에게 2만 피트 상공에서의 흡연을 허락해주었다면 우리의 목은 지금보다 훨씬 길었을 거야. 옆자리 여자에게서는 목을 찾아볼 수 없었다. 연쇄살인범이 저 목을 그으려면 고생깨나 하겠군.

어떻게 그런 끔찍한 상상을 할 수 있지? 주여, 용서하소서. 그는 속죄하는 심정으로 여자가 주절대는 말에 귀를 기울였다. 비행기가 이륙하자 그녀의 입이 닫혀버렸다. 리버스는 그 틈을 타 신문을 앞좌석 주머니에 꽂아 넣고 등받이에 몸을 붙인 채 잠에 빠져들었다.

조지 플라이트는 올드 베일리에서 리버스의 호텔방으로 전화를 걸어 보았다. 호텔 직원은 리버스가 급하게 히스로 공항으로 떠났다고 알려주었다.

"줄행랑을 쳐버렸군요." 램 경장이 말했다. "우리의 뛰어난 기량에 겁을 집어먹었나 봅니다. 내 그럴 줄 알았지."

"닥쳐, 램." 플라이트가 으르렁거렸다. "좀 이상하긴 해. 왜 아무 말도 없이 떠났을까?"

"그럼 스코틀랜드 놈에게서 뭘 기대하셨습니까? 보나마나 경위님에게 주눅이 들었을 겁니다."

플라이트가 억지웃음을 지어 보였다. 하지만 그의 정신은 딴 데 가 있었다. 리버스는 어젯밤에 프레이저 박사를 만났을 텐데. 그 심리학자 말이야. 그런데 왜 황급히 런던을 떠나버린 거지? 대체 무슨 일이 있었길래? 플라이트의 코가 씰룩거렸다. 그는 이런 미스터리를 좋아했다.

그는 말컴 챔버스와 조용히 대화를 나누기 위해 법원에 와 있었다. 챔버스는 플라이트의 정보원이 연루된 사건의 담당 검사였다. 문제의 정보원은 어리석게도 현행범으로 붙잡히고 말았다. 플라이트는 그에게 딱히 도울 수 있는 방법은 없지만 노력은 해보겠다고 약속했다. 정보원은 그에게 쓸 만한 정보를 꾸준히 제공해왔고, 덕분에 플라이트는 고약한 범죄자들을 여럿 체포해 감방으로 보낼 수 있었다. 플라이트는 그에게 진 빚을 조금이나마 갚고 싶었다. 그래서 일부러 챔버스를 찾아온 것이었다. 물론 검사에게 영향력을 행사하려는 건 아니었다. 그것은 상상조차 할 수 없는 어리석은 짓이다. 그는 그저 정보원이 경찰과 사회에 기여한 바가 적지 않으니 법정 최고형만은 제발 구형하지 말아달라는 부탁을 하러 왔을 뿐이었다.

지저분한 일이었지만 누군가가 나서서 해야 할 일이기도 했다. 게다가 플라이트는 자신이 구축해놓은 정보망을 무척 자랑스럽게 여기고 있었다. 만약 그것이 깨져버린다면 그에게는 큰 타격이 아닐 수 없었다. 그는 챔버스에게 선처를 구걸해야 하는 자신의 처지가 싫었다. 게다가 검사는 토미 왓키스 문제로 곤욕을 치른 후로 신경이 특히 날카로워진 상태였다. 보나마나 왓키스는 이스트 엔드를 활보하고 다니며 그 동네 술꾼들에게 어떻게 된 상황인지 신나게 떠들어대고 있을 것이다. 잊을 수 없는 순경의 한 마디. "안녕, 토미. 무슨 일이죠?" 플라이트는 챔버스 역시 잊지 않았을 거라고 확신했다. 그는 플라이트가 잊어버리도록 내버려두지도 않을 것이다. 기왕 여기까지 온 거 빨리 애원하고 돌아가야지.

"안녕." 그의 뒤에서 여자 목소리가 들렸다. 홱 돌아보는 그의 눈에 캐스 패러데이의 고양이 같은 눈과 선홍색 입술이 들어왔다.

"안녕, 캐스. 여긴 무슨 일이야?"

그녀는 한 유명 일간지의 영향력 있는 범죄 전문 기자를 만나러 올드 베일리를 찾았다고 설명했다.

"한창 사기사건을 다루고 있대." 그녀가 말했다. "단 한시도 법정에서 멀리 떨어져 있지 못하나 봐."

플라이트가 어색하게 고개를 끄덕이며 곁눈질로 램을 쳐다보았다. 램은 당황해하는 상관의 모습을 즐기고 있었다. 그래서 그는 애써 당당한 척하며 그녀의 눈을 똑바로 쳐다보았다.

"당신이 오늘 언론에 흘린 내용을 봤어." 그가 말했다.

그녀가 팔짱을 꼈다. "생각만큼 낙관적이진 않아."

"자신들이 우리에게 놀아나고 있다는 걸 알아?"

"눈치 빠른 몇몇은 의심하고 있을 거야. 하지만 울프맨 소식에 목말라 있는 독자들을 생각하면 우리가 불러주는 대로 써야지 어쩌겠어?" 그녀가 팔짱을 풀고 숄더백에 손을 찔러 넣었다. "편집장들도 그걸 원하고 있을 거고." 그녀가 가방에서 담배를 꺼내 물고 불을 붙였다. 그에게는 권할 생각조차 하지 않았다.

"부디 성과가 있었으면 좋겠군."

"이 모든 게 리버스 경위의 아이디어라고?"

"맞아."

"그럼 좀 못미더운데. 심리학 쪽으로 재능이 있어 보이진 않았거든."

"그래?" 플라이트가 흠칫 놀라는 척하며 말했다.

"제가 보기에도 아무 재능이 없는 것 같았습니다." 램이 불쑥 끼어들었다.

"입 함부로 놀리지 마." 플라이트가 경고했다. 하지만 램은 언제나처럼 오만한 미소를 지어 보일 뿐이었다. 플라이트는 당황스럽고 화가 났다. 그는 램의 웃음이 어떤 의미인지 알고 있었다. *경위님이 왜 그를 감싸고 계신지 다 압니다. 어째서 두 사람 관계가 그토록 끈끈한지 말입니다.*

캐스는 램의 참견에 미소를 흘리면서도 그에게 눈길조차 주지 않았다. 그녀는 부하 형사들과 말을 섞는 자체를 격이 떨어지는 일로 여기는 경향이 있었고, 그래서 계속 플라이트에게만 집중했다. "리버스는 어디 있지?"

플라이트가 어깨를 으쓱였다. "나도 몰라, 캐스. 오늘 아침 급하게 히스로로 떠났다는데 짐은 챙겨가지 않았다더군."

"거참." 그녀는 전혀 실망한 것 같지 않았다. 플라이트가 갑자기 한 손을 번쩍 쳐들었다. 그의 손짓을 확인한 말컴 챔버스가 그들 쪽으로 빠르게 다가왔다.

플라이트는 두 사람을 서로에게 소개해야 할 필요를 느꼈다. "챔버스 씨, 이쪽은 캐스 패러데이 경위입니다. 울프맨 사건의 언론 담당이죠."

"아." 챔버스가 그녀의 손을 잡으며 말했다. "조간신문에서 자극적인 표제를 봤는데, 바로 이분 작품이었군요."

"그렇습니다." 캐스가 말했다. 그녀의 목소리는 어느새 한층 여성스럽게 바뀌어 있었다. 플라이트가 지금껏 들어본 적 없는 부드러운 목소리. "저 때문에 아침식사를 잡치셨다면 사과드릴게요."

그리고 불가능한 일이 벌어졌다. 챔버스의 얼굴에 미소가 머금어진 것이다. 플라이트가 법정 밖에서 챔버스의 미소를 보는 건 몇 년 만의 일이었다. 깜짝 놀랄 일이 연달아 터지자 그는 얼떨떨해졌다. "잡치다뇨." 챔버스가 말했다. "아주 흥미롭더군요." 그가 플라이트를 돌아보았다. "플라이트 경위, 딱 10분밖에 없습니다. 재판이 있어서요. 아니면 이따 점심 때 볼까요?"

"10분이면 충분합니다."

"좋습니다. 날 따라와요." 그가 램을 흘끔 돌아보았다. 캐스에게 무시당한 램은 아직도 뾰로통해 있었다. "저 친구를 데려와도 괜찮습니다."

그는 앞장서서 성큼성큼 걸어나가기 시작했다. 그의 가죽 구두 밑창이 중앙 홀 바닥에 닿을 때마다 요란한 소리를 냈다. 플라이트는 캐스에게 윙크를 해 보인 후 그를 뒤따라 나갔다. 램은 미동도 없이 서서 씩씩거렸다. 램의 반응을 지켜보는 캐스의 얼굴에 짓궂은 미소가 떠올랐다. 그녀는 말로만 듣던 챔버스를 실물로 보게 되어 무척 들뜬 상태였다. 그의 법정 연설은 탁월한 설득력으로 듣는 이들을 홀렸고, 이제는 팬까지 생겨났을 정도였다. 아무리 재판이 난해하고 지루해도 그들은 그의 최종 변론을 듣기 위해 법정을 찾았다. 그녀 역시 언론계에 적지 않은 추종자를 두고 있었다. 하지만 그의 팬클럽 규모에 비하면 초라한 수준이었다.

리버스가 집으로 달아나버렸다 이거지? 아쉽지만 할 수 없지 뭐.

"실례합니다." 키 작고 희미한 형체 하나가 그녀 앞으로 다가왔다. 그녀는 눈을 가늘게 뜨고 검은 망토를 두른 중년 여자를 물끄러미 쳐다보았다. 여자는 미소를 흘리고 있었다. "혹시 8번 법정의 배심원이신가요?" 캐스 패러데이도 미소를 지으며 고개를 저었다. "알겠습니다." 정리가 한숨을 내쉬며 돌아섰다.

법에는 불일치 배심(hung jury)이라는 게 있다. 하지만 법원에는 제멋대로 행동하는 배심원(juror)의 목을 매달고(hung) 싶어 하는 정리들도 있었다. 캐스는 방향을 틀어 약속 장소로 이동했다. 그녀는 짐 스티븐스가 미팅 약속을 잊지 않았을지 궁금했다. 그는 유능한 저널리스트였지만 건망증이 심해 탈이었다. 게다가 곧 아버지가 된다는 사실 때문인지 그의 건망증은 부쩍 더 심해진 것 같았다.

글래스고에 너무 일찍 도착한 리버스는 무엇을 하며 시간을 죽일지 고민에 빠졌다. 호스슈 바에서 한잔할까? 켈빈사이드나 클라이드 강변을 산책하는 건? 몇 안 되는 친구와 모처럼 오붓한 시간을 보내는 것도 한 방법이었다. 글래스고는 빠르게 변하고 있었다. 에든버러가 지난 몇 년간 성장에만 집중해온 반면 글래스고는 천박한 이미지를 바꾸려 무던히 노력해왔다.

분명 바람직한 일이었지만 부정적인 면도 없지 않았다. 리버스는 무엇보다 글래스고만의 특별한 매력이 사라진 게 불만이었다. 번쩍거리는 상점과 와인 바와 사무실 건물들. 그 무엇에서도 개성이 묻어나지 않았다. 번영한 세상의 여러 도시들이 그렇듯 글래스고 역시 단조로운 획일성에 갇혀버리고 말았다. 물론 통탄할 일은 아니었다. 습지대였던 50~60년대, 그리고 70년대 초반의 글래스고는 정말 최악이었다. 글래스고 사람들은 그때나 지금이나 퉁명스러운 얼굴로 농담을 툭툭 던지는 건 여전했다. 술집들 또한 변한 게 없었다. 손님들의 옷차림이 고급스러워진 것과 메뉴에서 칠리와 라자냐 따위가 보인다는 점만 빼고.

리버스는 한 술집의 잘 닦인 놋쇠 발걸이에 왼발을 얹어놓고 파이 두 개를 주문해 먹었다. 그는 혼자서 시간을 죽이는 중이었다. 비행기는 제때 도착했고, 공항에는 약속대로 차가 대기하고 있었다. 12시 20분에 글래스고 시내로 들어선 그는 어떻게든 3시까지 시간을 죽여야만 했다.

죽여야 할 시간.

술집을 나온 그는 자갈길을 따라 구름다리 쪽으로 향했다. 어딘가로 통하는 지름길인 듯했다. 주변 황무지에는 돌무더기와 쓰러져가는 창고 건물이 여럿 보였다. 많은 사람들이 서성이고 있었고, 축축이 젖은 땅에는 쓰레기 같아 보이는 물건들이 널려 있었다. 그는 벼룩시장으로 들어온 것이었다. 손님들의 꼴을 보아하니 죄다 노숙자들인 것 같았다. 눅눅하고 지저분한 옷들이 사방에 아무렇게나 내던져져 있었다. 한쪽에서는 노점상들이 임시변통으로 피워놓은 모닥불 주변을 어슬렁거리고 있었다. 시장 전체에 무거운 정적이 흐르고 있었다. 가끔 기침소리와 쌕쌕대는 숨소리만 들려올 뿐 좀처럼 입들을 열지 않았다. 모히칸식 머리를 한 펑크 몇 명은 꼭 참새들 틈에 낀 앵무새들 같아 보였다. 주민들은 의심에 가득 찬 눈으로 그들을 쳐다보았다. 관광객들. 그들의 눈빛은 그렇게 말하고 있었다. 빌어먹을 관광객들.

구름다리 밑으로는 좁은 통로가 나 있었고, 그 양옆으로는 수많은 가판대와 간이식 탁자가 빽빽이 들어차 있었다. 고약한 냄새가 리버스의 호기심을 자극했다. 대형 슈퍼마켓에서는 절대 찾아볼 수 없는 진기한 물건들이 즐비했다. 깨진 안경, 버튼 빠진 구식 무선 전화기, 램프, 모자, 변색된 식기 도구, 손가방과 지갑, 몇 개씩 빠진 도미노와 트럼프 카드. 쓰다 남은 비누만 모아놓은 가판대도 보였다. 보나마나 공중 화장실에서 슬쩍 집어온 비누들일 것이다. 또 한쪽에는 의치만 취급하는 가판대도 있었다. 손을 심하게 떨어대는 한 노인이 자신의 마음에 쏙 드는 아랫니와 딱 맞는 윗니를 찾아 헤매는 중이었다. 리버스는 인상을 쓰며 돌아섰다. 모히칸 놈들은 클루도(가상 살인사건의 범인·흉기·범행 장소 따위를 찾아내는 게임) 상자를 열어보고 있었다.

"헤이, 이봐." 그들이 한 노점상을 불렀다. "여기 무기가 빠졌는데? 단검과 총이 안 보인다고."

남자는 열린 상자 안을 살펴보았다. "그냥 있는 척하면 안 돼?" 그가 말했다.

리버스는 미소를 흘리며 계속 걸음을 옮겨나갔다. 런던과는 확실히 다른 풍경. 그곳은 어디를 가나 심하게 붐볐고, 모든 게 너무 빨리 움직였다. 압박감과 스트레스로 넘쳐나는 도시. 차를 몰고 A에서 B로 가는 것, 식료품 쇼핑을 하는 것, 저녁에 놀러 나가는 것, 그 모든 게 고역이었다. 런던 사람들이 걸핏하면 화를 내는 것도 충분히 이해가 되었다. 반면 이곳 사람들은 극기심이 강했다. 그들은 런던 사람들이 참고 견디는 모든 것을 유머로 차단해버렸다. 두 개의 전혀 다른 세상. 전혀 다른 문명. 글래스고는 제국에서 두 번째로 큰 도시였다. 또한 20세기 내내 스코틀랜드의 최고 도시로 자리매김해왔다.

"담배 있어요, 아저씨?"

펑크들 중 하나였다. 어린 소녀. 리버스는 전부 남자인 줄로만 알았다. 다들 비슷하게 생겨 성별을 구분하기가 쉽지 않았다.

"아니, 미안. 담배를 끊어서……"

하지만 그녀는 이미 다른 사람을 찾아 돌아서버린 후였다. 그는 손목시계를 들여다보았다. 어느새 두 시간이 훌쩍 지나 있었다. 그는 30분 안에 법원으로 가야 했다. 펑크들은 아직도 빠진 클루도 아이템을 놓고 언쟁을 벌이는 중이었다.

"중요한 게 다 빠졌는데 어떻게 있는 척해? 뭔 얘긴지 알겠어? 머스터드 대령도 안 보이잖아. 보드는 반으로 갈라지기 직전이고. 이걸 얼마에 팔겠다고?"

따지기 좋아하는 펑크는 큰 키에 심각할 정도로 깡말라 있었다. 그는 머리부터 발끝까지 새까만 옷으로 칭칭 감아놓은 상태였다. "바람만 불어도 날아가겠군." 리버스의 아버지가 보았다면 분명 그렇게 말했을 것이다.

울프맨은 어떨까? 뚱뚱할까, 말랐을까? 키가 클까, 땅딸막할까? 젊을까, 늙었을까? 직업은 있을까? 아내는? 남편은? 그와 가까운 누군가는 진실을 알고 있지 않을까? 알면서도 비밀로 덮어두고 있는 건 아닐까? 그는 언제 또 범행을 저지를까? 그리고 어디서? 리사는 이 질문들 중 무엇 하나 시원하게 답해주지 못했다. 어쩌면 심리학이 그저 어림짐작에 지나지 않는다는 플라이트의 주장에 귀를 기울여야 하는지도 몰랐다. 지금 상황은 중요한 아이템이 여럿 빠지고 규칙을 숙지한 이 하나 없는 게임과 다르지 않았다. 어쩌면 규칙을 무시하고 제멋대로 밀고 나가야만 답을 찾을 수 있을지도 몰랐다.

리버스에게는 그것이 가장 절실했다. 그를 울프맨과의 게임에서 승리로 이끌어줄 새로운 규칙들. 신문 기사들이 바로 그 출발점이 되어줄 것이다. 이제는 울프맨의 다음 수를 기다리는 일만 남아 있었다.

이번에 캐퍼티가 풀려난다 해도 상관없었다. 어차피 잡아넣을 놈들은 널려 있으니까. 게임은 언제든 다시 시작할 수 있으니까.

리버스는 4시가 다 되어서야 증언을 마치고 법원을 나설 수 있었다. 그는 사건 파일을 운전석의 중년 남자에게 넘기고 조수석에 올랐다. 함께 탄 대머리 남자는 경사였다.

"나중에 결과 나오면 알려줘." 그가 말했다. 운전사가 고개를 끄덕였다.

"다시 공항으로 가실 겁니까, 경위님?" 글래스고 말씨는 언제 들어도 비아냥거림 같았다. 리버스는 순간적으로 경사의 부하가 된 듯한 묘한 기분을 느꼈다. 원래 동해안과 서해안은 서로 사이가 좋지 않았다. 마치 그들만의 냉전이 이어지고 있는 듯 두 해안 사이에는 보이지 않는 거대한 장벽이 세워져 있었다. 리버스의 대답이 없자 운전사가 다시 물었다.

"그래." 리버스가 질문만큼이나 큰 소리로 대답했다. "동에 번쩍, 서에 번쩍. 로디언과 보더스 주 경찰의 숙명이지."

피커딜리의 호텔로 돌아온 그에게 두통이 찾아들었다. 그에게는 혼자 조용히 보낼 밤이 절실했다. 플라이트와 리사에게 자신이 돌아온 사실을 알려야 했지만 일단 날이 밝을 때까지 기다리기로 했다. 그는 당분간 아무것도 하고 싶지 않았다.

그는 정적에 파묻힌 채 침대에 누워 천장만 올려다보고 싶었다. 아무 생각 없이.

그는 지금껏 이토록 정신없는 일주일을 보내본 적이 없었다. 문제는 그 일주일이 앞으로도 반이나 남아 있다는 사실이었다. 그는 약병에서 파라세타몰 두 알을 꺼내 미지근한 수돗물과 함께 목으로 넘겼다. 물에서는 역겨운 맛이 느껴졌다. 런던 수돗물은 일곱 차례나 걸러진다던데 과연 사실일까? 수돗물은 그의 입안에 기름처럼 미끈거리는 느낌을 남겨놓았다. 에든버러 수돗물의 상쾌한 느낌과는 완전 딴판이었다. 일곱 번을 거른다고? 그는 여행가방을 들여다보았다. 쓸모없는 것들만 잔뜩 들어 있었다. 위스키조차도 별로 끌리지 않았다.

그의 방 어딘가에서 전화벨 소리가 들려왔지만 그는 못 들은 척했다. 15초가 지나도 멎지 않자 그는 이를 갈며 벽에서 수화기를 낚아채 들었다. 나쁜 소식이기만 해봐.

"대체 어디 갔었습니까?" 플라이트의 목소리에서는 염려와 분노가 묻어나왔다.

"안녕하세요, 조지."

"또 한 명이 살해됐습니다."

그 말에 리버스가 벌떡 일어나 앉아 두 다리를 침대 밑으로 내렸다. "언제요?"

"한 시간 전에 시체가 발견됐습니다. 그뿐만이 아니에요." 그가 잠시 뜸을 들였다. "우리가 킬러를 잡았습니다."

리버스가 스프링 튀듯 일어났다.

"뭐라고요?"

"달아나는 범인을 잡았다고요."

리버스의 다리가 풀려버리려 했다. 그가 부자연스럽게 나지막한 목소리로 물었다. "그가 맞습니까?"

"아직 모릅니다."

"거기가 어딥니까?"

"본부에 있어요. 범인을 이곳으로 데려왔습니다. 사건 현장은 브릭 레인 근처의 주택이었습니다. 울프 가에서 가까운 곳이에요."

"주택이라고요?" 뜻밖이었다. 나머지 사건들은 모두 옥외에서 발생했다. 리사의 말대로 패턴은 계속 변하고 있었다.

"그렇습니다." 플라이트가 말했다. "그게 전부가 아닙니다. 킬러는 그 집에서 훔친 돈과 보석과 카메라를 지니고 있었습니다."

그것 역시 패턴을 벗어난 디테일이었다. 리버스는 다시 침대에 걸터앉았다. "그렇군요." 그가 말했다. "범행 수법은……?"

"비슷합니다. 필립 커즌스가 오는 중입니다. 저녁을 먹던 중이었나 봐요."

"나도 현장으로 가겠습니다, 조지. 우린 나중에 보기로 하고요."

"알겠습니다." 플라이트가 말했다. 마치 그런 반응을 기다렸다는 듯한 목소리였다. 리버스는 황급히 종이와 펜을 찾았다.

"주소를 불러줘요."

"코퍼플레이트 가 110번지."

리버스는 글래스고에서 발권 받은 항공권 뒷면에 주소를 받아 적었다.

"존?"

"네?"

"다음에 또 급히 떠나야 할 땐 미리 귀띔이라도 해줘요. 알겠습니까?"

"그럴게요, 조지." 리버스가 잠시 머뭇거렸다. "이만 끊고 현장으로 가봐도 되겠습니까?"

"가봐요. 나중에 본부로 오는 것도 잊지 말고요."

리버스가 수화기를 내려놓는 순간 극심한 피로가 몰려들었다. 갑자기 팔다리와 머리가 무거워졌다. 그는 심호흡을 몇 번 한 후 다시 일어나 세면대로 다가갔다. 그리고 정신이 들도록 얼굴과 목에 찬물을 끼얹었다. 벽 거울 속 그의 얼굴은 그조차도 알아보기 힘들 정도였다. 그는 어떤 영화에서 로이 샤이더가 그랬던 것처럼 두 손으로 얼굴을 감싸 쥔 채 한숨을 내쉬었다. 쇼타임이야.

브릭 레인으로 가달라는 리버스의 주문에 택시 기사는 크레이 형제와 리처드슨과 잭 더 리퍼에 대해 쉴 새 없이 주절거렸다.

'올드 잭' 얘기가 나오지 않을 수 없는 목적지였다.

"그가 처음으로 창녀를 죽인 게 바로 브릭 레인에서였죠. 리처드슨은 특히 잔인했어요. 고철 하치장에서 많은 사람을 고문했죠. 그가 피해자들을 전기로 고문할 때마다 하치장 전구가 깜빡거렸답니다." 그가 나지막이 웃으며 고개를 흔들었다. "크레이 형제는 그곳 모퉁이 술집에 자주 출몰했어요. 우리 집 막내 놈이 한때 거기 단골이었거든요. 그런데 어찌나 싸움질을 해대던지, 더 이상 못 가게 붙잡아두고 있어요. 시내에서 일하는데 뭐라더라, 택배회사라나, 뭐 그런 거예요. 오토바이 타고 하는."

뒷좌석에 축 늘어진 채 앉아 있던 리버스가 갑자기 조수석 머리 받침대를 움켜잡고 몸을 앞으로 기울였다.

"오토바이 배달원?"

"네. 벌이가 좋다고 하더군요. 내 주급보다도 많은 건 확실합니다. 도크랜즈에 방도 하나 구했대요. 요즘엔 '강변 아파트'라고 부른다나요, 웃기죠? 난 그런 아파트를 지은 놈들 몇몇을 알고 있어요. 엄청 대충 지었다던데. 나사도 제대로 돌려 박지 않고 망치로 박아버렸답니다. 석고 보드는 옆집이 들여다보일 정도로 얇다고 하고요."

"제 딸의 친구도 시내에서 오토바이 배달원으로 일한다더군요."

"그래요? 내가 아는 놈인가? 그 친구 이름이 뭡니까?"

"케니."

"케니?" 그가 고개를 저었다. 리버스는 기사의 목에 돋은 은색 털이 셔츠 깃 안으로 사라지는 걸 지켜보았다. "케니는 모르겠는데요. 몇몇 케빈과 크리스는 아는데 케니는 모르겠네요."

리버스는 다시 몸을 늘어뜨렸다. 케니의 성을 모르는 게 유감이었다. "거의 다 왔습니까?" 그가 물었다.

"2분 남았습니다, 손님. 내가 여기 지름길을 좀 알거든요. 가면서 리처드슨이 자주 출몰했던 곳을 보여줄게요."

좁은 골목 입구는 몰려든 기자들로 발 디딜 틈이 없었다. 집의 정면과 주변 골목들은 제복 경관들이 지키고 있었다. 런던엔 앞뜰 딸린 집이 하나도 없나? 백만장자들이 모여 사는 켄싱턴을 제외하면 뜰을 갖춘 집을 당최 찾아볼 수가 없었다.

"존!" 아수라장 속에서 여자의 목소리가 들려왔다. 그녀가 몰려든 기자들을 헤치고 그를 향해 다가왔다. 그는 줄지어 선 제복 경관들에게 그녀를 들여보내라고 손짓했다.

"여긴 무슨 일이죠?"

리사는 살짝 겁에 질린 모습이었다. "뉴스 속보를 보고 알았어요." 그녀가 가쁜 숨을 몰아쉬며 말했다. "현장에 와서 직접 보고 싶었어요."

"그게 좋은 생각인진 모르겠네요, 리사." 리버스는 진 쿠퍼의 시체를 떠올렸다. 만약 이번에도 비슷한 케이스라면……

"한 말씀 하시죠." 한 기자가 소리쳤다. 비디오카메라의 플래시건이 연신 깜빡였다. 나머지 기자들도 1면을 장식할 기삿거리를 잡기 위해 필사적으로 바동대고 있었다.

"자, 들어갑시다." 리버스가 리사 프레이저를 110번지 현관문 쪽으로 이끌고 나갔다.

필립 커즌스는 여전히 검은 양복에 넥타이 차림이었다. 장례식에나 어울릴 법한 옷차림이었다. 이소벨 페니도 긴 소매가 꽉 끼는 새까만 드레스 차림이었지만 장례식과는 전혀 어울릴 것 같지 않았다. 오히려 성스러워

보였다. 리버스를 쳐다보며 미소를 흘리던 그녀가 작은 거실로 들어서기가 무섭게 진지해졌다.

"리버스 경위." 커즌스가 말했다. "당신이 들를지도 모른다고 들었어요. 결국 이렇게 나타났군요."

"시체를 구경하러 왔습니다." 리버스가 말했다. 커즌스는 시체 위로 몸을 구부리고 그를 쳐다보았다.

"볼만하죠?"

역겨운 악취가 리버스의 코와 폐 속으로 스며들었다. 이런 냄새를 절대 맡지 못하는 사람들도 있었다. 하지만 그는 달랐다. 응고된 피의 지독한 냄새. 세상에 이런 냄새는 또 없었다. 그 뒤에는 또 다른 냄새가 도사리고 있었다. 수지(양초나 비누 등을 만드는 데 쓰이는 동물 기름)와 양초와 찬물을 섞어놓은 듯한 묘한 냄새였다. 그 두 냄새는 삶과 죽음만큼이나 대조적이었다. 리버스는 커즌스도 그 냄새를 똑똑히 맡을 수 있을 거라 믿었다. 이소벨 페니와는 달리.

바닥에는 중년 여자가 누워 있었다. 팔다리가 흉측하게 꼬여 있었다. 그녀의 목은 칼로 그어진 상태였다. 저항의 흔적도 뚜렷이 보였다. 산산조각 난 장식품들, 그리고 손으로 벽에 찍어놓은 핏자국들. 잠시 후, 커즌스가 허리를 펴고 일어나 긴 한숨을 내쉬었다.

"이번엔 좀 어설픈데요." 그가 말했다. 그의 시선이 노트패드를 펼쳐 들고 시체를 스케치하는 이소벨 페니에게로 돌아갔다. "페니." 그가 말했다. "오늘 저녁엔 특히 예뻐 보이는군. 내가 얘기 했던가?"

그녀는 다시 미소를 지으며 얼굴을 붉혔다. 그녀에게서 대꾸가 없자 커즌스가 리버스를 돌아보았다. 그는 잠자코 있는 리사 프레이저에게 눈길한 번 주지 않았다. "모방범입니다." 그가 또다시 한숨을 내쉬며 말했다. "하지만 흉내만 냈을 뿐 머리도 나쁘고 재능도 없는 놈 같습니다. 아마 신문을 통해 범행 수법을 익혔을 겁니다. 알다시피 디테일하게 묘사는 돼 있지만 부정확하지 않습니까. 내 생각엔 예기치 못하게 들켜버린 절도범이 당황해서 칼로 집주인을 살해한 것 같습니다. 보나마나 울프맨의 소행인 것처럼 꾸며놓으면 자신은 무사할 거라 생각했겠죠." 그가 다시 시체를 내려다보았다. "미련한 놈입니다. 기자들이 많이 몰려와 있죠?"

리버스가 고개를 끄덕였다. "아까 도착했을 때 보니 열 명 남짓 와 있더군요. 아마 지금쯤 두 배로 늘었을 겁니다. 그들이 원하는 게 뭔지는 뻔하죠."

"다들 실망이 클 겁니다." 커즌스가 손목시계를 들여다보았다. "만찬으로 돌아가는 건 더 이상 의미가 없을 것 같군요. 포트와인과 치즈도 다 치워버렸을 테고. 좋은 자리였는데 좀 아쉽습니다." 그가 시체를 가리켰다. "뭐 특별히 보고 싶은 게 있습니까? 아니면 그냥 이쯤에서 마무리 지을까요?"

리버스는 미소를 지었다. 병리학자의 유머는 그의 양복 색만큼이나 음울했다. 실내 공기에서는 생고기와 브라운소스(식초와 양념으로 만든 소스) 냄새가 풍겼다. 그가 고개를 저었다. 안에서는 더 이상 확인할 게 없었다. 이제는 밖에 나가 일을 벌일 차례였다. 플라이트, 아니, 모두의 분노를 사게 되겠지만 상관없었다. 증오 또한 감정이니까. 감정이 없으면 모든 게 무의미해지고. 리사는 비틀거리며 좁은 복도로 나갔다. 한 경관이 다가와 어색하게 그녀를 챙겼다. 리버스가 방을 나오자 그녀가 고개를 저으며 자세를 바로잡았다.

"난 괜찮아요." 그녀가 말했다.

"처음엔 누구나 그렇습니다." 리버스가 말했다. "자, 나가서 울프맨의 심리를 한번 자극해봅시다."

밖에는 수많은 기자와 카메라맨이 진을 치고 있었다. 의욕에 가득 찬 아마추어도 여럿 보였다. 제복 경관들은 길게 늘어서서 끊을 수 없는 인간 방패를 쳐놓았다. 기다렸다는 듯 사방에서 질문이 터져 나왔다. 이쪽입니다! 누구신지 여쭤봐도 되겠습니까? 저번에도 수로에 계셨었죠? 아무 말씀이라도 해주십시오. 이번에도 울프맨입니까? 딱 한마디만 부탁드립니다. 혹시 울프맨이……

리버스는 리사를 이끌고 그들 앞으로 바짝 다가갔다. 한 기자가 리사 쪽으로 몸을 기울이고 그녀의 이름을 물었다.

"리사. 리사 프레이저예요."

"이번 사건을 수사하고 계십니까, 리사?"

"전 심리학자입니다."

리버스가 요란하게 헛기침을 했다. 기자들은 꼭 사료 그릇을 차지할 시간이 되었다는 걸 깨달았을 때 순식간에 얌전해지는 애견 보호센터의 잡종견들 같았다. 그가 두 손을 번쩍 들자 모두 조용해졌다.

"짧게 한마디 하겠습니다." 리버스가 말했다.

"누구신지부터 알려주십시오."

하지만 리버스는 고개를 저었다. 지금 얘기할 필요는 없잖아, 안 그래? 어차피 곧 알게 될 텐데. 지금껏 몇 명의 스코틀랜드 형사가 울프맨 사건에 투입되었을까? 플라이트는 알고 있을 것이다. 캐스 패러데이도 알 것이고. 기자들도 손쉽게 밝혀낼 것이다. 그래서 굳이 답을 내줄 필요가 없었다. 갑자기 한 기자가 불쑥 물었다.

"범인을 잡았습니까?" 리버스는 그의 눈을 똑바로 쳐다보았다. 모두의 눈이 같은 질문을 던지고 있었다. "울프맨이 맞습니까?"

리버스가 고개를 끄덕였다. "그렇습니다." 그가 확신에 찬 목소리로 대답했다. "이번에도 울프맨입니다. 그리고 경찰이 그를 체포했습니다." 리사가 흠칫 놀라며 그를 돌아보았다.

순간 여기저기서 후속 질문이 터져 나왔다. 경찰은 끝까지 몸으로 친 방패를 지켜냈다. 누구 하나 멀리 돌아 접근할 생각을 하지 못하는 듯했다. 리버스는 몸을 틀고 집 앞에 서 있는 커즌스와 이소벨을 바라보았다. 그들도 방금 전 발표에 충격을 받은 듯한 모습이었다. 그는 그들에게 윙크를 해 보인 후 리사와 함께 대기 중인 택시로 돌아갔다. 기사가 석간신문을 접어 운전석 옆에 쑤셔 넣었다.

"대체 뭐라고 했길래 저리들 흥분하는 겁니까?"

"별 얘기 안 했습니다." 리버스가 뒷좌석에 오르며 말했다. 그가 리사 프레이저를 돌아보며 미소를 지었다. "그냥 선의의 거짓말을 했을 뿐입니다."

"선의의 거짓말!"

리버스는 성난 플라이트의 모습을 흥미롭게 지켜보았다.

"선의의 거짓말!"

그는 아직도 자신의 귀를 의심하고 있는 듯했다. "그게 선의의 거짓말이었다고요? 캐스 패러데이가 흥분한 기자 놈들을 진정시키려고 얼마나 진땀을 빼고 있는 줄 압니까? 다들 짐승처럼 날뛰고 있다고요. 그들 중 절반은 그 내용 그대로 싣겠다고 합니다. 그런데도 이게 '선의의 거짓말'일 뿐이라고요? 당신 정말 미친 거 아닙니까, 리버스?"

이제 다시 '리버스'로 돌아가겠다는 건가? 뭐 그러든지 말든지. 리버스는 그와 저녁을 함께 먹기로 한 약속을 떠올렸다. 왠지 취소될 가능성이 매우 높아 보였다.

조지 플라이트는 살인범을 심문하던 중이었다. 그의 볼은 벌겋게 상기되어 있었고, 넥타이와 셔츠는 풀어헤쳐진 상태였다. 그는 비좁은 사무실을 씩씩대며 맴돌고 있었다. 문밖에서는 형사들이 두 사람의 대화를 흥미롭게 엿듣고 있었다. 그들은 플라이트의 분노에 바짝 긴장하고 있었지만 그 대상이 리버스 한 사람뿐이라는 사실에는 크게 안도하는 분위기였다.

"정말 구제불능이군요." 플라이트의 분노는 극에 달해 있었다. 그가 반 데시벨쯤 낮아진 목소리로 말했다. "대체 무슨 생각으로……"

리버스가 한 손으로 책상을 탁 내리쳤다. 참을 만큼 참았다는 뜻이었다. "내가 무슨 생각으로 그랬는지 궁금합니까, 조지? 그럼 알려주죠. 울프맨을 잡으려면 이 방법뿐이라고 믿었기 때문입니다."

"이 방법뿐이라고요?" 플라이트가 또다시 버럭 화를 냈다. "뭐 그런 황당한 궤변이 다 있습니까? 기자들을 상대로 공갈을 치는 게 울프맨을 잡을 최선책이란 말입니까? 맙소사. 이게 최선이라면 최악은 대체 뭐란 말입니까? 당최 상상이 안 돼서."

리버스도 플라이트에게 지지 않고 언성을 높였다. "놈은 어딘가에서 우릴 지켜보며 깔깔대고 있을 겁니다. 그는 매번 우리보다 한 발짝씩 앞서가지 않습니까. 우린 그에게 탈탈 털리고 있다고요." 리버스가 갑자기 입을 닫아버렸다. 플라이트는 대꾸 없이 리버스의 설명이 이어지기를 기다렸다. "그를 좀 자극할 필요가 있습니다. 그가 당황해하며 참호 밖으로 고개를 삐죽 내밀도록 만들어야 한단 말입니다. 우린 그를 화나게 만들어야 해요, 조지. 세상이 아닌 우릴 증오하도록. 그가 고개를 내밀어야 우리가 물어뜯을 수 있지 않겠습니까?"

"우린 이미 그를 게이라고도 불렀고, 명왕성에서 온 식인종이라고도 불러봤습니다. 그리고 이젠 우리가 그를 잡았다고 온 세상에 떠벌렸어요." 리버스는 요점에 다다라 있었다. 그의 목소리가 한층 낮아졌다. "보나마나 그는 그 거짓말을 못 견뎌할 겁니다. 두고봐요, 조지. 내 추측대로라면 그가 먼저 우리에게 연락해올 겁니다. 편지를 보내올 수도 있고, 자기가 직접 찾아올 수도 있겠죠. 그게 거짓이라는 걸 증명하기 위해서."

"아니면 또다시 살인을 벌이기 위해서." 플라이트가 받아쳤다. "범행으로 우리 주장이 거짓임을 증명할 수도 있지 않겠습니까."

리버스는 고개를 저었다. "만약 그가 다시 사람을 죽인다면 우린 그냥 조용히 묻어둘 겁니다. 완전한 언론 통제. 매스컴의 주목을 전혀 받지 못하게 되는 것이죠. 사람들은 여전히 그가 잡혔다고 생각할 거고요. 그렇게 되면 그가 알아서 모습을 드러내지 않을까요?"

리버스는 완전히 진정된 상태였다. 플라이트도 마찬가지였다. 플라이트가 두 손으로 볼과 턱을 문질렀다. 그는 골똘한 생각에 잠긴 듯했다. 리버스는 확신에 차 있었다. 시간은 좀 걸리겠지만 자신의 계획대로 일이 풀릴 거라 굳게 믿고 있었다. SAS 시절 배운 것이었다. 적을 찾지 못하겠다면 적이 움직이게 만들어라. 지금 그들이 취할 수 있는 유일한 선택이었다.

"존, 그가 아무런 자극도 받지 않는다면 그땐 어떡합니까?"

리버스가 어깨를 으쓱였다. 그에게는 답이 없었다. 그가 믿고 내세울 수 있는 것은 과거의 성공 사례와 자신의 본능뿐이었다.

마침내 플라이트가 고개를 저었다. "이제 그만 에든버러로 돌아가요, 존." 그가 지겹다는 듯 말했다. "그렇게 해요." 리버스는 눈도 깜빡이지 않은 채 그를 응시했다. 하지만 플라이트는 아무 말 없이 사무실을 나가 버렸다.

이렇게 끝나버리는 건가? 리버스의 입에서 긴 한숨이 터져 나왔다. 에든버러로 돌아가라고? 다들 진작부터 원했던 게 아니었나? 레인? 램과 나머지 형사들? 어쩌면 플라이트도 그랬는지 모르고. 솔직히 리버스도 그랬다. 그는 자신이 이곳에서 아무 도움도 되지 못한다는 생각을 종종 했다. 그게 사실이라면 다시 돌아가는 게 답이었다.

간단한 일이었다. 사건은 그의 목을 조이고 있었고, 그는 헤어날 방법이 없었다. 정체도 알 수 없고 실체도 없는 울프맨이 리버스의 귀에 칼날을 갖다 대고 있었다. 당장이라도 잘라버릴 것처럼. 그리고 사연 많은 런던, 로나, 새미, 새미와 케니. 리버스는 여전히 케니를 궁금해하고 있었다.

그리고 리사.

가장 큰 관심은 리사에게 쏠려 있었다. 택시는 그녀를 아파트 앞에 내려주었다. 그녀는 안색이 좋지 않았지만 괜찮다며 혼자 들어가버렸다. 그는 그녀에게 전화를 걸어 정말로 괜찮은 건지 확인하고 싶었다. 그런 다음엔? 다시 돌아간다고 얘기하려고? 안 돼. 플라이트와 끝장을 봐야겠어. 그는 사무실 문을 열고 머더 룸으로 나갔다. 플라이트는 보이지 않았다. 호기심에 찬 얼굴들이 그를 쳐다보았다. 그들 모두 책상, 전화기, 벽보, 그리고 사진 들과 씨름을 하던 중이었다. 그는 램과 눈이 마주치지 않도록 주의했다. 램은 마닐라 폴더 뒤에서 기분 나쁜 미소를 흘리고 있었다. 리버스를 응시하면서.

플라이트는 복도에서 경사와 무언가를 의논하고 있었다. 잠시 후, 경사가 고개를 끄덕이며 돌아섰다. 리버스는 축 늘어진 몸을 벽에 기대는 플라이트를 지켜보았다. 그가 다시 얼굴을 문질러댔다. 리버스는 조지 플라이트에게로 천천히 다가가보았다.

"조지." 그가 말했다. 플라이트가 고개를 들고 희미하게 미소를 지어 보였다.

"포기를 모르는 타입인 것 같군요, 존. 맞죠?"

"미안해요, 조지. 그런 일을 벌이기 전에 당신과 먼저 상의했어야 했는데. 원한다면 보도 금지 조치를 내려요."

플라이트가 피식 웃었다. "그러기엔 너무 늦었습니다. 이미 지역 라디오에서 뉴스로 내보냈거든요. 나머지 방송국들도 손 놓고 있진 않겠죠. 아마 자정쯤엔 쫙 다 퍼져 있을 겁니다. 눈덩이처럼 커져가고 있어요, 존. 우리가 할 수 있는 일이라고는 그냥 지켜보는 것 외엔 없습니다." 그가 손가락으로 리버스의 가슴을 콕 찔렀다. "캐스가 당신을 가만두지 않을 겁니다. 당신 때문에 자기만 총알받이가 됐으니까요. 사과도 당연히 그녀 몫이고. 처음부터 다시 그들과 신뢰를 쌓아나가야 하니 얼마나 짜증이 나겠습니까." 플라이트가 손가락을 앞뒤로 까딱이며 씩 웃었다. "그래도 캐스 패러데이 경위니까 잘 수습할 겁니다." 그가 손목시계를 들여다보았다. "저 놈을 너무 오래 방치해뒀군요. 돌아가서 계속 심문해봐야겠습니다."

"잘돼갑니까?"

플라이트가 어깨를 으쓱였다. "쉴 새 없이 주절대는 게 꼭 그레이시 필즈의 노래를 듣는 것 같습니다. 도무지 멈추게 할 수가 없네요. 우리가 모든 울프맨 사건을 자기에게 뒤집어씌우려 하는 줄 아나 봐요. 자기가 아는 건 물론이고, 잘 모르는 것도 대충 꾸며서 불더군요."

"커즌스는 모방범의 소행이라고 하던데요. 절도 행각을 덮어버리기 위해 울프맨의 소행인 것처럼 꾸몄을 거랍니다."

플라이트가 고개를 끄덕였다. "필립은 병리학자가 아니라 형사가 됐어야 했는데. 저 친구는 좀도둑입니다. 빌어먹을 울프맨이 아니라. 하지만 흥미로운 게 있습니다. 그놈이 그러는데 우리가 아는 놈에게 장물을 팔아왔답니다."

"그게 누군데요?"

"토미 왓키스."

"저런 저런."

"같이 들어가겠습니까?" 플라이트가 복도 끝 계단통을 가리켰다. 리버스는 고개를 저었다.

"전화를 걸 데가 좀 있습니다. 나중에 봅시다."

"뭐 그러시든지."

리버스는 플라이트가 취조실로 향하는 걸 지켜보았다. 아무리 몸과 머리가 포기하라 해도 인간은 결국 고집대로 밀고 가기 마련이었다. 플라이트는 연장전에 임하는 축구 선수 같았다. 리버스도 경기가 종료될 때까지 참고 지켜볼 참이었다.

그가 머더 룸으로 돌아가자 형사들의 눈이 또다시 그에게로 쏠렸다. 램은 여전히 보고서 뒤에 숨어 그를 노려보고 있었다. 그의 사무실에서 무언가가 톡톡 두들겨지는 듯한 이상한 소리가 흘러나왔다. 문을 벌컥 열고 들어간 그의 눈에 책상에 놓인 장난감이 들어왔다. 두 개의 커다란 발 위에 기괴한 모습의 플라스틱 턱이 얹어져 있었다. 시뻘건 턱 안으로 새하얀 이가 번뜩였다. 윙윙대는 태엽 소리와 함께 두 발이 분주히 움직였고, 그럴 때마다 턱이 열렸다 닫히기를 반복했다. 탁, 탁, 탁. 탁, 탁, 탁.

누군가의 장난에 화가 난 리버스는 장난감을 집어 들고 반으로 뚝 부러뜨려버렸다. 하지만 두 발은 스프링이 완전히 풀릴 때까지 계속 움직였다. 리버스는 부러진 위턱과 아래턱을 물끄러미 내려다보았다. 보이는 걸 곧이곧대로 믿으면 안 될 때가 있다. 글래스고 벼룩시장에서 맞닥뜨렸던 펑크는 여자였다. 그리고 벼룩시장에서는 치아를 팔았다. 플라스틱으로 만든 의치. 여러 가지 물건을 뒤섞어놓은 슈퍼마켓의 판매대처럼 모든 종류와 크기가 다 갖춰져 있었다. 젠장, 진작 봤어야 했는데!

리버스가 다시 머더 룸으로 나갔다. 보나마나 램의 장난이었을 것이다. 리버스의 심상치 않은 표정을 확인한 램은 더 이상 미소를 흘리지 않았다. 리버스는 곧장 긴 복도를 빠져나와 계단을 내려갔다. 그리고 인터뷰실이라고 완곡하게 표현되는 취조실로 향했다. 누구든 고분고분 경찰 수사에 협조하게 되는 곳으로. 리버스가 노크를 하고 문을 열었다. 형사가 녹음기의 테이프를 갈아 끼고 있었다. 플라이트는 테이블 너머로 몸을 기울이고 부스스한 청년에게 담배를 권하고 있었다. 젊은 남자의 얼굴에는 누런 멍자국이 남아 있었고, 손가락 관절의 피부는 벗겨져 있었다.

"조지?" 리버스가 최대한 차분하게 말했다. "나랑 잠깐 얘기 좀 해요."

플라이트가 청년에게 담뱃갑을 내어준 뒤 요란하게 의자를 밀어내고 일어났다. 리버스는 문을 열고 플라이트가 나오기를 기다렸다. 그때 그의 눈이 청년과 마주쳤다.

"혹시 케니라고 알아?" 그가 물었다.

"내가 아는 케니는 한둘이 아니에요."

"오토바이를 타고 다니는 놈이야."

청년이 어깨를 으쓱이고 나서 담배를 자기 앞으로 끌어갔다. 아무래도 쉽게 답이 나올 것 같지는 않았다. 밖에서는 플라이트가 기다리고 있었다. 하는 수 없이 리버스는 문을 닫고 나왔다.

"무슨 일입니까?" 플라이트가 물었다.

"아무것도 아닐지 모릅니다." 리버스가 말했다. "우리가 올드 베일리에 갔을 때 기억해요? 휴정이 선언되자 누군가가 빽 소리를 질렀잖아요."

"방청석에서."

"맞아요. 난 그게 누구 목소리인지 알고 있어요. 케니라는 십대 소년입니다. 오토바이 배달원."

"그런데요?"

"내 딸의 남자친구예요."

"아, 그런데 그 사실이 거슬립니까?" 리버스가 고개를 끄덕였다.

"조금요."

"그 얘길 하려고 날 불러낸 겁니까?"

리버스가 희미하게 미소를 지어 보였다. "아니, 그게 아닙니다."

"그럼 무슨 일 때문입니까?"

"오늘 난 글래스고에 다녀왔습니다. 증언할 게 있어서요. 거기서 시간이 좀 남아 벼룩시장을 둘러봤습니다. 부랑자들이 메시지를 하러 모이는 곳……"

"메시지?"

"쇼핑 말입니다." 리버스가 설명했다.

"그런데요?"

"거길 둘러보다가 의치를 파는 가판대를 봤습니다. 윗니와 아랫니. 서로 매치가 안 되는 것들도 많았습니다." 그가 잠시 뜸을 들였다. "혹시 런던에도 그런 데가 있습니까, 조지?"

플라이트가 고개를 끄덕였다. "브릭 레인에도 하나 있고요. 매주 일요일 장이 열립니다. 큰길에선 과일과 채소와 옷 따위를 팔고요, 좀 떨어진 곳에선 별의별 물건을 다 늘어놓죠. 싸구려 장식품들, 허섭스레기들. 구경하는 재미는 분명 있지만 살 건 하나도 없습니다."

"의치도 팔지 않을까요?"

"보나마나 있을 겁니다." 플라이트가 말했다. "분명 있을 거예요."

"그렇다면 놈은 생각보다 훨씬 똑똑하다는 뜻이겠군요, 안 그렇습니까?"

"이빨 자국이 그의 것이 아니라는 얘깁니까?"

"울프맨의 치아는 아닐 겁니다. 아래턱이 위턱보다 작다고 했죠? 정상적인 형태는 아니라고 모리슨 박사가 설명하지 않았습니까, 기억하죠?"

"그걸 어떻게 잊을 수 있겠습니까? 난 이빨 자국 사진들을 언론에 뿌리려고까지 했습니다."

"어쩌면 울프맨은 그걸 바랐는지도 모릅니다. 그는 브릭 레인이나 그와 유사한 벼룩시장에서 매치가 되지 않는 의치를 두 개 샀을 겁니다. 그리고 그것들로 시신에 이빨 자국을 남겨놓았던 것이죠."

플라이트는 내색하지 않았지만 리버스는 그도 흥분하고 있다는 걸 알 수 있었다. "설마 그렇게 똑똑한 놈일까요?"

"그럴 겁니다." 리버스가 말했다. "처음부터 모든 걸 치밀하게 계획했을 겁니다. 처음부터! 우린 지금껏 그에게 신나게 놀아난 겁니다, 조지."

"확인을 하려면 일요일까지 기다리는 수밖에 없겠군요." 플라이트가 말했다. "의치를 파는 곳이 있는지 모든 시장의 모든 가판대를 다 뒤져야 하지 않겠습니까."

"찾아서 어쩌려고요? 입에 끼워보지도 않고 아무거나 집어간 사람이 없었는지 물어보려고요?" 리버스가 웃음을 터뜨렸다. 생각할수록 황당했다. 말 그대로 미친 짓이었다. 하지만 그 방법 외에는 다른 길이 없었다. 입에 맞는지 확인도 안 해보고 의치를 집어간 사람이 있었다면 노점상은 분명 그를 기억하고 있을 것이다. 그것은 그들이 의지할 수 있는 유일한 단서였다.

플라이트도 고개를 저으며 따라 웃었다. 리버스가 주먹 쥔 한 손을 내밀었다. 플라이트가 펼친 손을 그 밑으로 가져갔다. 리버스가 주먹을 펴자 플라스틱 치아가 플라이트의 손바닥 위로 툭 떨어졌다.

"장난감입니다." 리버스가 말했다. "램이 크게 한 건 해냈어요." 그가 잠시 생각에 잠겼다. "하지만 당분간은 우리끼리만 알고 있죠."

플라이트가 고개를 끄덕였다. "그러죠, 존. 당신 말대로 하죠."

리버스는 다시 책상으로 돌아와 자리에 앉았다. 울프맨은 똑똑한 놈이었다. 그것도 지나칠 정도로. 그는 리사를 떠올렸다. 그녀는 킬러에게 전과가 있을지 모른다고 했다. 충분히 가능한 일이었다. 어쩌면 울프맨은 경찰의 수사 방식에 대해 훤히 알고 있는지도 몰랐다. 경찰이거나 법의학자이거나. 아니면 저널리스트, 인권운동가, 법조인, 방송작가, 어쩌면 관련 서적을 모조리 찾아 읽은 책벌레일 수도 있다. 사례에 대한 자료는 도서관이나 서점에 널려 있다. 살인마들의 전기를 읽으며 그들이 어떻게 덜미를 잡혔는지 연구했는지도 모른다. 분석만 제대로 한다면 그들과 같은 실수는 얼마든지 피할 수 있다. 아무리 애를 써도 가능성 목록은 줄어들 줄 몰랐다. 어쩌면 의치도 그들을 막다른 길로 이끌지 모른다. 그래서 어떻게든 울프맨을 유인해내야만 했다.

그가 펜을 내려놓고 수화기를 집어 들었다. 리사에게 전화를 걸었지만 응답이 없었다. 어쩌면 수면제를 먹고 뻗어 있거나 산책을 나갔는지도 몰랐다.

"어쩌려고 그런 미련한 짓을 했죠?"

그가 열린 문 쪽을 돌아보았다. 캐스 패러데이가 팔짱을 낀 채 문설주에 몸을 기대고 있었다. 그녀의 트레이드마크가 되어버린 자세.

"미치지 않고서 어떻게 그런 황당한 일을 벌일 수 있죠?"

리버스는 미소를 지어 보였다. "어서 와요, 경위. 뭘 도와 드릴까요?"

그녀가 사무실로 천천히 걸어 들어왔다. "입은 닫고 머리를 좀 써보는 건 어때요? 앞으론 내 허락 없이 언론과 접촉하지 말아요. 알아듣겠어요?" 그녀는 당장이라도 머리로 그의 얼굴을 받아버릴 태세였다. 그는 살기 어린 그녀의 눈빛을 애써 피했다. 그의 시선이 그녀의 머리를 훑었다. 머리조차도 위협적으로 보였다.

"내 말 알아듣겠냐고요!"

"FYTP." 리버스가 무의식적으로 내뱉었다.

"뭐라고요?"

"알아들었습니다." 그가 말했다. "똑똑히 알아들었어요."

그녀가 천천히 고개를 끄덕였다. 하지만 못미더워하는 표정이었다. 그녀가 쥐고 있던 신문을 책상 위로 휙 던졌다. 그는 신문을 내려다보았다. 1면에는 리사를 옆에 세워둔 채 기자들에게 성명을 발표하는 그의 사진이 큼지막하게 실려 있었다. 그의 눈에 표제가 선명하게 들어왔다.

울프맨은 체포되었나?

캐스 패러데이가 사진을 톡톡 두드렸다.

"이 섹시녀는 누구죠?"

리버스의 얼굴이 화끈 달아올랐다. "심리학자입니다. 우리 수사를 돕고 있어요."

캐스 패러데이가 한심하다는 듯 리버스를 빤히 응시하다가 고개를 저었다. "그 신문은 당신이 가져요." 그녀가 돌아서며 말했다. "내 책상엔 쌓여 있으니까."

* * *

그녀는 신문을 펼쳐놓고 자리에 앉았다. 바닥에는 아직 훑지 못한 신문이 수북이 쌓여 있었다. 그녀의 손에는 가위가 쥐어져 있었다. 한 기사가 형사의 신원을 알려주었다. 존 리버스 경위. 기자는 그를 연쇄살인사건 '전문가'라고 불렀다. 또 다른 기사는 그의 옆에 서 있는 여자가 '경찰 심리학자'인 리사 프레이저라고 했다. 그녀는 사진을 오려 리버스와 프레이저를 갈라놓았다. 나머지 신문에서도 그들의 사진을 오려 따로따로 정리해놓았다. 존 리버스. 리사 프레이저. 그녀가 심리학자의 사진 하나를 집어 들고 머리를 싹둑 잘라버렸다. 그런 다음, 미소를 흘리며 편지를 써나가기 시작했다. 아주 어려운 편지였지만 상관없었다. 그녀가 가진 것이라고는 시간뿐이었으니까.

넘쳐나는 시간.

처칠

7시. 리버스는 라디오 알람 소리에 잠에서 깼다. 침대에서 일어나 앉은 그는 곧장 리사에게 전화를 걸어보았다. 여전히 응답이 없었다. 순간 그에게 불길한 기운이 찾아들었다.

그는 아침을 먹으며 신문을 훑었다. 두 신문이 울프맨의 체포 소식을 1면에 큼지막하게 실어놓았다. 하지만 두 기사 모두 추측에 근거한 티가 폴폴 났다. 경찰의 추정에 따르면…… 현재 분위기를 살펴볼 때…… 극악무도한 킬러가 이미 체포되었는지도 모른다는 식이었다. 오직 타블로이드 신문들만이 리버스의 기자회견 현장 사진을 실어놓았다. 하지만 그들의 기사조차도 당당히 걸어놓은 표제와 달리 조심스러운 분위기를 풍겼다. 마치 리버스의 주장을 백 퍼센트 믿지 못한다는 듯이. 하지만 그런 건 아무래도 상관없었다. 중요한 건 울프맨이 어딘가에서 자신의 체포 소식을 눈으로 확인하고 있을지 모른다는 가능성이었다.

그의 체포 소식. 리버스는 울프맨이 당연히 남성일 거라 단정하고 있었다. 하지만 그의 일부는 또 다른 가능성을 조심스레 붙잡아두고 있었다. 범인이 여성이 아니라는 증거도 없었으니까. 그는 열린 마음으로 수사를 진행하고 싶었다. 범인의 성별이 뭐 중요한가? 아마도. 밤이 두려운 요즘 런던 여자들은 술집이나 파티에서 귀가할 때 일부러 여성 기사의 콜택시를 선택했다. 하지만 킬러가 여성으로 밝혀진다면 그들의 그런 노력은 헛수고라는 뜻이 된다. 런던 시민들은 이미 다양한 보호조치를 취하고 있었다. 주택 단지들은 주민들로 구성된 자경단을 운영했다. 얼마 전에는 한 동네 자경단이 길을 잃고 헤매는 무고한 남자를 집단 폭행하는 어이없는 사건도 발생했다. 백인 밀집 지역에 출몰한 흑인 이웃사이더. 플라이트는 리버스에게 런던, 특히 남동부 지역에서 인종차별 행위가 흔하게 벌어진다고 귀띔해주었다. 백인이라도 살을 조금 태우고 그곳을 배회했다가는 십중팔구 화를 면치 못할 거라면서. 리버스는 이미 유사한 체험을 해본 상태였다. 외국인 혐오주의자인 램 경장 덕분에.

스코틀랜드에는 인종차별이 거의 없었다. 대신 사람들의 편협성이 심각한 수준이었다.

그는 신문을 마저 훑고 본부로 향했다. 8시 30분이 조금 지난 이른 시간이었다. 머더 팀 형사 몇몇이 출근해 있을 뿐 작은 사무실들은 텅텅 비어 있었다. 리버스는 좁고 답답한 자신의 사무실로 들어가 창문부터 열어젖혔다. 포근한 날이었다. 열린 창문 틈으로 잔잔한 산들바람이 새어 들어왔다. 밖에서는 컴퓨터 프린터와 전화벨 소리가 쉴 새 없이 들려왔다. 창밖으로 내다보이는 도로는 예상대로 꽉 막혀 있었다. 리버스는 무의식적으로 두 팔을 베고 엎드렸다. 책상에서 나무와 니스와 연필심 냄새가 풍겼다. 초등학교에서나 맡을 법한 냄새였다.

잠시 후, 그는 노크 소리에 눈을 번쩍 떴다. 누군가가 예의를 차리려 헛기침을 몇 번 했다.

"실례합니다, 경위님."

리버스는 책상에서 고개를 들었다. 여경관이 문간에 서서 그를 쳐다보고 있었다. 그의 입가에는 침이 묻어 있었다. 흉측하게 입을 벌린 채 곯아 떨어졌던 모양이다. 자세히 보니 책상 표면에도 침이 조금 떨어져 있었다.

"네?" 그가 잠에서 덜 깬 목소리로 물었다. "무슨 일입니까?"

동정적인 미소. 다행히 모두가 램 같지는 않은 것 같았다. 그는 그 사실을 기억에 담아두기로 했다. 이런 중대한 사건을 수사할 때는 모두가 한 팀이 되어 움직여야만 했다. 서로의 절친한 친구가 되어서. 가끔은 그보다 더 끈끈해질 필요도 있었다.

"누가 찾아오셨습니다, 경위님. 연쇄살인사건에 대해 하실 말씀이 있대요. 지금 경위님밖에 안 계셔서……"

리버스가 손목시계를 들여다보았다. 8시 45분. 불과 몇 분 만에 깬 것이었다. 다행히. 그는 갑자기 여순경과 친해지고 싶어졌다. "내 꼴이 어떻습니까?" 그가 물었다.

"저……" 그녀가 말했다. "얼굴 한쪽이 좀 벌게졌어요. 그것 빼곤 괜찮으세요." 그녀가 다시 미소를 지었다. 험악한 세상에서 한 줄기 서광이 비치고 있었다.

"고마워요." 그가 말했다. "안으로 모셔요."

"알겠습니다." 그녀가 문밖으로 사라졌다가 이내 다시 돌아왔다. "커피나 뭐 마실 거 한 잔 가져올까요?"

"커피가 좋겠네요." 리버스가 말했다. "고마워요."

"우유나 설탕은요?"

"우유만."

그녀는 다시 사라졌다. 문이 닫히자 리버스가 갑자기 분주한 척하기 시작했다. 그런 연기는 쉽지 않았다. 그의 책상 한쪽에는 온갖 문서가 수북이 쌓여 있었다. 연구소에서 들어온 보고서와 진 쿠퍼 살인사건의 탐문 수사 결과였다. 사건 당일이던 일요일 밤 그녀와 함께 술집에 있었던 사람들을 인터뷰했지만 소득은 없었다. 그가 맨 위에 놓인 문서를 집어 들었을 때 문에서 노크 소리가 들려왔다. 하마터면 못 듣고 흘려버렸을 만큼 기운 없는 노크였다.

"들어오세요." 그가 말했다.

문이 천천히 열렸다. 겁에 질린 표정의 여자가 안으로 들어서며 사무실 안을 둘러보았다. 이십대 후반으로 보이는 특색 없는 여자는 짧은 갈색 머리를 하고 있었다. 그녀는 키가 크지도, 그렇다고 특별히 땅딸막하지도 않았다. 마른 체형은 아니었지만 뚱뚱하다고도 볼 수 없었다. 얼굴에서도 개성은 묻어나지 않았다.

"어서 오세요." 리버스가 엉거주춤 일어서며 말했다. 그는 책상 앞 의자를 가리켰고, 여자는 무척 굼뜬 동작으로 문을 닫았다. 문을 닫은 후에도 그녀는 제대로 닫혔는지 몇 번 더 확인했다. 그녀가 천천히 몸을 돌려 그를 쳐다보았다. 그녀의 시선은 리버스의 얼굴 측면에 고정되어 있었다. 마치 그의 눈을 똑바로 쳐다보지 않으려는 듯이.

"안녕하세요." 그녀가 말했다. 그녀는 앉을 생각을 하지 않았다. 리버스는 다시 자리에 앉아 맞은편 의자를 가리켰다.

"앉으세요."

마침내 그녀가 책상으로 다가와 천천히 의자에 앉았다. 리버스는 마치 자신이 면접관이고, 그녀는 일자리를 구하려 절박한 심정이 된 구직자 같다는 느낌이 들었다.

"이번 사건에 대해 할 얘기가 있다고요?" 그가 부드럽고 동정적인 목소리로 말했다.

"네." 그녀가 말했다.

힘겹게 첫 단추를 채운 것이었다. "난 리버스 경위입니다. 그쪽은 이름이……"

"잰 크로포드예요."

"그렇군요. 잰, 이제 무슨 얘긴지 들어볼까요?"

그녀는 마른침을 한 번 삼키고 리버스의 왼쪽 귀 너머로 창문을 바라보았다. "살인사건." 그녀가 말했다. "사람들은 그를 울프맨이라고 부르죠."

리버스는 당혹스러웠다. 어쩌면 그녀는 괴짜인지도 몰랐다. 하지만 전혀 그렇게 보이지 않았다. 너무 긴장을 했나? 이래야 할 특별한 이유가 있나?

"그래요." 그가 말했다. "언론에선 그렇게 부르고 있습니다."

"네, 그렇더군요." 그녀가 갑자기 흥분하기 시작했다. "어젯밤 라디오, 그리고 오늘 아침 신문에……" 그녀는 가방을 열어 신문에서 오려낸 기사를 꺼냈다. 리버스와 리사 프레이저의 사진이었다. "이거…… 당신 맞죠?"

리버스가 고개를 끄덕였다.

"그럼 아마 알 거예요. 난 그렇게 믿어요. 신문은 그가 또 범행을 저질렀고, 경찰이 그를 잡았다고 했어요." 그녀가 잠시 입을 닫고 쌕쌕거렸다. 그녀의 시선은 창문에서 떨어지지 않았다. 리버스는 그녀가 흥분을 가라앉힐 때까지 잠자코 기다렸다. 촉촉이 젖어든 그녀의 눈이 흐려졌다. 그녀가 다시 입을 여는 순간 한쪽 눈에서 눈물이 한 방울 뚝 떨어져 입술과 턱을 타고 흘러내렸다. "다들 의심하고 있지만 난 경찰을 믿어요. 난 너무 오랫동안 두려움에 떨어왔어요. 하지만 지금껏 입을 열지 않았죠. 사람들이 아는 걸 원치 않았어요. 엄마와 아빠에게도 비밀로 해두고 싶었고요. 그냥 조용히 묻어두고 싶었는데…… 어리석죠? 그가 잡힌 게 아니라면 언제라도 또 사람을 죽일 수 있는데. 그래서 결심했어요. 어쩌면 내가……" 그녀가 벌떡 일어나려다 말고 두 손을 꽉 모아 쥐었다.

"크로포드 양?"

"난 그를 알아볼 수 있어요." 그녀가 속삭이듯 말했다. 그리고 블라우스 소매에서 티슈를 꺼내 코를 풀었다. 눈물 한 방울이 그녀의 한쪽 무릎에 툭 떨어졌다. "그를 알아볼 수 있다고요." 그녀가 다시 말했다. "만약 그가 여기 있다면, 당신들이 잡아놓은 게 맞다면."

리버스는 그녀의 눈을 똑바로 쳐다보았다. 그녀의 갈색 눈에 눈물이 고여 있었다. 그는 지금껏 별의별 괴짜를 다 보아왔다. 하지만 눈앞의 여자는 괴짜가 맞는지 확신이 서지 않았다.

"그게 무슨 뜻입니까, 잰?"

그녀가 코를 훌쩍이며 다시 창문 쪽으로 시선을 던졌다. "하마터면 그에게 당할 뻔했어요." 그녀가 말했다. "내가 첫 번째 희생자가 될 뻔했다고요. 그 여자들이 죽기 전에. 그가 날 거의 죽일 뻔했어요. 내가 첫 번째 희생자가 될 수도 있었어요."

그녀가 고개를 뒤로 살짝 젖혔다. 순간 리버스는 흠칫 놀랐다. 그녀의 오른쪽 귀밑에서 시작해 하얀 목으로 이어지는, 3센티미터 정도 되는 초승달 모양의 분홍색 흉터.

칼이 만들어놓은 게 분명한 흉터.

울프맨의 첫 번째 표적.

"어떻게 생각해요?"

그들은 책상을 사이에 두고 마주앉아 있었다. 미결 서류함에는 10센티미터 두께의 서류들이 놓여 있었다. 자칫하다가는 균형을 잃고 쓰러져 바닥에 흩뿌려질 수도 있었다. 리버스는 지노의 카페에서 가져온 치즈와 양파 샌드위치를 먹고 있었다. 그리운 옛 맛. 독신으로 사는 게 좋은 이유는 양파, 브랜스턴 피클, 특대형 소시지, 달걀과 토마토 소스 샌드위치, 토스트에 얹어진 카레에 버무린 콩 등 남자들이 특히 좋아하는 수많은 진미들을 부담 없이 먹어치울 수 있기 때문이었다.

"어떻게 생각하냐니까요."

콜라를 홀짝이는 플라이트는 가끔 입을 꽉 다문 채 트림을 했다. 그는 리버스의 설명을 들었고, 잰 크로포드도 직접 만나본 상태였다. 그녀는 취조실에서 여순경이 가져다준 차를 마시며 인터뷰에 응하는 중이었다. 플라이트와 리버스는 그녀의 심문자가 램이 아니기를 바랐다.

"네?"

플라이트가 손가락 마디로 오른쪽 눈을 문질렀다. "나도 모르겠어요, 존. 사건이 점점 산으로 가고 있는 느낌입니다. 당신은 언론에 거짓말을 늘어놨고, 거의 모든 신문의 1면엔 당신 사진이 대문짝만하게 실렸습니다. 그러는 와중에 모방범이 생겨났고, 우린 의치 파는 노점상을 찾아 벼룩시장을 샅샅이 뒤져야 할 처지에 놓였습니다. 그걸로도 모자라 이젠 저 여자까지 나타나선……" 그가 두 팔을 넓게 펼쳐 보였다. 황당함에 말을 맺지 못하겠다는 듯이. "머리가 터져버릴 것 같습니다."

리버스는 샌드위치를 천천히 씹어나갔다. "하지만 패턴에 딱 들어맞지 않습니까. 연쇄살인범들의 첫 범행은 대개 실패로 끝난다고 합니다. 아무래도 준비가 덜 된 상태에서 무모하게 일을 벌이다 보니 그렇겠죠. 표적이 비명이라도 지르면 미숙한 그들은 패닉에 빠집니다. 노련한 킬러라면 당연히 표적의 입부터 틀어막을 텐데. 그녀가 비명을 지르지 못하도록 말입니다. 게다가 놈은 인간의 피부와 근육이 보기보다 질기다는 걸 뒤늦게 깨달았습니다. 공포영화에선 버터처럼 베어지지만 현실에선 전혀 다르죠. 그래서 그녀의 목에 찰과상만 남겨놓았을 뿐 치명상을 입히진 못했던 겁니다. 무딘 칼을 썼는지도 모르고요. 아무튼 놈은 뜻밖의 상황에 겁을 집어먹고 달아나버렸습니다."

플라이트가 어깨를 으쓱였다. "그리고 그녀는 신고를 하지 않았죠." 그가 말했다. "난 그 점이 거슬립니다."

"늦게나마 우릴 찾아왔지 않습니까. 말해봐요, 조지. 지금껏 강간 피해자를 몇 명이나 봤습니까? 듣기로는 피해자들 중 3분의 1 정도만이 경찰에 신고한다더군요. 잰 크로포드는 소심하고 연약합니다. 그런 사람이 그런 끔찍한 일을 당했는데 얼마나 두려웠겠습니까. 그냥 빨리 잊어버리고만 싶었겠죠. 하지만 결국 그러지 못했습니다. 양심 때문에. 양심이 그녀를 우리에게로 이끈 겁니다."

"그래도 마음에 걸리는 건 어쩔 수 없어요, 존. 나도 이유를 모르겠습니다."

리버스는 남은 샌드위치를 마저 끝내고 두 손을 탁탁 털었다. "형사의 본능인가요?" 그가 살짝 비꼬는 투로 말했다.

"그런지도 모르죠." 플라이트가 리버스의 톤을 무시한 채 대답했다. "저 여자, 뭔가 좀 이상해요."

"날 믿어요. 저 여자와 충분히 얘기해봤습니다. 난 그녀를 믿어요, 조지. 분명 그놈의 짓입니다. 작년 12월 12일. 그게 그의 첫 범행이었어요."

"아닐 수도 있고요." 플라이트가 말했다. "어쩌면 신고를 꺼리는 피해자가 더 있을지 모르잖아요."

"그럴지도 모르죠. 하지만 중요한 건 그들 중 하나가 용기를 냈다는 사실입니다."

"그래서 달라질 게 뭐 있습니까?" 플라이트가 책상에서 종이 한 장을 집어 들고 적힌 내용을 읊어나가기 시작했다. "'키는 183센티미터 정도. 백인이었고, 갈색 머리였던 것 같아요. 날 등진 채 달아나서 얼굴은 보지 못했어요.'" 플라이트가 종이를 내려놓았다. "어때요? 범위가 좀 좁혀진 것 같습니까?"

물론이죠. 리버스는 그렇게 대답하고 싶었다. 많이 좁혀졌습니다. 이젠 놈이 남자라는 게 확인되지 않았습니까. 지금까진 확신이 서지 않았는데. 하지만 그는 끝내 입을 열지 않았다. 그것은 지난 며칠간 조지 플라이트를 난처하게 만든 것에 대한 사과의 의미이기도 했다.

"중요한 건 그게 아닙니다." 그가 말했다.

"그럼 중요한 게 대체 뭐란 말입니까?" 플라이트가 콜라를 마저 비우고 캔을 쓰레기통에 던져 넣었다. 캔 부딪치는 소리가 잠시 사무실 안을 울려댔다.

다시 정적이 찾아들자 리버스가 말했다. "중요한 건 그녀가 자신을 제대로 보지 못했다는 걸 울프맨이 모르고 있다는 사실입니다. 우린 언론에 크로포드 양을 공개해야 합니다. TV 카메라들이 그녀를 삼켜버리도록 해야 한다고요. 울프맨에게서 용케 탈출한 피해자. 우린 그녀가 범인의 구체적인 인상착의를 알려주었다고 떠벌려야 합니다. 그 소식을 접하고도 놈이 패닉에 빠지지 않는다면 세상 그 무엇도 그를 자극할 수 없을 겁니다."

"패닉! 아직도 그를 패닉에 빠뜨릴 궁리만 하고 있는 겁니까? 그런다고 뭐가 달라지겠습니까? 놈이 겁을 먹고 달아난다면요? 갑자기 범행이 멎어 추적할 길이 사라져버린다면 어쩌려고요?"

"놈은 그런 타입이 아닙니다." 리버스가 단호한 목소리로 말했다. "그는 절대 살인을 끊을 수 없을 겁니다. 사건 발생 간격이 점점 짧아지고 있지 않습니까. 어쩌면 그는 이미 리 다리에서도 살인을 저질렀는지 모릅니다. 우리가 피해자의 시체를 찾지 못했으니 아닐 거라고요? 그런 단정은 위험합니다. 그는 뭔가에 단단히 홀려 있어요, 조지." 플라이트가 리버스의 얼굴을 빤히 쳐다보며 농담의 흔적을 찾아보려 했다. 하지만 리버스는 어느 때보다도 진지한 모습이었다. "장난으로 하는 얘기가 아닙니다."

플라이트가 일어나 창가로 다가갔다. "울프맨이 아니었을 수도 있어요."

"그럴 수도 있겠죠." 리버스가 동의했다.

"그녀가 언론에 나서지 않겠다고 하면 어쩔 겁니까?"

"상관없습니다. 우리가 공식 성명으로 발표하면 되니까요. 피해자에게서 범인의 구체적인 인상착의를 확인했다고 하면 됩니다."

창밖을 내다보던 플라이트가 돌아섰다. "정말 그녀의 주장을 믿습니까? 미치광이의 궤변이라고 생각하진 않고요?"

"그럴 가능성도 물론 있겠죠. 하지만 난 그녀를 믿습니다. 진술의 모든 내용이 딱딱 들어맞지 않습니까. 범인에 대한 묘사가 지나치게 구체적이었다면 나도 그녈 의심했을 겁니다. 그녀가 범인과 맞닥뜨린 건 무려 석 달 전이었습니다. 딱 그 정도 진술이 나올 수밖에 없지 않겠습니까. 그래도 못미덥다면 나랑 같이 그녀의 사건을 깊이 파헤쳐보든지요."

"네, 그러는 게 좋겠습니다." 플라이트가 아무 감정 없는 목소리로 말했다. 그는 진이 쫙 빠져버린 모습이었다. "난 그녀에 대한 모든 걸 알아야겠습니다. 과거, 현재, 친구들, 진료 기록, 가족."

"리사 프레이저에게 정신 감정도 부탁해보죠." 리버스가 말했다. 물론 농담으로 건넨 제안은 아니었다. 플라이트가 살짝 미소를 지었다.

"아뇨. 거기까진 갈 필요 없습니다. 램에게 시키죠. 할 일이 생기면 당분간 우리 곁에 얼씬도 안 할 테니까."

"당신도 그가 마음에 안 드는 모양이군요."

"왜 그렇게 생각하죠?"

"흥미롭군요. 그 친구는 당신을 아버지처럼 여긴다고 하던데."

팽팽하던 긴장감이 순식간에 풀어졌다. 리버스는 자신이 또 한 번 작은 승리를 거두었다고 생각했다. 두 사람이 동시에 웃음을 터뜨렸다. 램에 대한 공통적인 반감이 두 형사의 관계를 한층 돈독하게 만들어준 것이다.

"당신은 유능한 형삽니다, 존." 플라이트가 말했다. 리버스는 자신도 모르게 얼굴을 붉혔다.

"적당히 해요." 그가 말했다.

"참." 플라이트가 말했다. "내가 어제 집으로 돌아가라고 했었죠? 정말 그럴 생각이 있었습니까?"

"전혀요." 리버스가 말했다. 플라이트가 잠시 생각에 잠겼다가 고개를 끄덕였다.

"다행입니다." 그가 말했다. "정말 다행이에요." 그가 문 쪽으로 걸어나갔다. "적어도 현재로서는 말입니다." 그가 돌아서서 리버스를 쳐다보았다. "앞으로는 제멋대로 일을 벌이지 말아요, 존. 여긴 내 구역입니다. 당신이 어디 있으며, 무슨 꿍꿍이를 갖고 있는지 매 순간 파악하고 있어야 한단 말입니다." 그가 손가락으로 자신의 머리를 톡톡 두드렸다. "당신이 무슨 생각을 하고 있는지 알아야 한다고요, 알겠습니까?"

리버스가 고개를 끄덕였다. "좋아요, 조지. 그러도록 하죠." 하지만 등 뒤에서 행운의 의미로 꼬아진 그의 손가락은 전혀 다른 말을 하고 있었다. 그는 혼자 움직이는 걸 좋아했다. 게다가 플라이트는 런던내기 특유의 상냥함 때문에 그와 붙어 다니려는 게 아니었다. 만약 울프맨이 경찰이라면 모두가 용의자가 될 수 있었다. 그조차도.

리버스는 또다시 리사에게 전화를 걸어보았다. 그녀는 여전히 응답이 없었다. 점심시간, 본부 안을 어슬렁거리던 그는 조이 베넷과 맞닥뜨렸다. 리버스가 런던에 도착한 날 밤 샤프츠베리 가에서 그를 불러 세웠던 바로 그 순경. 순간적으로 경계의 반응을 보였던 베넷은 이내 리버스를 알아보았다. "오, 안녕하세요. 혹시 신문에 실린 게 경위님의 사진이었습니까?"

리버스가 고개를 끄덕였다. "여기가 자네 구역이었나?" 그가 물었다.

"아닙니다, 경위님. 범인을 인도하러 잠깐 들른 겁니다. 그런데 사진 속 그 여자 말입니다. 제가 보기엔 좀……"

"차를 가져왔나?"

베넷은 다시 경계하는 모습이었다. "네, 경위님."

"다시 본서로 돌아가야 하지?"

"웨스트 엔드로 가야 합니다."

"잘됐군. 날 좀 태워주겠나? 응?"

"물론입니다, 경위님. 당연히 태워드려야죠." 베넷이 수중발레에서나 볼 법한 어색한 미소를 지었다. 차로 향하던 그들은 램과 마주치고 말았다.

"이빨이 아직도 딱딱거립니까?" 그가 물었다. 리버스는 그의 농담을 받아줄 기분이 아니었다. 램은 개의치 않고 기운차게 물었다. "어디 가시나 봐요?" 그에게는 간단한 질문마저도 위협적으로 들리게 만드는 묘한 재주가 있었다. 걸음을 멈춘 리버스가 홱 돌아서서 그의 앞으로 성큼 다가갔다. 두 사람의 얼굴이 맞닿을 듯 가까워졌다.

"그래, 램. 어디 가는 길이야. 그래도 괜찮겠지?" 그가 다시 돌아서서 베넷을 따라나섰다. 램은 씩 웃으며 그들을 바라보았다.

"몸조심하십시오!" 그가 큰 소리로 말했다. "호텔에 연락해 짐을 챙겨 놓으라고 할까요?"

리버스가 손가락 두 개를 펴 경례를 붙이며 웅얼거렸다. "FYTP." 베넷이 그 말을 듣고 돌아보았다.

"방금 뭐라고 하셨습니까, 경위님?"

"아무것도 아니야." 리버스가 말했다. "아무것도."

그들은 30분 만에 블룸즈베리에 도착했다. 거의 모든 건물에는 그곳에 거주했던 작가를 기념하는 파란색의 둥근 명판이 붙어 있었다. 그중 몇몇은 리버스도 아는 이름이었다. 마침내 목적지를 찾아낸 그가 베넷을 보내주었다. 가워 가에 자리한 유니버시티 칼리지의 심리학부. 점심시간인지 사람이 거의 보이지 않았다. 리버스가 들어서자 비서가 용건을 물었다.

"사람을 찾고 있습니다." 그가 말했다. "리사 프레이저."

"리사?" 비서가 살짝 불안해하는 반응을 보였다. "오, 리사. 이거 어쩌죠? 저도 일주일째 그녀를 못 보고 있어서요. 도서관에 한번 가보시겠어요? 아니면 딜런스."

"딜런스?"

"서점이에요. 저쪽 모퉁이에 있어요. 리사가 거기서 많은 시간을 보내거든요. 책을 너무 좋아해서 말이죠. 국립 도서관에 있을 가능성도 있고요."

그는 새로운 퍼즐을 안고 건물을 나섰다. 비서의 반응이 심상치 않았지만 정확히 무엇이 문제인지는 짚어낼 수 없었다. 그는 모든 가능성을 염두에 두고 상황을 판단해보기로 했다. 그는 비서가 알려준 서점을 찾아 안으로 들어갔다. '서점'은 많이 절제된 표현이었다. 실로 엄청난 규모에 그는 깜짝 놀랐다. 벽에 붙은 표지판은 3층에 심리학 섹션이 마련되어 있음을 알려주었다. 사방이 헤아릴 수 없이 많은 책들로 둘러싸여 있었다. 그는 시선을 정면에 고정시킨 채 통로를 걸어나갔다. 흥미로워 보이는 책들에 시선을 빼앗겼다가는 빈손으로 이곳을 나설 수 없게 될 테니까. 그의 집 침대 옆에는 이미 쉰 권도 넘는 책이 수북이 쌓여 있었다. 모처럼 일주일 휴가를 받게 되면 몰아서 읽으려고 아껴둔 것들이었다. 책을 수집하는 것은 그의 유일한 취미였다. 하지만 희귀한 초판본이나 서명본 따위에 집착하지는 않았다. 그는 주로 페이퍼백 소설을 사서 읽었다. 특별히 선호하는 장르는 없었다.

리버스는 눈가리개를 쓴 말처럼 앞만 보고 걸어 심리학 섹션에 다다랐다. 기대했던 리사는 보이지 않았다. 심리학 서적들만 모아놓은 공간은 다른 방들과 사슬처럼 연결되어 있었다. 카운터 옆 선반에는 범죄와 폭력을 주제로 한 책들이 빽빽이 꽂혀 있었다. 그녀가 빌려준 책도 한 권 보였다. 그는 그것을 뽑아 들고 가격을 확인하고는 흠칫 놀라 눈을 두 번 깜빡였다. 터무니없는 가격! 하드커버도 아니면서! 주 독자층인 학생들의 주머니 사정을 전혀 고려하지 않고 책정한 학술서의 가격은 분명 문제가 있었다. 심리학자가 이 황당한 상황을 설명할 수 있을까? 아니면 기민한 경제학자가?

범죄학 섹션 옆으로 오컬트와 주술 관련 서적들이 보였다. 타로카드 따위도 눈에 들어왔다. 리버스는 두 섹션의 흥미로운 조화에 미소를 지었다. 경찰업무와 간교한 주문. 그가 의식 절차에 대한 책을 한 권 뽑아 들고 슥 훑어보았다. 호리호리한 체구의 젊은 여자가 그의 옆으로 다가와 타로카드를 집어 들었다. 그녀는 새틴 드레스 차림에, 불타는 듯한 빨강 머리를 하고 있었다. 그녀가 카드를 카운터로 가져갔다. 정말 별별 사람이 다 있군. 그녀는 무척 진지해 보였다. 하긴, 지금처럼 진지한 시대는 또 없었으니.

의식 절차. 그는 울프맨의 살인 행각에도 의식의 요소가 들어 있는지 궁금했다. 지금까지는 그저 킬러의 머릿속을 들여다보려고만 애썼을 뿐이다. 하지만 모든 게 의식이었다면? 무고한 사람들을 무참히 살해하고, 또 모독하는 게 의식의 일부라면?

찰스 맨슨(잔악무도한 연쇄살인을 저지른 집단 맨슨 패밀리의 두목)과 그의 이마에 새겨진 하켄크로이츠(옛 독일 나치당의 어금꺾쇠 십자표지) 문신처럼? 어떤 이들은 잭 더 리퍼의 범행 수법에 프리메이슨의 요소가 보인다고 주장했다. 광기와 악. 동기가 뚜렷이 보일 때도 있지만 그렇지 않을 때도 있었다.

칼로 목 긋기.

항문 찌르기.

복부 깨물기.

사람 몸의 양쪽 끝. 그리고 그 중간 지점. 그 패턴에 중요한 단서가 숨겨져 있진 않을까?

단서는 사방에 널려 있다.

그의 과거 속 괴물이 기억의 검은 물을 헤집고 나오려 꿈틀거렸다. 그 사건도 머리를 쥐어뜯게 만들었지만 이번만큼은 아니었다. 그는 울프맨이 여성일 수도 있다는 생각을 해보았다. 하지만 불쑥 나타난 여자는 그에게 울프맨이 남성임을 확인시켜주었다. 마치 절묘하게 짜맞춘 듯이. 경계를 늦추지 않고 있는 조지 플라이트가 현명한 것인지도 몰랐다. 그런 점은 리버스가 배울 만했다. 플라이트는 모든 것을 규칙에 따라 처리했다. 그것도 아주 꼼꼼하게. 그는 땀에 전 손에 장난감 의치를 쥐고 미친 듯이 복도를 내달리지 않았다. 그는 차분히 앉아 깊이 생각하는 타입이었다. 어떠한 방해공작과 속임수에도 흔들리지 않는 그는 확실히 리버스보다 나은 형사였다. 그는 체계적이었고, 체계적인 사람들은 모든 부분을 꼼꼼히 챙겼다.

딜런스 서점을 나온 리버스의 머릿속은 들어가기 전보다 몇 배 더 복잡해져 있었다. 그의 오른손에는 묵직한 비닐봉지가 대롱대롱 매달려 있었다. 새로 산 책들이었다. 그는 가워 가와 블룸즈베리 가를 차례로 지나쳐갔다. 교차로에서 아무 생각 없이 왼쪽으로 방향을 튼 그의 눈에 영국 박물관이 들어왔다. 국립 도서관은 바로 그 안에 자리하고 있었다. 그의 기억이 틀리지 않는다면. 리버스는 언젠가 도서관이 다른 곳으로 이전될 예정이라는 기사를 본 적이 있었다.

다행히 도서관은 제자리를 지키고 있었다. 하지만 관계자는 책을 보러 온 사람이 아니면 들어갈 수가 없다며 그를 막아섰다. 리버스는 자신도 책을 읽으러 왔다고 주장했지만 직원은 도서관 카드가 없으면 출입할 수 없다는 입장을 고수했다. 물론 형사 신분증을 내밀며 미치광이 킬러를 쫓고 있다고 할 수도 있었다. 하지만 리버스는 그러지 않았다. 그는 고개를 저으며 어깨를 으쓱였다. 그리고 박물관을 어슬렁거리기 시작했다.

박물관은 관광객과 학생들로 북적거렸다. 그는 상상력 풍부한 아이들이 자신만큼이나 고대 이집트와 아시리아 룸에 흥미를 보일지 궁금했다. 거대한 석각들, 육중한 나무문들, 무수히 많은 전시품들. 하지만 가장 많은 인파가 몰린 곳은 로제타석이 전시된 곳이었다. 물론 리버스도 그것에 대해 들은 적이 있다. 하지만 그것이 정확히 무엇인지는 알지 못했다. 직접 두 눈으로 보기 전까지는. 석비에는 세 개의 언어로 된 문자들이 빽빽이 새겨져 있었다. 학자들은 그것을 이용해 처음으로 이집트 고대문자를 해독해냈다.

그는 그들이 하룻밤 만에, 또는 며칠 만에 그 비밀을 풀어냈을 거라 생각하지 않았다. 보나마나 아주 오랫동안 공을 들여 조금씩 풀어나갔을 것이다. 경찰업무처럼. 벽돌공이나 광부들이 작업하듯이. 물론 운이 좋다면 그런 수고 없이 쉽게 풀어버릴 수도 있었다. 그들이 요크셔 리퍼(1975년 7월부터 5년간에 걸쳐 열세 명을 살해한 영국의 연쇄살인범)를 몇 번이나 심문하고 풀어줬더라? 경찰은 대중이 알지 못하는 그런 황당한 일을 종종 벌이곤 했다.

그는 조명 밝고 통풍이 잘되는 방들을 차례로 둘러보았다. 그리스 도기와 작은 조각상들. 유리로 된 이중문을 열고 들어가니 커다란 조각품들과 파르테논이 나타났다. 어떤 이유에서인지 그들은 더 이상 그것들을 엘긴 마블(영국인 엘긴이 아테네의 파르테논 신전에서 떼어간 대리석 작품)이라 홍보하지 않았다. 광대한 전시관을 천천히 둘러보는 리버스는 마치 현대판

예배당에 와 있는 듯한 기분을 느꼈다. 한 조각상 앞에서는 어린 학생들이 쪼그려 앉아 스케치를 하고 있었다. 그들을 인솔하는 교사는 불만 가득한 어린 화가들을 진정시키기 위해 진땀을 빼는 중이었다. 로나. 먼발치에서였지만 그는 그녀를 똑똑히 알아볼 수 있었다. 독특한 걸음걸이와 비스듬하게 기울어진 고개, 그리고 진지한 상황에서 저절로 지어지는 뒷짐.

리버스는 홱 돌아섰다. 말의 머리가 그의 눈에 확 들어왔다. 대리석 목에서는 힘줄이 불끈거렸고, 열린 입안으로는 무딘 이가 들여다보였다. 가서 수업을 방해하면 로나가 싫어하겠지? 아마 그럴 거야. 하지만 저 사람이 먼저 날 발견하면? 슬그머니 도망칠 수도 있었지만 그는 겁쟁이처럼 굴고 싶지 않았다. 하지만 겁쟁이가 맞잖아. 아닌가? 그는 그 사실을 인정하고 몰래 빠져나가 보기로 했다. 운이 좋으면 들키지 않을 수도 있을 것이다. 들킨다 해도 여기서 문제 삼지는 않을 것이고. 하지만 그는 케니에 대해 궁금한 게 있었다. 케니에 대해 로나보다 더 잘 아는 사람이 또 있나? 물론 있었다. 사만다. 그래, 사만다에게 물어봐야겠어.

그는 출구를 향해 빠르게 나아갔다. 갑자기 모든 도기와 조각품이 터무니없게 느껴졌다. 고작 지나쳐가는 사람들의 눈길이나 받게 하려고 유리 뒤에 가둬 뒀나? 차라리 앞만 보고 나아가는 게 낫지 않나? 고대사는 깨끗이 잊고? 나 역시 램의 충고를 받아들이는 편이 현명할지도 몰랐다. 런던에는 많은 유령이 살고 있다. 그것도 지나치다 싶을 만큼 많이. 그가 아는 기자, 짐 스티븐스도 이곳 어딘가에 살고 있다. 박물관 앞뜰을 빠르게 가로질러 나온 리버스는 정문 앞에 멈춰 섰다. 경비들이 수상해하는 표정으로 그를 쳐다보았다. 그들의 시선은 그의 손에 쥐어진 비닐 쇼핑백에 쏠려 있었다. 그냥 책일 뿐이라고. 그는 그렇게 말해주고 싶었다. 하지만 책 속에 감춰 가지고 나올 수 있는 게 어디 한둘이던가? 그는 쓰라린 개인적 경험을 통해서도 그걸 잘 알고 있었다.

우울해지려 할 때는 빠르게 움직여야만 한다. 거리로 나온 그가 손을 번쩍 들어 블랙 택시를 멈춰 세웠다. 그는 목적지의 거리 이름을 기억하지 못했다. 하지만 그런 건 아무래도 상관없었다.

"코번트 가든." 그가 기사에게 말했다. 택시는 너무나도 태연하게 불법 유턴을 했고, 리버스는 읽을거리를 찾아 쇼핑백 안을 뒤적이기 시작했다.

그는 20분에 걸쳐 코번트 가든을 둘러보았다. 야외에서 펼쳐지는 마술쇼와 불 먹는 묘기를 구경하던 그는 리사의 아파트로 향했다. 우려했던 것처럼 헤매지는 않았다. 연 전문점과 찻주전자 전문점을 기억해낸 스스로에게 놀라기까지 했다. 잠시 후, 골목을 빠져나온 그의 앞에 신발 가게가 나타났다. 가게 안은 직원들만큼이나 어려 보이는 손님들로 북적이고 있었다. 어딘가에서 재즈 색소폰 소리가 들려왔다. 누군가가 테이프를 틀어놓았거나 근처 길거리에서 버스킹이 벌어졌거나, 둘 중 하나였다. 리버스는 리사의 아파트 창문을 올려다보았다. 창문 안으로 밝은 노란색 롤러 블라인드가 들여다보였다. 그녀는 정확히 몇 살이나 됐을까? 당최 가늠할 수가 없으니.

그는 문 앞으로 다가가 그녀의 집 버저를 눌러보았다. 인터컴에서 소음이 흘러나왔다. "누구세요?"

"나예요, 존."

"누구시죠? 잘 안 들려요!"

"존이에요!" 그가 문틀에 대고 큰 소리로 말했다. 다행히 행인들은 그에게 관심을 보이지 않았다. 그들은 채소로 보이는 묘한 군것질거리를 씹어대며 윈도쇼핑에 열중하고 있었다.

"존?" 마치 그새 그를 잊어버렸다는 듯이. "오, 존." 그의 옆에서 버저가 울렸다. "문 열렸어요, 올라와요."

들어가보니 그녀 집의 현관문이 열려 있었다. 그는 문을 닫고 들어갔다. 리사는 자신이 스튜디오라 부르는 공간을 정리하고 있었다. 에든버러에선 스튜디오라고 부르지 않는데. 단칸 셋방이라고 부르지. 웬지 코번트 가든에는 단칸 셋방이 있을 것 같지 않았다.

"전화를 여러 번 걸었어요." 그가 말했다.

"나도요."

"네?"

그의 목소리에서 불신이 감지되었는지 그녀가 돌아보았다. "그들이 얘기 안 했어요? 셰퍼드라는 사람에게 메시지를 여럿 남겨놨어요."

"램?"

"네, 그 사람."

순간 램에 대한 리버스의 증오가 격렬해졌다.

"한 시간 전에도……" 그녀가 계속 이어나갔다. "전화를 걸었더니 당신이 스코틀랜드로 돌아갔다고 했어요. 그 얘길 듣고 좀 짜증이 났어요. 당신이 작별인사도 없이 훌쩍 떠나버린 줄 알고."

개자식들. 리버스는 생각했다. 정말로 내가 싫은 모양이군. *국경의 북쪽에서 오신 손님.*

리사는 바닥과 침대에 널려 있는 신문을 전부 모아 한쪽에 치워놓았다. 그리고 이불과 소파 덮개도 반듯하게 정리한 후 가쁜 숨을 몰아쉬며 그에게로 다가왔다. 그는 팔을 뻗어 그녀의 어깨를 감싸 안았다.

"안녕." 그가 속삭이며 그녀에게 입을 맞추었다.

"안녕." 그녀도 속삭이며 키스를 돌려주었다.

그와 포옹을 마친 그녀가 주방으로 쓰이는 벽감으로 들어갔다. 잠시 후, 주전자에 수돗물 채워지는 소리가 들려왔다. "신문 봤죠?" 그녀가 물었다.

"네."

그녀가 벽감 밖으로 고개를 불쑥 내밀었다. "친구가 전화로 알려줬어요. 믿어지지가 않더라고요. 내 사진이 1면에 실리게 될 줄이야!"

"이제야 유명해진 건가요?"

"악명이 높아진 거죠. '경찰 심리학자'라니! 그들이 내 뒷조사를 좀 했나 봐요. 한 신문은 내 이름을 리즈 프레지어라고 적어놨더군요." 그녀가 주전자의 플러그를 꽂고 다시 방으로 나왔다. 리버스는 소파 팔걸이에 걸터앉아 있었다.

"수사는 어떻게 돼가고 있죠?" 그녀가 물었다.

"흥미롭게 전개되고 있어요."

"그래요?" 그녀가 침대 가장자리에 걸터앉았다. "얘기해줘요."

그는 잰 크로포드와 자신의 의치 이론에 대해 들려주었다. 리사는 최면으로 잰 크로포드의 '상실된 기억'을 되살릴 수 있을지 모른다고 했다. 하지만 리버스는 그것이 증거로 채택되기 힘들다는 걸 잘 알고 있었다. 그는 자신의 '상실된 기억'을 떠올리며 몸을 바르르 떨었다. 두 번 다시 떠올리고 싶지 않은 경험.

그들은 랍상소우총(중국 푸젠성에서 나는 홍차)으로 목을 축였다. 차에서는 베이컨 샌드위치 냄새가 풍겼다. 그녀는 잔잔한 클래식 음악을 틀어놓았다. 두 사람은 이제 소파에 등을 기댄 채 인도 양탄자에 나란히 앉았다. 그들의 어깨와 팔다리가 서로 맞닿았다. 그녀가 그의 머리와 목 뒷부분을 살살 매만졌다.

"저번에 우리가 함께 보낸 밤 말이에요." 그녀가 말했다. "후회되나요?"

"우리가 했던 일 말인가요?"

그녀가 고개를 끄덕였다.

"전혀요." 리버스가 말했다. "오히려 그 반대예요." 그가 머뭇거렸다. "당신은요?"

그녀가 잠시 뜸을 들였다. "나도 좋았어요." 그녀가 말했다. 하지만 그녀의 표정은 전혀 그런 것 같지 않았다.

"당신이 일부러 날 피하는 줄 알았어요." 그가 말했다.

"난 당신이 피하는 줄 알았는데요."

"아침에 당신을 찾으러 학교에 가봤습니다."

그녀가 몸을 뒤로 젖히고 그의 얼굴을 유심히 쳐다보았다. "정말요?"

그가 고개를 끄덕였다.

"그들이 뭐라던가요?"

"비서랑 얘기했어요." 그가 설명했다. "목에 끈 달린 안경을 걸고 있었고, 머리는 쪽을 져 올렸던데."

"밀리센트예요. 그녀가 뭐라고 했어요?"

"한동안 당신을 못 봤다고 하더군요."

"다른 얘긴요?"

"도서관이나 딜런스에 가면 찾을 수 있을지도 모른다고 했어요." 그가 벽에 기대어놓은 자신의 쇼핑백을 가리켰다. "당신이 서점을 좋아한다고 했어요. 그래서 당신을 찾으러 가봤죠."

그녀는 여전히 그의 얼굴을 유심히 살필 뿐이었다. 잠시 후, 그녀가 웃음을 터뜨리며 그의 볼에 살짝 입을 맞추었다. "밀리센트는 정말 보물 같은 사람이에요."

"뭐 당신이 그렇다면 그런 거겠죠." 어째서 안도하는 분위기인 거지? 더 이상 퍼즐을 찾으려 하지 마, 존. 이제 그만두라고. 그녀는 쇼핑백을 향해 기어갔다.

"뭘 사왔어요?"

솔직히 그는 기억이 나지 않았다. 택시에서 읽기 시작한 책 빼고는. 『*호크스무어*』. 그는 느릿느릿 기어나가는 그녀의 다리에 시선을 집중시켰다. 환상적인 발목. 늘씬하고 매력적인 반구체의 뼈.

"우와!" 그녀가 쇼핑백에서 페이퍼백 하나를 꺼내 들고 말했다. "아이젱크."

"그 정도면 괜찮나요?"

그녀는 잠시 골똘한 생각에 잠겼다. "글쎄요. 솔직히 난 별로예요. 유전 양식, 뭐 그런 이론 말이에요. 난 잘 모르겠어요." 그녀가 또 다른 책을 꺼내 들었다. 그녀의 입에서 탄성이 터져 나왔다. "스키너! 행동주의의 대가! 대체 이런 책들은 왜……?"

그가 어깨를 으쓱였다. "당신이 빌려준 책들에 나온 이름들이잖아요. 그래서……"

그녀가 또 다른 책을 집어 들었다. 『*킹 러드*』. "앞의 두 권은 읽어봤나요?" 그녀가 물었다.

"아……" 그가 실망한 듯 말했다. "그거 3부작이었어요? 난 그냥 제목이 마음에 들어서 골랐는데."

그녀가 돌아보며 어리둥절해하는 표정을 지었다가 이내 웃음을 터뜨렸다. 리버스는 목이 화끈 달아오르는 걸 느꼈다. 그녀는 그를 놀리고 있었다. 그가 고개를 돌리고 양탄자를 살살 매만지기 시작했다.

"오, 이런." 그녀가 엉금엉금 기어 제자리로 돌아왔다. "미안해요. 그럴 마음은 없었어요. 정말 미안해요." 그녀가 그의 두 다리에 살며시 손을 얹었다. 그리고 무릎을 꿇은 후 그의 얼굴을 빤히 쳐다보았다. 그녀가 사과하듯 미소를 지어 보였다. "미안해요." 그녀가 속삭였다. 그도 괜찮다는 의미로 미소를 지었다. 그녀가 몸을 기울이고 그에게 키스를 퍼부었다. 그녀의 한 손은 그의 허벅지를 더듬어 올라가고 있었다.

그는 저녁이 되어서야 탈출할 수 있었다. '탈출'이라는 표현이 조금 지나친 건 사실이었다. 하지만 곤히 잠든 리사의 몸에서 떨어져 나오는 건 여간 힘든 일이 아니었다. 그녀의 체취, 머리에서 풍기는 향기, 복부에서 전해져오는 완벽한 온기, 팔뚝, 그리고 뒤태. 그가 침대에서 내려와 옷을 걸쳤을 때도 그녀는 눈을 뜨지 않았다. 그가 그녀를 위해 메모를 남기고 있을 때도 마찬가지였다. 그는 쇼핑백을 챙겨 들고 조용히 문을 열었다. 그런 다음, 침대를 흘끔 돌아본 후 밖으로 나왔다.

리버스는 코번트 가든 지하철역으로 향했다. 역에 도착한 그는 한참 기다렸다가 엘리베이터를 타고 편히 내려갈지, 아니면 300단도 넘어 보이는 나선계단을 걸어 내려갈지 고민에 빠졌다. 마침내 그는 계단을 선택했다. 소용돌이치는 계단은 아무리 내려가도 끝이 보이지 않았다. 전쟁 중에 수많은 사람들이 코르크 마개뽑이 같은 이 계단을 빙빙 돌아 내려갔을 생각을 하니 머릿속이 아찔해졌다. 하얀 타일로 덮인 벽들은 공중 화장실에 와 있는 듯한 착각을 불러일으켰다. 위에서 사람들의 발소리와 수다 떠는 소리가 요란하게 들려왔다.

그의 머릿속에 이곳보다 훨씬 답답하고 불안정한 나선계단이 있는 에든버러의 스콧 기념탑이 떠올랐다. 그가 계단을 내려온 지 몇 초 만에 엘리베이터가 도착했다. 열차는 예상대로 발 디딜 틈이 없었다. 한쪽 벽에 붙은 표지판에는 '카세트 플레이어 사용은 조용히'라고 적혀 있었다. 하지만 그 옆에 선 초록색 파카 차림의 백인 소년은 아랑곳하지 않고 계속해서 카세트 플레이어의 볼륨을 높여나갔다. 멍한 표정의 소년은 이따금 맥주캔을 꺼내 홀짝였다. 리버스는 그에게 다가가 한마디 하려다 꾹 참았다. 곧 내려야 하기 때문이기도 했지만 승객들이 전혀 개의치 않아 했기 때문이기도 했다.

그는 홀번 역에서 내려 센트럴 라인 열차로 갈아탔다. 객차 맨 끝부분에서 음악 소리가 들려왔다. 누군가가 워크맨을 너무 크게 틀어놓은 것이었다. 리버스는 끊임없이 흐르는 드럼 소리에 짜증이 났다. 런던 지하철에 어느 정도 적응한 그는 동승자들을 쳐다보는 대신 아무도 없는 공간에 시선을 집중시켰다. 목적지에 다다를 때까지 아무 생각도 하고 싶지 않았다.

그는 매일 이런 지옥 같은 환경을 묵묵히 겪어야 하는 런던 시민들이 딱하게 여겨졌다.

리버스는 초인종을 누르자마자 자신이 이곳에 와야 할 그럴듯한 이유나 핑계가 없다는 사실을 깨달았다. 빨리 머리를 굴려봐, 존.

문이 스르르 열렸다. "오, 당신." 그녀가 실망한 투로 말했다.

"안녕, 로나."

"오늘은 무슨 일로 왔어?" 문간에 버티고 선 그녀는 그에게 길을 내주지 않았다. 그녀는 화장을 조금 한 상태였고, 옷도 꽤 신경 써서 골라 입은 듯했다. 외출 계획이 잡혀 있는 듯했다. 남자친구를 기다리고 있었나?

"뭐 특별한 이유는 없어." 그가 말했다. "그냥 지나다 들렀을 뿐이야. 지난번엔 차분히 앉아 대화할 기회가 없었잖아." 영국 박물관에서 봤다는 얘길 해볼까? 아니야, 그건 좋은 생각이 아니야.

그녀가 고개를 저었다. "얘긴 충분히 했어. 어차피 할 얘기도 없었고." 씁쓸해하는 톤은 아니었다. 그녀는 그저 사실을 덤덤하게 들려주는 중이었다. 리버스는 문간을 내려다보았다.

"내가 타이밍을 잘못 맞춘 것 같군." 그가 말했다. "미안해."

"사과할 필요 없어."

"새미는 있어?"

"케니랑 나갔어."

리버스가 고개를 끄덕였다. "그렇군." 그가 말했다. "좋은 시간 보내. 어디 가는진 모르겠지만." 맙소사. 그는 질투를 하고 있었다. 세월이 이렇게나 흘렀는데도. 그는 자신의 반응에 적잖은 충격을 받았다. 그를 자극한 건 그녀 얼굴의 화장기였다. 로나가 화장을 하는 경우는 극히 드물었다. 그가 돌아서려다가 멈칫했다. "미안한데, 화장실 좀 써도 될까?"

그녀는 리버스를 빤히 응시했다. 그의 꿍꿍이를 간파해보려는 것이었다. 하지만 그는 애처로워 보이는 미소로 완벽히 방어해냈다.

"물론." 그녀가 말했다. "어디 붙어 있는지 알지?"

그는 문간에 쇼핑백을 내려놓고 안으로 들어가 가파른 계단을 올라갔다. “고마워, 로나.” 그가 말했다.

그녀는 아래층에 남아 그를 기다렸다. 리버스는 층계참을 가로질러 화장실로 향했다. 그리고 문을 한 번 열었다가 요란하게 닫은 후 다시 조용히 열었다. 그는 발소리를 죽이고 초록색 유리와 빨간 술로 장식된 놋쇠 탁자로 다가갔다. 탁자에는 전화기가 놓여 있었고, 그 밑으로는 런던 전화번호부가 보였다. 하지만 리버스는 탁자 위의 작은 주소록으로 손을 가져갔다. 로나가 휘갈겨 적은 메모가 몇 개 보였다. 토니, 팀, 벤, 그리고 그레이엄. 이게 다 뭐하는 놈들이지? 하지만 대부분 메모는 새미가 또박또박 적어놓은 것들이었다. 그는 K 섹션을 살펴보았다. 그리고 자신이 원하는 정보를 금세 찾아냈다.

‘케니.’ 대문자로 꾹꾹 눌러쓴 이름 밑으로 납작한 타원에 갇힌 일곱 자리 번호가 보였다. 리버스는 주머니에서 펜과 수첩을 꺼내 전화번호를 적었다. 그런 다음, 조심스레 걸어 화장실로 들어갔다. 그는 변기 물을 내린 후 손을 씻고 당당한 걸음으로 계단을 내려갔다. 로나는 초조해하는 얼굴로 골목을 내다보고 있었다. 애인이 도착하기 전에 전남편이 떠나주기를 간절히 바라고 있는 듯했다.

“잘 있어.” 그가 쇼핑백을 집어 들고 현관문을 나섰다. 그는 큰길을 향해 천천히 걸어나가기 시작했다. 골목 입구로 들어선 포드 에스코트가 그를 천천히 지나쳐갔다. 운전석에는 약삭빨라 보이는 콧수염 남자가 앉아 있었다. 리버스는 모퉁이에 멈춰 서서 왔던 길을 돌아보았다. 그의 직감대로 에스코트는 로나의 집 앞에 멈춰 섰다. 그녀가 현관문을 걸어 잠그고 나와 차에 올랐다. 리버스는 그녀가 남자와 뜨겁게 포옹하며 입을 맞추기 전에 홱 돌아섰다. 토니인지 팀인지 벤인지 그레이엄인지는 모르겠지만.

리버스는 지하철역 근처 술집으로 들어갔다. 시뻘겋게 칠해진 벽이 무척 인상적이었다. 그는 런던에 온 후 한 번도 이곳 맥주를 마셔본 적이 없음을 깨달았다. 조지 플라이트와 한 잔 걸친 적은 있었지만 그때는 위스키만 마셨다. 리버스는 일렬로 길게 늘어선 맥주 펌프들을 물끄러미 바라보다가 하나를 골랐다. 그가 원하는 브랜드를 가리키자 바텐더가 다가왔다.

"이거 괜찮습니까?"

남자가 코웃음을 쳤다. "풀러스잖아요. 당연히 괜찮고말고요."

"500cc 한 잔 줘요."

묽은 맥주는 차갑게 식은 차를 마시는 것과 크게 다르지 않았다. 하지만 부드러운 느낌과 짙은 맥아향은 나쁘지 않았다. 바텐더는 계속 그를 지켜보고 있었다. 리버스는 고개를 끄덕이고 나서 공중전화가 붙은 구석 자리로 향했다. 그는 수화기를 집어 들고 본부로 전화를 걸어 플라이트를 바꿔달라고 했다.

"퇴근하셨습니다."

"CID 형사 아무나 바꿔줘요. 추적할 전화번호가 있어요." 이런 작업은 규례에 따라 처리해야 했다. 문제는 정식으로 요청한다 해도 승낙이 떨어질 것을 장담할 수 없다는 사실이었다. 게다가 런던 경찰청은 왠지 이런 부분에 있어 더 철저하고 까다로울 것 같았다. 그는 혹시 몰라 덧붙였다. "울프맨 사건과 관련된 겁니다. 뜻밖의 단서가 돼줄지도 몰라요."

그는 추적할 번호를 다시 불러주었다. "30분 후에 다시 연락주십시오." 목소리가 말했다.

그는 테이블에 앉아 맥주를 마셨다. 반 잔만 비웠을 뿐인데도 머리가 알딸딸했다. 누군가가 놓고 간 『스탠더드』가 그의 눈에 들어왔다. 한동안 스포츠 섹션과 간결한 크로스워드 퍼즐에 집중하던 리버스가 다시 본부로 전화를 걸었다. 이번에도 그가 모르는 이가 응답했다. 벽돌공들 같아 보이는 떠들썩한 남자들이 술집으로 들어오고 있었다. 그들 중 하나가 주크박스로 다가가 스테픈울프의 〈본 투 비 와일드〉를 틀었다. 남자들이 바텐더에게 몰려가 의욕적으로 술을 주문했다.

"잠시만 기다려주세요, 리버스 경위님. 레인 경감님께서 하실 말씀이 있답니다."

"하지만, 젠장, 난 별로 들을 생각이……" 상대는 이미 사라져버린 후였다. 리버스는 귀에서 수화기를 떼고 인상을 찌푸렸다.

잠시 후, 수화기에서 하워드 레인의 목소리가 흘러나왔다. 리버스는 손가락을 한쪽 귀에 쑤셔 넣었다.

"아, 리버스 경위. 조용히 얘기하고 싶었는데. 본부에선 통 보기가 힘들군요. 어젯밤 일 말입니다." 레인의 목소리는 조리 정연하게 들렸다. "정식으로 징계가 내려질 수도 있다는 거 명심해요. 또 한 번 제멋대로 일을 벌였다간 내가 직접 고속버스 짐칸에 실어 스코틀랜드로 쫓아버릴 겁니다. 알아듣겠습니까?"

리버스는 대답하지 않았다. 그의 머릿속에 레인의 사무실에 앉아 능글맞게 웃고 있을 캐스 패러데이의 모습이 떠올랐다.

"알아듣겠습니까?"

"명심하겠습니다, 경감님."

수화기에서 종이를 뒤적이는 소리가 흘러나왔다. "주소 확인을 기다리고 있었다고요?"

"그렇습니다, 경감님."

"쓸 만한 단서입니까?"

"그렇습니다, 경감님." 리버스는 갑자기 이럴 가치가 있는 일인지 궁금해졌다. 부디 그렇기를. 시스템을 악용했다는 게 발각되면 그는 단숨에 실업자로 전락해버릴 수도 있었다.

하지만 레인은 의심 없이 그에게 주소를 불러주었다. 그뿐 아니라, 보너스로 케니의 성까지 알려주었다.

"왓키스." 레인이 말했다. "주소는 페드로 타워, 처칠 지구, E5. 해크니겠군요."

"감사합니다, 경감님." 리버스가 말했다.

"참." 레인이 말했다. "리버스 경위?"

"네, 경감님?"

"처칠 지구에 찾아가볼 생각이라면 우리에게 먼저 알리도록 해요. SPG(영국 경찰청의 특수 순찰대)를 붙여줄 테니까. 알겠습니까?"

"위험 지역인가요?"

"위험한 정도가 아닙니다. SAS가 베이루트 현장이라 여기고 거기서 훈련을 할 정도니까요."

"충고 감사합니다, 경감님." 리버스는 자신도 SAS 출신이라는 걸 알려주고 싶었다. SAS의 헤리퍼드 본부가 툭하면 페드로 타워보다 훨씬 위험한 곳으로 자신을 파견했었다고. 아무튼 분위기상 경계를 늦추면 안 될 것 같기는 했다. 아일랜드와 런던 말씨를 쓰는 벽돌공들은 당구를 치고 있었다. 마침내 〈본 투 비 와일드〉가 끝이 났다. 리버스는 남은 맥주를 마저 들이켜고 한 잔을 더 주문했다.

케니 왓키스. 토미 왓키스와 사만다의 남자친구가 그런 관계였다니. 천만 명의 영혼이 살아가는 거대한 도시에서 폐소공포증이 느껴질 줄이야. 리버스는 한여름에 목도리를 칭칭 감고 방한모를 꾹 눌러쓴 듯한 답답한 기분을 느꼈다.

"나라면 조심하겠습니다." 리버스에게 맥주를 건네며 바텐더가 말했다. "이걸 너무 많이 마시면 죽을 수도 있어요."

"내가 죽기 전에 이놈을 먼저 죽이면 되죠." 리버스가 윙크를 하며 잔을 입으로 가져갔다.

택시 기사는 처칠 지구로 들어서기를 꺼려했다. "두어 블록 떨어진 곳에 내려 드리겠습니다. 물론 어느 쪽으로 가야 하는진 알려 드릴게요. 하지만 그 안으론 절대 들어갈 수 없습니다."

"그렇게 해요, 그럼." 리버스가 말했다.

그는 택시에서 내려 남은 거리를 터벅터벅 걸어갔다. 생각보다 나빠 보이지는 않았다. 에든버러 변두리에는 이보다 더한 동네가 수두룩했다. 푹 꺼진 콘크리트 바닥, 밟혀 으스러지는 유리 파편, 판자를 친 창문들, 그리고 스프레이 페인트로 갱단 이름을 적어놓은 벽들. '지즈 파시'라는 갱단이 이곳의 실세인 듯했다. 나머지 이름들은 왠지 부자연스럽고 억지스럽게 느껴졌다. 스케이트보드를 탄 아이들이 우유 상자와 널빤지와 벽돌을 모아 만든 코스를 신나게 누비고 있었다. 실로 창의적인 놈들이군. 리버스는 잠시 멈춰 서서 그들을 지켜보았다. 그들이 선보이는 묘기는 그를 경탄케 만들기에 충분했다.

리버스는 처칠 지구의 고층 아파트 네 채 중 하나를 골라 다가가보았다. 그가 주변을 둘러보느라 정신이 없을 때 그의 옆 인도에 무언가가 철

퍼덕 떨어졌다. 그는 그쪽으로 시선을 돌렸다. 살라미 샌드위치였다. 그가 고개를 꺾어 주변 아파트들을 차례로 올려다보았다. 그때 새까만 무언가가 그의 눈에 들어왔다. 그리고 그것은 그의 시야에서 빠르게 커져갔다.

"맙소사!" 그가 아파트 입구 안 홀 쪽으로 잽싸게 몸을 날렸다. 방금 전까지 그가 서 있었던 자리에 TV가 떨어져 산산조각 나버렸다. 금속과 유리 파편이 사방으로 튀었다. 스케이트보드를 타던 아이들이 그걸 보고 일제히 환호했다. 다시 밖으로 나온 리버스는 바짝 긴장한 채 주변을 살폈다. 아무도 보이지 않았다. 그제야 그는 안도의 한숨을 내쉴 수 있었다. 우레 같은 소리에도 밖을 내다보는 이는 하나도 없었다.

그는 과연 어떤 프로그램이 텔레비전 주인을 화나게 만들었을지 궁금했다. "대단한 비평가가 나셨군." 그가 말했다. "FYTP."

한쪽에서 엘리베이터 문 열리는 소리가 들려왔다. 금발로 염색한 젊은 여자가 유모차를 밀고 나오는 중이었다. 그녀의 코에는 금으로 된 단추형 장신구가 박혀 있었고, 양쪽 귀에는 귀걸이가 세 개씩 걸려 있었다. 목은 거미줄 문신으로 덮여 있었다. 몇 초만 빨리 나왔더라면 그녀가 텔레비전에 깔릴 뻔했다.

"실례합니다." 리버스가 그녀를 불렀다. 유모차 안에서는 아기 울음소리가 터져 나오고 있었다.

"네?"

"여기가 페드로 타워 맞습니까?"

"저쪽이에요." 그녀가 뾰족한 손톱으로 한 건물을 가리켰다.

"고마워요."

그녀의 시선이 부서진 텔레비전 쪽으로 돌아갔다. "애들 짓이에요." 그녀가 말했다. "아파트에 침입해 샌드위치를 창밖으로 던지면 개들이 모여들거든요. 그때 텔레비전을 던지는 거예요. 정말 잔인한 애들이죠." 그녀는 오히려 재미있다는 말투였다. 거의.

"내가 살라미를 좋아하지 않아 다행입니다." 리버스가 말했다.

하지만 그녀는 이미 유모차를 밀고 저만치 멀어진 후였다. "닥치지 않으면 죽여버릴 거야!" 그녀가 우는 아기에게 소리쳤다. 리버스는 후들거리는 다리를 간신히 움직여 페드로 타워로 향했다.

내가 여긴 왜 온 거지?

오기 전까지는 모든 게 이치에 닿았는데. 모든 게 타당하다 여겨졌는데. 하지만 막상 페드로 타워의 쉰내 나는 1층 현관에 들어서니 이곳에 와 있을 이유가 하나도 떠오르지 않았다. 로나는 새미가 케니와 함께 나갔다고 했다. 그들이 굳이 페드로 타워에서 저녁을 보내려 했을 가능성은 크지 않았다. 적어도 그는 그렇게 믿었다.

설령 케니가 이곳에 있다 해도 그의 아파트를 무슨 수로 찾지? 이곳 주민이라면 먼발치에서도 내가 경찰이라는 걸 대번에 알아차릴 수 있을 텐데. 노크를 해도 무반응, 질문을 해도 무반응. 이게 식자들이 교착상태라고 부르는 건가? 물론 죽치고 기다려볼 수는 있었다. 언젠가는 케니와 맞닥뜨릴 수 있을 테니까. 하지만 어디서 기다려야 하지? 여기서? 너무 눈에 잘 띄잖아. 그러고 싶은 환경도 아니고. 그럼 밖에서? 너무 춥고, 확 트여서 안 돼. 어둠 속에서 언제 또 텔레비전이 날아들지도 모르고.

그럼 날더러 어쩌라고? 그래, 난 교착상태에 빠진 게 맞아. 그는 위를 살피며 밖으로 걸어 나왔다. 그가 스케이트보더들 쪽으로 방향을 틀려는 순간 페드로 타워 뒤편에서 비명이 터져 나왔다. 그는 소리가 들려온 쪽으로 황급히 가보았다. 한 커플이 격렬한 언쟁을 벌이고 있었다. 열일곱이나 열여덟 살쯤 되어 보이는 여자가 오른손으로 데님제 옷을 걸친 남자의 얼굴을 올려붙였다. 남자가 얻어맞은 쪽 얼굴을 쥐어 잡고 휘청거리는 동안 그녀는 홱 돌아서서 현장을 빠져나갔다. 남자는 손가락으로 입안을 더듬으며 그녀의 등에 대고 거친 욕을 쏟아냈다.

리버스는 그들 문제에 관심이 없었다. 그의 시선이 현장 너머의 나지막하고 어둑한 건물 쪽으로 돌아갔다. 잔디와 흙으로 에워싸인 조립식 건물이었다. 전구 하나가 밝히고 있는 낡은 간판이 보였다. 싸움닭. 술집인가? 여기에? 형사가 얼씬거릴 곳은 아닌 것 같았다. 게다가 그는 스코틀랜드에서 온 형사였다. 하지만 만약……? 아니, 절대 아닐 거야. 새미와 케니가 저기 있을 리 없어. 내 딸은 저런 데 출입해선 안 돼. 저런 데랑 어울리지 않는 아이라고.

하지만 걘 케니 왓키스를 최고의 남자로 여기고 있잖아. 어쩌면 그것은 사실인지도 몰랐다. 리버스의 걸음이 딱 멎었다. 내가 지금 뭘 하고 있는 거지? 그래, 난 케니 그 자식이 마음에 안 들어. 올드 베일리에서 케니가 환호하는 모습을 봤을 때 이미 그와 토미 왓키스가 보통 사이가 아니라는 걸 짐작했다고. 하지만 둘이 친척 관계라면 케니의 그런 반응은 충분히 이해할 만하잖아, 안 그래?

심리학 책들은 경찰이 모든 상황을 최악의 상황으로 여기는 경향이 있다고 했다. 그것은 사실이었다. 그는 케니 왓키스가 자신의 딸과 사귄다는 사실이 영 마음에 들지 않았다. 케니가 왕위 계승자였다 해도 리버스는 의심을 거두지 않았을 것이다. 새미는 그의 딸이었다. 그는 새미가 십대에 접어들고부터는 좀처럼 딸을 보지 못했다. 그의 마음속에서 딸은 여전히 어린아이일 뿐이었다. 애지중지하고, 후회 없이 사랑해주고, 야단스럽게 보호해주어야만 하는 아이. 하지만 새미는 어느새 훌쩍 자라 있었다. 이제 아이에게는 야망이 있고, 욕구가 있고, 예쁘장한 외모가 있고, 어른스러운 몸이 있었다. 딸이 장성했다는 부인할 수 없는 사실이 그를 두렵게 했다. 그녀는 새미였으니까. 그만의 새미. 그는 딸에게 이런 상황에서는 어떻게 대처해야 하는지 진작 가르쳐주지 못한 자신을 질책했다. 하지만 이미 일은 터져버리고 말았다.

그는 자신이 나이 들어가고 있다는 사실도 두려웠다.

솔직히 인정해야만 했다. 자신이 늙어가고 있다는 것을. 그에게는 열여섯 살 된 딸이 있었다. 이제 그녀는 학교를 그만둘 수도 있고, 일자리를 알아볼 수도 있고, 섹스도 마음껏 할 수 있으며, 원한다면 결혼도 할 수 있는 나이다. 술집을 드나들 나이도, 세상 물정에 밝은 열여덟 살 케니 왓키스와 어울릴 나이도 아니었지만 그렇다고 고집을 꺾을 그녀가 아니었다. 그가 없는 동안 딸은 훌쩍 커버렸고, 이제 그는 너무 늙어 있었다.

몸 곳곳에서 노화의 흔적이 느껴졌다.

리버스가 왼손을 주머니에 찔러 넣었다. 오른손에는 아직도 쇼핑백이 쥐어져 있었다. 그는 돌아서서 아파트 단지를 걸어 나왔다. 택시가 내려준 곳 근처에 버스 정류장이 있었다. 그는 아무 버스에나 올라 이곳을 뜨고 싶었다. 스케이트보더들이 그가 있는 쪽으로 다가왔다. 그중 하나는 실력이 특히 출중해 보였다. 중심을 잃지 않고 요리조리 날렵하게 움직이는 걸 보면. 리더로 보이는 소년이 보드를 차올려 두 손으로 능숙하게 받았다. 그리고 그것을 머리 위로 번쩍 쳐들었다. 리버스는 그것이 무엇을 하려는 동작인지 너무 늦게 깨닫고 말았다. 그는 황급히 몸을 숙이려 했지만 묵직한 나무 보드는 이미 그의 머리 측면을 강타한 후였다.

그가 비틀거리며 무릎을 꿇었다. 일고여덟 명의 소년이 우르르 몰려와 그의 주머니를 뒤지기 시작했다.

"젠장, 보드가 쪼개졌어. 이것 좀 봐. 이만큼이나 쪼개져버렸다고."

운동화 하나가 리버스의 턱을 걷어찼다. 그는 중심을 잃고 뒤로 나자빠졌다. 지금은 싸울 때도, 비명을 지를 때도, 자신을 보호할 때도 아니었다. 오로지 의식을 잃지 않는 데만 온 신경을 집중시켜야만 했다. 그때 어디선가 우레 같은 목소리가 들려왔다.

"야! 거기서 뭣들 하는 거야?"

소년들이 스케이트보드를 타고 사방으로 흩어졌다. 딱딱한 바퀴가 아스팔트 위에서 요란한 소리를 내며 돌아갔다. 옛날 서부영화에 나오는 범인 추적대 같은데. 리버스의 입가에 미소가 머금어졌다. 범인 추적대 같아.

"괜찮아요? 자, 부축해줄게요."

남자가 리버스를 붙잡고 천천히 일으켜 세웠다. 그는 남자의 얼굴에 초점을 맞춰보았다. 찢어진 입술에서 배어 나온 피가 남자의 턱을 타고 뚝뚝 떨어졌다. 리버스의 시선을 감지한 남자가 멋쩍어했다.

"여자친구가 이랬어요." 그가 말했다. 그의 입에서는 술 냄새가 풍겼다. "정통으로 맞았어요. 그런 것 같죠? 이빨도 두 개나 흔들리고 있어요. 어차피 썩어서 빼야 했는데 잘됐죠 뭐. 돈이 굳었으니." 그가 웃음을 터뜨렸다. "자, 나랑 싸움닭에 갑시다. 브랜디 몇 잔 하면 기분이 확 나아질 거예요."

"내 돈을 가져갔어." 리버스가 말했다. 그는 아직도 쇼핑백을 방패처럼 붙잡고 있었다.

"상관없어요." 착한 사마리아인이 말했다.

그들은 그를 반겨 맞아주었다. 그가 테이블에 앉자 술이 속속 도착했다. "그건 빌이 사는 겁니다", "그건 테사가 사는 거예요", "그건 재키가 쏘는 겁니다", "그건……"

모두가 그를 동정하고 있었다. 그들은 그가 택시를 잡아타고 호텔로 돌아갈 수 있도록 돈을 걷어 쥐어주기까지 했다. 그는 자신을 관광객이라 소개하고 어쩌다 보니 길을 잃고 이곳까지 오게 되었다고 둘러댔다. 이런 험한 곳인지 모르고 버스에서 내렸다고. 순진한 그들은 그의 말을 곧이곧대로 믿어주었다.

누구도 경찰에 신고하려 하지 않았다.

"빌어먹을 경찰 놈들." 그들이 입을 모아 내뱉었다. "신고해봤자 소용없어요. 보나마나 내일 아침이 돼서야 나타날 텐데 뭐. 온다 해도 뭐가 해결되겠습니까? 여기서 벌어지는 범죄의 절반 이상은 경찰이 배후에 있다고 보면 돼요. 정말이라니까."

리버스는 그들의 주장을 믿었다. 정말로. 잠시 후, 또 다른 누군가가 보낸 스쿠너(셰리나 맥주용으로 쓰는 기다란 잔)가 도착했다. 잔에는 브랜디가 담겨 있었다.

"쭉 들이켜요."

그들은 카드 게임과 도미노를 하며 놀았다. 술집은 활기로 넘쳐났다. TV에서는 음악 퀴즈 쇼가 왕왕거렸고, 주크박스와 슬롯머신도 연신 소음을 쏟아냈다. 그는 이곳에서 새미와 케니를 찾지 못한 것을 다행으로 여겼다. 이 꼴을 보고 어떻게 생각했겠어? 상상만으로도 오금이 저렸다.

그는 슬그머니 일어나 화장실로 향했다. 벽에는 들쭉날쭉한 모양의 거울이 붙어 있었다. 그의 머리 측면과 턱과 귀는 타박상을 입었는지 빨갛게 물들어 있었다. 왠지 턱의 통증은 쉽게 가실 것 같지 않았다. 운동횟발이 정통으로 꽂혔던 부분은 검붉게 변해 있었고, 퉁퉁 부어올라 있었다. 딱 거기까지였다. 다른 부상은 없어 보였다. 칼이나 면도날이 날아왔으면 이 정도로 끝나지는 않았을 것이다. 집단 구타였다면 목숨을 잃었을 수도 있고. 하지만 그는 프로에게 아주 깔끔히 당한 것이었다. 스케이트보드를 그렇게 차올려 무기로 쓰다니. 휘두르는 폼도 그렇고. 프로. 의심의 여지가 없었다. 리버스는 놈을 잡아 예술과도 같았던 그의 범행 수법에 자신이 얼마나 경탄했는지 꼭 말해주고 싶었다.

물론 놈의 입을 냅다 걷어차 목구멍으로 내려간 그의 이가 소장을 꽉 물어버리게 하는 것도 잊지 않을 것이다.

그는 바지 앞을 더듬어 지갑을 꺼냈다. 미지의 땅에 대한 레인의 충고 덕분에 리버스는 지갑을 지켜낼 수 있었다. 이곳 주민들에게 신원을 드러내는 것은 현명한 일이 아니었다. 게다가 그는 경찰이기까지 했다. 팬티 허리밴드 안에 쑤셔 넣어둔 지갑과 신분증은 모두 무사했다. 그는 다시 그것들을 원위치에 돌려놓았다. 처칠 지구를 벗어날 때까지는 한순간도 방심할 수 없었다. 어쩌면 그에게는 길고 험한 밤이 기다리고 있을지 몰랐다.

그가 문을 열고 나가 자리로 돌아갔다. 브랜디가 그의 머리를 멍하게, 팔다리는 흐느적거리게 만들어주었다.

"괜찮아요, 작?"

그는 그 별명을 좋아하지 않았다. 아니, 혐오했다. 하지만 그는 애써 미소를 지어 보였다. "괜찮아요. 정말 아무렇지도 않아요."

"다행이군요. 그건 그렇고, 이건 바에 있는 해리가 사는 겁니다."

* * *

편지를 부치고 난 그녀는 기분이 한결 나아졌음을 느낀다. 태연하게 일을 해보지만 들뜬 마음은 쉬이 가라앉지 않는다. 꼭 습관에 밥을 주는 것 같았다. 하지만 그것은 예술 행위이기도 했다. 예술? 예술은 무슨 얼어 죽을 놈의 예술. 주제도 모르고. 그들은 늘 다투었다. 옥신각신, 티격태격. 항상 그랬다. 아니, 그건 사실이 아니다. 그녀는 그렇게 기억하고 있지만 사실 그녀가 틀린 것이다. 강인하고 위압적인 그녀의 어머니는 위대한 수채화 화가가 되려는 결의가 엄청났다. 하루 종일 이젤 앞에 앉아 그림만 그려댔다. 그녀를 필요로 하는 아이는 방치해둔 채. 스튜디오로 슬그머니 들어온 아이는 구석에 웅크리고 앉아 어머니를 지켜보았다. 어머니에게 들킬까 봐 입도 열지 않았다. 재수 없이 들켰다가는 매몰차게 내쫓길 것이 뻔했으니까.

"난 널 원하지 않았어!" 그녀의 어머니는 툭하면 그렇게 소리쳤다. "널 만든 건 실수였다고! 넌 왜 *제대로 된* 아이가 못 되는 거지?"

도망쳐, 도망쳐, 도망쳐. 스튜디오를 뛰쳐나온 아이는 계단을 뛰어 내려가 거실을 빠져나갔다. 말수 적고 물러빠지고 교양 있고 세련된 그녀의 아버지는 뒤뜰 접의자에 다리를 꼰 채 앉아 신문을 읽고 있었다.

"오늘 아침은 기분이 어떠냐?"

"엄마가 또 고함을 치셨어요."

"그래? 악의는 없으셨을 거다. 작업할 때면 늘 신경이 예민해지시잖니. 아빠 무릎에 앉아서 같이 신문이나 볼까?"

손님은 없었다. 아무도 찾아오지 않았다. 친척도, 친구도. 처음에는 학교에 다녔지만 언제부터인가 그들이 집에 가둬놓고 직접 가르쳤다. 특정 수업의 특정 부분에서는 늘 격노가 분출되었다. 그녀의 아버지는 증조모로부터 큰돈을 상속받았다. 평생을 편하게 살 수 있는 돈이었다. 입에 풀칠 이상을 할 수 있는 돈. 그는 늘 학자인 척하며 살았다. 하지만 공들여 쓴 논문들이 번번이 무시당하자 그는 압도적인 좌절감에 빠져 폐인이 되어버렸다. 언쟁은 점점 격해졌고, 마침내 폭력으로까지 번지게 되었다.

"날 좀 가만 놔둬, 응? 내게 중요한 건 예술이지 당신이 아니라고."

"예술? 빌어먹을 예술!"

"어떻게 그런 말을 할 수 있지?"

둔탁한 소음. 누군가가 얻어맞는 소리였다. 그녀는 그 소리를 듣지 않으려 다락에 올라가는 수밖에 없었다. 하지만 그녀는 그곳에 올라갈 엄두를 내지 못했다. 그곳에 가면…… 아무튼 꿈도 꿀 수 없는 일이었다.

"난 남자야." 그녀가 침대 밑에 들어가 속삭였다. "난 남자야, 난 남자야, 난 남자야."

"얘야, 어디 있니?" 그의 달콤한 목소리. 슬라이드 쇼 같은. 나른한 오후의 드라이브 같은.

그들은 울프맨이 동성애자라고 했다. 그것은 사실이 아니었다. 그들은 그가 붙잡혔다고 했다. 그 기사를 보았을 때 그녀는 함성을 지를 뻔했다. 너무나 흥분한 나머지 그녀는 편지를 써 그들에게 부쳤다. 그걸 보고 어떻게 반응할지 궁금해! 그들에게 붙잡힌다 해도 상관없었다. 그와 그녀, 모두 신경 쓰지 않았다. 그가 걱정하는 것은 자신의 몸과 마음을 장악하려 드는 그녀뿐이었다.

달콤함…… 오렌지와 레몬, 종들이 말하네(〈오렌지와 레몬〉이라는 영국 전래 동요의 도입부. 후반부에 사람의 목을 자른다는 내용의 잔인한 가사가 등장함)……

너무 부적절해. 길게 삐져나온 코털. 그녀의 어머니는 항상 아버지의 코털을 문제 삼았다. 코털이 너무 길어, 자니. 남자가 그럼 안 되지. 부적절하다니까. 왜 자꾸 그 말만 기억나는 거지? 긴, 코, 털, 부적절, 남자, 자니.

아빠의 이름, 자니.

어머니에게 욕을 해댔던 그녀의 아버지. 빌어먹을 예술. 세상에 '빌어먹을'보다 더러운 단어는 없었다. 학교에서는 마치 그것이 악령과 비밀을 상기시키는 주문이라도 되는 듯이 읊어졌다.

그녀는 다시 거리로 나와 있다. 한창 정육점 화랑을 치우고 있어야 할 때인데. 찢어지고 피가 뿌려진 캔버스가 사방에 방치된 화랑은 정리가 절실한 상황이다. 하지만 상관없다. 어차피 찾아올 사람도 없으니. 친척도, 친구도.

그래서 그녀는 또 한 명을 찾아낸다. 이번 여자는 좀 바보 같다. "당신이 울프맨만 아니면 괜찮아요." 그녀가 웃음을 터뜨리며 말한다. 울프맨도 따라 웃는다. 그? 그녀? 그런 건 중요치 않다. 그와 그녀는 하나니까. 같은 사람. 상처는 완전히 아물었다. 이제는 완전해진 기분이 느껴진다. 마침내 완벽한 상태가 된 것이다. 그것은 좋은 기분이 아니다. 오히려 나쁜 기분이다. 하지만 지금은 그런 걸 따질 때가 아니다.

그는 다시 집으로 돌아간다.

"멋진 집이네요." 그녀가 말한다. 그는 그녀의 코트를 받아 걸으며 미소를 흘린다. "이상한 냄새가 좀 나긴 하지만. 설마 어디서 가스가 새고 있는 건 아니겠죠?"

아니. 가스 누출은 아니야. 그게 아니라 다른 게 새고 있을 뿐이지. 그가 주머니에 손을 찔러 넣고 이빨을 만져본다. 항상 같은 자리에서 그를 기다리는 이빨. 또다시 깨물기 위해. 그가 깨물렸던 것처럼.

"이건 그냥 게임일 뿐이야."

그냥 게임일 뿐. 장난삼아 깨무는 것일 뿐. 배를, 꽉. 아주 세게는 말고. 말랑거리는 산딸기를 씹듯이. 물론 그렇다고 아프지 않은 건 아니고. 그가 자신의 배를 살살 만져본다. 아직도 아파. 아직도.

"어디서 할까요, 러브?"

"여기 들어가서." 그가 열쇠를 꺼내 문에 꽂는다. 거울은 현명한 생각이 아니었다. 마지막 여자는 거울로 자기 뒤에서 무슨 일이 벌어지고 있는지 확인했다. 하마터면 비명이 집 밖으로 새어나갈 뻔했다. 그래서 그는 거울을 떼어버렸다. 마침내 문이 스르르 열린다.

"왜 문을 걸어놓는 거죠? 무슨 엄청난 보물이라도 보관돼 있나요?"

그 말에 울프맨이 이를 드러내고 미소를 짓는다.

알아둬, 이 여자야

그는 호텔방에서 눈을 떴다. 신기한 일이었다. 그는 자신이 어떻게 호텔로 돌아왔는지 기억하지 못했다. 그는 옷도 벗지 않은 채 침대에 누워 있었다. 두 손을 다리 사이에 찔러 넣고서. 그의 옆에는 책이 든 쇼핑백이 놓여 있었다. 시계는 7시를 알리고 있었다. 커튼이 걷힌 창문으로 새어 들어오는 빛의 색감을 보니 저녁이 아닌, 아침인 듯했다. 다행이었다. 그의 머릿속에서 인두로 지지는 듯한 통증이 느껴졌다. 눈을 뜨면 특히 아팠고, 감으면 더 아팠다. 눈을 감고 있으면 머릿속이 핑핑 돌았다. 눈을 뜨면 또 다른 세상에 붕 떠 있는 듯한 느낌이 찾아들었다.

그는 신음을 토하며 백태 낀 혀를 입천장에서 떼어냈다. 그리고 비틀거리며 세면대로 다가가 찬물로 얼굴을 적신 후 두 손에 담은 물을 잡종견처럼 할짝할짝 핥았다. 염소 처리한 수돗물에서는 단맛이 났다. 그는 콩팥을 떠올리지 않으려 애썼다. 일곱 세트의 콩팥. 하지만 결국 변기 앞에 꿇어앉아 속을 비워내고 말았다.

대체 몇 잔이나 마신 거지? 브랜디 일곱 잔, 다크 럼 여섯 잔…… 그 후로는 제대로 셀 수 없었다. 그는 칫솔에 치약을 길게 짜 묻히고 이와 잇몸을 박박 문질러 닦기 시작했다. 그리고 용기를 내어 벽거울을 들여다보았다.

두 가지 통증. 하나는 숙취 때문이었고, 또 하나는 강도에게 얻어맞았기 때문이었다. 그는 20파운드를 강탈당했다. 아니, 30파운드였나? 하지만 돈보다도 자존심이 구겨진 게 더 마음 아팠다. 그는 갱단 멤버 두어 명의 인상착의를 상세히 기억하고 있었다. 특히 리더. 오늘 아침, 리버스는 관할 경찰서에 그 정보와 함께 명확한 메시지를 전달할 생각이었다. 놈들을 찾아 조지라고. 내가 너무 순진한 건가? 국경 북쪽에서 내려온 나보다 자기들 악당을 보호하는 게 훨씬 우선일지도 모르는데. *국경의 북쪽에서 오신 손님. 작랜드. 작.* 하지만 그놈들을 가만 내버려둘 순 없잖아. 빌어먹을.

그는 얼얼한 턱을 문질렀다. 보기보다 훨씬 심각한 상태였다. 한쪽 볼에는 희미한 겨자색 멍 자국이 남아 있었고, 턱에는 찰과상이 나 있었다. 운동화가 유행이라 천만다행이었다. 70년대 초였다면 발끝이 강철 캡으로 덮인 에어웨어 부츠로 걷어차였을 것이고, 치명상을 면할 수 없었을 것이다.

그는 깨끗한 옷을 찾지 못했다. 새 옷을 사 입든지 빨래방을 찾아봐야 했다. 그는 딱 2~3일만 머무를 생각으로 런던에 왔다. 런던 경찰청이 며칠 더 데리고 있어봤자 도움이 안 된다는 걸 깨닫고 알아서 자신을 쫓아버릴 거라 생각했다. 하지만 오히려 그 반대의 상황이 되어버렸다. 그는 결정적인 단서를 찾아냈고, 수사에도 적잖은 도움을 주고 있었다. 그뿐 아니라 강도에게 두들겨 맞았고, 졸지에 딸을 과잉보호하는 아버지가 되어버렸으며, 심리학 강사와의 로맨스도 즐기고 있었다.

그는 리사를 떠올렸다. 유니버시티 칼리지의 비서가 보였던 어색한 반응도 되짚어보았다. 어딘지 수상한 구석이 있었다. 늘 깊은 잠에 빠져드는 리사. 양심이 깨끗해야 누릴 수 있는 잠. 이건 무슨 냄새지? 어디서 풍기는 거지? 요리용 기름과 토스트와 커피. 아침식사 냄새. 아래층 어딘가에서 달걀과 두꺼운 소시지와 희끗한 분홍빛 베이컨이 지글지글 익고 있었다. 순간 리버스의 속이 다시 롤러코스터를 탔다. 배는 고팠지만 튀긴 음식을 떠올리니 식욕이 싹 사라졌다. 방금 씻어낸 그의 입안이 다시 시큼해져왔다.

내가 마지막으로 뭘 먹은 게 언제였지? 리사의 집으로 향하는 길에 먹었던 샌드위치. 싸움닭에서 먹었던 감자칩 두 접시. 그래, 배가 고파야 정상이지. 그는 신속하게 옷을 갈아입으며 무엇을 사야 할지 차례로 짚어보았다. 셔츠, 바지, 양말. 그는 파라세타몰 세 알을 손에 쥐고 식당으로 내려갔다.

서빙 준비는 아직 되지 않은 상태였다. 하지만 그는 개의치 않고 시리얼과 과일주스를 주문했다. 매일 바뀌는 웨이트리스가 그를 1인용 테이블로 안내했다.

그는 시리얼 두 그릇을 단숨에 비워버렸다. 시리얼 킬러. 그는 머릿속에 떠오른 말장난(serial killer, 연쇄살인범)에 피식 웃으며 과일주스를 더 챙기러 나갔다. 주스에서는 묘한 인공적 향기가 풍겼다. 맛은 전혀 없었고. 그래도 차갑고 축축한 비타민 C 덕분에 지끈거리던 머리가 한결 나아졌으니 불평할 건 없었다. 웨이트리스가 신문 두 개를 가져왔다. 두 신문 모두 흥미로운 기사를 담고 있지 않았다. 플라이트는 아직도 리버스의 아이디어를 못미더워하고 있었다. 어쩌면 그는 세밀한 묘사를 언론에 흘려야 한다는 리버스의 아이디어를 캐스 패러데이에게 보고했는지도 몰랐다. 나한테 악감정이 있으니 그냥 무시해버리겠지? 그때 일로 아직도 이를 갈고 있을 테니. 어쩌면 그녀는 자신의 힘을 과시하기 위해 뜸을 들이고 있는지도 몰랐다. 리버스에게 무력함을 안겨주려고. 어디 자기들 마음대로 해보라지. 나보다 나은 아이디어를 내놓지도 못하면서. 무능한 놈들. 모두가 실수를 두려워하고 있었다. 실수를 저지르는 것보다 차라리 손 놓고 지켜보는 게 낫다고 생각하는 모양이었다. 맙소사.

마침내 첫 정식 손님이 식당으로 들어왔다. 그가 베이컨과 달걀과 토마토를 주문하자 리버스는 황급히 남은 오렌지 주스를 입에 털어 넣고 도망치듯 식당을 나와버렸다.

리버스는 머더 룸에 홀로 앉아 타자기로 갱단 멤버들의 상세한 인상착의를 정리하는 중이었다. 그의 타자 실력은 형편없었다. 거기다 심한 숙취에까지 시달리고 있었으니 복잡한 전자 타자기가 제대로 기능할 리 없었다. 선 길이를 설정하는 작업부터가 고역이었다. 탭 키는 잘 먹히지 않았고, 실수로 엉뚱한 키를 누를 때마다 거슬리는 기계음이 터져 나왔다.

"어디 누가 이기나 해보자고." 그는 타자기를 다시 1행 간격에 맞춰보려 했다.

한참 후, 리버스는 용의자의 인상착의를 완성했다. 열 살배기 꼬마가 장난으로 친 것 같았지만 어쩔 수 없었다. 그는 그것을 들고 자신의 사무실로 들어갔다. 책상에는 플라이트가 남기고 간 메모가 놓여 있었다.

"존, 어딜 그렇게 쏘다니는 겁니까? 당신이 없는 동안 실종자들을 체크해봤어요. 지난 48시간 동안 강 북쪽에서만 다섯 명의 여자가 실종됐습니다. 그중 두 명은 설명이 가능하지만 나머지 세 명은 좀 심각해 보입니다. 당신이 옳았어요. 울프맨이 무척 굶주려 있는 것 같습니다. 언론에 흘린 내용에 대해선 아직 피드백이 없습니다. 제발 그 교수와 작작 붙어 다녀요."

메모 밑에는 서명 대신 'GF'라는 이니셜이 적혀 있었다. 내가 어제 오후에 어디 있었는지 플라이트가 어떻게 알았지? 그냥 운 좋게 맞힌 건가?

아니면 내가 모르는 교활하고 기만적인 간계를 쓴 건가? 하지만 그런 건 아무래도 상관없었다. 중요한 건 실종된 여자들이었다. 만약 리버스의 예감이 틀리지 않는다면 울프맨은 통제력을 잃고 우왕좌왕하고 있는 것이었다. 조만간 치명적인 실수를 저지를 가능성이 높아졌다는 뜻. 이제 그들이 할 일은 그를 계속 자극하는 것이었다. 잰 크로포드의 진술이 결정적인 역할을 할 타이밍이었다. 리버스는 어떻게든 플라이트와 패러데이를 설득해야만 했다. 그들에게는 더 이상 그를 무시할 명분이 없었다. 실종된 세 여자. 그들까지 합치면 총 일곱 명이 울프맨에게 당한 것이었다. 일곱 건의 살인사건. 범인의 살인 행각이 언제쯤 멎게 될지 알 길이 없었다. 그는 다시 머리를 문질렀다. 저만치 물러갔던 무시무시한 숙취가 되돌아오고 있었다.

"존?"

그녀는 문간에 서 있었다. 온몸이 바르르 떨렸고, 두 눈은 휘둥그레져 있었다.

"리사?" 그가 자리에서 천천히 일어났다. "리사, 무슨 일이에요? 왜 그래요?"

그녀가 비틀거리며 사무실로 들어왔다. 눈에는 눈물이 고여 있었고, 머리는 땀으로 축축이 젖어 있었다. "다행이에요." 그녀가 그에게 와락 안기며 말했다. "난 영영 당신을…… 뭘 해야 할지, 어디로 가야 할지 몰랐어요. 호텔에 연락해보니 당신이 이미 떠났다고 하더군요. 아래층 내근 경사가 들여보내줬어요. 신문에 실린 내 얼굴을 기억하고 있더라고요. 내 사진을." 뜨거운 눈물이 그녀의 볼을 타고 흘러내렸다. 리버스는 그녀의 등을 살살 쓸어내려 주었다. 그는 빨리 그녀를 진정시켜 어떻게 된 일인지 듣고 싶었다.

“리사.” 그가 나지막이 말했다. “어떻게 된 일입니까?” 그가 리사의 목을 살며시 문지르며 그녀를 의자에 앉혔다. 그녀는 온몸이 땀으로 젖어 있었다.

그녀가 무릎에 얹어진 가방을 열고 작은 봉투를 꺼내 리버스에게 건넸다.

“이게 뭐죠?” 그가 물었다.

“오늘 아침에 받았어요.” 그녀가 말했다. “누군가가 내 집으로 부친 거예요. 내 이름과 주소 적힌 거 보이죠?”

리버스는 봉투에 타자기로 찍어놓은 이름과 주소를 확인했다. 한쪽 구석에는 보통우편 우표가 붙어 있었다. 그리고 소인. 런던 EC4. 소인에 따르면 편지는 전날 아침에 부쳐진 것이었다.

“그는 내가 어디 사는지 알고 있어요, 존. 아침에 이걸 받고 열어봤는데…… 하마터면 심장이 멎어버릴 뻔했어요. 집에 있을 수가 없어 부리나케 뛰쳐나오긴 했는데 어딘가에서 그가 날 지켜보고 있을지 모른다고 생각하니 오싹하더라고요.” 그녀의 눈가가 다시 촉촉해졌다. 그녀는 눈물을 쏟지 않으려 고개를 뒤로 살짝 젖혔다. 그녀의 손이 가방을 뒤적여 티슈를 찾아냈다. 리버스는 티슈에 코를 푸는 그녀를 말없이 지켜보았다.

“살인 협박이에요.” 그녀가 설명했다.

“살인 협박?”

그녀가 고개를 끄덕였다.

“누가 보낸 거죠? 보낸 이가 누군지 적혀 있습니까?”

“오, 분명하게 적혀 있어요. 울프맨. 이건 울프맨이 보내온 편지예요, 존. 내가 다음 표적이 될 거라는 내용이에요.”

그들의 사정을 들은 과학수사연구소는 곧바로 작업에 들어갔다. 리버스는 주머니에 두 손을 찔러 넣은 채 분주히 움직이는 그들을 지켜보았다. 그의 주머니 안에서 파삭대는 종이가 만져졌다. 갱단 멤버들의 인상착의가 정리된 종이였다. 하지만 지금 그에게는 자신의 문제에 신경 쓸 여유가 없었다.

스토리는 간단했다. 리사는 괴편지를 받고 겁을 집어먹었다. 무엇보다도 울프맨이 자신의 주소를 알고 있다는 사실에 큰 충격을 받았다. 그녀는 다급하게 리버스를 찾았지만 연락이 닿지 않았고, 패닉에 빠진 그녀는 집을 뛰쳐나오게 되었다. 어딘가에서 그가 지켜보고 있을지 모른다는 생각, 그리고 언제라도 그가 불쑥 튀어나와 범행을 저지를 수도 있다는 생각이 그녀를 더 큰 공황상태로 몰아넣었다. 안타까운 건 그녀가 편지를 손에 꽉 쥔 채 내달리느라 지문을 비롯한 여러 증거들이 심하게 훼손되었다는 사실이다. 그럼에도 불구하고 과학수사팀은 최선을 다해보겠노라고 약속했다.

만약 울프맨이 부친 편지가 맞다면, 이것이 누군가의 짓궂은 장난이 아니라면, 봉투와 편지에서 결정적인 증거를 찾을 수 있을 것이다. 봉투 덮개와 우표에 묻은 타액, 섬유조직, 지문. 그런 물리적 가능성들만큼이나 꼼꼼히 따져봐야 하는 것들이 있었다. 추적이 가능할지 모르는 타자기, 메시지에서 확인할 수 있는 특이점이나 오류, 그리고 소인. 울프맨은 늘 그들보다 한 발씩 앞서나갔다. 어쩌면 우편 주소도 그들의 관심을 딴 데로 돌리려는 또 하나의 미끼인지도 몰랐다.

분석 과정에는 꽤 오랜 시간이 걸린다. 효율적인 연구소는 유능한 인재들로 넘쳐났지만 화학 분석 작업은 절대 서둘러서는 안 되었다. 리버스는 리사, 그리고 조지 플라이트와 함께 건물 반대편에서 차를 마시고 있었다.

그들은 세부사항을 네댓 번째 짚어나가는 중이었다. 하지만 리버스는 연구소 천재들이 작업하는 걸 가까이서 지켜보고 싶었다. 그것이 바로 그의 수사 방식이었다. 주어진 임무에 묵묵히 집중하는 사람들의 모습은 늘 그의 마음을 차분히 다스려주었다. 그리고 지금은 그런 진정 효과가 절실한 순간이었다.

리버스의 작전은 성공했다. 그의 집적거림과 괴롭힘에 마침내 울프맨이 반응한 것이었다. 하지만 리사가 처하게 될 위험을 미리 계산해두지 못한 건 그의 실수였다. 그녀의 사진과 이름이 언론에 공개되었다는 걸 알았음에도. 게다가 그들은 그녀를 경찰 심리학자라고 둘러대기까지 했다. 울프맨이 게이나 성전환자일지 모른다는 주장을 펼친 장본인이라고. 그렇게 리사 프레이저는 울프맨의 적이 되어버렸다. 모든 게 존 리버스 때문에 벌어진 일이었다. 어리석었어, 존. 너무 미련했다고. 울프맨이 그녀를 집으로 데려갔으면 어쩔 뻔했어? 데려가서…… 아니, 아니, 아니. 그런 상황은 상상조차 하고 싶지 않았다.

하지만 이상했다. 리사의 이름은 언론에 공개되었지만 그녀의 주소는 아니었다. 울프맨은 어떻게 그녀의 주소를 알아냈을까? 그 역시 풀어야 할 문제였다.

벌써부터 그의 등골이 오싹해졌다.

그녀의 정보는 전화번호부에 실려 있지 않았다. 하지만 상대가 경찰이라면 그런 건 아무런 문제가 되지 않을 것이다. 맙소사, 정말 경찰인 건가? 다른 후보자도 얼마든지 있었다. 유니버시티 칼리지의 직원이나 학생들, 그리고 다른 심리학자들. 그들 역시 리사를 잘 알고 있을 것이다. 이름만으로 그녀의 주소를 밝혀낼 수 있는 이들도 적지 않았다. 공무원, 지방의

회 멤버, 세무서 직원, 가스 공사나 전력 공사 직원, 우편집배원, 이웃집 남자, 컴퓨터와 대량 메일 프로그램, 동네 도서관. 어디부터 시작해야 하지?

"여기 있습니다, 경위님."

조수 하나가 다가와 그에게 편지 사본을 건네주었다.

"고마워요." 리버스가 말했다.

"원본은 더 살펴봐야 합니다. 분석이 끝나면 돌려 드리겠습니다."

"알겠습니다. 그런데 봉투는요?"

"타액 검사는 시간이 더 걸릴 것 같습니다. 두어 시간만 더 기다려주세요. 사진도 있었는데 그건 복사가 잘 안 되더군요. 종이 구매처는 알아냈고요. 매니큐어 가위 같은 작고 날카로운 가위로 잘라냈다는 것도 확인했습니다."

리버스가 편지 사본을 들여다보며 고개를 끄덕였다. "고마워요." 그가 말했다.

"이 정도는 뭐 문제없습니다."

문제가 없다고? 지금 그걸 말이라고 하는 거야? 풀어야 할 문제가 쌓여 있는데? 그는 다시 편지 내용을 읽어보았다. 새로 장만한 타자기를 사용한 듯 글자들은 반듯하니 보기 좋았다. 그가 아침에 사용한 전자 타자기와 비슷한 모델일 것이다. 편지의 내용은 물론 심상치 않았다.

알아둬. 난 동성애자가 아니야. 울프맨은 울프맨이 할 일을 하기 때문에 울프맨인 거라고. 울프맨이 다음에 할 일이 뭔지 알려주지: 바로 널 죽이는 것. 하지만 걱정할 거 없어. 아프지 않게 죽여줄 테니까. 울프맨은 절대 남을 아프게 하지 않거든; 그저 울프맨이 할 일을 할 뿐. 알아둬,

이 여자야. 울프맨은 네가 누군지 알고 있어. 어디 사는지, 어떻게 생겼는지. 죽기 싫다면 진실을 알려. 그럼 된다고.

작은 봉투에는 네 번 접은 A4 크기의 종이가 들어 있었다. 울프맨은 신문에서 오려낸 리사의 사진도 동봉했다. 그녀의 목은 잘려나가 있었고, 복부에는 검은 연필로 그려놓은 원이 보였다.

"개자식." 그가 나지막이 말했다. "이 개자식."

그가 편지를 들고 플라이트가 기다리는 방으로 돌아갔다. 플라이트는 의자에 앉아 얼굴을 문질러대고 있었다.

"리사는 어디 갔습니까?"

"화장실에요."

"상태가 괜찮아 보이던가요?"

"좋을 리가 있겠습니까? 그래도 내색하지 않으려 애쓰는 것 같더군요. 의사에게 처방받은 진정제를 먹었다니 나아지겠죠. 손에 그거 뭡니까?"

리버스가 편지 사본을 넘겨주었다. 플라이트는 편지에 적힌 메시지를 유심히 훑어 내려갔다. "이걸 어떻게 봐야 합니까?" 그가 물었다. 리버스는 딱딱한 의자에 주저앉았다. 리사가 앉았던 자리는 아직 따뜻했다. 플라이트에게서 편지를 돌려받은 그가 의자의 방향을 살짝 틀었다. 나란히 앉게 된 두 사람은 함께 편지를 들여다보았다.

"흠." 그가 말했다. "나도 잘 모르겠어요. 처음 봤을 땐 좀 모자란 사람이 작성한 것 같았는데 말입니다."

"나도 그랬어요."

"하지만 자꾸 보니 기교적인 부분이 눈에 들어오더군요. 구두점들을 봐요, 조지. 완벽하지 않습니까? 쉼표 하나도 허투루 찍어놓지 않았어요. 게다가 그는 콜론과 세미콜론까지 사용했어요. 세상에 'woman'을 'womin'이라고 쓰는 사람이 어디 있습니까? 그런 사람이 세미콜론을 완벽히 사용했다는 게 믿어져요?"

플라이트는 편지에서 눈을 떼지 않은 채 고개를 끄덕였다. "계속해봐요."

"내 전처, 로나는 교사예요. 요즘 학교에선 기본적인 문법과 구두법조차 가르치지 않는다고 늘 불평을 해댔죠. 요즘 애들은 콜론과 세미콜론을 언제 써야 하는지, 어떻게 써야 하는지 모른다고 했어요. 울프맨은 최소한 고등교육 이상을 받았을 겁니다. 아니면, 구두법을 필수로 여겼던 시절에 학교를 다닌 중년 세대이거나."

플라이트의 입가에 미소가 머금어졌다. "또 그 심리학 책을 훑어본 겁니까, 존?"

"이건 흑마술이 아닙니다, 조지. 상식과 약간의 어해력만 있으면 누구든 알 수 있는 거라고요. 계속해볼까요?"

"듣고 있어요."

"자." 리버스가 손가락으로 편지를 훑어나갔다. "눈여겨볼 부분이 또 있습니다. 이건 킬러가 보낸 게 확실합니다. 어떤 미치광이가 장난으로 보낸 게 아니고요."

"그래요?"

"그걸 어떻게 알 수 있는지 직접 단서를 찾아봐요, 조지."

그가 플라이트 앞으로 편지를 내밀었다. 플라이트는 씩 웃으며 그것을 받아들었다.

"혹시……" 그가 말했다. "이걸 쓴 사람이 울프맨을 3인칭 시점에서 바라봤기 때문이 아닙니까?"

"아주 잘했어요, 조지. 바로 그겁니다."

플라이트가 고개를 들었다. "그건 그렇고, 존, 대체 무슨 일이 있었던 겁니까? 누구랑 싸운 거예요? 스코틀랜드에선 아직도 대청(고대인들이 몸과 얼굴에 칠하는 데 쓰던 청색 물감)을 바르고 다닙니까?"

리버스는 멍든 턱을 살살 문질렀다. "어떻게 된 일인지는 나중에 들려줄게요. 그보다도 여길 좀 봐요, 첫 문장. 그는 자신을 1인칭 시점에서 바라보고 있습니다. 우리가 동성애자라고 부른 걸 무척 불쾌해하고 있죠. 하지만 나머지 부분에서는 울프맨을 3인칭 시점에서 보고 있습니다. 연쇄살인범들의 표준 관행이죠."

"동성애자의 철자가 틀린 건요?"

"정말 몰랐거나 우리를 혼란에 빠뜨리기 위한 계략이거나, 둘 중 하나겠죠('homosexual'이 바른 표기이나 울프맨의 편지에는 'homosexul'로 적혀 있었음). 키보드에서 'u'와 'a'는 멀리 떨어져 있습니다. 흥분한 상태에서 독수리 타법으로 서두르다 보면 실수로 'a'를 빠뜨릴 수도 있겠죠." 리버스는 주머니에 넣어둔 목록을 떠올렸다. "나도 최근에 그런 적이 있습니다."

"알겠습니다."

"자, 여길 한번 봐요. '울프맨은 울프맨이 할 일을 하기 때문에 울프맨인 거라고'. 심리학 책들을 보면 킬러들이 살육을 통해 자신들의 정체성을 찾아간다는 내용이 있습니다. 이 문장의 내용과 일치하죠?"

플라이트의 입에서 긴 한숨이 새어 나왔다. "그건 그래요. 하지만 수사엔 조금도 진전이 없지 않습니까." 그가 리버스에게 담배를 내밀었다. "놈의 인격을 세세히 분석한다고 해서 그의 이름과 주소까지 알아낼 순 없어요."

리버스는 앞으로 몸을 기울였다. "그래도 조금씩 가지를 잘라나가고 있지 않습니까, 조지. 이러다 보면 언젠가는 딱 하나만 남게 되겠죠. 여기 마지막 문장도 봐요."

"'죽기 싫다면 진실을 알려. 그럼 된다고'." 플라이트가 낭송했다.

"문장 구조가 좀 공식적으로 보이지 않나요? 너무 형식적으로?"

"무슨 얘긴지 모르겠는데요."

"왠지 당신과 나 같은 사람이 할 법한 얘기 같지 않습니까?"

"경찰?" 플라이트가 등받이에 몸을 갖다 붙였다. "오, 맙소사. 존, 그게 말이나 되는 소립니까?"

리버스가 나지막하고 진지한 톤으로 말했다. "리사 프레이저가 어디 사는지 아는 사람이에요, 조지. 생각해봐요. 그런 정보를 알 만한 사람. 또는 그런 정보를 알아낼 수 있는 사람. 놈이 경찰일 수 있다는 가능성도 배제할 순……"

플라이트가 자리에서 벌떡 일어났다. "미안해요, 존. 하지만 난 받아들일 수 없어요. 놈이 경찰이라니. 그건 절대 아닐 겁니다."

리버스는 어깨를 으쓱였다. "좋아요, 조지. 당신 짐작이 맞다고 칩시다." 하지만 리버스는 조지 플라이트의 머리에 자신의 생각을 심어놓은 데 만족했다. 이제는 그 씨앗이 싹을 틔우기만 기다리면 되었다.

이번에는 리버스를 꺾었다고 생각한 플라이트가 다시 의자에 앉았다. "다른 건 없습니까?"

리버스는 담배를 빨며 다시 편지를 읽어보았다. 학창시절 그는 어떤 글이든 요약하고 해석하기를 특히 좋아했다. "네." 마침내 그가 말했다. "또 있습니다. 이 편지는 경고에 가깝습니다. 위협사격. 그는 그녀를 죽이겠다는 말로 시작했지만 편지 말미에 가서는 입장을 조금 바꿨습니다. 진실을 알리면 아무 일도 없을 거라고 말입니다. 그가 원하는 건 그 황당한 주장의 철회입니다. 그는 우리에게 자신이 게이가 아니라고 공식적으로 밝힐 것을 요구하고 있는 겁니다."

플라이트가 손목시계를 들여다보았다. "놈이 또 한 번 놀라겠군요."

"그게 무슨 소립니까?"

"점심판 신문이 곧 풀릴 테니까요. 캐스 패러데이가 잰 크로포드 이야기를 실었을 겁니다."

"정말입니까?" 리버스는 패러데이에 대한 평가를 당분간 보류하기로 했다. 보기와 달리 복수심에 눈이 먼 할망구는 아닌 것 같군. "우리가 살아 있는 목격자를 찾았다는 걸 알면 그도 반박을 못하겠군요. 여기 도화선도 얼마 남지 않았을 텐데." 리버스가 자신의 머리를 톡톡 두드렸다. "완전히 폭발해버리겠네요."

"정말 그럴 것 같습니까?"

"네, 그럴 것 같아요, 조지. 이제 우린 정신을 바짝 차리고 있어야 합니다. 실성한 그가 어떻게 나올지 모르니까요."

"상상만으로도 끔찍하군요."

리버스는 다시 편지로 시선을 가져갔다. "궁금한 게 있습니다, 조지. EC4. 그게 정확히 어딥니까?"

플라이트는 잠시 머리를 굴렸다. "시내예요. 패링던 가, 블랙프라이어스 다리, 그쪽입니다. 러드게이트, 세인트 폴."

"흠. 그는 있지도 않은 패턴을 보도록 우릴 속였습니다. 이빨 자국. 그건 내가 제대로 짚은 것 같아요. 하지만 이젠 우리 때문에 무척 흥분했을 테니……"

"그가 시내에 살고 있을 거라 생각해요?"

"거기서 살 수도 있고, 거기서 일할 수도 있고, 통근하면서 거길 지날 수도 있고." 리버스가 이내 고개를 저었다. 그는 방금 뇌리에 스친 이미지를 플라이트와 나누고 싶지 않았다. 적어도 당분간은. 시내에서 활동하고, 런던 구석구석을 자유롭게 드나들 수 있는 오토바이 배달원. 런던에 온 첫날 밤, 그가 수로 근처 다리에서 보았던 가죽 재킷 차림의 청년처럼.

케니 왓키스처럼.

"그것도 풀어야 할 또 하나의 퍼즐이겠네요."

"문제는……" 플라이트가 말했다. "너무 많은 조각들이 사방에 널려 있다는 겁니다. 딱딱 들어맞지도 않고요."

"그러게 말입니다." 리버스가 담배를 비벼 껐다. 진작 첫 번째 담배를 해치운 플라이트는 또 한 대를 꺼내 물었다. "하지만 큰 그림이 점점 완성되어 가면 어떤 조각들을 버려야 할지 알게 되겠죠, 안 그렇습니까?" 그는 아직도 편지를 훑어보고 있었다. 무언가 걸리는 게 또 있었다. 그게 뭐지? 그의 기억 속 깊은 곳에 숨어 있는 답…… 분명 편지가 머릿속 무언가를 꿈틀거리게 만들었는데. 하지만 그게 뭔지 모르겠어. 생각을 멈추면 저절로 떠오르지 않을까? 기억에서 잊힌 배우들의 이름처럼?

그때 문이 열렸다.

"리사, 좀 어때요?" 두 남자가 동시에 일어나 그녀에게 앉을 것을 권했다. 하지만 그녀는 한 손을 들어 올리며 서 있고 싶다는 입장을 표명했다. 세 사람 모두가 어색한 모습으로 서 있었다.

"그냥 속이 좀 울렁거렸어요." 그녀가 애써 미소를 지으며 말했다. "어제 아침으로 먹은 것까지 쏟아냈으니 더 이상 나올 게 없어요." 그 말에 두 남자가 미소를 지었다. 그녀는 무척 지쳐 보였다. 그나마 어제 푹 자두어서 다행이었다. 앞으로 당분간은 마음 편히 눈을 붙이지 못할 테니까. 진정제를 먹든 안 먹든.

플라이트가 먼저 입을 열었다. "당분간 지낼 곳을 마련해놨습니다. 임시 거처를 아는 사람이 적을수록 좋겠죠. 걱정하지 말아요. 그곳에서는 안전할 거예요. 보초도 하나 세워놓을 겁니다."

"아파트는요?" 리버스가 물었다.

플라이트가 고개를 끄덕였다. "두 사람을 보내 지키게 했습니다. 한 명은 집 안에, 또 한 명은 집 밖에 숨어 있어요. 만약 울프맨이 나타난다면 그들에게 덜미를 잡히게 될 겁니다. 날 믿어요."

"내가 여기 없는 것처럼 얘기하지 말아요." 리사가 신경질적으로 말했다. "결국 내 문제잖아요."

잠시 방 안에 차가운 침묵이 감돌았다.

"미안해요." 그녀가 말했다. 그녀는 반지 없는 왼손을 들어 두 눈을 가렸다. "내가 그토록 겁에 질려 있었다니 믿어지지가 않아요. 난……"

그녀가 고개를 다시 젓혔다. 그녀의 눈은 당장이라도 눈물을 쏟을 기세였다. 플라이트가 한 손을 그녀의 어깨에 살며시 얹었다.

"괜찮아요. 다 잘될 겁니다." 그 말에 그녀가 쓴웃음을 지었다.

플라이트는 위로의 말을 계속 주절거렸다. 하지만 그녀는 더 이상 듣고 있지 않았다. 그녀의 눈은 리버스에게 고정되어 있었다. 그도 그녀를 응시하고 있었다. 리버스는 그녀의 눈빛이 하는 말을 똑똑히 알아들을 수 있었다. 극도의 중요성을 띤 메시지.

울프맨을 잡아줘요. 빨리 그를 잡아서 확실히 없애줘요. 날 위해서 꼭 그렇게 해줘요, 존. 모든 수단과 방법을 총동원해서.

그녀가 눈을 깜빡였고, 리버스는 천천히 고개를 끄덕였다. 아주 은근하게. 하지만 그 정도로도 충분했다. 그녀가 눈을 반짝이며 미소를 지었다. 플라이트가 확 바뀐 분위기를 감지하고 그녀의 몸에서 손을 뗐다. 그가 설명을 갈망하는 표정으로 리버스를 돌아보았지만 리버스의 시선은 어느새 편지로 되돌아가 있었다. 그는 편지의 첫 문장에 온 신경을 집중시키고 있었다. 대체 뭐지? 분명 뭔가가 있는데. 내 시선에 살짝 걸쳐져 있는데. 도무지 모르겠어.

적어도 아직은.

두 형사가 리사를 임시 거처로 데려가기 위해 연구소에 도착했다. 한 명은 럭비 팀 프롭 포워드(스크럼에서 앞쪽 포워드 열에 위치하는 두 명의 선수)처럼 건장한 체구였고, 또 한 명은 큰 키에 호리호리했다. 리버스는 임시 거처가 어디인지 끈질기게 물었지만 그들은 끝내 가르쳐주지 않았다. 플라이트는 이 상황을 무척 심각하게 여기고 있는 듯했다. 리사는 두 경호원과 떠나기 전 연구소의 요청에 따라 자신의 지문과 옷의 섬유조직을 샘플로 내주었다.

환한 복도의 음료수 자판기 앞에 나란히 선 리버스와 플라이트는 무척 지친 모습이었다. 그들이 동전을 넣자 분말커피와 차가 차례로 내려졌다.

"결혼했어요, 조지?"

뜻밖의 타이밍에 뜻밖의 질문을 받자 플라이트가 흠칫 놀랐다. "네." 그가 말했다. "12년차입니다. 매리언. 내 두 번째 아내예요. 전처와의 결혼생활은 말 그대로 재앙이었죠. 물론 다 내 탓이었습니다. 그 사람 문제가 아니라."

리버스가 뜨거운 플라스틱 컵 가장자리를 조심스럽게 잡고 고개를 끄덕였다.

"당신도 결혼을 했다고 했었죠?" 플라이트가 말했다. 리버스는 다시 고개를 끄덕였다.

"그래요."

"어떻게 됐습니까?"

"솔직히 나도 잘 모르겠어요. 로나는 한때 우리 관계를 대륙 이동설에 비유하기도 했습니다. 어찌나 느리고 은근하게 진행됐는지 너무 늦어버릴 때까지 알아차리지 못했거든요. 그녀는 그녀의 섬에, 난 내 섬에 각각 갇혀버리고 말았죠. 우리 사이엔 광대한 바다가 펼쳐져 있었고."

플라이트가 미소를 지었다. "전처가 교사였다고 했나요?"

"네. 지금도 교사로 일하고 있어요. 딸이랑 마일 엔드에 살고 있죠."

"마일 엔드? 맙소사. 거긴 고급화된 암흑가예요. 경찰의 딸이 살 만한 곳은 아닙니다."

리버스가 뜻밖의 아이러니에 미소를 지었다. 모든 걸 고백해야 할 타이밍이었다. "사실 말입니다 조지, 난 얼마 전 그녀가 케니 왓키스라는 놈과 사귀고 있다는 걸 알게 됐습니다."

"오, 맙소사. 누가요? 당신 전처가? 아니면 딸이?"

"내 딸이요. 이름은 사만다예요."

"그 아이가 케니 왓키스와 사귀고 있다고요? 그 친구 몇 살이나 됐죠?"

"내 딸보다는 나이가 많아요. 열여덟, 열아홉쯤 됐을라나? 시내에서 오토바이 배달원으로 일하고 있다더군요."

플라이트가 그제야 이해가 된다는 듯 고개를 끄덕였다. "그때 방청석에서 함성을 질렀던 놈이죠?" 플라이트가 잠시 생각에 잠겼다. "왓키스 가문의 내력을 좀 아는데, 케니는 아마 토미의 조카일 겁니다. 토미에겐 레니라는 동생이 있고, 그는 지금 감옥에 들어가 있어요. 레니는 토미랑 다르게 너무 물러터졌습니다. 사기와 탈세, 중고차 주행거리 조작, 부정수표 유통 등의 혐의로 잡혀 들어갔죠. 중죄는 아니지만 그것들이 쌓이니 감당이 안 됐을 겁니다."

"스코틀랜드에도 그런 놈들이 아주 많죠."

"그렇군요. 아무튼 원한다면 그 오토바이 배달원의 뒷조사를 해줄 수도 있어요."

"난 이미 그가 어디 사는지 알고 있어요. 처칠 지구. 그러니까 그게 어디냐 하면……"

플라이트가 빙그레 웃었다. "런던 경찰에게 처칠 지구가 어디 붙어 있는지 알려줄 필요는 없습니다, 존. 거긴 SAS가 훈련장으로 쓰는 곳이기도 하죠."

"그렇다고 하더군요." 리버스가 말했다. "레인 경감에게 들었습니다."

"레인이요? 그가 뭘 안다고?"

"난 케니의 전화번호까지 알아냈습니다. 이젠 주소만 있으면 됩니다."

"그걸 레인이 알려줬다고요? 그게 왜 필요하다고 했죠?"

"울프맨 사건."

플라이트가 움찔했다. 그의 얼굴에 깊은 주름이 팼다. "자꾸 까먹는 모양인데요, 존, 당신은 우리 손님일 뿐입니다. 멋대로 그런 일을 벌이지 말라고 경고했지 않습니까. 레인이 자기가 속았다는 걸 깨닫는 순간……"

"그가 어떻게 그걸 깨닫겠습니까?"

하지만 플라이트는 고개를 저었다. "그는 결국 모든 걸 알게 될 겁니다. 자기가 속았다는 걸 알면 당신이나 당신의 직속상관을 건너뛰고 에든버러의 총경에게 직접 항의할 거예요. 그것도 아주 강하게. 실제로 그러는 걸 몇 번 봤습니다."

일을 망치지 마, 존. 그리고 명심하라고. 자넨 우리 모두를 대표해 내려가는 거야.

리버스는 뜨거운 커피를 입으로 불었다.

누군가가 농부 왓슨에게 잔소리를 퍼붓는 장면은 쉽게 상상이 되지 않았다. "상관없어요. 난 늘 제복 시절로 돌아가고 싶어 했으니까." 그가 말했다.

플라이트가 그를 응시했다. 다시 진지해진 것이었다. "우리가 하는 일엔 규칙이라는 게 있습니다, 존. 가끔 그걸 어기고도 운 좋게 화를 면할 때도 있지만 어떤 규칙은 신성불가침입니다. 전능의 신이 돌에 새겨 넣은 것들이란 말입니다. 그중 하나는 사적 호기심을 충족시키기 위해 레인 같은 사람을 이용하면 안 된다고 분명히 명시하고 있어요." 플라이트는 단단히 화가 난 상태였지만 언성을 높이지는 않았다.

리버스는 개의치 않는다는 듯 미소를 흘리며 속삭였다. "그럼 내가 어떻게 하면 좋겠습니까? 진실을 털어놓을까요? 오, 안녕하세요, 경감님. 제

딸아이가 이상한 놈과 윈치를 하고 있습니다. 그놈의 주소를 알려주시겠습니까? 가서 흠씬 두들겨 패주려고요. 뭐 이렇게 했어야 했나요?"

플라이트가 미간을 찌푸렸다. "윈치?"

그의 얼굴에도 희미한 미소가 머금어졌다. 그의 표정을 확인한 리버스가 웃음을 터뜨리고 말았다.

"'키스'라는 뜻입니다." 그가 말했다. "설마 '훌릿'도 모르는 건 아니겠죠?"

"모르는데요." 플라이트도 웃으며 말했다.

"술고래." 리버스가 말했다.

그들은 한동안 침묵 속에서 각자의 음료를 홀짝였다. 리버스는 그들 사이의 언어적 장벽이 고맙게 느껴졌다. 그게 아니었으면 이런 농담도 늘어놓지 못했을 테니까. 긴장을 푸는 데 농담만큼 효과적인 건 없었다. 그냥 웃어넘겨야지 매번 물리적으로 풀 수는 없지 않겠는가. 지금껏 주먹다짐까지 번질 뻔한 상황이 몇 번 있었다. 하지만 그럴 때마다 두 형사는 웃음으로 용케 해결해왔다.

웃음의 힘이여.

"어쨌든 난 어젯밤 케니 왓키스를 찾으러 해크니에 갔었습니다."

"거기서 두들겨 맞은 거군요." 플라이트가 턱으로 멍자국을 가리키며 말했다. 리버스는 어깨를 으쓱였다. "꼴좋죠? 언젠가 해크니가 프랑스어로 '늙은 말'을 의미한다는 얘길 들은 적이 있습니다. 전혀 프랑스어처럼 들리지 않죠? 아무튼 여기서 택시를 해크니 캐리지라고 부르는 이유를 알겠더군요."

해크니. 늙은 말. 영국 박물관에서 본 그 말. 무뎌진 이. 리버스는 모리슨에게 이빨 자국에 대해 더 물어볼 것이 있었다.

플라이트가 빈 컵을 자판기 옆 쓰레기통에 던져 넣었다. 그가 다시 손목시계를 살폈다.

"전화를 해봐야겠습니다." 그가 말했다. "본부 상황이 궁금해서요. 어쩌면 랩이 그 크로포드 여자에 대해 뭔가 알아냈는지도 모르지 않습니까."

"'그 크로포드 여자'는 피해자입니다, 조지. 그녀가 범인인 것처럼 부르지 말아요."

"어쩌면 그녀가 피해자일 수도 있겠죠." 플라이트가 말했다. "하지만 따뜻한 동정을 쏟아내기 전에 사실관계부터 확실히 짚어보는 게 어떻겠습니까? 대체 피해자 지원 단체엔 언제 가입한 거죠? 당신도 베테랑 형사이지 않습니까. 마음에 들진 않아도 정도를 가야죠."

"감동적인 연설이네요."

플라이트가 한숨을 내쉬며 자신의 구두 끝을 내려다보았다. "이봐요, 존. 이 사건을 해결하는 또 다른 길이 있다는 걸 아직도 모르겠습니까?"

"선(禪) 말입니까?"

"다른 이들의 방식 말입니다. 아니면 우린 다 우둔하고, 오직 당신만이 이 사건을 해결할 수 있다고 생각하는 겁니까? 난 그게 궁금해요."

리버스는 얼굴을 붉히고 싶지 않았다. 하지만 이번에도 몸은 그의 의지에 따라주지 않았다. 그는 적절한 답변을 찾아 머리를 굴렸다. 아무 생각도 떠오르지 않자 그는 입을 꼭 닫고 묵묵히 기다렸다. 마침내 플라이트가 고개를 끄덕였다.

"가서 전화기나 찾아봅시다." 그가 말했다. 그제야 리버스가 용기를 냈다.

"조지." 그가 말했다. "궁금합니다. 날 여기로 데려온 게 누굽니까?"

플라이트가 그를 빤히 쳐다보았다. 답을 해야 할지 말지를 놓고 고민에 빠진 듯했다. 그는 입을 꼭 다문 채 잠시 생각에 잠겼다.

"내가 데려온 겁니다." 그가 말했다. "내 아이디어였어요."

"당신이?" 리버스는 어리둥절했다. 플라이트는 고개를 끄덕였다.

"네, 내가 부른 거예요. 레인과 피어슨에게 직접 추천했습니다. 우리에겐 새로운 시각과 신선한 아이디어가 필요했거든요."

"대체 날 어떻게 알고 있었던 겁니까?"

"그게……" 플라이트가 난처해하는 표정을 지었다. 그가 다시 자신의 구두를 물끄러미 내려다보았다. "내가 보여준 파일 기억하죠? 우리의 모든 추측과 짐작이 담겨 있는? 난 그 외에도 여러 살인자들에 대해 꼼꼼히 조사를 했습니다. 말 그대로 연구였죠. 그러던 중 경찰국 자료에서 당신의 기사를 발견하게 됐습니다. 그걸 보고 깊은 인상을 받았어요."

리버스는 여전히 못미더워하는 반응이었다. "당신이 연쇄살인범들에 대해 조사를 했다고요?"

플라이트가 고개를 끄덕였다.

"연쇄살인범들의 심리까지?"

플라이트가 어깨를 으쓱였다. "거의 모든 면을 살펴봤습니다." 리버스의 눈이 휘둥그레졌다.

"그런데도 리사 프레이저의 분석에 동의하는 날 들들 볶아댔던 겁니까? 정말 황당하군요!"

플라이트가 다시 웃음을 터뜨렸다. 심리학을 그토록 폄하해온 그가 마침내 본색을 드러낸 것이었다. "모든 방면에서 조사를 해야만 했습니다."

그가 말했다. 리버스는 남은 커피를 마저 들이켜고는 빈 컵을 쓰레기통에 떨어뜨렸다. "빨리 전화부터 찾아보죠, 네?"

리버스는 고개를 저으며 플라이트를 따라나섰다. 겉으로는 내색하지 않았지만 그의 머릿속은 어느 때보다도 복잡했다. 난 왜 이리도 순진한 거지? 저런 놈에게까지 놀아나고? 대체 저 인간을 어디까지 믿어야 하지? 혹시 지금도 가면을 쓰고 있는 거 아니야? 플라이트는 휘파람을 불며 두 발로 상상의 축구공을 툭툭 차고 있었다. 아니, 조지 플라이트는 그런 사람이 아니야. 리버스는 그렇게 마음을 굳혔다. 조지 플라이트가 절대 그럴 리 없어.

예상대로 행정실에는 전화기가 있었다. 한 간부와 대화를 나누던 필립 커즌스가 그들을 맞아주었다. 그는 말쑥한 회색 양복과 진홍색 넥타이 차림이었다.

"필립!"

"어서 와요, 조지. 그간 잘 지냈습니까?" 커즌스가 플라이트를 따라 들어온 리버스를 돌아보았다. "리버스 경위도 같이 왔군요. 아직도 힘을 보태고 있나요?"

"그러려고 노력 중입니다." 리버스가 말했다.

"아주 큰 힘이 돼주고 있습니다." 플라이트가 말했다. "그런데 여긴 무슨 일이십니까, 필립? 이소벨은 어디 있죠?"

"페니는 요즘 무척 바빠요. 하지만 여기서 당신을 볼 줄 알았으면 아마 열일 제쳐두고 따라왔을 겁니다, 조지. 난 지난 12월 사건을 다시 살펴보려고 왔고요. 욕조에서 살해된 남자, 기억하죠?"

"자살처럼 위장한 사건 말씀입니까?"

"바로 그겁니다." 필립 커즌스의 목소리는 더블 크림(유지방이 많은 걸쭉한 크림)만큼이나 그윽하고 나긋했다. 왠지 사전에서 '세련'이라는 단어를 찾아보면 그의 사진을 볼 수도 있을 것 같았다. "이따 법원에 가봐야 하거든요." 커즌스가 말했다. "말컴 챔버스를 도와 피해자의 미망인이 범인이라는 걸 증명해야 합니다."

"챔버스?" 플라이트가 고개를 저었다. "그것 참 안되셨네요."

"그래도……" 리버스가 끼어들었다. "그와 같은 편에 서게 되시는 거잖아요."

"아, 그렇죠, 리버스 경위." 커즌스가 말했다. "당신 말이 맞습니다. 하지만 챔버스는 꽤 꼼꼼한 친구입니다. 내가 완벽한 증거를 내놓지 못하면 그와 피고 측 변호인 모두 날 가만두지 않을 겁니다. 말컴 챔버스는 평결보다 진실에 더 관심이 많습니다."

"그렇죠." 플라이트가 말했다. "언젠가 저도 증인석에서 호되게 당한 적이 있습니다. 단지 거실에 어떤 시계가 걸려 있었는지 제대로 기억하지 못한다는 이유만으로요. 그 사소한 문제 하나로 사건을 날려버릴 뻔했습니다." 플라이트와 커즌스가 동시에 웃음을 터뜨렸다.

"듣기로는……" 커즌스가 말했다. "울프맨 사건에 새 단서가 잡혔다던데, 그게 뭔지 궁금하네요."

"정말 그럴듯한 게 걸려들었습니다, 필립." 플라이트가 말했다. "그게 다 여기 이 친구 덕분입니다." 플라이트가 리버스의 어깨에 손을 얹었다.

"그렇군요." 커즌스가 무표정하게 말했다.

"그냥 운이 좋았을 뿐입니다." 리버스가 겸손하게 말했다. 운이 아니었음을 알면서도. 커즌스의 차가운 눈빛이 사무실 온도를 확 떨어뜨려놓았다.

"그래서 그 단서가 뭐란 말입니까?"

"그게……" 플라이트가 말했다. "울프맨에게 습격받았지만 용케 탈출한 여성이 저흴 찾아왔습니다."

"정말 운이 좋았군요." 커즌스가 말했다.

"그뿐 아니라……" 플라이트가 계속 이어나갔다. "수사를 돕고 있는 한 전문가가…… 오늘 아침 울프맨으로부터 편지를 받았습니다."

"맙소사."

"그가 보내온 게 맞는 것 같습니다." 플라이트가 말했다.

"흠." 커즌스가 말했다. "충격적이군요. 페니에게 들려주면 엄청 흥분할 겁니다."

"필립, 당분간은 비밀로……"

"걱정 말아요, 조지. 절대 발설하지 않을 테니까. 날 잘 알지 않습니까. 하지만 페니에게만 살짝 들려주는 건 괜찮지 않나요?"

"오, 이소벨은 괜찮습니다." 플라이트가 말했다. "단 누구에게도 발설해선 안 된다고 당부를 해주십시오."

"물론입니다." 커즌스가 말했다. "이런 건 철저히 비밀에 부쳐야죠. 이해합니다. 그런데 대체 누굽니까?" 플라이트는 그게 무슨 뜻인지 의아해하는 반응이었다. "협박편지를 받았다는 그 전문가 말입니다."

플라이트가 대답하려는 찰나 리버스가 잽싸게 끼어들었다. "그냥 저흴 도와주고 있는 사람입니다. 플라이트 경위가 말씀드린 것처럼요." 그가 퉁명스러운 자신의 대답을 무마하려는 듯 미소를 지어 보였다. 무언가가 그를 심히 거슬리게 했다. 그냥 편지라고만 했는데 커즌스는 어떻게 그게 협박편지인 줄 알았지? 물론 울프맨이 팬레터를 부쳤을 리는 없겠지만. 아무리 그래도 그렇지.

"그렇군요." 커즌스는 더 이상 파고들려 하지 않았다. "자." 그가 책상에서 마닐라 폴더 두 개를 집어 들고 겨드랑이에 꼈다. 자리에서 일어나는 그의 무릎 관절에서 우두둑 소리가 났다. "난 이만 8번 법정으로 가보겠습니다, 리버스 경위." 커즌스가 한 손을 앞으로 내밀었다. "이 사건도 이제 끝이 보이는 것 같군요. 만약 우리가 다시 보지 못하게 되면 당신의 그 멋진 도시에 꼭 안부를 전해줘요." 그가 플라이트를 돌아보았다. "나중에 봅시다, 조지. 언제 저녁이나 같이 하죠. 매리언도 데려오고. 페니에게 연락해서 같이 약속을 잡아봐요. 네 사람 모두 비는 시간이 있을 테니. 그럼 먼저 가보겠습니다."

"안녕히 가십시오, 필립."

"나중에 봐요."

"네, 나중에 뵙겠습니다."

"오." 커즌스가 문간에서 멈춰 섰다. "깜빡한 게 있네요." 그가 애원하는 눈빛으로 플라이트를 돌아보았다. "혹시 시내로 들어가는 차가 있습니까? 이 시간에 택시를 잡는 건 불가능에 가까운 일이라서요."

"음." 플라이트는 잽싸게 머리를 굴려보았다. "몇 분 기다려주실 수 있습니까, 필립? 본부로 돌아가야 하는 사람이 이 건물에 두어 명 있거든요." 그가 리버스를 돌아보았다. 리버스의 눈은 살짝 커져 있었다. "리사가 싫어할까요, 존? 박사님을 올드 베일리까지 모셔다 드려도 괜찮겠죠?"

리버스는 어깨를 으쓱였다.

"잘됐군요!" 커즌스가 손뼉을 치며 말했다. "고마워요."

"그들에게 모셔다 드리겠습니다." 플라이트가 말했다. "하지만 그 전에 전화를 잠깐 써야 합니다."

커즌스가 턱으로 복도를 가리켰다. "난 화장실에 다녀올게요. 오래 걸리지 않을 겁니다."

그들은 방을 나서는 그를 지켜보았다. 플라이트는 경이에 찬 표정으로 고개를 흔들었다. 그의 얼굴에는 환한 미소가 떠올라 있었다. "그거 알아요?" 그가 말했다. "저 사람은 늘 저랬습니다. 처음 만났을 때부터 한결같이 대사(大使) 같은 분위기를 풍겼어요. 나이 든 귀족 같은 분위기 말입니다. 필립을 처음 봤을 때부터 지금까지 쭉."

"언뜻 봐도 신사 같아요." 리버스가 말했다.

"정말 신기해요." 플라이트가 말했다. "분명 당신과 나처럼 평범한 배경을 가졌는데 말입니다." 그가 연구소 직원을 돌아보았다. "전화 좀 써도 되겠습니까?"

그는 대답도 기다리지 않고 다이얼을 돌렸다. "여보세요?" 상대가 응답하자 그가 말했다. "누구지? 오, 안녕, 디킨. 램이 거기 있나? 그래, 바꿔줘. 고마워." 플라이트는 기다리는 동안 바지에서 보이지도 않는 실밥을 떼어냈다. 그의 낡은 바지에서는 광이 났다. 리버스의 눈에는 플라이트의 모든 것이 낡아 보였다. 목에 꽉 끼는 그의 셔츠 깃에는 때가 묻어 있었고, 깃에 조여진 그의 목살은 수직으로 접혀 있었다. 리버스는 면도기가 미처 훑지 못한 부분에 삐죽 튀어나온 회색 털들을 물끄러미 쳐다보았다. 역시 그도 인간이었다. 언젠가는 죽을 수밖에 없는. 리버스는 플라이트가 전화를 끊기를 기다렸다. 커즌스를 리사와 함께 태워 보내기로 한 결정에 항의하기 위해서였다. *대사 같은 분위기? 귀족 같은 분위기?* 초기의 연쇄살인범들 중 하나도 귀족이었다고.

"여보세요? 램인가? 크로포드 양에 대해 뭐 알아낸 거 있나?" 플라이트는 램의 대답에 귀를 기울이며 리버스를 흘끔 돌아보았다. 흥미로운 답이 들리면 즉각 전달하려는 것이었다. "그래? 알았어. 좋아, 좋아." 그의 눈빛이 모든 게 제대로 확인되었음을 알려주었다. 잰 크로포드는 신뢰할 만한 목격자였다. 바로 그때 플라이트의 눈이 살짝 커졌다. "방금 뭐라고 했지?" 그는 심각한 얼굴로 보고에 집중했다. 그의 시선이 리버스에게서 전화기로 옮겨갔다. "그래? 흥미롭군."

리버스는 불안해졌다. 뭐지? 뭐가 흥미롭다는 거지? 플라이트는 내용을 알 수 없는 단음절어만 툭툭 내뱉을 뿐이었다.

"그래? 음. 아니, 됐어. 그건 나도 알아. 그래, 확실해." 그의 목소리가 점점 심상치 않게 변해갔다. "알았어. 알려줘서 고마워. 그래. 아니, 아마 한 시간은 걸릴 거야. 그래. 그때 보자고."

플라이트가 수화기를 전화기 쪽으로 가져갔다. 하지만 내려놓지는 않고 계속 손에 들고만 있었다.

리버스는 궁금해 미칠 것 같았다. "뭐죠?" 그가 말했다. "또 무슨 일이 생겼습니까? 왜 그래요?"

플라이트는 막 백일몽에서 깨어난 사람 같았다. 마침내 그가 수화기를 내려놓았다. "음." 그가 말했다. "토미 왓키스예요."

"그가 어쨌는데요?"

"램이 그러는데 재심은 없을 거랍니다. 아직 이유는 몰라요. 어쩌면 판사가 그렇게 결정했는지도 모르죠. 더 이상 재판에 부칠 명분이 없다고 판단해 왕립 검찰청에 그렇게 통보했을 수도 있습니다."

"여성을 폭행했는데 재판에 부칠 명분이 없다고요?" 순간 리버스의 머릿속에서 필립 커즌스에 대한 생각이 싹 지워져버렸다.

플라이트가 어깨를 으쓱였다. "재심엔 돈이 많이 듭니다. 하긴, 모든 재판이 다 마찬가지죠. 우리가 첫 시도를 말아먹었으니 당연히 두 번째 기회가 주어지지 않는 겁니다. 뭐 이런 일이 처음은 아니지 않습니까. 안 그래요, 존?"

"물론 처음은 아니죠. 하지만 왓키스 같은 놈이 그렇게 풀려날 생각을 하니……"

"걱정하지 말아요. 오래 가지 않아 또 덜미를 잡히게 될 테니까. 그놈 몸속엔 범죄자의 피가 흐르고 있습니다. 보나마나 또 일을 벌이겠죠. 그땐 우리도 같은 실수를 하지 않을 겁니다. 두고봐요."

리버스의 입에서 한숨이 터져 나왔다. 그래, 이런 일은 생각보다 흔히 벌어지잖아. 매번 이길 수만도 없는 일이고. 경찰의 무능함 때문에. 지나치게 무른 판사 때문에. 매정한 배심원단 때문에. 피고 측 변호인이 신청한 완벽한 증인 때문에. 가끔 지방 검찰관이 비싸다는 이유를 들어 재심을 포기하는 경우도 있고. 당장은 치통처럼 아프지만 어쩌겠어? 또 기회가 오겠지.

"챔버스가 노발대발했겠는데요." 리버스가 말했다.

"오, 그랬겠죠." 플라이트가 그 상황을 상상하며 미소를 지었다. "소매의 단추 구멍에서도 김이 뿜어져 나왔을 겁니다."

적어도 한 놈은 좋아하겠군. 리버스는 생각했다. 케니 왓키스. 하늘을 둥둥 떠다니는 기분일걸.

"그럼……" 리버스가 말했다. "잰 크로포드 문제는요?"

플라이트가 다시 어깨를 으쓱였다. "모든 진술이 사실인 것으로 확인됐답니다. 전과도, 정신병력도 없다고 하고요. 지금껏 조용히 살아왔고, 이웃들도 그녀에게 무척 호감을 갖고 있다는군요. 램이 얘기한 그대롭니다. 너무 깨끗해서 무서울 정도예요."

그래. 사람이 너무 흠이 없으면 무섭게 여겨지기도 하지. 정글 탐험가들이 알려지지 않은 생물을 처음 발견할 때처럼. 새롭고 다른 것에 대한 공포. 제대로 된 경찰이라면 세상 사람들 모두에게 숨기고 싶은 비밀이 하나씩은 있을 거라고 무조건 의심해봐야 한다. 암스테르담에서 포르노 비디오를 몰래 들여온 교사, 주말 파티에서 코카인을 흡입한 변호사, 비서와 불륜을 저지른 유부남 하원 의원, 어린 소년들을 비정상적으로 좋아하는 치안 판사, 옷장에 진짜 해골을 숨겨놓은 사서, 이웃집 고양이를 불태워 죽인 아이들.

그리고 가끔은 그런 의심이 제대로 들어맞을 때도 있었다.

물론 아닐 때도 많았지만. 어느새 돌아온 커즌스가 문간에 서 있었다. 그는 떠날 준비를 완벽히 마쳐놓은 상태였다. 플라이트가 그의 팔뚝에 살며시 손을 얹었다. 리버스는 플라이트에게 하고 싶은 말이 있었다. 하지만 그걸 어떻게 표현해야 할지 고민이었다. 필립 커즌스가 너무 깨끗하다고? 그가 외과의사 같은 차갑고 단정한 손을 가지고 있다고? 대사 같은 분위기가 너무 부자연스럽다고? 리버스는 계속 머리를 굴려댔다. 그것도 아주 심각하게.

플라이트가 필립 커즌스를 이끌고 리사와 그녀의 경호원들을 찾으러 떠나자 리버스는 연구소로 돌아가 타액 검사 결과를 보고받았다.

"안타깝지만……" 하얀 가운 차림의 과학자가 말했다. 그는 십대를 완전히 벗어나지 못한 것처럼 무척 앳되어 보였다. 그의 가운 안으로 헤비메탈 밴드의 로고가 찍힌 검은 티셔츠가 들여다보였다. "결과가 좀 실망스럽습니다. 현재까지 검출된 건 수돗물뿐입니다. 아마 젖은 스펀지나 패드를 사용해 봉투를 봉해놓았을 겁니다. 구식 롤러를 썼을 수도 있고요. 아무튼 타액은 검출되지 않았습니다."

리버스가 한숨을 내쉬었다. "지문은요?"

"아직까지는 걸린 게 없습니다. 프레이저 박사님의 것만 두 세트 발견되었을 뿐입니다. 섬유조직과 기름얼룩 역시 검출되지 않았습니다. 아마 장갑을 끼고 썼을 겁니다. 우리 중 누구도 이토록 깨끗한 증거를 본 적이 없어요."

놈은 알고 있었어. 리버스는 생각했다. 우리가 그걸 어떻게 검사하고 분석할지 다 알고 있었다고. 머리를 좀 쓸 줄 아는 놈이야.

"고마워요." 그가 말했다. 젊은 남자가 눈썹을 추켜세우며 두 손을 펼쳐 보였다.

"도움이 못 돼 드려 죄송합니다."

됐으니 가서 이발이나 좀 해. 그가 속으로 웅얼거렸다. 그러고 다니니까 꼭 케니 왓킨스 같아 보이잖아. 그가 한숨을 내쉬었다. "어쩔 수 없죠 뭐." 그가 말했다. "끝까지 수고해줘요."

리버스는 천천히 돌아섰다. 새로운 분노와 무기력함, 그리고 흉포한 좌절감이 물밀듯 몰려들었다. 울프맨은 만만한 상대가 아니었다. 그는 덜미를 잡히기 전에 알아서 손을 뗄 것이다. 아니면 영원히 살인을 이어 나가든지. 그 누구도 안심할 수 없었다. 특히 리사.

리사.

울프맨은 리버스가 쳐놓은 덫을 그녀의 탓으로 돌리고 있었다. 리사와는 아무 상관이 없는 일인데도. 만약 울프맨이 그녀를 해치기라도 한다면 그건 바로 리버스의 책임이었다. 대체 리사를 어디로 데려간 거지? 리버스는 궁금했다. 플라이트는 그녀를 위해서라도 궁금해하지 말라고 했지만 리버스는 울프맨이 경찰일지 모른다는 가능성에 불안감을 떨쳐낼 수가 없었다. 정말 경찰이면 어쩌지? 건장한 형사? 아니면 빼빼 마르고 말수 적은 형사? 리사는 아무 의심도 없이 두 형사를 따라갔다. 만약 그녀가 덫에 걸려버린 거라면? 울프맨이 그들의 행방을 정확히 알고 있다면? 혹시 필립 커즌스가……?

그때 천장 스피커에서 안내방송이 흘러나왔다.

"리버스 경위님, 전화입니다. 리버스 경위님, 전화입니다."

리버스는 복도를 마저 걸어나가 반회전문을 벌컥 열었다. 플라이트가 아직 건물에 남아 있는지 알 길은 없었지만 그는 신경 쓰지 않았다. 그의 머릿속은 온갖 끔찍한 상상들로 가득 차 있었다. 울프맨, 리사, 로나, 새미. 어린 새미, 그의 딸. 새미는 이미 소름끼치는 일을 여럿 겪은 상태였다. 아버지 때문에 큰일을 당할 뻔한 적도 있었고. 그는 어떻게든 딸만큼은 확실히 보호하고 싶었다.

그가 다가가자 접수 담당자가 수화기를 내밀었다. 리버스가 수화기를 넘겨받자 그녀가 버튼을 눌러 발신자와 연결해주었다.

"여보세요?" 그가 헐떡거리며 말했다.

"아빠?" 오, 맙소사, 새미.

"새미?" 그는 자기도 모르게 언성이 높아졌다. "왜 그러니? 무슨 일이야?"

"오, 아빠." 그녀는 울고 있었다. 순간 끔찍한 기억 하나가 그의 시야를 스쳐갔다. 전화, 비명.

"무슨 일이니, 새미? 얘기해봐!"

"저기……" 훌쩍. "케니 문제예요."

"케니?" 그의 미간이 찌푸려졌다. "그 녀석이 왜? 무슨 사고라도 당했어?"

"오, 아뇨, 아빠. 그게 아니라…… 갑자기 사라져버렸어요."

"넌 어디 있는데, 새미?"

"공중전화 박스에요."

"알았다. 경찰서 주소를 알려줄 테니 당장 그리로 와. 거기서 보자. 택시를 타고 와도 되고. 돈은 아빠가 내줄 테니까. 알아들었니?"

"아빠." 그녀가 울먹였다. "그를 꼭 찾아주셔야 해요. 걱정이 돼서 미치겠어요. 제발 케니를 찾아주세요, 아빠. 제발, *제발!*"

조지 플라이트가 접수처에 도착했을 때 리버스는 이미 자리를 뜬 후였다. 플라이트가 까칠한 턱을 문지르는 동안 접수 담당자는 리버스의 상황을 상세히 설명해주었다. 그는 리사 프레이저와 실랑이를 벌이느라 진이 빠져버린 상태였다. 맙소사, 무슨 여자가 그토록 고집이 센지. 하지만 화를 내는 모습도 나름 매력적이기는 했다. 솔직히 얘기하자면. 그녀는 경호원까지는 괜찮지만 은신처로 들어가는 건 절대 불가라고 못을 박아버렸다. 올드 베일리에 가서 현재 작업 중인 사건과 관련해 인터뷰를 진행해야 한다면서.

"몇 주 동안 고생고생해서 간신히 잡은 약속들이에요." 그녀가 말했다. "이 기회를 그냥 날려버릴 순 없다고요!"

"걱정하지 말아요." 필립 커즌스가 길게 끄는 투로 말했다. "우린 지금 그쪽으로 가려는 거니까." 그가 조바심에 찬 얼굴로 손목시계를 들여다보았다. 리사와 커즌스는 코퍼플레이트 가 살인사건 현장에서 서로 만난 적이 있었다. 두 사람은 사건과 관련해 나누고 싶은 의견이 많은 것 같았다.

그래서 플라이트는 어려운 결정을 내리고 말았다. 무슨 일이 있어도 베일리에 가야 한다는데 굳이 말릴 거 없잖아, 안 그래? 이 도시에서 그곳보다 보안이 철저한 곳도 드물고. 법원 청사에서 몇 시간 기다려야 하지만 본인이 괜찮다고 하니 뭐. 그녀는 오히려 좋다고 했다. 두 형사는 올드 베일리에서도 그녀를 졸졸 따라다닐 것이고, 리사의 볼일이 끝나면 그녀를 은신처로 데려갈 것이다. 필립 커즌스마저 리사 프레이저 편을 들어버리니 플라이트는 어쩔 도리가 없었다. 그들이 일제히 미소를 짓자 플라이트는 어깨를 으쓱였다. 플라이트는 멀어지는 포드 그라나다를 물끄러미 바라보았다. 두 형사는 앞좌석에, 필립과 리사 프레이저는 뒷좌석에 각각 자리를 잡았다. 괜찮겠지 뭐. 그는 생각했다. 괜찮지 않을 거 없잖아, 안 그래?

하지만 이제는 갑자기 사라진 리버스를 걱정할 차례였다. 뭐 어쩌겠어? 나중에 만나 물어봐야지. 그는 리버스를 런던으로 끌어들인 것을 후회하지 않았다. 조금도. 상부의 권유는 없었고, 그가 독단적으로 내린 결정이었다. 만약 그에게 무슨 문제가 생기면 그 책임은 전적으로 플라이트에게 있었다. 물론 그도 그걸 누구보다 잘 알고 있었다. 그래서 처음 며칠간은 리버스를 가까이서 챙겼던 것이다. 그가 어디로 튈지 몰라서.

이젠 마음을 놓아도 되는 건가? 그는 아직도 그 답을 두려워하고 있었다. 리버스는 덫의 스프링 같았다. 무엇이 미끼를 물든 그는 지체 없이 튕겨 올라 그것을 덮쳐버릴 것이다. 게다가 그는 스코틀랜드인이기도 했다. 플라이트는 스코틀랜드인들을 신뢰하지 않았다. 그들이 투표로 잉글랜드와 스코틀랜드의 연합을 깨지 않기로 결정한 날 이후로……

"아빠!"

그녀가 쪼르르 달려와 그의 품에 안겼다. 새미를 꼭 끌어안은 그는 딸을 안아주기 위해 더 이상 몸을 굽히지 않아도 된다는 사실에 살짝 놀랐다. 그래, 그동안 많이 컸어. 그런데 어느 때보다도 아이 같아. 그가 향긋한 냄새를 풍기는 딸의 머리에 입을 맞추었다. 그녀는 몸을 덜덜 떨고 있었다. 그의 가슴과 팔에서 떨림이 뚜렷이 느껴졌다.

"쉬." 그가 말한다. "쉬…… 펫, 쉬……"

아버지에게서 떨어져 나간 그녀가 미소를 흘리며 코를 훌쩍였다. "옛날엔 늘 그렇게 부르셨죠. 펫이라고. 엄마는 그런 적이 없으셨어요. 오직 아빠만 그렇게 부르셨죠."

그가 미소를 지으며 딸의 머리를 쓸어내렸다. "그래." 그가 말했다. "네 엄마는 그러지 말라고 야단이었지. 펫은 소유물이라고. 넌 우리 소유물이 아닌데." 그는 당시 기억을 더듬어보았다. "어떻게 그런 생각을 할 수 있는지. 네 엄마 말이다."

"아직도 그러세요." 그리고 그녀는 자신이 이곳에 온 이유를 떠올렸다. 그녀의 눈에 금세 눈물이 맺혔다.

"아빠가 그를 싫어하신다는 거 알아요." 그녀가 말했다.

"무슨 소리. 왜 그런 생각을……"

"하지만 전 케니를 사랑해요, 아빠." 그 말에 그의 가슴이 철렁 내려앉았다. "그에게 아무 일도 없었으면 좋겠어요."

"왜 케니에게 무슨 일이 있을 거라 생각하지?"

"요즘 들어 좀 이상했거든요. 뭔가 자꾸 숨기는 것 같고. 엄마도 그걸 눈치 채셨더라고요. 나 혼자 그렇게 생각해온 게 아니에요. 엄마는 그가 몰래 청혼 계획을 세우고 있을지 모른다고 하셨는데……" 그녀가 휘둥그레진 아버지의 눈을 보고 고개를 저었다. "그건 아닐 거예요. 분명 다른 일이 있는 거예요. 제 생각엔…… 글쎄요, 모르겠어요. 전 그저……"

그는 어느새 관중이 몰려들었다는 사실을 깨달았다. 지금껏 서로에게 깊이 빠져 있느라 미처 눈치 채지 못했던 것이다. 그는 어리둥절해하는 내근 경사와 서류를 꼭 끌어안은 두 여경관, 그리고 벽에 기댄 채 나란히 앉은 수염 텁수룩한 두 형사를 차례로 돌아보았다.

"자, 새미." 그가 말했다. "아빠 사무실로 들어가 얘기하자."

빠르게 걸음을 옮겨나가던 그는 문득 머더 룸이 십대 소녀에게 건전한 환경이 아니라는 걸 깨달았다. 벽을 뒤덮은 사진들부터가 문제였다. 머더 룸 곳곳에는 울프맨 사건이 유발시킨 스트레스를 풀기 위해 형사들이 장난으로 오려 붙인 짓궂은 만화와 패러디 기사가 덕지덕지 붙어 있었다. 게시판에도, 컴퓨터 모니터에도. 형사들의 험한 입도 그렇고, 우연히 끔찍한 법의학적 디테일을 듣게 될 가능성도 무시할 수 없었다.

"…… 뜯겨지고…… 오른쪽 부분이 찢어지고…… 부엌칼로 그랬을 가능성도…… 한쪽 귀밑에서부터 긋기 시작해서…… 맹렬히 쑤셔댔고……

항문에…… 잔인한 새끼…… 어떻게 사람의 탈을 쓰고……" 과거의 연쇄 살인마들, 철도 선로에서 뜯어낸 자살자의 시신, 잘린 머리를 가지고 노는 경찰견들……

그는 딸을 그런 곳으로 데려가고 싶지 않았다. 이런 상황에서 램과 맞닥뜨리고 싶지도 않았고.

리버스는 벽장 대용으로 쓰이고 있는 취조실로 딸을 이끌었다. 그곳은 판지상자, 불필요한 의자, 부서진 탁상용 스탠드, 컴퓨터 키보드, 그리고 묵직해 보이는 수동 타자기 따위로 가득 차 있었다. 사건이 종결되면 머더룸의 모든 컴퓨터와 파일들은 이곳 판지상자에 담겨 어딘가에 처박혀질 것이다.

방에서는 퀴퀴한 냄새와 척박한 분위기가 풍겼다. 테이블과 두 개의 의자 위로는 전구 하나가 대롱대롱 매달려 있었다. 테이블에는 담배꽁초가 수북이 쌓인 유리 재떨이와 플라스틱 커피 컵 두 개가 놓여 있었다. 컵 안에는 녹색과 검은색의 곰팡이가 피어 있었다. 바닥에서는 구겨진 담뱃갑 하나가 뒹굴고 있었다. 리버스는 그것을 발로 툭 차버렸다.

"정말 별로지?" 그가 말했다. "여기가 아빠가 일하는 곳이야. 앉아라. 뭐라도 마실까?"

그녀는 갑자기 던져진 질문을 이해하지 못하는 듯했다. "네?"

"커피 한 잔 할래? 아니면 차?"

"다이어트 콜라도 있어요?"

리버스가 고개를 저었다.

"아이언 브루(스코틀랜드의 인기 음료)는요?"

그가 웃음을 터뜨렸다. 이런 상황에 농담을 할 정신이 있다니. 그는 딸이 케니 왓키스 같은 놈 때문에 괴로워하는 모습을 보고 싶지 않았다.

"새미." 그가 물었다. "혹시 케니에게 삼촌이 있니?"

"토미 삼촌 말씀이세요?"

리버스가 고개를 끄덕였다. "그래, 바로 그 친구."

"토니 삼촌이 왜요?"

"그게……" 리버스가 다리를 꼬며 말했다. "그에 대해 뭐 아는 게 있니?"

"케니의 삼촌, 토미에 대해서요? 아뇨, 잘 몰라요."

"그의 직업이 뭔지는 알고?"

"케니가 그러는데 어딘가에 노점이 있대요. 시장 같은 데 말이에요."

브릭 레인 시장 같은 데 말이지? 거기서 의치를 팔진 않는대?

"어쩌면 노점들에 물건을 배달하는지도 모르고요. 듣긴 했는데 기억이 잘 안 나요."

장물을 배달하나? 잡혀온 울프맨 모방범 같은 도둑들에게 건네받은 물건들을?

"아무튼 돈이 좀 있는 사람이에요."

"그건 어떻게 알지?"

"케니가 얘기했을 거예요. 기억나는 것 같아요. 그렇지 않았다면 제가 어떻게 알 수 있겠어요?"

"케니는 어디서 일하지, 새미?"

"시내에서요."

"그건 나도 알아. 난 그가 소속된 곳을 묻는 거야."

"소속?"

"배달원이잖아. 그럼 소속 회사가 있겠지."

그녀가 고개를 저었다. "단골이 많아서 프리랜서로 뛰고 있어요. 자기가 그만둬서 사장이 빡쳤다고 하던데요." 그녀가 고개를 들고 아버지를 쳐다보았다. 그녀의 얼굴은 벌겋게 상기되어 있었다. 순간적으로 아버지와 대화 중이라는 사실을 깜빡 잊었던 모양이었다. "죄송해요, 아빠." 그녀가 사과했다. "사장이 화를 냈대요. 그가 손님들을 다 쓸어가 버렸다고. 그런 걸 보면 케니는 꽤 유능한 것 같아요. 수완도 좋고요. 길이 조금만 복잡해져도 힘들어하는 배달원이 적지 않다고 하는데 케니는 아무 문제없어요. 번지수가 일치하지 않아도 척척 찾아내죠." 그래. 리버스는 생각했다. 이곳 번지수가 좀 엉뚱해 보이긴 했어. 여기저기 건너뛰는 곳도 많고. "케니는 런던을 자기 손바닥 보듯 해요."

런던을 잘 안다 이거지? 모든 도로, 모든 지름길. 오토바이로는 순식간에 런던을 가로지를 수 있을 거고. 예선로, 골목들……

"그 친구 오토바이가 어떤 거지, 새미?"

"저도 잘 몰라요. 카와사키 어쩌고 하는 것 같던데. 일할 때 타는 작은 것도 있고, 주말에 타는 큰 것도 있어요."

"그것들은 어디 세워놓지? 처칠 지구엔 세워놓을 데가 없을 텐데."

"근처 차고에요. 케니가 강화 문을 단단히 걸어둬서 걱정 없어요. 완전 포트 녹스(켄터키 주에 자리한 연방 금괴 저장소 소재지) 같다니까요. 전 틈날 때마다 그렇게 놀려요. 너무 끔찍이 챙기길래……" 그녀가 멈칫한다. "그가 처칠에 산다는 걸 아빠가 어떻게 아세요?"

"응?"

그녀가 호기심에 찬 목소리로 다시 묻는다. "케니가 처칠에 산다는 걸 아빠가 어떻게 아셨냐고요."

리버스는 어깨를 으쓱였다. "그 친구에게 들은 것 같은데. 그날 밤 너네 집에서 봤을 때 말이다."

그녀가 당시 기억을 되짚어보기 시작했다. 하지만 과연 그 자리에서 오갔던 모든 대화 내용을 기억해낼 수 있을지. 리버스는 크게 걱정하지 않았다.

포트 녹스처럼. 장물을 보관해두기에 거기만 한 곳이 없겠지. 시체를 숨기기에도 좋고.

"자." 그가 테이블 앞으로 의자를 조금 당겨 앉았다. "케니에게 무슨 일이 생겼을 것 같은지 얘기해봐. 그가 네게 뭘 숨겨왔을 것 같은지도."

그녀가 테이블 표면을 물끄러미 응시하다가 천천히 고개를 저었다. "모르겠어요."

"어떤 이유에서든 사이가 틀어지거나 싸운 적은 없었고?"

"없었는데요."

"혹시 그 친구, 질투가 심하진 않았니?"

그녀가 어색하게 웃었다. "전혀요."

"다른 여자친구가 있진 않고?"

"없어요!"

딸과 눈이 마주치자 리버스는 자신이 부끄러워졌다. 아무리 애를 써도 그는 심문 대상이 자신의 딸이라는 사실을 모른 척할 수가 없었다. 이런 질문은 반드시 던져야만 했고.

"없다고요." 그녀가 나지막이 말했다. "만약 있었다면 제가 진작 눈치챘겠죠."

"그럼 그냥 친구는? 친한 친구들은 있을 거 아니야."

"몇몇 있어요. 많진 않고요. 친구 얘기를 종종 하지만 한 번도 정식으로 소개해준 적은 없었어요."

"그들에게 연락은 해봤어? 그들 중 누군가가 그의 행방을 알고 있을지 모르잖아."

"전 그들의 이름만 알고 있어요. 어릴 적 케니랑 같이 자랐던 친구 두어 명. 빌리와 짐. 그리고 아놀드라는 친구도 있었어요. 그가 가끔 언급하곤 했는데. 그리고 케니 같은 오토바이 배달원도 있어요. 이름이 롤랜드라던가, 로널드라던가. 아무튼 꽤 세련된 이름이었어요."

"잠깐, 좀 받아 적어야겠어." 리버스가 주머니에서 수첩과 펜을 꺼냈다. "됐어." 그가 말했다. "빌리, 그리고 짐. 또 하나는 누구라고 했지?"

"롤랜드인가 로널드인가, 뭐 그럴 거예요." 그녀가 받아 적는 아버지를 지켜보았다. "그리고 아놀드."

리버스가 앉은 채로 몸을 살짝 젖혔다. "아놀드?"

"네."

"아놀드라는 놈도 만나봤니?"

"아뇨."

"케니가 그에 대해 뭐라고 했지?"

그녀가 어깨를 으쓱였다. "그냥 한때 알고 지낸 사이라고 했어요. 아마 그도 노점상을 할걸요. 둘이 가끔씩 술도 마시러 갔어요."

내가 아는 그 아놀드가 맞나? 플라이트의 대머리 정보원? 그 성범죄자? 그럴 확률이 얼마나 될까? 가끔 둘이 술을 마신다고? 일단 동일 인물로 보고 알아봐야겠어.

"그렇군." 리버스가 수첩을 닫으며 말했다. "혹시 최근에 찍은 케니의 사진이 있니? 기왕이면 얼굴이 선명하게 나온 걸로."

"집에서 가져올 수 있어요."

"좋아. 널 집으로 데려다줄 사람을 찾아볼게. 그에게 사진을 주면 내가 받아볼 수 있어. 케니의 인상착의를 널리 퍼뜨리는 게 급선무야. 아빤 계속 더 알아봐야겠다."

그녀가 미소를 지었다. "여긴 아빠 관할구역이 아니죠?"

"그래. 하지만 가끔은 새로운 시각으로 현장을 봐줄 사람이 필요할 때가 있어. 현지인들이 못 보고 그냥 스쳐버린 단서를 짚어내줄 수 있는 외부인 말이다." 그는 플라이트를 떠올렸다. 플라이트가 자신을 이곳으로 불러들인 이유도. 리버스는 케니 왓키스를 찾아나서는 데 자신이 얼마나 영향력을 행사할 수 있을지 의문이었다. 플라이트의 지원이 절실한 상황이었다. 아니, 내가 지금 무슨 생각을 하는 거지? 이건 실종사건이잖아. 내가 나서지 않아도 당연히 수사를 해야 하는 사건이라고. 특별대우를 기대할 거 없어. 이미 중대한 사건이 돼버렸으니. "혹시……" 그가 물었다. "케니의 오토바이가 아직도 차고에 세워져 있는지 아니?"

"제가 봤어요. 아직 거기 있어요. 그래서 걱정을 하게 된 거죠."

"차고에 다른 건 없고?" 하지만 그녀의 정신은 딴 데 가 있었다.

"오토바이 없인 아무 데도 안 가는 사람이에요. 특히 버스를 싫어하거든요. 큰 오토바이에 제 이름을 붙여주겠다고 했는데……"

그녀는 다시 눈물을 쏟았다. 리버스는 마음이 아팠지만 굳이 말리지 않았다. 다들 그러잖아. 펑펑 울게 놔두는 게 도와주는 거라고. 그녀가 코를 풀고 있을 때 문이 벌컥 열렸다. 플라이트가 작은 방을 흘끔 들여다보았다. 그의 눈빛이 모든 걸 말해주고 있었다. *왜 하필 이런 형편없는 곳으로*

데려왔죠?

"조지, 무슨 일입니까?"

"당신이 연구소를 떠난 후에……" 그가 잠시 뜸을 들였다. 그는 리버스가 아무 메시지도 남기지 않고 사라져버린 게 불쾌했던 모양이었다. "그들이 편지와 관련해서 추가 정보를 알려줬습니다."

"곧 나갈게요."

플라이트가 고개를 끄덕이고 사만다를 돌아보았다. "괜찮니?"

그녀가 코를 훌쩍였다. "네, 괜찮아요. 감사합니다."

"리버스 경위에 대해 불평할 게 있으면 내근 경사에게 정식으로 접수해라." 그가 능글맞게 말했다.

"꺼져요, 조지." 리버스가 말했다.

사만다는 킥킥대며 계속 코를 풀었다. 리버스는 문을 닫는 플라이트에게 윙크를 해 보였다.

"아빠 꽤 능력이 있으신가 봐요." 플라이트가 사라지자 그녀가 말했다.

"그게 무슨 뜻이지?"

"경찰로서 말이에요. 사람들 얘기랑 달리 좋은 경찰이신 것 같아요."

"넌 형사의 딸이야, 새미. 명심해라. 넌 정도를 걷는 형사의 딸이라고. 늘 당당하게 늙은 아비의 편에 서도록 해. 알겠니?"

그녀가 다시 미소를 지었다. "아빠 별로 안 늙으셨어요."

그도 미소를 지었다. 하지만 대꾸는 하지 않았다. 그것이 아첨이든 아니든 그는 딸의 칭찬에 무척 기분이 좋았다. 중요한 건 새미, 그의 딸 새미가 아버지에 대해 그런 평가를 해주었다는 사실이다.

"자." 마침내 그가 말했다. "나가자. 그리고 아무 걱정하지 마라, 펫. 네 남자친구는 아빠가 찾아줄 테니까."

"또 절 펫이라고 부르셨어요."

"그랬나? 엄마에겐 비밀로 해줘."

"그럴게요. 그리고 아빠?"

"응?" 그가 딸 쪽으로 몸을 살짝 틀었다. 새미가 달려와 그의 볼에 입을 맞추었다.

"고마워요." 그녀가 말했다. "어떤 결과가 기다리고 있든 고마워요."

플라이트는 머더 룸의 작은 사무실에 앉아 있었다. 벽장 같은 취조실에 있다 나온 리버스에게 좁은 사무실은 꽤 광대하게 느껴졌다. 그가 의자에 앉아 다리를 꼬았다.

"울프맨 편지가 어쨌다고요?" 그가 말했다.

"그보다도……" 플라이트가 말했다. "케니 왓키스 실종사건이 어쨌다고요?"

"당신 먼저 말해줘요. 그럼 나도 들려줄 테니까."

플라이트가 폴더를 집어 들고 그 안에서 문서 서너 장을 꺼냈다. 그런 다음, 이내 타자로 친 내용을 읽어 내려가기 시작했다.

"편지에 쓰인 활자체는 헬베티카입니다. 사신(私信)에는 흔히 쓰이지 않는 것이죠. 주로 신문과 잡지에 쓰이는 활자체입니다." 플라이트가 고개를 들고 리버스를 쳐다보았다.

"기자?" 리버스가 말했다.

"생각해봐요." 플라이트가 말했다. "이제 영국의 모든 범죄 전문 기자가 리사 프레이저에 대해 알게 됐습니다. 기자라면 그녀의 주소 정도는 손쉽게 알아낼 수 있지 않겠습니까?"

리버스는 잠시 머리를 굴려보았다. "그렇겠죠." 그가 말했다. "계속해봐요."

"헬베티카를 쓰는 전자 타자기도 있지만 주로 컴퓨터와 워드프로세서에서 쓰인답니다." 플라이트가 다시 그를 쳐다보았다. "활자의 밀도를 보면 대충 짐작할 수 있죠. 활자 자체의 질이 매우 고르지 않습니까. 또한 줄이 반듯한 것으로 보아 성능 좋은 프린터가 사용됐을 가능성이 높습니다. 그 왜 데이지 휠식 프린터 있잖아요. 이로써 놈이 고급 워드프로세서를 썼을 확률이 확 높아진 것이죠. 하지만……" 플라이트가 계속 이어나갔다. "K자를 유심히 보면 줄기의 끝이 좀 흐리다는 걸 알 수 있습니다." 플라이트가 다음 페이지로 넘어갔다. 리버스는 여전히 시큰둥했다. 조지 플라이트도 마찬가지였고. 과학수사연구소는 쓸데없는 정보를 내놓을 때도 지나치게 흥분하는 경향이 있었다.

"이건 좀 흥미롭습니다." 플라이트의 보고가 이어졌다. "봉투 안에서 물감으로 보이는 입자들이 발견됐습니다. 노란색, 초록색, 그리고 오렌지색. 유성 물감 같은데 그건 검사 결과가 나와봐야 확실히 알 수 있을 것 같습니다."

"자신을 반 고흐로 여기는 범죄 전문 기자라."

플라이트는 그의 미끼를 물지 않았다. 그는 계속해서 보고서에 집중했다. "그 정도가 전부입니다." 그가 말했다. "나머지는 그들이 찾아내지 못한 것들이에요. 지문도, 얼룩도, 체모도, 섬유조직도 없답니다."

"워터마크도 없었고요?" 리버스가 물었다. 소설을 보면 종이의 워터마크가 탐정을 괴짜 노인이 운영하는 자그마한 사업체로 이끌고, 그 노인은 문제의 종이를 용의자에게 판매한 기억을 떠올리게 되며, 결국 사건은 그렇게 해결되고 만다. 깔끔하게, 그리고 기발하게. 하지만 현실에서는 좀처럼 볼 수 없는 경우였다. 그는 다시 리사를 떠올렸다. 커즌스도. 아니, 커즌스는 아닐 거야. 커즌스일 리 없어. 고릴라 같은 두 남자가 지키고 있는데 그가 무슨 일을 벌일 수 있겠어?

"워터마크는 없었습니다." 플라이트가 말했다. "안타깝지만."

"어쩔 수 없죠 뭐." 리버스가 긴 한숨을 내쉬며 말했다. "그러니까 별 진전이 없었다는 얘기군요. 그렇죠?"

플라이트는 다시 보고서를 들여다보았다. 마치 그러면 지금껏 보이지 않았던 단서를 찾게 될지 모른다는 듯이. "케니 왓키스 어쩌고 하는 놈은 뭡니까?"

"불가사의한 상황에서 사라져버렸답니다. 개인적으로는 속이 후련합니다만 새미의 상태가 말이 아니에요. 그냥 찾는 시늉이라도 해봐야 할 것 같습니다."

"당신은 끼어들면 안 되지 않습니까, 존. 그냥 우리에게 맡겨요."

"난 끼고 싶지 않아요, 조지. 이건 당신 사건입니다." 리버스가 순진한 톤으로 말했다. 하지만 그런 어설픈 연기에 속아 넘어갈 플라이트가 아니었다. 그가 씩 웃으며 고개를 저었다.

"원하는 게 뭡니까?" 그가 물었다.

"그게……" 리버스가 앉은 채로 몸을 앞으로 기울이며 말했다. "새미가 언급한 케니의 친구들 중 아놀드라는 놈이 있었습니다. 시장 노점상이라더군요. 적어도 그 애 생각엔 그런 것 같답니다."

"그 아놀드가 내가 아는 아놀드일 거라 생각합니까?" 플라이트는 잠시 생각에 잠겼다. "뭐 그럴지도 모르겠네요."

"우연으로 보기엔 무리가 있을까요?"

"이런 작은 도시에선 전혀 그렇지 않습니다." 플라이트가 리버스의 얼굴을 살폈다. "이건 농담이 아닙니다. 삼류 사기꾼들, 그놈들은 가족이나 다름없어요. 만약 여기가 시칠리아라면 런던의 모든 자잘한 범죄자들을 한 마을에 쟁여 넣을 수 있을 겁니다. 모두가 모두를 알고 있죠. 까다로운 건 거물급 범죄자들입니다. 절대 남과 어울리지 않거든요. 술집에 가서 자기들 얘길 떠벌리지도 않고요."

"아놀드를 한번 만나볼까요?"

"왜요?"

"그가 케니에 대해 알고 있을지 모르니까요."

"그걸 안다 해도 왜 우리에게 불겠습니까?"

"우린 경찰이니까요, 조지. 그 친구는 시민이고요. 우린 법과 질서를 유지시켜야 하고, 그는 우리의 그 짐스러운 과제를 도울 의무가 있습니다." 리버스는 그새 사색적으로 변해 있었다. "게다가 난 그 친구에게 20파운드를 슬그머니 쥐어줄 거거든요."

플라이트가 믿을 수 없다는 표정을 지었다. "여긴 런던입니다, 존. 스코어(20파운드를 뜻하는 속어)로는 친구들에게 술 한 잔씩 돌릴 수도 없단 말입니다. 포니(25파운드)면 몰라도." 그의 농담에 리버스는 웃음을 터뜨리고 말았다.

"아놀드가 포니(pony, 조랑말이라는 뜻도 있음)를 원하면……" 리버스가 말했다. "크리스마스 때 내가 한 마리 사주겠다고 전해요. 대신 알고 있는 걸 모조리 불어야 합니다."

"알겠습니다." 플라이트가 말했다. "자, 가서 시장이나 둘러볼까요?"

화랑

플라이트는 과일이 담긴 커다란 갈색 종이봉투 대여섯 개와 씨름 중이었다. 아놀드의 행방을 물을 때마다 노점상들이 갖다 바친 것들이었다. 리버스는 여기저기서 내밀어지는 공짜 바나나와 오렌지, 배와 포도를 다 거절해버렸다. 플라이트가 괜찮으니 받아 넣으라고 했지만 그는 고집을 꺾지 않았다.

"이게 여기 관습입니다." 플라이트가 말했다. "우리가 받지 않으면 오히려 짜증을 낸다니까요. 글래스고에서는 과일 대신 술을 내준다고 들었습니다. 이게 술이었어도 거절했겠습니까? 절대 아니었겠죠. 그랬다간 상대가 불쾌해할 테니까. 이것도 마찬가집니다."

"이 많은 바나나를 다 어떻게 처리합니까?"

"먹어야죠." 플라이트가 능글맞게 말했다. 그리고 애매하게 덧붙였다. "물론 당신이 아놀드가 아니라면."

그는 그것이 무슨 뜻인지 설명하지 않았다. 리버스도 굳이 상상하고 싶지 않았고. 그들은 몇몇 가판대에 들러 탐문을 이어나갔다. 사방이 망고나 가지를 만지작거리며 흥정하는 여자들로 넘쳐났다.

"어서 와요, 조지."

"맙소사, 조지. 대체 어디 틀어박혀 있다 나온 겁니까?"

"잘 지냈어요, 조지? 요즘 애정전선은 좀 어떤가요?"

노점상과 그들의 조수들은 대부분 플라이트를 잘 알고 있는 듯했다. 한 젊은 노점상은 플라이트를 보자마자 달아나버렸다.

"짐 제솝." 그가 말했다. "보석 중이었는데 보름쯤 전에 자취를 감춰버렸습니다."

"쫓아가서 잡아야 하지 않습니까?"

플라이트는 고개를 저었다. "나중에 하죠. 저 자식은 1천 미터 달리기 선수였습니다. 난 오늘 별로 뛰고 싶지 않아요. 당신은 어떻습니까?"

"나도 마찬가집니다." 리버스가 말했다. 어차피 이곳은 그의 관할구역도 아니었다. 그는 관광객 신분에 지나지 않았고, 플라이트가 괜찮다니 그도 괜찮았다. 플라이트는 마치 제 집에 오기라도 한 듯 시장을 누비고 다녔다. 그는 생선 가판대에 멈춰 서서 카운터 뒤의 남자와 한참 대화를 나누었다. 남자는 아놀드의 행방에 대한 정보를 내주는 것으로도 모자라 플라이트에게 홍합과 가리비를 한 봉지씩 안겨주었다. 그는 시장 뒤편 좁은 골목으로 리버스를 이끌었다.

"홍합찜." 그가 하얀 비닐봉지를 들어 보이며 말했다. "정말 기가 막히죠. 만들기도 쉽고. 시간이 걸리는 건 준비 과정 때문이고요."

리버스는 고개를 저었다. "또 한 번 날 놀라게 하는군요, 조지. 당신이 요리에도 일가견이 있다는 걸 미처 몰랐습니다."

플라이트가 미소를 지어 보였다. "그리고 가리비." 그가 말했다. "매리언이 이걸 그렇게 좋아할 수가 없어요. 이걸로 소스를 만들어 신선한 송어에 끼얹으면 정말 기가 막힙니다. 물론 준비가 힘들지 조리하는 건 식은 죽 먹기예요."

그는 리버스에게 자신의 색다른 면을 소개하느라 신이 나 있었다. 그는 자신이 왜 그러고 있는지 궁금했다. 리사를 걱정하는 존 리버스의 관심을 딴 데로 돌리려고? 플라이트는 리사가 올드 베일리로 갔다는 사실을 리버스에게 알려주지 않았다. 그냥 그녀가 경호원들과 은신처로 떠나는 걸 지켜봤다고만 둘러댔을 뿐이다. 어쩌면 그것은 리버스의 욱하는 성질을 우려한 결정이었는지도 몰랐다. 리사 프레이저가 플라이트가 얘기한 은신처로 향하지 않았다는 걸 알게 되면 성마른 리버스는 당장 그녀를 찾아 나설게 뻔했다. 플라이트는 그가 법원 청사에서 난동을 부리는 일만큼은 막고 싶었다. 게다가 리버스의 일거수일투족은 플라이트의 책임이었다.

골목을 빠져나온 그들은 소규모 주택 단지로 들어섰다. 새로 지어진 집들이었지만 벌써부터 창턱에서는 페인트가 벗겨져나가는 중이었다. 먼발치에서 울음과 비명이 들려왔다. 놀이터였다. 콘크리트로 에워싸인 콘크리트 놀이터. 거대한 파이프의 한 섹션은 터널로, 소굴로, 그리고 은신처로 쓰이고 있는 듯했다. 그네와 시소도 몇 개 보였다. 모래 놀이통에는 개와 고양이들만이 북적거렸다.

아이들의 상상력에는 한계가 없는 듯했다. 넌 병원에 와 있고 난 의사야. 여긴 우주선이 추락한 곳이야. 카우보이들은 여자친구가 없다고. 아니, 네가 날 쫓아야지. 난 군인이고 넌 감시병이니까. 이걸 파이프로 생각하지 마.

가식. 그들이 소비하는 정력에는 가식이 없었다. 그들은 한순간도 멈추지 않았다. 쉴 새 없이 소리를 지르고 방방 뛰고 남의 일에 관여해야만 했다. 리버스는 보고만 있어도 진이 빠졌다.

"저기 있네요." 플라이트가 말했다. 그는 놀이터 한쪽 구석을 가리키고 있었다. 아놀드는 두 손을 무릎에 얹은 채 반듯한 자세로 앉아 있었다. 그는 무언가에 집중하고 있는 모습이었다. 행복해 보이지도, 그렇다고 불행해 보이지도 않았다. 동물원에서 흔히 볼 수 있는 표정. 무언가에 흥미를 느낀 표정. 아놀드는 분명 무언가에 흥미를 보이고 있었다. 그를 지켜보는 리버스의 속이 살짝 울렁거렸다. 플라이트는 너무나도 태연한 모습이었다. 그가 벤치로 성큼 다가가 아놀드 옆에 앉았다. 아놀드가 흠칫 놀라며 플라이트를 돌아보았다. 그의 입은 크게 벌어졌고, 눈빛에서는 두려움이 엿보였다. 그의 입에서 긴 한숨이 터져 나왔다.

"플라이트 씨, 당신이었군요. 순간적으로 못 알아봤습니다." 그가 봉지를 가리켰다. "쇼핑을 나왔나요?"

남자의 목소리에서는 어떠한 감정도 묻어나지 않았다. 마약 중독자들은 공통적으로 그런 톤을 가지고 있었다. 그들의 뇌에서 단 5퍼센트만이 바깥세상과의 소통에 신경을 쓸 뿐, 나머지 95퍼센트는 다른 것들에 정신이 팔려 있었다. 리버스의 눈에 아놀드도 예외는 아닌 것 같아 보였다.

"그래." 플라이트가 말했다. "이것저것 좀 샀어. 리버스 경위 기억하지?"

아놀드의 시선이 플라이트를 따라 리버스 쪽으로 돌아갔다. 리버스는 아이들에게 방패가 되어주려는 듯 아놀드의 시야를 막아서고 있었다.

"오, 물론이죠." 아놀드가 단조롭게 말했다. "저번에 본 기억이 나요, 플라이트 씨. 당신과 함께 차에 타고 있었잖아요."

"맞았어, 아놀드. 대단한데. 그걸 기억하다니. 보통 기억력이 아니야."

"기억력이 좋아야 중요한 정보를 까먹지 않고 전달할 거 아닙니까."

"이봐, 아놀드." 플라이트가 앉은 채로 아놀드에게 바짝 다가갔다. 두 사람의 허벅지가 거의 맞닿을락 말락 했다. 아놀드는 꿈틀거리며 형사에게서 살짝 물러났다. "기억력 얘기가 나와서 말인데, 나랑 리버스 경위 좀 도와줄 수 있겠어?"

"무슨……?" 그가 긴장한 목소리로 말했다.

"최근에 케니를 본 적 있지?" 플라이트가 말했다. "그놈을 찾고 있는데 통 안 보여서 말이야. 혹시 어디로 사라졌는지 알아?"

아놀드가 아이 같은 희부연 눈으로 플라이트를 쳐다보았다. "케니라뇨?"

플라이트가 웃음을 터드렸다. "케니 왓키스 말이야, 아놀드. 네 친구 케니."

리버스는 자신도 모르게 숨을 참았다. 만약 또 다른 아놀드라면? 새미가 이름을 잘못 알고 있었거나. 잠시 후, 아놀드가 천천히 고개를 끄덕였다.

"오, 그 케니? 걘 내 친구가 아니에요, 플라이트 씨. 가끔 만나는 사이일 뿐." 아놀드가 잠시 뜸을 들였다. 플라이트는 말없이 고개만 끄덕였다. 계속해보라는 뜻이었다. "가끔 만나서 한잔하는 사이예요."

"만나면 무슨 얘길 하지?"

뜻밖의 질문에 그가 움찔했다. "그게 무슨 뜻이죠?"

"간단한 질문이잖아." 플라이트가 미소를 지으며 말했다. "둘이 만나서 무슨 얘길 하느냐고. 공통점도 별로 없을 것 같은데."

"우린 그냥…… 아무 대화나 나눠요. 특별히 화제를 정하진 않고요."

"그래도 주로 하는 얘기가 있을 거 아니야, 축구 얘기라든지."

"가끔 축구 얘기도 하고요."

"걔가 어느 팀을 좋아하는지 알아?"

"그건 몰라요, 플라이트 씨."

"가끔 축구 얘길 한다면서 걔가 어느 팀을 좋아하는지도 모른다고?"

"들었는데 까먹었는지도 몰라요."

플라이트는 미심쩍어하는 표정을 지었다. "그랬는지도 모르겠군." 그가 말했다. 리버스는 이 드라마에서 자신이 해야 할 역할을 잘 알고 있었다. 그냥 플라이트가 심문을 이어가도록 내버려두는 것. 입을 닫고 험악한 표정을 짓는 것. 아놀드 앞에 불길한 뇌운처럼 우뚝 서서 복수자처럼 그의 벗겨진 정수리를 매섭게 내려다보는 것. 아놀드는 초조해하며 몸을 움찔거렸다. 머리는 연신 흔들렸고, 오른쪽 무릎은 경련이 온 듯 오르내리기를 반복했다.

"다른 얘긴 안 했고? 그 친구 오토바이를 좋아한다고 들었는데. 맞지?"

"네." 아놀드가 조심스레 대답했다.

"오토바이 얘기도 많이 했어?"

"난 오토바이를 좋아하지 않아요. 너무 시끄러워서요."

"너무 시끄러워? 하긴, 그건 나도 동감이야." 플라이트가 턱으로 놀이터를 가리켰다. "하지만 여기도 시끄럽긴 마찬가지잖아, 아놀드. 안 그래? 그런데도 별로 개의치 않는 것 같은데? 그 이유가 뭐지?"

아놀드가 이글거리는 눈으로 그를 노려보았다. 하지만 플라이트는 찡그린 표정보다도 진지해 보이는 미소만 흘리고 있을 뿐이었다. "그러니까……" 그가 계속 이어나갔다. "네가 좋아하는 소음도 있고, 싫어하는 소음도 있다는 얘기잖아. 그렇지? 뭐 그럴 수 있다고 생각해. 오토바이를 좋아하지 않는다면 분명 다른 얘길 했을 텐데. 난 그게 뭔지 궁금해. 케니랑 대체 무슨 대화를 나눈 거지?"

"그냥 아무 얘기나 했어요." 아놀드가 일그러진 얼굴로 말했다. "소문,

이스트 엔드가 어떻게 변해가고 있는지. 한때 여기엔 작고 예쁜 집들이 아기자기하게 모여 있었죠. 들판과 주말 농장도 많았고요. 들판에 나와 소풍을 즐기는 사람들. 수확이 필요 이상으로 많았다면서 어머니에게 토마토나 감자나 양배추 따위를 갖다 드리기도 하고. 거리에선 애들이 뛰놀았죠. 그게 이스트 엔드의 일상이었는데. 케니의 어머니와 아버지는 이 근처에 사셨어요. 우리 집에서 두 블록밖에 떨어지지 않은 곳이에요. 난 그보다 나이가 많았고, 그래서 우린 함께 어울려 논 적이 거의 없었어요."

"토미는 어디 살았고?"

"저쪽." 아놀드가 손가락으로 한쪽을 가리켰다. 그는 방금 전보다 자신감에 찬 모습이었다. 추억담을 늘어놓는다고 손해 볼 건 없잖아, 안 그래? 형사들 앞이라고 주눅들 이유도 없고. 그래서 그는 긴장을 늦춘 채 입을 놀리기 시작한 것이었다. 좋았던 옛 시절에 대해서. 하지만 묵묵히 귀를 기울이는 리버스는 어렵지 않게 진상을 들여다볼 수 있었다. 아이들의 짓궂은 괴롭힘과 장난, 폭력적인 아버지의 학대, 산산조각이 나버린 가족, 잡범의 암담한 인생, 원활치 못한 인간관계.

"토미는 자주 보나?" 플라이트가 갑자기 물었다.

"토미 왓키스요? 네, 가끔 봐요." 아놀드는 아직도 추억에 잠겨 허우적대고 있었다.

"케니도 삼촌을 종종 보고?"

"그럼요. 가끔 삼촌 밑에서 일할 때도 있어요."

"일이라니? 배달 같은 거 말이야?"

"배달, 픽업……" 아놀드가 멈칫했다. 자신이 무슨 말을 늘어놓고 있는지 뒤늦게 깨달은 것이다. 그들은 더 이상 좋았던 시절을 추억하고 있는 게 아니었다. 순간 그의 정신이 번쩍 들었다.

플라이트가 아놀드 쪽으로 몸을 기울였다. 두 사람의 얼굴은 코가 맞닿을 만큼 가까워졌다. 아놀드는 몸을 최대한 뒤로 젖혔다. 벤치의 딱딱한 팔걸이가 그의 도주를 막고 있었다.

"그 자식 지금 어디 있지, 아놀드?"

"누구요? 토미?"

"누구 얘긴지 알잖아! 케니! 그 자식이 어디 있는지 말해!"

리버스는 놀이터 쪽을 흘끔 돌아보았다. 갑자기 터져 나온 고함에 아이들이 그들을 일제히 돌아보았다.

"싸우실 거예요?" 그들 중 하나가 물었다. 리버스는 고개를 저으며 대답했다. "그냥 싸우는 척하는 거란다."

플라이트는 계속해서 아놀드를 몰아붙였다. "아놀드." 그가 나지막이 말했다. "나 잘 알지? 내가 지금껏 널 잘 챙겨줘 왔다는 것도 알고?"

"당연히 알죠, 플라이트 씨."

"이건 장난이 아니야. 난 정말로 화를 내고 있다고. 이 도시의 모든 게 지옥으로 변해가고 있어, 아놀드. 나도 이 도시와 함께 수렁으로 빠져들고 있고. 무슨 말인지 알아듣겠어? 왜 나 혼자만 정정당당해야 하지? 다들 제멋대로 사는데? 응? 아무래도 안 되겠어, 아놀드. 널 연행해야 할 것 같아."

"내가 뭘 어쨌는데요?" 아놀드는 공포에 질려 있었다. 플라이트의 작전에 완전히 말려든 것이었다. 리버스는 플라이트에게 오스카상이라도 내주고 싶은 심정이었다.

"성기 노출죄. 저 애들 앞에서 이상한 짓을 하려 했잖아. 네가 슬슬 준비하는 걸 봤어. 네 물건이 툭 튀어나와 있는 걸 내 눈으로 똑똑히 봤다고."

"아니, 아니에요." 아놀드가 고개를 저었다. "거짓말 말아요."

"전과는 거짓말을 하지 않아, 아놀드. 리버스 경위도 널 봤어. 그도 네 물건이 칵테일 소시지처럼 달랑거리는 걸 봤다고. 우린 판사에게 우리가 본 대로 얘기할 거야. 그가 누굴 믿어줄 것 같아? 응? 머리가 있으면 잘 생각해봐. 그들은 널 독방에 가둬놓을 거야. 다른 재소자들에게 무슨 봉변을 당하게 될지 모르니까. 하지만 그들이 네 차에 오줌을 섞고 네가 먹을 음식에 침을 뱉어놓는 걸 독방에서 무슨 수로 막겠어? 상황 판단을 잘해봐, 아놀드. 과거에도 경험이 있잖아. 한밤중에 문이 벌컥 열리면서 그들이 들이닥칠 거야. 교도관들일 수도 있고, 다른 재소자들일 수도 있겠지. 그들은 널 꼭 붙잡아놓고 칫솔 손잡이나 녹슨 면도날로…… 대충 상상이 되지, 아놀드? 응? 내 말이 틀렸어?"

하지만 아놀드는 대답을 할 수 없을 정도로 떨고 있었다. 그는 침을 질질 흘리며 알아들을 수 없는 말을 연신 웅얼대고 있었다. 플라이트는 뒤로 물러나 측은한 눈으로 리버스를 올려다보았다. 리버스가 진지하게 고개를 끄덕였다. 형사들의 불가피한 선택. 플라이트가 담배에 불을 붙였다. 리버스는 거절했다. 존 리버스의 머릿속에서는 두 단어가 맴돌고 있었다.

불가피한 선택.

잠시 후, 아놀드가 모든 걸 털어놓았다. 그의 말이 끝나자 플라이트가 주머니에서 1파운드 동전을 꺼내 아놀드 옆에 요란하게 내려놓았다.

"자, 받아, 아놀드. 가서 차라도 한 잔 사 마시라고. 그리고 두 번 다시 놀이터에 얼씬거리지 마. 알겠어?" 플라이트가 쇼핑백에서 사과 하나를 꺼내 아놀드의 무릎 위에 툭 떨어뜨렸다. 그리고 또 하나를 꺼내 한 입 베어 문 후 시장 쪽으로 걸음을 옮겨나가기 시작했다.

불가피한 선택.

본부로 돌아온 리버스는 여전히 리사를 생각하고 있었다. 그는 이 때 묻고 비정한 세상으로부터 자신을 벗어나게 해줄 사람이 필요했다. 깨끗하고 따스한 무언가가 절실했다.

돌아오는 길에 플라이트는 경고했다. "이번엔 제대로 해야 합니다, 존. 이제부턴 우리에게 맡겨요. 당신은 빠져 있고. 원한 품은 경찰이 끼어들면 법정이 당연히 문제 삼지 않겠습니까."

"하지만……" 리버스는 대꾸했다. "원한을 품을 수밖에 없잖아요, 조지. 그 케니라는 놈이 내 딸을 어떻게 가지고 놀았는지도 모르는데."

플라이트가 앞유리에서 눈을 떼고 리버스를 돌아보았다. 하지만 그의 시선은 이내 멀리 돌아가버렸다.

"우리에게 맡기라고 했습니다, 존. 내 말 듣지 않으면 무거운 징계를 받게 될 겁니다. 알아듣겠어요?"

"분명히 알아들었습니다."

"이건 협박이 아니에요, 존. 약속일 뿐이지."

"약속은 칼같이 지키는 타입이죠, 조지? 안 그렇습니까? 하지만 당신이 잊은 게 하나 있어요. 애초에 내가 여기 온 건 당신 잘못입니다. 당신이 날 끌어들인 거라고요."

플라이트는 고개를 끄덕였다. "그래서 다시 돌려보낼 수도 있는 겁니다. 내가 그래주길 바랍니까?"

리버스는 대답하지 않았었다. 물론 그 답은 알고 있었다. 자신이 이겼다고 생각했는지 플라이트가 씩 웃었다. 그들은 침묵을 지키며 놀이터에서의 씁쓸한 기억을 곱씹어보았다. 무릎에 손을 얹은 채 멍하니 앉아 정면을 응시하던 말수 적은 남자의 모습도.

이제 리버스는 리사를 생각하고 있었다. 그녀와 함께 샤워를 하는 기분은 과연 어떨지. 서로의 몸에서 런던의 악취를 씻어내 주는 기분은 또 어떨지. 그는 조지에게 은신처의 주소를 물어보고 싶었다. 주소를 알아내 그녀를 찾아가보고 싶었다. 그는 침대를 뒹굴며 그녀와 나눈 대화를 떠올려보았다. 리버스는 기회가 되면 그녀의 유니버시티 칼리지 사무실을 구경해보고 싶다고 했다.

"나중에요." 그녀는 말했다. "뭐 볼만한 건 없어요. 텔레비전 드라마에 나오는 크고 고풍스러운 옥스브리지 사무실 같진 않아요. 오히려 답답한 감옥 같죠. 정말 마음에 안 드는 곳이에요."

"그래도 꼭 보여줘요."

"그러겠다고 했잖아요." 그녀는 예민하게 반응했다. 왜 그랬을까? 어째서 내게 공개하기를 그토록 꺼려했던 걸까? 그녀의 비서, 리사가 밀리센트라고 불렀던 여자는 왜 불쑥 찾아간 나를 보고 그렇게 반응했을까? 단순히 모호한 걸 넘어서서 비협조적이기까지 했잖아. 그것도 아주 노골적으로. 대체 그들은 뭘 감추려고 한 거지? 그는 그 답을 알아낼 수 있는 방법을 알고 있었다. 아주 확실하고 분명한 방법을. 리사는 은신처에 들어가 있었고, 리버스는 왓키스 사건에 관여할 수 없게 된 상황이었다. 기왕 이렇게 된 거 그 궁금증이나 속 시원히 풀어보는 것도 나쁘지 않을 것 같았다. 그가 자리에서 벌떡 일어났다. 누구도 그를 막지 않았다. 그 무엇도.

"어디 가는 거죠?"

플라이트가 열린 문틈으로 소리쳤다. 리버스는 막 복도로 나가려던 참이었다.

"개인적인 볼일이 있어요." 리버스가 어깨너머로 말했다.

"내가 경고했었죠, 존? 이 사건에서 손을 떼라고요!"

"당신 사건에 관여하려는 게 아닙니다!" 그가 걸음을 멈추고 조지 플라이트를 돌아보았다.

"그럼 대체 무슨 일입니까?"

"얘기했잖아요, 조지. 개인적인 볼일이 있다고."

"그게 뭐냐고요."

"이봐요." 리버스는 폭발해버리기 직전이었다. 그동안 안에서 끓어오르던 생각들이 한꺼번에 터져 나오려고 했다. 새미, 케니 왓키스, 울프맨, 리사, 그리고 협박편지. 그가 씩씩대며 흥분을 가라앉혔다. "조지, 당신도 수사 때문에 정신이 없지 않습니까." 그가 손가락으로 플라이트의 가슴을 쿡쿡 찔렀다. "내가 했던 말 기억합니까? 범인이 경찰일 수도 있다는 말. 괜히 내 일에 트집 잡을 시간이 있으면 가서 그 부분이나 좀 확인해봐요. 울프맨은 지금 이 건물 어딘가에 있을지도 몰라요. 우리랑 같이 이 사건을 수사하고 있을 수도 있고요. 자기가 자길 쫓고 있을지도 모른단 말입니다!" 다시 언성이 높아지자 리버스는 입을 닫고 거칠어진 호흡을 가다듬었다.

"양떼 틈에 낀 늑대처럼 말이죠?"

"농담하는 거 아닙니다." 리버스가 말했다. "그는 당신이 리사를 어디로 보냈는지 알고 있는지도 몰라요."

"헛소리 집어치워요, 존. 리사의 은신처를 아는 사람은 세 명뿐입니다.

나, 그리고 내가 붙여 보낸 경호원 둘. 당신은 모르겠지만 난 그들을 알아요. 경찰대학 시절부터 알아온 놈들이라고요. 마음 놓고 내 목숨을 맡길 수 있는 친구들입니다." 플라이트가 말했다. "제발 날 믿어줘요."

리버스는 아무 말도 하지 않았다. 플라이트가 눈을 가늘게 뜨고 휘파람 소리를 냈다. "이젠 나도 못 믿겠다는 겁니까?" 그가 천천히 고개를 저었다. "이 사건 말입니다, 존. 지금껏 맡아본 그 어떤 사건보다도 크고 중요합니다. 꼭 나랑 가까운 사람들이 피해를 본 것 같은 기분이에요." 그가 잠시 뜸을 들였다. 이번에는 그의 손가락이 리버스를 쿡쿡 찔러댔다. "그러니까 이상한 생각 품지 말아요! 더 이상 날 모욕하지 말라고요!"

복도에서는 길고 어색한 침묵이 흘렀다. 어딘가에서 타자기가 딱딱거리고 있었다. 남자들의 웃음소리와 나지막한 흥얼거림도 들려왔다. 세상은 그들의 언쟁에 아무런 관심도 없는 듯했다. 친구도, 그렇다고 적도 아닌 두 남자는 한동안 서로를 마주보고 서 있었다.

리버스의 시선이 흠집 난 리놀륨 바닥으로 떨어졌다. "강의는 끝났습니까?"

플라이트는 여전히 못마땅한 표정이었다. "강의가 아니었습니다. 그저…… 당신이 내 입장을 좀 더 헤아려주길 바랐을 뿐입니다."

"이미 충분히 헤아리고 있어요, 조지. 정말이에요." 리버스가 플라이트의 팔뚝을 몇 번 토닥인 후 돌아서서 걸음을 옮겨나갔다.

"가지 말아요, 존!" 무시. "내 말 들려요? 이건 명령입니다. 여길 뜨지 말란 말입니다."

리버스는 계속 걸어나갔다.

플라이트는 고개를 저었다. 마치 연기 자욱한 방에 들어오기라도 한 듯 그의 눈이 따끔거렸다. "당신은 이제 끝이에요, 리버스." 그는 그것이 최종 경고임을 알고 있었다. 만약 리버스가 걸음을 멈추지 않는다면 플라이트는 경고대로 조치해야만 했다. 스코틀랜드에서 온 고집불통 형사 따위에게 체면을 잃고 싶지 않다면. "어디 마음대로 해봐요!" 그가 소리쳤다. "이제 당신은 끝입니다!"

리버스는 걸음을 멈추지 않았다. 그조차도 자신이 왜 그랬는지 알지 못했다. 그놈의 자존심 때문인가? 그깟 빌어먹을 자존심 때문에? 축구 경기장에서 국가로 〈스코틀랜드의 꽃〉이 흘러나올 때 성인 남자들이 눈물짓는 것도 같은 이유 때문일 것이다. 그에게는 할 일이 있었고, 어떻게든 그걸 해결해야만 했다. 실력보다 야망을 우선시하는 스코틀랜드 축구팀처럼. 그래, 이게 바로 나야. 실력보다 야망이 앞서는. 나중에 내 묘비에 그렇게 새겨달라고 해야겠어.

복도 끝에 다다른 그가 반회전문을 벌컥 열었다. 그는 끝내 돌아보지 않았다. 그의 뒤에서는 플라이트의 성난 목소리가 계속 들려왔다.

"이 빌어먹을 새끼야! 들이대더라도 네 주제를 알고 들이대야지. 내 말 듣고 있어? 욕심만 낸다고 다 해결되는 줄 알아?"

FYTP.

리버스가 넓은 홀로 나왔을 때 램이 다가왔다. 그는 피해가려 했지만 램이 그를 막아섰다. 램은 리버스의 가슴에 한 손을 얹었다.

"어딜 이리도 급히 가는 겁니까?" 그가 말했다. 리버스는 그냥 무시해버리려 했다. 마치 투명인간과 맞닥뜨리기라도 한 것처럼. 실로 짜증나는 순간이 아닐 수 없었다. 그의 손가락 관절이 따끔거려왔다. 자신이 얼마나 위험한 상황에 빠져 있는지 알 리 없는 램은 계속해서 주절거렸다.

"그녀가 잘 찾아왔나요? 당신 딸 말입니다."

"뭐라고요?"

램은 미소를 흘리고 있었다. "그녀가 먼저 전화를 걸어왔어요. 그들은 나랑 연결해줬고. 목소리가 심상치 않더라고요. 그래서 연구소 번호를 알려줬죠."

"아." 리버스는 안도의 한숨을 내쉬었다. 그는 이를 갈며 고맙다고 말한 후 램에게서 벗어났다. 하지만 램의 말은 멎지 않았다.

"목소리가 섹시하던데 몇 살이나 됐죠?"

리버스의 팔꿈치가 무방비 상태의 램의 복부를 파고들었다. 숨이 턱 막혀버린 램이 몸을 웅크렸다. 리버스는 자신의 작품을 잠시 감상했다. 나쁘지 않은데. 한물간 늙은이치고는 나쁘지 않아.

그는 다시 걸음을 옮겨나갔다.

개인적인 볼일을 보러 가는 길이라 택시를 잡아야 했다. 그를 알아본 한 제복 경관이 태워주겠다고 했지만 리버스는 고개를 저었다. 경관은 어리둥절한 얼굴로 그를 쳐다봤다. 마치 서로 모욕적인 말을 주고받기라도 한 것처럼.

"고맙지만 사양할게." 경관이 오해하지 않도록 리버스가 잽싸게 말했다. 하지만 그의 목소리에서는 여전히 분노가 묻어나왔다. 모든 게 그를 화나게 만들고 있었다. 램도, 그 자신도, 울프맨 사건도, 케니 왓키스도, 플라이트도. 무엇보다도 이 도시, 런던이 가장 짜증났다. 솔직히 리사도 곱게 보이지만은 않았다. 왜 하필 그날 코퍼플레이트 가에 나타나서는. 대체 그 많던 택시들은 다 어디로 사라진 거지? 벌레처럼 생긴 탐욕스러운 블랙 택시들 말이야. 지난 일주일간 그는 수천 대의 택시를 보아왔다. 하지만 정작 필요한 이 순간에는 단 한 대도 눈에 들어오지 않았다. 일부러 날 피해 다니는 건가? 그는 묵묵히 기다렸다. 그의 눈은 초점을 살짝 잃은 상태였다. 그는 차분히 기다리며 머리를 굴려보았다. 그제야 흥분이 조금 가라앉았다.

내가 지금 뭘 하는 거지? 이러다 화만 자초하는 거 아니야? 흑의를 걸치고 회개를 위해 채찍으로 때려달라고 애원하는 칼뱅파 교도처럼? 리버스는 모든 종교를 한 번씩 체험해보았다. 그것들은 죄다 그의 입에 씁쓸한 뒷맛만을 남겨놓았다. 죄의식과 수치심을 느끼지 못하고 화를 낸 것과 받은 만큼, 아니 그보다 몇 배 많이 되갚아준 것을 후회하지 않는 이들을 위한 종교는 없나? 선과 악이 공존한다는 걸 믿는 이들을 위한 종교는? 신은 믿지만 신의 종교는 믿지 않는 이들을 위한 종교는?

대체 빌어먹을 택시들은 다 어디로 증발해버린 거야?

"빌어먹을." 그가 가장 먼저 눈에 들어온 순찰차 앞으로 다가가 차창을 두드리며 신분증을 흔들어 보였다.

"리버스 경위야." 그가 말했다. "가워 가까지 날 좀 태워다줄 수 있겠나?"

건물은 텅 비어 있는 듯했다. 왠지 오늘은 비서조차 보이지 않을 것 같았다. 주말을 맞아 일찍 퇴근했을 수도 있고. 하지만 다행히 그녀는 자리를 지키고 있었다. 그가 헛기침을 한 번 하자 그녀가 코바늘 뜨개질에서 눈을 떼고 그를 올려다보았다.

"네?" 그녀가 말했다. "무엇을 도와 드릴까요?" 그녀는 그를 기억하지 못하는 모양이었다. 리버스는 신분증을 꺼내 그녀 앞으로 내밀었다.

"리버스 경위입니다." 그가 최대한 권위가 느껴지는 목소리로 말했다. "런던 경찰국에서 나왔습니다. 프레이저 박사에 대해 몇 가지 여쭤봐도 되겠습니까?"

여자는 잔뜩 겁에 질린 모습이었다. 리버스는 자신이 처음부터 너무 세게 나간 것은 아닌지 걱정되었다. 그가 어색하게 미소를 지어 보였지만 여자는 끝내 긴장을 풀지 않았다. 오히려 더 당황하는 모습이었다.

"오, 맙소사." 그녀가 더듬거렸다. "오, 이런, 오, 이런." 그녀가 그를 올려다보았다. "누굴 말씀하셨죠? 프레이저 박사? 하지만 이 학부엔 프레이저 박사란 사람은 없는데요."

리버스는 리사 프레이저의 인상착의를 설명해주었다. 그제야 여자는 누구를 얘기하는지 알아차렸다.

"오, 리사? 리사를 말씀하신 거였군요. 하지만 오해를 하신 것 같네요. 리사 프레이저는 이곳 스태프가 아니에요. 가끔 필요할 때 개별 지도 수업을 맡아준 적이 있었을 뿐이죠. 오, 맙소사. 런던 경찰국이라. 왜 그녀를…… 혹시 그녀가 무슨 범죄라도 저질렀나요?"

"그러니까 여기서 일하지 않는다는 얘기죠?" 리버스는 확답을 듣고 싶었다. "그럼 그 여자 정체가 뭡니까?"

"리사? 그녀는 우리 연구생일 뿐이에요."

"연구생? 하지만 그녀는……" 하마터면 그는 '늙었다'고 말할 뻔했다.

"나이가 든 학생이죠." 비서가 설명했다. "오, 맙소사. 심각한 사건인가요?"

"저번에 여기 왔었어요." 리버스가 말했다. "그땐 이런 얘길 안 했는데.

왜였죠?"

"여기 오셨었다고요?" 그녀가 그의 얼굴을 유심히 살폈다. "아, 기억나요. 그땐…… 리사가 아무에게도 얘기하지 말아달라고 신신당부했었거든요."

"왜요?"

"자기 프로젝트 때문이라고 했어요. 중요한 프로젝트를 진행하고 있는데, 정확히 뭐라고 했더라……" 그녀가 책상 서랍을 열고 문서를 하나 꺼냈다. "아, 여기 있네요. '중대 범죄 수사의 심리학'. 그녀가 자세히 설명해 주었어요. 어떻게 경찰 수사에 접근할 것인지. 어떻게 경찰의 신뢰를 얻을 것인지. 그녀는 강사인 척할 거라고 했어요. 전 그러지 말라고 했는데 끝까지 고집을 부리더라고요. 오로지 그 방법뿐이라면서. 경찰이 연구생을 거들떠보기나 하겠느냐면서 말이에요. 당연히 거들떠보지도 않았겠죠?"

리버스는 할 말을 잊고 말았다. 물론 답은 '예스'였다. 당연히 거들떠보지 않았을 것이다. 그래야 할 이유가 없으니까.

"그래서 당신도 그녀를 위해 날 속였던 거군요."

여자가 어깨를 으쓱였다. "설득력에 있어선 리사를 능가할 사람이 없을 거예요. 그녀가 그러더군요. 원치 않으면 굳이 거짓말을 할 필요가 없다고. 그냥 부재중이라고만 하랬어요. 강의가 없는 날이라고 하든지 뭐 그렇게 둘러대라고 말이죠. 그녀는 누군가가 반드시 자길 찾아올 거라 확신하고 있었어요."

"나 말고 그녀를 찾는 사람이 또 있었습니까?"

"오, 있었죠. 아까 그녀와 인터뷰 약속을 잡았다는 사람이 전화를 걸어왔어요. 그도 그녀가 정말로 유니버시티 칼리지 스태프인지 묻더군요. 그녀가 기자나 남의 일에 참견하기 좋아하는 사람이 아니라는 걸 확인하고 싶었대요."

오늘? 인터뷰? 애석하게도 그 약속은 끝내 지켜지지 못하겠군.

"그게 누구였습니까?" 리버스가 물었다. "기억할 수 있어요?"

"어디다 적어놓은 것 같은데." 그녀가 전화기 옆에 놓인 두꺼운 메모장을 끌어오며 말했다. "그가 신원을 밝혔던 것 같은데 기억이 안 나네요. 아무튼 그는 올드 베일리에 있다고 했어요. 거기서 그녀와 만나기로 했다면서 말이죠. 원래 그런 메모는 꼼꼼하게 해놓는 편인데 어찌 된 일인지 보이지가 않네요. 당황스럽네요."

"쓰레기통으로 들어가지 않았을까요?" 리버스가 말했다.

"그랬는지도 모르죠." 하지만 그녀의 목소리에서는 확신이 묻어나지 않았다. 리버스는 작은 바구니 모양의 고리버들 쓰레기통을 집어 들고 안을 뒤적이기 시작했다. 연필 깎은 부스러기와 사탕 포장지, 플라스틱 커피 컵, 그리고 구겨진 종이들.

"그건 너무 크고……" 그가 구겨진 종이를 차례로 펼쳐갈 때마다 그녀가 말했다. "그건 너무 작고……" 마침내 그가 수상해 보이는 종이 하나를 펼쳐 책상에 내려놓았다. 종이는 온갖 낙서와 상형문자로 빽빽이 채워져 있었다. 그리고 그 틈틈이 전화번호와 이름과 주소가 적혀 있었다.

"아." 그녀가 손가락으로 한쪽 구석에 흐릿하게 적어놓은 내용을 가리켰다. "이거 같은데요."

리버스는 그것을 유심히 들여다보았다. 그래, 이거야. 의심의 여지가 없어. "고마워요." 그가 말했다.

"오, 맙소사." 비서가 말했다. "제가 그녀를 곤란하게 만든 건가요? 정말 리사에겐 아무 일 없는 거죠? 무슨 일이 벌어진 건지 가르쳐주세요, 경위님."

"그녀는 우리에게 거짓말을 했습니다." 리버스가 말했다. "그리고 그 거짓말 때문에 은신처에 숨어 지내게 됐습니다."

"은신처에요? 맙소사. 그 얘긴 전혀 못 들었는데."

협박편지를 보낸 이로 의심하기에는 비서의 어휘력이 썩 좋지 못했다. "그녀도 자신이 얼마나 엄청난 일을 저질렀는지 모를 겁니다."

비서가 고개를 끄덕였다. "사실 한 시간 전쯤에 그녀에게서 전화가 왔었어요."

순간 리버스의 얼굴이 심하게 일그러졌다. "뭐라고요?"

"올드 베일리에 있다고 하던데요. 혹시 자기에게 남긴 메시지가 없는지 물었어요. 두 번째 인터뷰까지 시간이 좀 남는다면서 말이에요."

리버스는 수화기를 무기처럼 움켜쥔 채 황급히 전화를 걸었다. "조지 플라이트 바꿔요."

"잠시만요." 수화기에서 잠시 잡음이 흘러나왔다. "월시 경사입니다."

"리버스 경위입니다."

"아, 네?" 목소리에서 짜증이 묻어나오기 시작했다.

"플라이트 바꿔요. 급한 일입니다."

"미팅 중이신데요."

"빨리 나와서 전화 받으라고 해요! 급한 일이라고 했지 않습니까!"

경사는 그의 주장을 의심하는 듯했다. 그의 목소리는 냉소적으로 들리기까지 했다. 스코틀랜드 형사의 '급한 일'에는 호들갑 떨 이유가 전혀 없다고 생각하는 모양이었다. "메시지를 남겨주시면……"

"이건 장난이 아니라고, 윌시! 그를 바꾸든지 아무나 머리가 제대로 돌아가는 놈을 바꾸든지 선택해!"

딸깍, 띠이이…… 경사 따위에게 이런 수모를 당하다니. 비서는 휘둥그레진 눈으로 리버스를 올려다보고 있었다. 심리학자들은 어떤 상황에서도 절대 화를 내지 않는 모양이었다. 리버스는 그녀를 안심시키려 애써 미소를 지어 보였다. 하지만 그 미소는 분장한 광대의 흉측한 표정으로만 보일 뿐이었다. 그는 허리를 살짝 숙여 인사를 한 후 돌아섰다. 몹시 당황한 여자는 그가 계단통을 완전히 빠져나갈 때까지 그에게서 눈을 떼지 못했다.

리버스의 얼굴은 끓어오르는 분노로 따끔거렸다. 리사 프레이저는 그를 속이는 것으로 모자라 그를 노리개처럼 가지고 놀아왔다. 맙소사. 그것도 모르고 별의별 얘기를 다 늘어놓았으니. 그녀가 울프맨 사건에 도움을 줄 거라 철석같이 믿었는데. 고작 프로젝트 때문에 경찰에 접근한 연구생이었다니. 이미 주절대버린 말들을 다시 주워 담을 수도 없고. 내가 뭐라고 떠벌렸더라? 기억할 수도 없을 만큼 많은 얘길 늘어놨잖아. 혹시 그녀가 그걸 다 녹음해두진 않았을까? 내가 떠난 후 종이에 기록해두었거나? 하지만 그런 건 아무래도 상관없었다. 중요한 건 그가 이 대혼란의 바다 가운데서 그럴듯하고, 믿을 만한 무언가를 분명히 보았다는 사실이었다. 야누스 같은 그녀 안에서. 나를 이용해먹다니. 하느님 맙소사. 나와의 동침도 마다하지 않으면서. 그것도 프로젝트의 일부였나? 중대한 실험의 일부? 그게 아니었다고 어떻게 확신할 수 있지? 분명 진실돼 보였는데……

"나쁜 년!" 그가 멈춰 서서 빽 소리쳤다. "모든 게 거짓인 년!"

왜 내게 솔직히 털어놓지 않았지? 그냥 알아듣게 설명이라도 해주었다면 좋았을 것을. 그냥 그렇게만 했어도 기꺼이 도와줬을 텐데. 없는 시간을 쪼개서라도 성의를 보여주었을 텐데. 아니, 그러지 않았을 거야. 내게 거짓말을 했으니까. 연구생? 프로젝트? 보나마나 당장 꺼지라고 고함을 쳤겠지. 하지만 난 그녀 말에 귀를 기울여줬어. 그녀를 믿어주었고, 그녀에게서 많은 걸 배우기까지 했어. 그래, 그건 사실이야. 인정해야지. 그녀 덕분에 심리학을 알게 됐고, 거기다 킬러의 머릿속도 들여다볼 수 있게 됐잖아. 그녀가 빌려준 책들도 큰 도움이 돼주었고. 맞아. 하지만 여기서 중요한 건 그게 아니잖아. 진실을 알아버린 순간 모든 게 희석돼버렸다는 게 문제지.

"나쁜 년." 하지만 그의 목소리는 한층 부드러워져 있었다. 갑자기 메어온 목구멍 때문이었다. 마치 누군가가 그의 목을 움켜쥐고 서서히 압력을 가하고 있는 듯했다. 그는 침을 한 번 꿀꺽 삼키고 숨을 깊이 들이쉬었다. 흥분하지 마, 존. 이게 뭐 대수라고. 이게 뭐 그리 중요한 문제라고. 하지만 생각해봐. 이게 정말 중요하지 않아? 그녀에게 느낀 감정은 다 어쩌고? 아직도 그 감정은 여전하잖아. 그녀도 내게서 비슷한 감정을 느꼈을 거고.

"지금 농담해?" 날 똑똑히 봐. 과체중에 나이는 마흔이 훌쩍 넘어버렸지. 아직까지 경위에 머물러 있고. 플라이트가 난리를 치면 돌아가서 강등될 가능성도 있잖아. 거기다 이혼까지 했지. 제정신이 아닌 딸은 수렁에 빠져버렸고. 부엌칼과 온갖 비밀로 무장한 런던의 누군가는 리사의 목숨을 노리고 있어. 무엇 하나라도 제대로 돌아가는 게 없잖아. 지푸라기라도 잡는 심정으로 리사를 꼭 붙들었건만. 어리석은 노인네.

정문 앞에 멈춰 선 그는 고민에 빠져 있었다. 그녀를 찾아가서 따져야 하나? 아니면 쿨하게 잊어야 하나? 두 번 다시 그녀를 못 본다 해도 개의치 않고? 평소 같았으면 흥분되고 영양가 있는 전자를 선택했을 것이다.

하지만 오늘은 아니었다.

그녀는 말컴 챔버스를 인터뷰하기 위해 올드 베일리에 가 있었다. 그도 가짜 박사인 그녀에게 놀아나게 될 것이 뻔했다. 말컴 챔버스는 모두에게 존경받는 검사였다. 그는 똑똑했고 법을 존중했다. 거기다 돈도 잘 벌었고. 리버스는 그런 조건을 모두 갖춘 경찰을 만나본 적이 없었다. 대부분 경찰은 그중 하나 정도에만 간신히 해당되었다. 정말 능력 있는 경찰이라면 두 개까지 가능할지도 몰랐다. 챔버스는 리사 프레이저의 마음을 단숨에 사로잡아버릴 것이다. 그녀는 그를 혐오하겠지만 금세 경외감을 품게 될 것이다. 그리고 자신이 그에게 흠뻑 빠져 있다고 착각하게 될 것이다. 그러든지 말든지. 내가 할 수 있는 일은 그저 행운을 빌어주는 것뿐이다.

그는 본부로 돌아가 작별인사를 하고 싶었다. 서둘러 짐을 꾸려 북쪽 나라로 돌아가고 싶었다. 그가 없어도 그들은 서로 잘 지낼 것이다. 사건은 점점 미궁 속으로 빠져들고 있었고, 울프맨은 또다시 일을 벌이게 될 것이다. 경찰이 우왕좌왕하는 동안 리사 프레이저를 깨물려고 달려들겠지? 은신처에 조용히 숨어 있을 것이지 대체 올드 베일리에는 왜 간 거야? 그는 플라이트와 얘기를 나누고 싶었다. 그가 무슨 생각을 품고 있는지 듣고 싶었다.

"될 대로 되라지 뭐." 그가 두 손을 주머니에 찔러 넣으며 중얼거렸다.

미국인으로 보이는 두 학생이 요란하게 수다를 떨며 다가오고 있었다. 요즘 학생들은 죄다 직접 발 벗고 나서 세상을 바꾸려는 의욕에 가득 차 있는 듯했다. 리버스는 그들이 지나갈 수 있게 옆으로 길을 내주었다.

"그녀가 내게 호감을 갖고 있는 것 같아. 문제는 내가 아직 마음의 준비가 안 됐다는 거야."

뭐 거창한 고민들을 하고 있지는 않군. 리버스는 생각했다. 하긴, 학생들이라고 뭐가 다르겠어? 머릿속에 온통 섹스 생각뿐인 게 정상이지.

"그래." 그의 친구가 말했다. 리버스는 그가 걸친 두꺼운 하얀 티셔츠와 그보다 더 두꺼운 체크무늬 럼버 잭 셔츠가 얼마나 불편할지 궁금했다. 그렇지 않아도 끈적끈적한 날인데. "그래." 미국인 학생이 다시 말했다. 그의 말씨를 듣고 리버스는 리사의 캐나다 말씨를 떠올렸다.

"이거 알아둬." 그의 친구가 말했다. 건물로 들어선 그들의 목소리는 점점 아득해져 갔다. "그녀 어머니가 미국인들을 싫어한대. 전쟁 때 미국인에게 강간당할 뻔했다나?"

알아둬. 이 표현을 어디서 들어봤더라? 그가 재킷 주머니를 뒤져 반듯하게 접힌 종이를 꺼냈다. 그리고 그것을 조심스레 편 후 내용을 읽어보았다.

알아둬. 난 동성애자가 아니야.

리사가 받은 울프맨의 편지.

알아둬. 편지 첫머리에 쓰기에는 왠지 어색한 표현이었다. 경고하지. 조심해. 상대의 주목을 이끌어내기 위해 쓸 수 있는 훨씬 자연스러운 표현이 얼마나 많은데. 왜 하필, 알아둬?

지금까지 울프맨에 대해 파악된 게 뭐지? 그는 경찰의 수사 방식을 잘 알고 있어. 전과가 있거나 경찰일 가능성이 높아. 어쩌면 그 둘 다이거나. 그는 남성이야. 잰 크로포드의 주장이 맞다면. 그녀는 놈의 키가 꽤 크다고 했어. 레스토랑에서 리사 프레이저는 자신의 의견을 덧붙여줬지. 그가 보수적일 거라고. 평소에는 너무나도 정상적인 모습을 하고 있을 거라고. 정확히 뭐라고 표현했더라? '정신적 성숙도'가 꽤 높은 사람일 거라고? 그는 EC4에서 리사에게 편지를 부쳤어. EC4라면 올드 베일리가 있는 곳이잖아. 아닌가? 그는 그 건물을 처음 찾았을 때를 떠올렸다. 법정, 케니 왓키스, 그리고 말컴 챔버스. 챔버스가 조지 플라이트에게 뭐라고 했더라?

같은 편에게, 뒤통수, 좋아하지 않아요. 플라이트, 난 같은 편에게…… 뒤통수 맞는 걸…… 좋아하지 않아요…… 알아둬요. 알아둬요, 조지.

맙소사! 순식간에 모든 공이 포켓 속으로 사라져버렸다. 큐볼과 검은 공만 남겨놓은 채. 전부 다.

"알아둬요, 조지. 난 같은 편에게 뒤통수 맞는 걸 좋아하지 않아요."

말컴 챔버스는 미국에서 공부한 적이 있었다. 플라이트는 분명 그렇게 말했었다. 새롭고 낯선 곳에 적응하려면 그곳의 매너리즘을 익혀야 했다. 알아둬. 리버스는 런던에서 유혹에 흔들리지 않으려 노력했다. 하지만 그 유혹은 너무나도 강렬했다. 챔버스는 미국 유학파였다. 그리고 지금 그는 리사 프레이저와 함께 있다. 연구생 리사와. 신문에 얼굴이 대문짝만하게 실렸던 심리학자 리사와. 알아둬. 오, 울프맨이 그녀를 얼마나 증오했을까? 심리학자라는 당돌한 젊은 여자가 제멋대로 울프맨이 게이라고 선언해버렸으니. 그 한마디에 온 세상이 그를 문제적 인간으로 낙인찍어 버렸으니. 그는 자신을 문제적 인간으로 여기지 않았다. 하지만 정체 모를 무언가는 분명 그를 서서히 잠식해나가는 중이었다.

올드 베일리는 EC4에 위치해 있었다. EC4에서 편지를 부친 건 명백한 울프맨의 실수였다.

말컴 챔버스였다. 말컴 챔버스가 바로 울프맨이었다. 리버스는 명확히 설명할 수도, 속 시원히 증명할 수도 없었지만 그 확신은 흔들리지 않았다. 마치 새까맣게 오염된 파도에 파묻혀버린 기분이었다. 말컴 챔버스. 경찰의 수사 방식을 잘 아는 인물. 절대 의심을 받지 않을 인물. 겉으로는 너무 깨끗해 흠을 찾으려면 피부를 세게 할퀴어볼 수밖에 없는 인물.

리버스는 어느새 가워 가를 따라 전력으로 내달리고 있었다. 부디 자신이 방향을 제대로 잡았기를 바라면서. 그는 지나가는 택시가 없는지 도로를 살펴보았다. 영국 박물관 옆 모퉁이에 택시 한 대가 서 있는 게 보였다. 차는 막 손님들을 태우려는 중이었다. 학생인가? 관광객들? 일본인, 함박웃음과 카메라, 네 명. 남자 둘, 젊은 여자 둘. 리버스가 잽싸게 달려가 열린 뒷문 안으로 고개를 들이밀었다.

"내려요!" 그가 엄지손가락으로 밖을 가리켰다.

"이봐, 왜 그러는 거야?" 택시 기사는 앉은 채로 몸을 돌릴 수도 없을 만큼 뚱뚱했다.

"내리라고!" 리버스가 한 남자의 팔뚝을 움켜쥐고 우악스럽게 잡아끌었다. 남자의 몸이 붕 떠서 차 밖으로 내던져졌다. 남자가 엄청나게 가벼운 것인지, 아니면 리버스가 초인적인 힘을 발휘한 것인지 둘 중 하나였다. 남자는 카랑카랑한 목소리로 알아들을 수 없는 불만을 늘어놓았다.

"당신도."

여자는 순순히 지시에 따라주었다. 리버스는 뒷좌석에 올라 거칠게 문을 닫았다.

"출발해요!" 그가 소리쳤다.

"대체 이게 무슨……"

리버스가 신분증을 꺼내 택시의 앞뒤 좌석을 가르는 창문에 갖다 붙였다.

"리버스 경위입니다!" 그가 말했다. "비상사태입니다. 최대한 빨리 올드 베일리로 가야 해요. 교통법규는 다 무시해도 좋아요. 내가 나중에 다 처리해줄 테니까. 그러니 빨리 출발해요!"

기사가 상향등을 켜고 차를 출발시켰다.

"클랙슨을 울려요!" 리버스가 소리쳤다. 기사는 그의 주문에 순순히 따랐다. 대부분 차들이 그들에게 길을 내주었다. 리버스는 중심을 잃지 않으려 두 손으로 좌석 끝을 힘껏 움켜잡았다. "얼마나 걸리겠습니까?"

"이 시간대에 말입니까? 10~15분 정도 걸립니다. 대체 무슨 일인데 그러는 겁니까? 당신 없인 재판을 시작할 수 없어요?"

리버스가 씁쓸한 미소를 지었다. 그것이 바로 문제였다. 그가 없으면 울프맨이 언제든 일을 벌일 수 있다는 것. "무전기를 좀 써야겠습니다." 그가 말했다. 기사가 창문을 조금 열어주었다.

"마음껏 써요." 그가 자그마한 마이크를 리버스에게 넘겨주었다. 20년 이상 택시를 몰아온 그는 지금껏 이런 손님을 받아본 적이 없었다.

사실 그는 무척 흥분한 상태였다. 어찌나 흥분했던지 목적지까지 반 이상 와서야 비로소 자신이 미터기를 켜지 않았다는 사실을 깨달았다.

리버스는 플라이트에게 모든 걸 들려주었다. 최대한 차분하게. 플라이트는 미심쩍어하면서도 당장 올드 베일리로 인력을 보내겠다고 약속했다. 리버스는 자신에 대한 경계를 늦추지 않는 조지 플라이트를 탓할 생각이 없었다. 단지 직감만으로 사회의 역군을 체포한다는 건 쉽게 정당화할 수 없는 일이었다. 리버스는 연쇄살인범들에 대해 리사 프레이저가 들려준 또 다른 사실도 떠올려보았다. 환경이 연쇄살인범을 만든다고 했던가? 꺾여버린 야망이 자신들보다 위에 있는 사회 집단의 구성원들을 죽이도록 부추긴다고? 하지만 말컴 챔버스의 경우는 전혀 그렇지 않잖아, 안 그래? 그녀가 울프맨에 대해 또 뭐라고 했었지? 그가 피해자와 대치되지 않은 상태에서 공격을 하기 때문에 직장에서도 같은 태도를 보일 가능성이 크다고? 하! 리버스는 자신의 직감을 의심해보기 시작했다. 맙소사. 내가 잘못 짚은 거면 어떡하지? 이론대로라면 어떡해? 보나마나 정신적 장애가 있는 사람으로 찍혀버릴 텐데.

그때 언젠가 조지 플라이트가 했던 말이 떠올랐다. 킬러의 인격을 세세히 분석한다고 그의 이름과 주소를 알아낼 순 없다고 했지? 심리학적 접근도 좋지만 형사의 예감은 결코 무시해서는 안 되었다.

"거의 다 왔습니다."

리버스는 심호흡을 하며 흥분을 가라앉혔다. 서두르면 안 돼, 존. 침착해. 올드 베일리 앞에는 순찰차 하나 보이지 않았다. 사이렌도 들리지 않았고, 무장한 경관들도 없었다. 그저 분주히 오가는 사람들만이 눈에 들어올 뿐이었다. 볼일을 마치고 나오는 사람들. 신나게 농담을 나누는 사람들. 리버스는 택시비도 내지 않고 차에서 내렸다. 그리고 법원 청사로 달려가 육중한 유리문을 밀고 들어갔다. 방탄유리 뒤에는 보안 요원 두 명이 버티고 서 있었다. 리버스는 신분증을 그들 얼굴 앞으로 들이밀었다. 그들 중 하나가 한쪽에 세워진 유리 원통을 가리켰다. 길게 줄을 선 사람들이 차례로 그것을 통과하고 있었다. 리버스는 한 원통 앞으로 다가가 섰다. 아무 일도 벌어지지 않았다. 잠시 당황하던 그가 손바닥 끝으로 버튼을 누르자 원통의 문이 스르르 열렸다. 그는 안으로 들어가 뒷문이 닫히고 앞문이 열리기를 초조하게 기다렸다.

앞문이 열리자 금속 탐지기 옆에 선 또 다른 보안 요원이 그를 맞아주었다. 리버스는 이번에도 신분증을 들어 보이고 방탄유리를 지나 로비로 들어갔다.

“무엇을 도와 드릴까요?” 한 보안 요원이 다가와 물었다.

“말컴 챔버스 검사.” 리버스가 말했다. “지금 당장 그를 만나야 합니다.”

“챔버스 씨 말씀입니까? 잠시만 기다리십시오. 체크해보겠습니다.”

“내가 온 걸 그가 알면 안 됩니다.” 리버스가 말했다. “그냥 그가 어디 있는지만 알려줘요.”

“잠시만요.” 보안 요원이 동료와 잠시 의논한 후 클립보드에 끼워진 문서들을 천천히 들춰보기 시작했다. 리버스의 심장은 늑골을 부수고 나올 듯이 요동쳤다. 그는 폭발하기 직전이었다. 잠자코 서서 기다릴 수가 없었다. 무엇이라도 해야만 했다. 침착해, 존. 급할수록 돌아가야 해. 그의 아버지는 늘 그렇게 말했었다. 그게 무슨 개소리야? 급한데 왜 돌아가라고 해?

마침내 보안 요원이 돌아왔다.

“네, 경위님. 챔버스 씨는 지금 위층에서 젊은 여성분과 함께 계십니다.”

위층이라면 법정 밖 중앙 홀인데. 리버스가 인상적인 형태의 계단을 후다닥 뛰어오르기 시작했다. 한 번에 두 단씩. 대리석. 법원 청사 내부는 온통 대리석뿐이었다. 그리고 나무. 그리고 유리. 창문들은 엄청나게 컸다. 가발을 쓴 변호사들이 수다를 떨며 나선형 계단을 내려오고 있었다. 한쪽에서는 지친 모습의 여자가 담배를 피우며 누군가를 기다리고 있었다. 조용한 아수라장을 보는 듯했다. 많은 사람들이 리버스를 휙휙 지나쳐갔다. 의무를 마친 배심원들, 사무 변호사와 죄진 듯한 표정의 의뢰인들, 아들을 맞으려 일어서는 여자, 일그러진 얼굴의 변호사. 북적이는 중앙 홀은 빠르게 비워져가고 있었다. 경주하듯 계단을 내려가는 사람들은 밖으로 나가기 위해 유리 원통이라는 짜증나는 관문을 통과해야만 했다.

리버스로부터 30미터쯤 떨어진 곳에서는 두 남자가 다리를 꼰 채 앉아 담배를 피우고 있었다. 플라이트가 리사의 경호원으로 딸려 보냈던 형사들이었다. 리버스는 그들에게로 달려갔다.

"그녀는 어디 있습니까?"

그를 알아본 남자들이 심상치 않은 분위기를 감지하고 벌떡 일어났다.

"어떤 검사랑 인터뷰를……"

"그건 알아요. 지금 어디 있나요?"

그들 중 하나가 턱으로 한 법정을 가리켰다. 8번 법정! 역시. 커즌스가 8번 법정에 증언을 하러 간다고 했었지? 담당 검사는 말컴 챔버스라고 했고?

리버스는 그쪽으로 달려가 문을 열어보았다. 텅 빈 법정 안에는 청소부들뿐이었다. 또 다른 출구가 있을 텐데. 역시 있었어! 배심원석 옆 초록색 가죽이 씌워진 문. 판사실로 통하는 문이었다. 그는 법정을 가로질러가 그 문을 조심스레 열었다. 문 뒤로는 카펫이 깔린 환한 복도가 펼쳐져 있었다. 창문 하나. 그리고 테이블에 놓인 화분. 좁은 복도의 한쪽 벽에는 여러 개의 문이 줄지어 나 있었다. 그 반대편 벽에는 아무것도 없었다. 문마다 판사의 이름이 붙어 있었다. 문들은 전부 굳게 잠겨 있었다. 작은 취사장도 텅 빈 상태였다. 그는 유일하게 잠겨 있지 않은 배심원 협의실 문을 열어보았다. 역시 비어 있었다. 다시 복도로 나온 그는 좌절감에 씩씩거렸다. 머그잔을 손에 쥔 정리가 그에게 다가오고 있었다.

"여긴 출입금지 구역……"

"리버스 경위입니다." 그가 말했다. "검사를 찾고 있습니다. 말컴 챔버스. 방금 전까지 젊은 여자와 여기 있었습니다."

"방금 나갔는데요."

"나가요?"

그녀가 복도 끝을 가리켰다. "저쪽으로 나가면 지하 주차장으로 내려갈 수 있어요. 그들이 저쪽으로 가는 걸 봤어요." 리버스가 그쪽으로 황급히 달려나가기 시작했다. "이미 늦었을 거예요." 그녀가 말했다. "그들 차가 고장 나 있지 않는 이상."

리버스는 멈춰 서서 아랫입술을 질겅질겅 씹어댔다. 시간이 없었다. 첫 결정이 무조건 옳아야만 했다. 결심이 서자 그가 정리에게서 돌아서서 법정 쪽으로 내달렸다. 그는 무서운 속도로 법정을 빠져나와 중앙 홀로 돌아갔다.

"그들이 떠났어요!" 그가 경호원들에게 소리쳤다. "플라이트에게 알려요! 그들이 챔버스의 차를 타고 이동 중이라고!" 그가 계단을 뛰어 내려가기 시작했다. 그는 계단 중간에서 맞닥뜨린 한 보안 요원의 소매를 움켜잡았다. "주차장 출구, 어디 있습니까?"

"건물을 돌아가셔야 합니다."

리버스는 손가락으로 남자의 얼굴을 가리켰다. "당장 주차장에 연락해요. 무슨 일이 있어도 말컴 챔버스를 막아야 한다고 전해요." 보안 요원은 멍한 얼굴로 서서 리버스의 손가락만 응시하고 있었다. *"시키는 대로 해요!"*

리버스는 다시 뛰기 시작했다. 이번에는 한 번에 세 단씩. 그는 뛰는 게 아니라 날고 있는 듯했다. 로비는 법원을 나서려는 사람들로 붐비고 있었다.

"경찰입니다." 그가 말했다. "비상사태입니다." 아무도 입을 열지 않았다. 꼭 젖 짤 순서를 기다리는 소떼를 보는 듯했다. 유리 원통은 여전히 굼

뜨게 문을 여닫으며 한 번에 한 명씩 내보내고 있었다. 리버스가 잽싸게 그 안으로 달려 들어갔다.

"빨리, 빨리." 마침내 앞문이 열리고 그는 간신히 로비를 빠져나올 수 있었다. 정문을 나온 그가 오른쪽 모퉁이를 돌아 내달렸다. 그리고 그다음 모퉁이도. 어느새 그는 건물 반대편에 다다라 있었다. 지하 주차장 출구가 있는 곳. 그때 무서운 속도로 올라온 차 한 대가 뉴게이트 가로 빠져나갔다. 광이 나는 긴 검은색 BMW. 조수석에는 리사 프레이저가 타고 있었다. 그녀는 긴장이 풀어진 듯 미소를 흘리며 운전석의 남자와 대화를 나누고 있었다.

"리사!" 하지만 그의 목소리를 듣기에는 차가 너무 멀리 떨어져 있었다. 주변 차량 소음도 문제였다. "리사!" BMW는 그에게 접근할 틈도 주지 않고 차량의 흐름 속으로 사라져버렸다. 리버스의 입에서 나지막한 욕이 터져 나왔다. 무심코 주위를 둘러본 그의 눈에 주차된 재규어 한 대가 들어왔다. 운전석에는 제복 차림의 기사가 앉아 있었다. 그는 어리벙벙한 표정으로 리버스를 내다보고 있었다. 리버스는 운전석 문을 열고 한 손으로 기사를 끌어냈다. 그는 점점 노련해지고 있었다. 차에서 사람을 끌어내는 기술.

"이봐요! 지금 뭐하는……"

바람에 날려 벗겨진 남자의 모자가 땅에 뒹굴었다. 인도에 무릎을 꿇고 앉은 남자는 모자를 먼저 구할지, 아니면 차를 먼저 구할지를 놓고 고민에 빠진 듯했다. 리버스는 그 틈을 타 차에 시동을 걸고 연석을 미끄러지듯 빠져나갔다. 갑자기 도로로 튀어나온 차에 놀란 운전자들이 그의 뒤에서 요란하게 클랙슨을 울려댔다. 그는 짧은 경사로를 올라 왼쪽으로 급하게 방향을 틀었다. 여기저기서 급브레이크 밟는 소리와 클랙슨 소리가 터져 나왔다. 화들짝 놀란 보행자들은 휘둥그레진 눈으로 그를 노려보았다.

"라이트가 필요해." 그가 황급히 계기판을 살폈다. 그리고 헤드라이트 스위치를 찾아 상향등을 켰다. 오른쪽으로 방향을 급하게 꺾은 차는 도로 중앙으로 나와버렸고, 그 바람에 반대편에서 달려오던 빨간 버스의 측면을 긁고 말았다. 그뿐 아니라, 차량 진입 방지용 말뚝도 하나 날려버렸다. 뿌리째 뽑혀나간 조잡한 플라스틱 말뚝은 반대편 차선에 툭 떨어졌다.

멀리 벗어나지 못했을 거야. 그래! 그의 시야에 BMW의 미등이 불쑥 들어왔다. 그들은 급하게 모퉁이를 돌아나가는 중이었다. 절대 놓칠 수 없어.

"저기, 실례하겠소."

리버스가 흠칫 놀라며 도로변에 차를 멈춰 세웠다. 그가 백미러로 뒷좌석에 앉은 노인을 쳐다보았다. 중심을 잃지 않으려 양팔을 넓게 벌린 남자가 리버스 쪽으로 차분하게 몸을 기울였다.

"무슨 일인지 설명해줄 수 있겠소? 당신이 날 납치한 거요?"

리버스의 귀에 익은 목소리였다. 왓키스 사건을 맡았던 판사. 맙소사. 그 판사를 뒤에 태우고 다녔다니!

"날 납치한 게 맞다면……" 판사가 말했다. "아내에게 전화 한 통 걸 기회를 줄 수 있겠소? 그 사람이 많이 걱정할 텐데."

전화! 리버스가 계기판 밑을 다시 살폈다. 운전석과 조수석 사이에 검은 카폰이 붙어 있었다.

"제가 먼저 한 통 써도 되겠습니까?" 그가 빙그레 웃으며 물었다.

"물론."

리버스가 카폰을 집어 들고 다시 차를 몰아나가기 시작했다.

"TRS라고 적힌 버튼을 눌러요." 판사가 말했다.

"감사합니다, 판사님."

"내가 누군지 아시오? 나도 당신 얼굴이 눈에 익은데. 우리, 최근 어딘가에서 본 적 있소?"

하지만 전화를 건 리버스는 초조하게 신호음에만 온 신경을 집중시키고 있었다. 그가 상대의 응답을 기다리는 동안 BMW는 황색 신호를 무시하고 맹렬히 달려나갔다.

"꼭 잡으세요." 리버스가 이를 갈며 말했다. 재규어가 교차로에 멈춰 선 차들을 요리조리 피해 나아가자 또다시 사방에서 밴시(구슬픈 울음소리로 가족 중 누군가가 곧 죽게 될 것임을 알려준다는 아일랜드 민화 속 여자 유령)의 통곡 같은 클랙슨 소리가 터져 나왔다. 곳곳에서 접촉사고가 잇따랐고, 오토바이 한 대는 빙그르르 곡예를 돌다가 픽 고꾸라졌다. 다행히 BMW는 여전히 리버스의 시야 안에 머물고 있었다. 그들은 성난 악령이 자신들을 추격하고 있다는 사실을 전혀 모르는 듯했다.

마침내 상대가 전화를 받았다.

"리버스입니다." 그가 말했다. 그리고 이내 뒷좌석 승객을 위해 또다시 신원을 분명하게 밝혔다. "리버스 경위입니다. 플라이트를 바꿔줘요. 그 사람, 거기 있습니까?" 상대는 플라이트를 부르러 간 모양이었다. 한동안 요란한 잡음만이 흘러나왔다. 리버스는 어깨와 볼 사이에 카폰을 끼워놓고 두 손으로 핸들을 움켜잡았다.

"존? 지금 어딥니까?" 플라이트의 금속성 목소리가 아득하게 들려왔다.

"지금 운전 중입니다." 리버스가 말했다. "시민의 차를 빌려 챔버스를 쫓고 있어요. 그가 리사 프레이저를 어딘가로 데려가고 있습니다. 그녀는 그가 울프맨인지 모르는 것 같고요."

"맙소사, 존. 그가 울프맨이라는 건 확실합니까?"

"놈을 잡으면 물어볼게요. 올드 베일리로 차를 보냈습니까?"

"한 대 보냈는데요."

"인심이 아주 후하군요." 순간 리버스의 눈이 휘둥그레졌다. "아, 젠장!" 그가 황급히 브레이크를 밟았다. 한 노파가 쇼핑카트를 애완용 푸들처럼 질질 끌며 횡단보도를 건너는 중이었다. 리버스는 본능적으로 핸들을 꺾었지만 결국 카트를 들이받고 말았다. 카트는 대포알처럼 맹렬히 쏘아 올려졌다. 공중에서 뒤집힌 카트에서 식료품이 후드득 떨어졌다. 달걀, 버터, 밀가루, 시리얼. 도로는 순식간에 난장판으로 변해버렸다. 노파는 기겁을 하며 비명을 질러댔다. 팔이라도 부러진 걸까? 쇼크로 죽어버릴지도 몰라.

"아, 젠장." 그가 다시 말했다.

판사가 뒷유리 밖을 유심히 살폈다. "다행히 안 다친 것 같은데." 그가 말했다.

"존?" 플라이트의 목소리가 그를 불렀다. "방금 그 목소리, 누굽니까?"

"어." 리버스가 말했다. "판사님이십니다. 내가 판사님의 재규어를 빌렸어요." 그는 와이퍼 스위치를 찾아 앞유리에 뿌려진 팬케이크 가루를 훔쳐냈다.

"뭘 어쨌다고요?" 저토록 흥분하는 건 처음 보는데. BMW는 아직도 그의 시야에 머물러 있었다. 하지만 방금 전의 소동을 알아차렸는지 속도는 눈에 띄게 줄어 있었다.

"그 문제는 신경 쓸 필요 없어요." 리버스가 말했다. "그보다도 지금 당장 이쪽으로 차를 보내줘요. 우린……" 그가 앞유리 밖을 잽싸게 훑어보았다. 그 어디에도 도로명 표지판이 보이지 않았다.

"하이 홀본." 판사가 말했다.

"감사합니다." 리버스가 말했다. "우린 지금 하이 홀본에 있어요, 조지."

"잠깐만요." 플라이트가 말했다. 진이 빠진 그가 누군가와 속닥거리는 소리가 들려왔다. "존, 설마 당신이 방금 들어온 신고 내용과 관련이 있는 건 아니겠죠? 신고 전화가 폭주하고 있어요."

"아마 우리랑 관련이 있을 거예요, 조지. 아까 도로 말뚝을 하나 날려버렸거든요. 방금 전엔 한 노파의 쇼핑카트를 들이받았고요. 맞아요, 우리가 한 짓입니다."

플라이트는 분명 신음을 토하고 있겠지만 리버스에게는 들리지 않았다. "그가 범인이 아니면 어쩔 겁니까? 당신이 잘못 짚은 거라면 어쩔 거냔 말입니다."

"만약 그렇다면 앞으로 실업 수당을 받으면서 살게 되겠죠. 감옥에 들어가든지. 아무튼 거기 있는 형사들을 당장 이쪽으로 보내요!" 리버스가 카폰을 흘끔 쳐다보았다. "판사님, 좀 도와주십시오. 이걸 어떻게……"

"그냥 전원 버튼을 눌러요." 리버스는 시키는 대로 했다. 그러자 화면에서 불이 꺼졌다.

"감사합니다." 그가 말했다.

서서히 길이 막히기 시작했다. "그리고……" 판사가 말했다. "만약 또 쓸 일이 있다면 알아둬요. 그 카폰은 핸즈프리 기능이 있어서 그냥 전화를 걸고 저기 놓아두면 스피커폰처럼 쓸 수 있소." 리버스가 고개를 끄덕였다. 판사는 여전히 몸을 앞으로 기울인 채 리버스의 어깨너머로 밖의 상황을 살피고 있었다.

"그러니까……" 그가 흥분된 목소리로 말했다. "말컴 챔버스가 연쇄살인범이라는 말이오?"

"그렇습니다."

"증거는? 증거는 있소, 경위?"

리버스가 웃음을 터뜨리며 자신의 머리를 톡톡 두드렸다. "전 그저 이것만 믿고 있습니다, 판사님."

"그렇다면 정말 충격인데." 판사가 말했다. 그는 잠시 골똘한 생각에 빠졌다. "난 늘 말컴에게 좀 이상한 구석이 있다고 생각해왔소. 법정에선 완전 딴판이었지. 스타 검사답게 방청객들을 쥐락펴락할 줄도 알았고. 하지만 그런 사람이 법정만 나서면 확 달라졌소. 늘 우울해했고, 정신도 오락가락하는 것 같았고 말이오."

당연히 정신이 오락가락했겠지. 리버스는 생각했다. 맨정신으로 그럴 수 있었겠어?

"그와 얘길 좀 해보겠소?"

"그러려고 지금 이렇게 쫓고 있는 거 아닙니까."

판사가 씩 웃으며 카폰을 가리켰다. "아니, 지금 통화를 해보고 싶은지 물은 거요."

리버스는 흠칫 놀랐다. "그의 번호를 알고 계십니까?"

"그럼, 당연하지."

하지만 리버스는 고개를 저었다. "괜찮습니다." 그가 말했다. "그는 지금 무고한 여자와 함께 있습니다. 그를 자극하면 위험해질 수 있습니다."

"하긴." 판사가 등받이에 몸을 붙이며 말했다. "듣고 보니 당신 말이 맞는 것 같소. 미처 거기까진 생각하지 못했구먼."

그때 차 안에서 가르랑거리는 전자음이 울렸다. 카폰의 화면이 깜빡이고 있었다. 리버스는 카폰을 집어 들고 판사에게 넘겼다.

"판사님께 온 걸 겁니다." 그가 무미건조하게 말했다.

"그냥 내려놓고 통화 버튼을 눌러요." 판사가 말했다. 리버스는 이번에도 시키는 대로 했다. 판사가 큰 소리로 말했다. "여보세요?"

상대의 목소리는 카랑카랑했다. 수신 상태가 좋은 모양이었다. "에드워드? 지금 날 따라오고 있는 겁니까?"

챔버스의 목소리였다. 그는 살짝 흥분한 상태였다. 판사가 리버스를 쳐다보았다. 하지만 그도 판사에게 적절한 답을 가르쳐줄 수 없었다.

"말컴?" 판사가 차분하게 말했다. "당신이오?"

"왜 모르는 척하는 거죠? 뒤에 바짝 붙어 미행하고 있으면서."

"내가? 지금 거기가 어디요?"

챔버스의 목소리가 갑자기 거칠어졌다. "지금 나랑 장난하자는 거야, 테드? 누가 그 차를 몰고 있지? 당신은 물론 아닐 거고. 운전면허도 없는 사람이니. 운전하고 있는 놈은 누구야?"

판사가 다시 리버스를 쳐다보았다. 침묵 속에서 리사의 희미한 목소리가 흘러나왔다.

"무슨 일이에요?" 그녀가 말했다. "왜 그러는 거죠?"

그리고 챔버스의 목소리. "닥쳐, 이 나쁜 년! 넌 대가를 치를 생각이나 해." 목소리가 한층 더 높아졌다. 마치 여성의 목소리를 흉내 내고 있는 듯이. 리버스의 뒷덜미에서 털이 곤두섰다. "대가를 톡톡히 치르게 될 거야." 그가 다시 카폰에 대고 말했다. "듣고 있어? 거기 누구야? 숨 쉬는 소리가 다 들린다고, 이 개자식아." 리버스는 입술을 꽉 깨물었다. 챔버스에게 알려줘야 할까, 아니면 그냥 입을 닫고 있는 게 나을까? 그는 후자를 택했다.

"그럼 할 수 없지 뭐." 챔버스가 한숨을 내쉬며 말했다. "이년을 내보내야겠어."

리버스는 인도로 올라온 BMW의 조수석 문이 열리는 걸 지켜보았다.

"왜 이러는 거예요?" 리사가 비명을 질렀다. "안 돼! 안 돼! 이거 놔요!"

"챔버스!" 리버스가 카폰에 대고 소리쳤다. "그녀를 내버려둬!" 그제야 BMW가 도로로 내려왔다. 조수석 문도 다시 닫혔다. 잠시 무거운 침묵이 흘렀다.

"여보세요?" 챔버스의 목소리. "방금 말씀하신 분은 누구신가요?"

"난 리버스야. 우린……"

"존!" 이번에는 겁에 질린 리사의 목소리. 짝! 챔버스가 그녀를 한 대 올려붙이는 소리였다.

"그녀를 내버려두라고 했잖아!" 리버스가 소리쳤다.

"그랬지." 챔버스가 말했다. "하지만 당신은 내게 그런 명령을 내릴 위치가 아니잖아. 뭐 아무튼 두 사람이 서로 아는 사이였다니, 이거 일이 점점 재밌게 돼가는데. 안 그래, 경위?"

"날 기억하나?"

"난 울프맨 사건과 관련된 모든 이에 대해 상세한 지식을 갖고 있지. 처음부터 그 사건에 지대한 관심을 가져왔어. 뭐 그럴 수밖에 없는 입장이기도 했고. 주변엔 온통 입이 가벼운 놈들뿐이거든."

"그래서 늘 우리보다 한 발씩 앞서나갔던 거야?"

"한 발?" 챔버스가 웃음을 터뜨렸다. "단단히 착각하고 있군. 자, 경위,

이제 우리가 어떻게 해야 할지 얘기해봐. 당신 차, 아니, 에드워드의 차를 세울 텐가, 아니면 내가 굳이 당신 친구를 여기서 죽여야 하나? 그거 아나? 이 여자는 내게 재판의 심리학에 대해 묻고 싶어 했어. 정말 제대로 찾아온 셈이지, 안 그래?" 리사는 격하게 흐느끼는 중이었다. 그녀의 우는 소리가 리버스의 가슴을 찢어놓았다. "신문에 실린 사진." 챔버스가 웅얼이하듯 나지막이 말했다. "터프한 형사에게 바짝 붙어 있는 사진."

리버스는 챔버스의 말이 최대한 오래 이어지기를 바랐다. 그가 나불거리는 동안은 리사가 목숨을 부지할 수 있을 테니까. 하지만 꽉 막혀버린 길이 문제였다. 저만치 앞에 보이는 빨간불. BMW도 바로 앞차에 막혀 꼼짝 못하고 있었다. 설마 그가……? 미치지 않고서야 그럴 리 없지. 안 그래? 판사는 여전히 리버스의 머리 받침을 꼭 움켜잡은 채 번쩍이는 검은 차를 응시하고 있었다. 너무 가까이 붙었어. 거기다 완전히 멈춰 섰고.

"어떻게 할까?" 챔버스의 목소리가 말했다. "경위, 당신이 차를 세울 건가, 아니면 내가 이년을 죽여야 하나?"

리버스는 눈에 힘을 주고 챔버스의 차를 노려보았다. 리사는 챔버스에게서 최대한 멀리 떨어지려 애쓰고 있었다. 마치 탈출이라도 시도하려는 듯이. 하지만 챔버스는 왼손으로 그녀를 꽉 붙들고 있었다. 오른손은 보나마나 핸들에 얹어져 있을 것이다. 그렇다면 그의 정신은 조수석에 팔려 있겠지? 운전석 쪽은 무방비상태일 거고.

결심을 굳힌 리버스가 천천히 차문을 열고 슬그머니 내렸다. 뒤에서 클랙슨이 울렸지만 그는 개의치 않았다. 신호등은 아직도 빨간불에 머물러 있었다. 그는 몸을 웅크린 채 BMW를 향해 빠르게 나아갔다. 챔버스의 운전석 쪽 사이드미러! 만약 챔버스가 사이드미러를 보고 있다면 리버스가 접근 중이라는 사실을 어렵지 않게 확인할 수 있을 것이다. 서둘러, 존. 빨리 뛰라고.

황색.

젠장!

녹색.

마침내 BMW에 다다른 그가 손잡이를 움켜잡았다. 챔버스는 당혹스러워하며 그를 내다보았다. 바로 앞차가 움직이기 시작했다. 챔버스도 페달을 급히 밟았고, 그 바람에 리버스는 미끄러지며 달려나가는 차에서 떨어져 나오고 말았다.

빌어먹을! 또다시 터져 나온 요란한 클랙슨 소리. 성난 운전자들이 일제히 차창을 내리고 그에게 고함을 쳤다. 그는 재규어로 돌아가 다시 챔버스를 쫓기 시작했다. 판사의 손이 그의 어깨를 토닥였다.

"아쉽게 됐지만 실로 기발한 아이디어였소."

카폰에서 챔버스의 웃음소리가 흘러나왔다. "어디 다친 데 없지, 경위?" 리버스는 욱신거리는 손을 유심히 살펴보았다. 하마터면 손가락이 전부 뜯겨나갈 뻔했다. 새끼손가락은 이미 퉁퉁 부어오른 상태였다. 부러졌나? 그랬는지도 모르지.

"자." 챔버스가 말했다. "마지막으로 당신이 거절할 수 없는 제안을 하지. 당장 차를 멈추거나 내가 프레이저 박사를 죽이거나. 선택해."

"그녀는 박사가 아니야, 챔버스. 그냥 학생일 뿐이라고." 그가 마른침을 한 번 삼켰다. 이제 리사도 그가 모든 걸 알고 있다는 사실을 알게 되었다. 리버스가 깊은 숨을 한 번 들이쉬었다. "그녀를 죽여." 그가 말했다. 그의 뒤에서 판사가 헉 하고 숨을 쉬었다. 하지만 리버스는 고개를 저으며 그를 안심시켰다.

"방금 뭐라고 했지?" 챔버스가 물었다.

"그녀를 죽이라고. 나 신경 쓰지 말고. 내가 지난 한 주 동안 그 여자 때문에 얼마나 고생한 줄 알아? 이게 다 그 여자 잘못이야. 당신이 그녀를 죽이면 난 그때 당신을 죽이면 돼."

리사의 희미한 목소리가 다시 흘러나왔다. "맙소사, 존. 제발 그러지 말아요!" 점점 흥분하는 리버스와 달리 챔버스는 점점 차분해져가고 있었다. "당신이 원한다면 그렇게 해주지, 경위. 진정으로 그걸 원하고 있다면." 그의 목소리는 영안실 바닥만큼이나 차가웠다. 더 이상 인간적인 느낌이 묻어나지 않았다. 어쩌면 그것은 신문에 거짓 내용을 흘려 울프맨을 자극했던 리버스의 책임인지도 몰랐다. 하지만 어떤 이유에서인지 챔버스는 리버스 대신 리사를 보복 대상으로 선택했다. 리버스가 1분만 늦게 올드 베일리에 도착했어도 지금쯤 그녀는 확실한 죽음으로 향하고 있었을 것이다. 하지만 지금은 그 무엇도 확실하지 않았다.

말컴 챔버스가 미쳤다는 사실 외에는.

"그는 먼마우스 가로 향하고 있소." 판사가 차분하게 말했다. 그는 챔버스의 소름끼치는 본모습을 확인하고 앞으로 벌어질지 모르는 끔찍한 일들을 상상하며 느꼈던 공포를 어느 정도 떨쳐낸 듯했다.

리버스는 갑자기 들려온 소음에 앞유리 밖을 내다보았다. 어디서 왔는지 헬리콥터 한 대가 낮게 떠 있었다. 경찰 헬리콥터였다. 챔버스도 사이렌을 들었을 게 분명했다. BMW는 앞을 가로막은 두 차 사이를 비집고 들어갔다. BMW와 부딪친 차가 갑자기 멈춰 섰다. 깜짝 놀란 리버스가 급하게 브레이크를 밟아보았지만 운전석 쪽 범퍼는 결국 앞차와 충돌하고 말았다. 밖에서 헤드라이트 깨지는 소리가 들려왔다.

"죄송합니다."

"차는 괜찮소." 판사가 말했다. "무슨 일이 있어도 저놈을 놓쳐선 안 되오."

"저 친구는 이제 빠져나갈 구멍이 없습니다." 리버스가 자신감에 찬 목소리로 말했다. 이건 대체 어디서 튀어나온 거지? 하지만 의식하는 순간 그것은 다시 안갯속으로 사라져버렸다.

이제 그들은 세인트 마틴스 레인을 따라 달려나가고 있었다. 거리는 공연을 기다리거나 퇴근한 사람들로 북적거렸다. 늘 붐비는 웨스트 엔드였다. 사람들은 차례로 스쳐가는 BMW와 재규어를 휘둥그레진 눈으로 바라보았다.

그들이 트라팔가 광장으로 들어섰을 때 노란 야광 재킷 차림의 경관들이 주변의 모든 옆길을 막아서고 있었다. 대체 왜들 저러는 거지? 혹시……

바리케이드! 오직 하나의 광장 입구만이 열려 있을 뿐 모든 출구는 완전히 봉쇄된 상태였다. 이제 챔버스는 독 안에 든 쥐였다. 잘했어, 조지 플라이트.

리버스는 다시 카폰을 집어 들었다. 그가 입을 열 때마다 앞유리에 침이 튀었다.

"차 세워, 챔버스. 이제 도망칠 곳이 없어."

침묵. 그들은 어느새 트라팔가 광장으로 들어서고 있었다. 경관들의 장갑 낀 손이 분주히 움직이며 차량을 통제하고 있었다. 리버스는 다시 흥분했다. 맹렬히 달려나가는 재규어와 BMW를 제외하면 런던의 웨스트 엔드

전체는 완전한 정지 상태에 빠져 있었다. 이런 화끈한 상황에 놓인 그를 부러워하는 동료들도 분명 있을 것이다. 하지만 이건 장난이 아니었다. 그에게는 할 일이 있었다. 단지 그뿐이었다. 이 스릴 넘치는 추격전도 그저 그가 처리해야 할 또 하나의 일에 지나지 않았다. 에든버러 시내에서 십대 아이들로 구성된 코르티나 갱단을 쫓는 것, 딱 그 정도의 일이었다.

아닐 수도 있고.

그들은 넬슨 기념비를 빠르게 돌아나갔다. 캐나다 하우스, 사우스 아프리카 하우스, 그리고 국립 미술관이 리버스의 시야에서 휙휙 스쳐갔다. 판사는 리버스 뒤에서 심하게 요동치고 있었다.

"꼭 잡으세요." 리버스가 말했다.

"잡을 게 있어야지."

리버스가 웃음을 터뜨렸다. 한참을 웃던 그는 카폰이 아직도 챔버스의 BMW와 연결된 상태임을 깨달았다. 그래서 그는 더 큰 소리로 웃었다. 그가 한 손으로 핸들을 움켜잡은 채 카폰을 집어 들었다. 잔뜩 힘이 들어간 그의 왼팔이 욱신거려왔다.

"재밌나, 챔버스?" 그가 말했다. "어쩌지? 이제 도망칠 구멍이 없는데?"

그때 BMW가 한 번 들썩였다. 카폰에서 챔버스의 거친 숨소리가 흘러나왔다.

"빌어먹을 년!" 차가 또 한 번 들썩였다. 차 안에서 몸싸움이 벌어진 모양이었다. 리사의 반격. 챔버스가 궁지에 몰렸다는 걸 그녀도 깨달은 것이었다.

"안 돼!"

"이거 놔!"

"내가……"

그때 고막을 찢을 듯한 비명이 두 번 터져 나왔다. 여자의 비명. 검은 차가 다음 커브를 무시하고 인도로 달려나갔다. 버스 정거장의 금속 구조물을 뚫고 나간 BMW는 국립 미술관의 외벽을 들이받고 말았다.

"리사!" 리버스가 소리쳤다. 그가 재규어를 황급히 멈춰 세웠다. BMW의 운전석 문이 열리고 챔버스가 천천히 빠져나왔다. 한쪽 다리를 다친 그는 휘청거리며 달아나기 시작했다. 그의 오른손에는 무언가가 꼭 쥐어져 있었다. 흥분한 리버스도 제대로 말을 듣지 않는 손을 필사적으로 놀려 간신히 차문을 열고 나왔다. 그는 곧장 BMW로 달려갔다. 리사는 조수석에 축 늘어진 모습으로 앉아 있었다. 안전벨트가 앞으로 고꾸라지려는 그녀를 단단히 붙들고 있었다. 그녀의 입에서는 신음이 새어나왔다. 다행히 출혈의 흔적은 보이지 않았다. 목뼈를 다친 건가? 딱 그 정도였으면 좋겠는데. 그때 그녀가 눈을 떴다.

"존?"

"괜찮아요, 리사. 조금만 더 참아요. 구급차가 곧 도착할 겁니다." 그의 말대로 순찰차와 제복 경관들이 광장으로 우르르 몰려오고 있었다. 리버스는 그녀에게서 눈을 떼고 챔버스를 찾아 사방을 둘러보았다.

"저기!" 어느새 재규어에서 내린 판사가 뻣뻣한 팔을 들고 한쪽을 가리켰다. 리버스의 시선이 국립 미술관 쪽으로 돌아갔다. 챔버스는 그곳 앞 계단을 힘겹게 오르고 있었다.

"챔버스!" 리버스가 소리쳤다. "챔버스!"

하지만 그는 금세 리버스의 시야에서 사라져버렸다. 리버스는 계단을 향해 내달리기 시작했다. 그의 두 다리도 온전한 상태는 아니었다. 뼈와 연골 대신 고무가 아슬아슬하게 받쳐주고 있는 듯했다. 그는 계단을 올라 가장 가까운 문으로 들어갔다. 출구. 제복 차림의 여직원이 로비 바닥에 쓰러져 있었고, 그 옆에는 한 남자가 서 있었다. 남자가 미술관 안쪽을 가리켰다.

"안으로 들어갔어요!"

리버스는 망설임 없이 말컴 챔버스가 사라진 쪽으로 달려 들어갔다.

* * *

그는 달리고, 달리고, 또 달렸다.

어린 시절 아버지를 피해 달아났을 때처럼. 필사적으로 다락에 올라 몸을 숨겼을 때처럼. 결국에는 덜미를 잡혀버렸지만. 운 좋게 발각되지 않더라도 그는 배고픔과 갈증에 못 이겨 제 발로 내려올 수밖에 없었다. 그들이 기다리고 있는 아래층으로.

그의 다리가 욱신거린다. 상처가 난 얼굴도 따끔거린다. 턱에서 뚝뚝 떨어진 피가 목을 타고 흘러내린다. 하지만 그는 개의치 않고 계속 달려나간다.

그의 유년기는 그럭저럭 견딜 만했다. 그는 어머니가 조심스레 아버지의 코털을 잘라주는 모습을 떠올려본다. "코털이 너무 길어. 남자가 이러면 안 되지. 이건 부적절하다고." 하지만 그건 그의 잘못이 아니었다. 그들의 잘못이었지. 그들이 원한 건 딸이었다. 그들은 결코 아들을 원하지 않았다. 그의 어머니는 늘 그에게 분홍색 옷만 입혔다. 여자애들 색깔과 여자애들 옷. 그리고 아들을 화폭에 담아나갔다. 길고 곱실거리는 금발머리도 빼놓지 않았다. 그는 그런 모습으로 어머니의 그림에 등장했다. 심지어는 풍경화에까지도. 머리에 나비모양 리본을 달고 강둑을 따라 달리는 어린 소녀.

경비 하나, 그리고 또 하나. 그들에게 달려든다. 어딘가에서 경보기가 울리고 있다. 환청인가? 이 많은 그림들. 다 어디서 가져온 거지? 문 하나를 지난다. 그리고 오른쪽으로 방향을 틀어 또 다른 문을 통과한다.

그들은 그를 집에 가두어놓았다. 학교에서는 배울 게 없다는 게 그들의 주장이었다. 그는 집에서 배우고, 집에서 만들어졌다. 가끔 술에 취한 그의 아버지가 어머니의 캔버스를 쓰러뜨리고 그 위에 올라가 춤을 추기도 했다. "예술! 빌어먹을 예술!" 그가 킬킬거리며 요상한 춤을 추어대는 동안 그의 어머니는 두 손으로 얼굴을 감싸 쥔 채 흐느껴 울었다. 그리고 침실로 뛰어들어가 문을 걸어 잠갔다. 그럴 때마다 그의 아버지는 비틀거리며 아들의 방으로 들어왔다. 아이를 꼭 끌어안아 주려고. 향긋한 술 냄새를 폴폴 풍기며. 하지만 그는 아이를 안아주는 것에서 멈추지 않았다. 그의 손길은 그보다 깊이, 훨씬 깊이 파고들었다. "크게 벌려봐. 치과에서 하는 것처럼." 너무 아팠다. 무섭게 파고드는 손가락…… 혀…… 비틀어 열어놓고선…… 그보다 더 참기 힘든 건 소리였다. 나지막이 그렁대는 소리. 요란한 콧소리. 그리고 가식. 마치 그게 재미있는 게임에 불과하다는 듯이. 그의 아버지는 그걸 증명이라도 하듯 몸을 숙이고 그의 말랑말랑한 배를 살짝 깨물었다. 곰처럼 으르렁거리면서. 그는 아이의 배에 입을 갖다 대고 힘껏 불었다. 맨살에서 재밌는 소리가 나면 그는 큰 소리로 웃음을 터뜨렸다. "아빠가 뭐랬어? 재밌는 게임라고 했잖아."

아니. 그건 게임이 아니었다. 결코 아니었다. 달아나기. 다락으로. 헛간이 있는 뜰로. 따가운 쐐기풀쯤은 얼마든지 견딜 수 있었다. 아버지에게서 벗어날 수만 있다면 뭐든 상관없었다. 어머니도 알고 있었을까? 당연히 알고 있었겠지. 언젠가 그는 어머니에게 모든 걸 털어놓으려 한 적이 있었다. 하지만 그의 어머니는 들으려 하지 않았다. "말도 안 돼. 네 아버지가 그랬을 리 없잖아. 거짓말하면 안 돼, 말컴." 그녀의 그림은 점점 과격해져만 갔다. 들판은 자주색과 검은색으로, 강은 선홍색으로 변해버렸다. 강둑의 새하얀 사람들은 해골이나 유령 같아 보였다.

그는 한동안 잘 감추고 살아왔다. 하지만 결국 그녀는 되돌아오고 말았다. 이제 그는 거의 '그녀'로 살게 되었다. 그녀와 그녀의 필요에 철저히 이용당하면서…… 복수는 아니었다. 엄밀히 따지면. 이름 모를 그것은 복수보다 훨씬 깊은 것이었다. 의식. 오, 그래. 의식.

사람들이 이쪽으로, 그리고 저쪽으로 몸을 피하며 그에게 길을 내준다. 경보기는 아직도 울리고 있다. 그의 머릿속에서는 무언가가 연신 쉭쉭대고 있다. 쉭-쉭-쉭. 쉭-쉭-쉭. 그의 시야에서 빠르게 스쳐가는 그림들. 전부 어쭙잖다. *긴 코털 자니.* 그 무엇도 현실을 묘사하지 않았다. 그 밑에 깔린 또 다른 현실은 말할 것도 없고. 누구 하나도 지구상 모든 인간의 암울한 생각을 담아내지 못했다. 그는 또 다른 문을 열어젖힌다. 전혀 다른 공간. 어둠과 그림자 극, 두개골과 핏기 없는 얼굴들. 그래, 이건 좀 괜찮군. 벨라스케스, 엘 그레코, 스페인 화가들. 두개골과 그림자. 아, 벨라스케스.

왜 어머닌 이런 걸 못 그렸지? 그들이 죽었을 때 – *침대에 나란히 누워. 가스 누출. 경찰은 아이가 살아남은 게 기적이라고 했다. 그의 침실 창문이 살짝 열려 있어서 다행이라고* – 그는 어머니의 그림들을 챙겨 나왔다. 하나도 빠짐없이.

"이건 게임일 뿐이야."

"긴 코털, 자니." 그의 아버지가 잠들어 있는 동안 가위로 싹둑싹둑. 그는 눈빛으로 어머니에게 애원했다. 제발 가위를 아버지의 목에 찔러 넣어달라고. 그녀는 너무 순해서 탈이었다. 싹둑. 너무 상냥하고 순해서. *아이가 살아남은 게 기적*.

아무것도 모르면서.

* * *

계단을 마저 올라온 리버스는 서점을 가로질러 뛰어나갔다. 경관들이 그를 뒤따르고 있었다. 그는 그들에게 사방으로 퍼져 수색하라고 손짓했다. 도망칠 구멍은 없었지만 너무 가까이 접근하는 건 여전히 위험했다.

말컴 챔버스는 이제 그의 손아귀에 있었다.

첫 번째 화랑은 빨간 벽을 한 넓은 공간이었다. 경비가 오른쪽 문간을 가리켰다. 리버스는 그쪽으로 달려 들어갔다. 문 바로 옆에는 잘린 목에서 피가 뿜어져 나오는 시체 그림이 걸려 있었다. 리버스는 자신의 생각을 완벽히 반영하고 있는 그림을 들여다보며 미소를 지었다. 주황색 카펫에는 적갈색 피가 뿌려져 있었다. 하지만 핏자국이 없었어도 그는 어렵지 않게 챔버스를 쫓을 수 있었을 것이다. 관광객과 안내원 들은 멀리 물러나 그에게 나아갈 방향을 알려주었다. 경보기 소리는 날카롭고 요란했다. 그의 다리에는 어느새 힘이 잔뜩 들어가 있었고, 심장은 터질 듯 요동치고 있었다.

그는 오른쪽으로 방향을 틀었다. 작은 구석방을 지나자 또 다른 화랑이 나타났다. 한쪽 끝에는 크고 묵직해 보이는 나무문과 유리문이 나 있었다.

그 앞에서는 또 다른 안내원이 부상 입은 팔을 어루만지고 있었다. 문에는 피 묻은 손자국이 남아 있었다. 리버스는 멈춰 서서 유리문 안을 들여다보았다.

한쪽 구석에 웅크려 앉은 울프맨이 보였다. 그의 바로 위 벽에는 수도자로 보이는 인물의 그림이 걸려 있었다. 그림자에 파묻힌 남자는 머리에 고깔을 쓰고 있었다. 그는 두개골을 손에 쥔 채 하늘을 우러러보며 기도를 하는 중이었다. 두개골에서는 피가 뚝뚝 떨어지고 있었다.

리버스는 문을 열고 안으로 걸어 들어갔다. 수도자 그림 옆에는 성모 마리아의 그림이 걸려 있었다. 성모의 머리 왼쪽에는 별들이 떠 있었고, 그녀의 얼굴에는 커다란 구멍이 뚫려 있었다. 두 그림 밑에 앉아 있는 남자는 여전히 말도, 미동도 없었다. 리버스는 앞으로 몇 걸음 다가가보았다. 그의 왼쪽 벽에는 불행해 보이는 귀족들의 초상화가 줄지어 걸려 있었다. 그들의 머리와 몸은 갈가리 찢겨 있었다. 울프맨의 소행이었다. 두 사람 사이의 거리가 점점 좁혀졌다. 말컴 챔버스 옆의 그림은 벨라스케스의 작품이었다. 〈무염시태(無染始胎)〉. 리버스는 또다시 미소를 지었다.

그때 말컴 챔버스의 머리가 실룩거렸다. 그의 눈빛은 차가웠고, 얼굴에는 유리 파편 몇 개가 박혀 있었다. 그의 입에서 흘러나오는 목소리에는 기운이 하나도 느껴지지 않았다.

"리버스 경위."

리버스는 고개를 끄덕였다. 질문은 아니었지만.

"궁금해." 챔버스가 말했다. "왜 어머니가 날 한 번도 이곳에 데려오지 않았는지. 마담 투소 박물관 외엔 가본 기억이 없어. 마담 투소 박물관에 가본 적 있나, 경위? 난 공포의 방을 좋아해. 어머니는 절대 못 들어간다고 늘 버텼지만." 그가 등 뒤의 발걸이에 몸을 기댄 채 웃음을 터뜨렸다. "저 귀한 작품들을 내가 괜히 찢어놨나?" 그가 말했다. "보나마나 값을 매길 수 없을 만큼 귀중한 것들일 텐데. 웃기지 않아? 그저 그림에 불과할 뿐인데. 저런 그림쪼가리들이 왜 귀하다는 건지 이해가 안 돼."

리버스가 그를 부축하려 한 손을 내밀었다. 그의 눈이 다시 초상화들을 훑었다. 베어놨군. 찢어버린 게 아니라. *베어놓은 거야.* 안내원의 팔뚝을 그어놓은 것처럼. 인간의 손이 아닌 도구로.

늦었다. 챔버스가 쥐고 있는 작은 부엌칼은 이미 리버스의 셔츠를 파고 들어와 있었다. 챔버스가 벌떡 일어나 리버스를 힘차게 밀어붙였다. 초상화들이 걸린 벽 쪽으로. 광기에 사로잡힌 챔버스는 초인적인 힘을 발휘하고 있었다. 리버스의 발뒤꿈치가 발걸이에 닿았다. 그의 뒤통수가 그림과 부딪치며 요란한 소리를 냈다. 그의 오른손은 칼을 쥔 챔버스의 손을 움켜쥐고 있었다. 칼끝이 그의 복부에 박혔지만 더 이상 깊숙이 파고들지는 않았다. 그가 무릎을 들어 챔버스의 사타구니를 찍었다. 그리고 왼손을 펴 챔버스의 코를 가격했다. 그제야 칼에서 압력이 덜어졌다. 리버스는 챔버스의 손목을 힘껏 꺾어보았지만 챔버스는 끝내 칼을 떨어뜨리지 않았다.

벽에서 떨어져나온 그들은 서로 엉겨 붙은 채 칼을 차지하려 사투를 벌였다. 챔버스는 울고 있었다. 아니, 울부짖고 있었다. 그 소리가 리버스의 등골을 오싹하게 만들었다. 마치 어둠 그 자체와 싸우고 있는 기분이었다. 그의 머릿속에서 달갑지 않는 생각들이 속속 떠올랐다. 만원 지하철, 아동성추행범, 거지들, 무표정한 얼굴들, 펑크와 포주들. 그가 런던에 와서 보고 겪은 모든 게 주마등처럼 스쳐갔다. 그는 챔버스의 얼굴을 똑바로 쳐다보지 않으려 애썼다. 왠지 그랬다가는 온몸이 꽁꽁 얼어붙어 버릴 것만 같았다. 화랑 안의 모든 그림들이 흐릿한 파란색과 검은색과 회색의 얼룩으로 변해 죽음의 무도를 즐기고 있었다. 리버스는 점점 지쳐갔지만 챔버스는 점점 강해져갔다. 리버스는 머릿속이 아찔해짐을 느꼈다. 그의 눈앞에서 화랑이 핑핑 돌고 있었다. 칼이 파고들었던 복부는 서서히 감각을 잃어가는 중이었다.

뽑혀 나온 칼은 계속 휘둘러진다. 진이 빠져버린 리버스는 반격할 엄두를 내지 못한다. 이 상황에서 그가 할 수 있는 일이라고는 험상궂게 인상을 찌푸리는 것뿐이다. 그는 용기를 내어 챔버스를 쳐다본다. 그의 눈은 성난 황소처럼 이글거리고, 입은 굳게 다물어져 있다. 광기와 결의만이 연출해낼 수 있는 표정이다. 리버스는 칼을 쥔 손이 조금씩 돌아가는 걸 포착한다. 하지만 그는 다시 뒤로 떠밀려진다. 챔버스가 무섭게 달려들어 리버스를 다시 벽에 메다꽂는다. 이내 두 사람의 몸이 포옹하듯 밀착된다. 챔버스는 커다란 바위덩어리 같다. 그가 리버스의 얼굴에 자신의 볼을 갖다 붙이고 힘껏 짓이긴다. 리버스는 정신을 가다듬고 안간힘을 다해 묵직한 몸뚱이를 밀어낸다. 챔버스가 갑자기 주춤하며 물러난다. 그의 가슴에는 칼이 박혀 있다. 그것도 칼자루만 보일 만큼 아주 깊숙이. 그가 고개를 떨어뜨리고 자신의 가슴을 내려다본다. 그의 입에서는 시뻘건 피가 뚝뚝 떨어지고 있다. 그가 손으로 칼자루를 더듬다가 리버스를 쳐다보며 미소를 짓는다. 마치 사과를 하고 있는 듯하다.

"*남자가 이러면…… 부적절해.*" 그의 다리가 풀려버린다. 그의 몸뚱이는 앞으로 고꾸라진다. 머리가 카펫 깔린 바닥에 떨어진다. 그리고 그는 더 이상 움직이지 않는다. 리버스는 가쁜 숨을 몰아쉰다. 그는 벽에서 떨어져 나와 화랑 중앙으로 나간다. 그리고 발끝으로 시체를 들춰본다. 피로 범벅이 된 챔버스의 얼굴은 평화로워 보인다. 리버스는 두 손가락으로 자신의 셔츠 앞을 더듬어본다. 손끝에 축축한 피가 묻어나온다. 하지만 그는 개의치 않았다. 울프맨도 결국 인간일 뿐이었다. 그리고 그는 지금 리버스의 눈앞에서 죽어 있었다. 원한다면 모든 공을 독차지할 수도 있는 상황이었다. 하지만 그는 그러고 싶지 않았다. 그는 그들에게 칼을 뽑아가 지문을 채취해보라고 주문할 것이다. 그들은 오직 챔버스의 지문만을 찾아내게 될 것이고. 물론 그건 별 의미가 없었다. 어차피 플라이트와 그의 일당은 리버스가 울프맨을 죽였다고 생각할 테니까. 하지만 울프맨을 죽인 건 리버스가 아니었다. 솔직히 리버스 자신도 무엇이 그를 죽였는지 정확히 알지 못했다. 비겁함? 죄책감? 아니면 그보다 훨씬 깊고 난해한 무언가가?

남자가 이러면…… 부적절해. 무슨 유언이 그따위지?

"존?"

플라이트의 목소리였다. 그의 뒤에는 권총을 뽑아든 경관 두 명이 서 있었다.

"은탄은 필요없어요, 조지." 리버스가 말했다. 사방에는 수백만 파운드를 호가할 명화들이 복원이 불가능할 정도로 훼손된 채 널브러져 있었다. 경보기는 아직도 요란하게 울리고 있었다. 보나마나 트라팔가 광장은 아수라장이 되어 있을 게 뻔했다.

"내가 그랬죠? 쉽게 해결될 거라고." 그가 말했다.

리사 프레이저의 부상은 다행히 크지 않았다. 심리적 충격, 약간의 타박상, 목뼈 손상. 병원은 경과를 지켜봐야 한다며 그녀를 퇴원시키지 않았다. 그들은 리버스의 상태도 살펴보고 싶어 했지만 그는 거부했다. 결국 그들은 그에게 진통제 몇 알을 쥐어주는 것으로 만족해야 했다. 칼에 찔린 복부의 상처는 딱 세 바늘 꿰매는 것으로 수습되었다. 자상은 깊지 않았지만 그들은 혹시 모르니 제대로 봉합해야 한다고 고집을 부렸다. 그들은 새까맣고 두꺼운 실을 사용해 상처를 꿰매어놓았다.

그는 경찰과 과학수사대가 바글거리는 챔버스의 이슬링턴 아파트를 찾아가보았다. 2층짜리 건물은 꽤 컸다. 밖에서 지켜보는 기자들은 관계자의 인터뷰를 따기 위해 안달하고 있었다. 코퍼플레이트 가의 즉석 기자회견장에 있었던 몇몇 기자들이 그를 알아보고 몰려들었지만 그는 무시하고 울프맨의 은신처로 들어갔다.

"존, 좀 어떻습니까?" 조지 플라이트의 얼굴에서는 아직도 어리벙벙한 표정이 가시지 않고 있었다. 그가 다가와 리버스의 어깨에 손을 얹었다. 리버스의 입가에 미소가 머금어졌다.

"괜찮아요, 조지. 뭐 찾은 거 있습니까?"

그들은 거실에 서 있었다. 플라이트가 홀 끝에 자리한 방을 가리켰다. "아마 직접 봐도 믿어지지 않을 겁니다." 그가 말했다. "나도 아직 믿기지가 않아요." 플라이트의 입김에서 위스키 냄새가 살짝 풍겼다. 본부는 이미 자축연을 벌인 모양이었다.

리버스는 그가 가리킨 문을 열고 안으로 들어갔다. 사진사와 과학수사대가 벌떼처럼 몰려들어 있었다. 소파 뒤에서 천천히 일어난 키 큰 남자가 리버스를 돌아보았다. 필립 커즌스였다. 그가 미소를 지으며 고개를 끄덕였다. 그의 옆에는 언제나 그렇듯 이소벨 페니가 스케치북을 손에 쥔 채 서 있었다. 하지만 그녀는 스케치를 하고 있지 않았다. 그녀의 얼굴은 큰 충격을 받은 듯 질려 있었다.

현장은 실로 끔찍했다. 특히 냄새는 최악이었다. 냄새와 윙윙대는 파리 떼. 한쪽 벽은 심하게 훼손된 그림들로 덮여 있었다. 너덜너덜해진 그림 몇 점은 바닥에 널브러져 있었다. 그 반대편 벽에는 처칠 지구에나 어울릴 법한 낙서가 적혀 있었다. 앙심이 가득한 말들.

예술은 죽었다. 가난한 이들을 딱하게 여겨라. 돼지들은 죽이고.

광기의 흔적.

소파 뒤에는 시체 두 구가 아무렇게나 방치되어 있었다. 세 번째 시체는 테이블 밑에 누워 있었다. 마치 누군가가 그들을 대충 숨겨놓으려고 한 것처럼. 카펫과 벽은 피로 얼룩져 있었고, 사방에서는 시체 썩는 냄새가 풍겼다. 피해자들이 숨진 지 꽤 되었다는 뜻이었다. 범인은 잡혔지만 그의 범행 동기는 아직도 풀리지 않고 있었다. 플라이트는 바로 그 점이 거슬리는 모양이었다.

"아무리 생각해도 동기를 모르겠어요, 존. 챔버스는 모든 걸 가진 사람이 아니었습니까. 대체 왜 이런……? 그 사람 능력이라면 뭐든 다 할 수 있었을 텐데." 그들은 거실로 나왔다. 어디에서도 단서는 보이지 않았다. 챔버스는 자신의 집만큼이나 깔끔하고 무해한 사생활을 유지해온 듯했다. 저 비밀의 방만 빼고. 아파트의 나머지 부분은 잘나가는 검사의 집으로 보기에 손색이 없었다. 책들, 책상, 서신들, 컴퓨터 파일들.

하지만 리버스는 전혀 거슬리지 않았다. 그들이 영영 범행 동기를 밝혀내지 못한다 해도 그는 찜찜하지 않을 것 같았다. 그가 어깨를 으쓱였다.

"전기가 출간될 때까지 기다려봐요, 조지." 리버스가 말했다. "그걸 보면 답을 찾을 수 있을지도 모르니까요." 아니면 심리학자에게 물어보든지. 그는 생각했다. 보나마나 무수히 많은 이론이 있을 테니.

하지만 플라이트는 고개를 저었다. 그가 머리와 얼굴과 목을 차례로 문질러나갔다. 그는 아직도 사건이 종결되었다는 사실을 실감하지 못하고 있는 듯했다. 리버스가 그의 팔뚝에 손을 얹었다. 두 남자의 눈길이 맞닿았다. 리버스가 천천히 고개를 끄덕이며 살짝 윙크를 해 보였다.

"당신도 재규어를 타고 갔어야 했는데 말입니다, 조지. 정말 신나고 흥분되는 경험이었습니다."

플라이트가 애써 미소를 지어 보였다. "판사에게 가서 그 얘길 해봐요." 그가 말했다. "판사에게요."

그날 밤, 리버스는 조지 플라이트의 집에서 저녁을 먹었다. 그들은 매리언 덕분에 오랫동안 말만 해온 저녁을 함께 먹을 수 있었다. 하지만 식탁의 분위기는 침울했다. 그나마 심야 뉴스에서 흘러나오는 미술사가와의 인터뷰가 그들의 흥미를 자극해주었다. 그는 심하게 훼손된 국립 미술관 스페인 룸의 명화들에 대해 이야기하고 있었다.

"정말 무의미한 훼손…… 공공기물 파손죄…… 순전히 고의적인…… 값을 매길 수 없을 만큼 귀중한…… 어쩌면 복원이 불가능할 수도…… 수천 파운드가…… 유산……"

"어쩌고저쩌고." 플라이트가 비웃듯이 말했다. "적어도 빌어먹을 그림은 어떻게든 수선이라도 할 수 있지. 저 사람들 얘기하는 꼴을 보면 정말……"

"조지!"

"미안, 매리언." 플라이트가 순한 양이 되어 말했다. 그가 리버스를 흘끔 쳐다보았고, 리버스는 윙크를 해 보였다.

그녀가 잠자리에 든 후 두 남자는 테이블에 앉아 마지막 브랜디를 나눠 마셨다.

"난 은퇴하기로 했어요." 플라이트가 말했다. "오래전부터 매리언이 졸라왔어요. 이젠 내 건강도 생각해야 하고."

"농담하지 말아요."

플라이트가 고개를 저었다. "농담이 아닙니다. 한 보안업체가 자리를 내주겠다고 했어요. 보수도 많고, 초과근무도 없답니다."

리버스가 고개를 끄덕였다. 그도 은퇴한 선배들이 보안업체로 우르르 몰려가는 걸 종종 봐왔다. 그가 잔에 남은 술을 마저 비웠다.

"언제 떠날 겁니까?" 플라이트가 물었다.

"내일쯤 갈 것 같습니다. 나중에 내 증언이 필요할 때 다시 오려고요."

플라이트가 고개를 끄덕였다. "다음에 올 땐 꼭 여기서 지내요. 빈 방도 하나 있으니."

"고마워요, 조지." 리버스가 자리에서 일어났다.

"내가 태워다줄게요." 플라이트가 말했다. 하지만 리버스는 고개를 저었다.

"택시나 불러줘요." 그가 말했다. "당신이 음주 소란죄로 잡혀 들어가는 건 보고 싶지 않으니까. 은퇴연금 생각을 해야죠."

플라이트가 자신의 브랜디 잔을 빤히 쳐다보았다. "하긴." 그가 말했다. "그러죠. 택시를 불러줄게요." 그가 주머니에 손을 집어넣었다. "참, 작은 선물을 하나 준비했습니다."

그가 꼭 쥔 주먹을 리버스 앞으로 내밀었다. 리버스는 그 주먹 밑으로 손바닥을 가져갔다. 플라이트의 손에서 작은 쪽지가 툭 떨어졌다. 리버스는 그것을 펼쳐보았다. 쪽지에는 주소가 적혀 있었다. 리버스는 플라이트를 쳐다보았다. 그리고 알겠다는 듯 고개를 끄덕였다.

"고마워요, 조지." 그가 말했다.

"살살 다뤄요. 알겠죠, 존?"

"살살 다룰게요." 리버스가 말했다.

가족

그날 밤, 그는 모처럼 푹 잘 수 있었다. 하지만 6시가 되니 자동적으로 눈이 떠졌다. 그의 복부에서 타는 듯한 통증이 전해져왔다. 마치 방금 전까지 증류주를 들이붓기라도 한 것처럼. 의사들은 절대 금주를 강조했다. 전날 밤, 그는 와인 한 잔과 브랜디 두 잔만을 살짝 걸쳤을 뿐이었다. 그가 환부를 살살 문지르며 통증이 가시기를 기다렸다. 그게 별 효과를 거두지 못하자 그는 수돗물을 받아와 진통제를 두 알 삼킨 후 옷을 챙겨 입었다.

택시 기사는 졸린 얼굴로 어제 사건에 대한 자신의 의견을 나불나불 늘어놓았다.

"난 그때 화이트홀 쪽에 갇혀 있었어요. 한 시간 십오 분쯤 기다리니 차들이 조금씩 움직이더군요. 무려 한 시간 하고도 십오 분이나 기다려야 했어요. 비록 차 추격전은 못 봤지만 말로 대충 듣긴 했죠."

뒷좌석에 앉은 리버스는 베스널 그린의 아파트에 도착할 때까지 아무 말도 하지 않았다. 계산을 하고 택시에서 내린 그는 다시 플라이트가 준 쪽지를 들여다보았다. 46호. 4층, 여섯 번째 집. 엘리베이터에서는 식초 냄새가 풍겼다. 한쪽 구석에 놓인 구겨진 종이봉지에서는 덜 익은 감자튀김과 무언가의 반죽이 스며 나오고 있었다. 플라이트가 옳았다. 정보원들만 잘 관리해도 거의 모든 문제를 해결할 수 있었다. 어떨 때는 그들이 유능한 경찰들보다 나았다. 인정하고 싶지는 않지만. 리버스는 자신이 시간을 잘 맞추어 왔기를 바랐다.

엘리베이터에서 내린 그는 작은 층계참으로 이동했다. 한 아파트 앞에는 플라스틱 받침에 끼워진 우유병 두 개가 놓여 있었다. 그는 빈병 하나를 뽑아들고 다시 엘리베이터로 돌아가 닫히려는 문틈에 빈병을 놓아두었다. 문은 닫히다 만 채로 멈춰버렸고, 엘리베이터도 운행이 정지되었다.

신속한 도주가 필요한 상황을 대비해둔 것이었다.

그는 좁은 복도를 걸어 6번 아파트로 향했다. 그리고 벽에 등을 붙인 채 현관문 손잡이를 힘껏 걷어찼다. 문이 벌컥 열리고 그는 답답한 안으로 걸어 들어갔다. 또 다른 문. 그는 이번에도 열쇠 대신 구둣발을 이용했다. 문이 열리고 케니 왓키스의 얼굴이 불쑥 나타났다.

왓키스는 바닥에 놓인 매트리스에 누워 잠을 자던 중이었다. 팬티 차림으로 일어난 그가 벽에 달라붙은 채 몸을 덜덜 떨었다. 그는 앞으로 흘러내린 머리를 쓸어 넘기며 리버스를 쳐다보았다.

"마……맙소사." 그가 더듬거렸다. "여긴 무슨 일이시죠?"

"안녕, 케니." 리버스가 방으로 들어서며 말했다. "네게 할 말이 있어서 왔어."

"무슨 말씀이 하고 싶으신데요?" 케니가 겁을 집어먹은 건 새벽 6시에 문이 박살났기 때문이 아니라 누가, 그리고 왜 문을 박살냈는지 깨달았기 때문이었다.

"토미 삼촌."

"토미 삼촌?" 케니 왓키스가 어색하게 미소를 머금었다. 그가 다시 매트리스로 돌아가 찢어진 청바지를 걸쳤다. "삼촌은 왜요?"

"뭐가 그리 두려운 거지, 케니? 왜 숨어 지내는 거야?"

"숨어 지낸다고요?" 그가 다시 미소를 지었다. "누가 그래요? 제가 숨어 지낸다고?"

리버스는 연민의 미소를 흘리며 고개를 저었다. "넌 참 딱해, 케니. 정말 안쓰럽다고. 난 너 같은 놈들을 잘 알아. 야망은 있지만 머리가 없지. 말만 번지르르하게 할 뿐 정작 배짱은 없고. 런던에 온 지 일주일밖에 안 된 나도 이렇게 널 찾아냈잖아. 그런데 토미는 못할 것 같아? 그가 찾다 지쳐서 그만둘 줄 알았나? 절대 아니야. 그는 결국 널 찾아내서 네 놈의 머리를 못으로 벽에 박아놓을 거야."

"헛소리 말아요." 검은 티셔츠까지 마저 걸친 그가 말했다. 케니의 목소리는 한층 안정된 상태였지만 그의 눈은 여전히 불안하게 흔들리고 있었다. 리버스는 처음부터 너무 세게 몰아붙이지 않기로 했다. 그가 주머니에서 담뱃갑을 꺼내 케니에게 한 대 권했다. 그는 불을 붙여 먼저 건넨 후 자신도 한 대 꺼내 물었다. 그의 손은 어느새 욱신대는 복부를 살살 문지르고 있었다. 맙소사, 왜 이리 아픈 거야? 설마 꿰맨 데가 터지거나 하진 않겠지?

"넌 그를 속여왔잖아." 리버스가 태연하게 말했다. "그는 장물을 관리하고 넌 배달을 맡아왔지. 하지만 넌 부당하게 돈을 떼먹어왔어. 그렇지? 매번 티가 안 날 만큼씩 챙겨왔다는 거 안다고. 대체 왜 그런 거지? 도크랜즈에 아파트라도 사두려고? 아니면 사업 자금이 필요해서? 아무튼 넌 너무 욕심을 부렸어. 그리고 토미는 널 의심하게 됐지. 그날 넌 삼촌이 유죄 판결을 받는 걸 보려고 법정에 왔어. 그래야 네가 살 수 있으니까. 하지만 그게 뜻대로 되지 않자 넌 작전을 바꿔버렸어. 방청석에서 환호한 것도 다 그런 이유 때문이었고. 검찰이 불기소 결정을 내렸다는 소식을 듣고 넌 삼촌 손에 죽게 될 걸 걱정하기 시작했을 거야. 그래서 달아난 거지, 케니? 그런데 고작 온 데가 여기야?"

"당신이 무슨 상관입니까?" 케니가 성난 목소리로 말했다. 하지만 그 분노는 공포로부터 비롯된 것이었다. 그리고 그 분노의 대상은 리버스가 아니었다. 그는 그저 메시지를 전달하러 왔을 뿐이니까.

"내 말 똑똑히 들어." 리버스가 차분하게 말했다. "두 번 다시 새미에게 접근하지 마. 그 애 주변에 얼씬도 하지 말란 말이야. 말도 걸지 말고. 내가 충고 하나 할까? 지금 당장 기차나 버스에 올라 런던을 떠나는 게 좋을 거야. 하지만 걱정 말라고. 토미는 조만간 우리가 잡아줄 테니까. 넌 그때 다시 돌아오면 돼." 그가 다시 주머니에 손을 찔러 넣었다. 이번에 꺼낸 것은 반으로 접힌 10파운드 지폐 다발이었다. 그가 거기서 넉 장을 뽑아 매트리스 위에 떨어뜨렸다. "이걸로 편도 승차권을 끊어. 오늘 아침에 당장 떠나라고."

그는 여전히 경계하는 눈빛이었다. "날 체포하지 않을 거예요?"

"내가 왜 널 체포해?"

그가 미소를 흘리며 떨어진 지폐들을 내려다보았다. "그냥 가족 문제일 뿐이에요. 아무 일 없을 겁니다."

"정말 그렇게 생각해?" 리버스가 고개를 끄덕이며 방 안을 찬찬히 둘러보았다. 벗겨진 벽지, 판자를 쳐둔 창문, 구겨진 시트가 깔린 매트리스. "알았어." 그가 돌아섰다.

"나만 그런 게 아니에요."

리버스가 걸음을 멈추었다. 하지만 그는 돌아보지 않았다. "뭐라고?" 그가 별로 관심 없다는 듯 말했다.

"경찰도 같이 했다고요. 그도 삼촌을 등쳐먹었어요."

리버스는 깊은 숨을 한 번 들이쉬었다. 굳이 내가 알아야 할 필요가 있을까? 정말 알고 싶은 거야? 하지만 케니 왓키스는 그에게 선택의 여지를 주지 않았다.

"램이라고 부르는 형사였어요." 그가 말했다. 리버스의 입에서 긴 한숨이 새어나왔다. 하지만 그는 아무 말도 하지 않았다. 아무런 내색도 하지 않았다. 아파트를 걸어 나온 그는 천천히 엘리베이터에 몸을 실었다. 그리고 발로 우유병을 툭 차버린 후 로비 버튼을 꾹 눌렀다.

그는 건물을 빠져나오자마자 담배를 비벼 껐다. 그리고 다시 복부를 문질렀다. 젠장, 진통제라도 챙겨올걸. 그때 주차장에 세워진 수상한 밴 한 대가 그의 눈에 들어왔다. 6시 45분. 이런 시간에 두 남자가 냉랭한 표정으로 앞좌석에 앉아 있다면, 그에 대한 타당한 이유가 있어야 할 것이다. 출근을 준비하는 사람들인지도 모르고.

사실 리버스는 그들의 정체를 알고 있었다. 그에게는 또 다른 선택이 주어졌다. 그냥 내버려두든지 그들을 막든지. 고민에 빠진 그의 뇌리에 사만다의 얼굴이 스쳐갔다. 결심을 굳힌 그가 태연하게 밴 쪽으로 다가갔다. 남자들은 계속 딴청만 피워댔다. 그가 조수석 창문을 주먹으로 탁 내리쳤다. 조수석의 남자가 인상을 찌푸리며 차창을 내렸다.

"뭐요?"

리버스가 신분증을 꺼내 남자의 얼굴에 들이밀었다.

"경찰이야." 그가 말했다. "당장 여기서 꺼져. 그리고 토미 왓키스에게 전해. 우리가 그의 조카를 24시간 감시하고 있다고. 그 친구 신상에 무슨 문제라도 생기면 우리가 쳐들어갈 거라고." 리버스가 뒤로 물러나 남자를 노려보았다. "까먹지 않고 잘 전달할 수 있겠어? 아니면 어디에 적어줄까?"

조수석의 남자는 이를 갈며 차창을 다시 올렸다. 운전석의 남자는 이미 밴에 시동을 걸어놓은 상태였다. 리버스는 달아나는 밴을 발로 걷어찼다. 그는 케니가 어떤 선택을 할지 몰랐다. 떠나든지 남든지. 그건 그가 알아서 할 일이었다. 그에게 마지막 기회를 주었으니 리버스는 여기서 손을 떼야 했다. 그가 충고를 받아들이든 무시해버리든, 더 이상 리버스가 신경 쓸 문제가 아니었다.

"본디오 빌라도처럼." 그가 중얼거리며 큰길로 나갔다. 그리고 가로등에 몸을 기댄 채 블랙 택시를 기다렸다. 한참 후, 케니 왓키스가 건물을 나서는 게 보였다. 더플 백을 어깨에 둘러멘 그가 잠시 주위를 살피다가 골목을 빠져나갔다. 리버스의 고개가 끄덕여졌다. "잘 생각했어." 그가 말했다. 마침 택시 한 대가 거슬리는 브레이크 소리를 내며 그의 앞에 멈춰 섰다.

"운이 좋군요." 기사가 말했다. "막 근무를 시작하려던 참인데." 리버스가 뒷좌석에 올라 호텔 이름을 불러주었다. 그는 편히 앉아 도시의 정적을 즐겨볼 참이었다. 하지만 기사는 전혀 다른 생각을 갖고 있는 듯했다.

"그거 알아요?" 그가 말했다. "어제 트라팔가 광장에서 사건이 있지 않았습니까. 내 차도 한 시간 반 동안 거기 갇혀 있었어요. 법과 질서도 중요하지만 그건 좀 아니지 않습니까. 찾아보면 다른 방법도 있을 텐데."

존 리버스는 고개를 가로저으며 웃음을 터뜨렸다.

굳게 닫힌 그의 여행가방과 별 쓸모가 없었던 서류가방, 그리고 책이 담긴 쇼핑백이 침대에 나란히 놓여 있었다. 그가 마지막 남은 물건들을 운동가방에 쑤셔 넣고 있을 때 문에서 노크 소리가 들려왔다.

"들어와요."

걸어 들어온 그녀의 목에는 깁스가 둘러져 있었다.

"웃기죠? 이걸 며칠 두르고 다녀야 한대요. 하지만 난……" 그녀가 침대에 놓인 가방들을 내려다보았다. "설마 벌써 떠나려는 건 아니겠죠?"

리버스가 고개를 끄덕였다. "울프맨 사건을 도우러 왔잖아요. 사건이 해결됐으니 떠나야죠."

"하지만……"

그가 그녀를 돌아보았다. "우리 문제 말인가요?" 그가 말했다. 그녀의 시선이 살짝 내려졌다. "좋은 질문이에요, 리사. 당신은 내게 거짓말을 했어요. 날 도우려고 온 게 아니었어요. 당신은 빌어먹을 박사 학위에만 관심이 있었잖아요."

"미안해요." 그녀가 말했다.

"나도 미안해요. 당신이 왜 그랬는지는 이해가 돼요. 당신이 왜 꼭 그래야 한다고 생각했는지도 알고요. 정말이에요. 하지만 그렇다고 해서 달라지는 건 없어요."

그녀가 허리를 곧게 펴고 고개를 끄덕였다. "다 맞는 얘기예요." 그녀가 말했다. "하지만 리버스 경위님. 만약 내가 당신을 이용하려고만 했다면 퇴원하자마자 왜 이곳으로 달려왔겠어요?"

그가 운동가방의 지퍼를 닫았다. 좋은 질문이었다. "모든 게 탄로가 나버렸으니까요." 그가 말했다.

"아뇨." 그녀가 말했다. "그건 언젠가 벌어질 일이었어요. 다른 답을 내놔봐요." 그는 어깨를 으쓱였다. "음." 그녀가 실망 섞인 톤으로 말했다.

"난 당신이 그 답을 알고 있길 바랐어요. 나 자신도 잘 모르겠어서."

그가 다시 그녀를 돌아보았다. 그녀의 얼굴에는 미소가 머금어져 있었다. 깁스를 한 그녀의 몰골이 결국 그를 웃게 만들었다. 그녀가 그에게로 다가왔고, 두 사람을 서로를 꼭 끌어안았다.

"아야!" 그녀가 말했다. "살살해요, 존."

그는 몸에서 힘을 뺐다. 두 사람은 한동안 그렇게 부둥켜안고 있었다. 진통제 때문인지 그는 몸이 나른해져가는 걸 느꼈다.

"아무튼……" 그가 말했다. "당신은 별 도움이 안 됐어요."

그녀가 그에게서 떨어져 나갔다. 그는 여전히 능글맞은 미소를 흘리고 있었다.

"그게 무슨 뜻이죠?"

"우리가 레스토랑에서 나눈 얘기 말이에요. 그 색인 카드들." 리버스가 목록을 암송하기 시작했다. "야심적이지만 좌절을 맛본 사람들, 킬러 바로 위 계층의 피해자들, 대립도 없었고……" 그가 자신의 턱을 살살 긁었다. "무엇 하나도 말컴 챔버스에게 해당되지 않았잖아요."

"꼭 그렇지만은 않아요. 그의 가정생활과 배경을 아직 들여다보지 못했잖아요." 그녀의 목소리는 방어적인 톤이라기보다는 반항적인 톤에 가까웠다. "그리고 정신분열증 환자일 거라는 내 주장은 맞았다고요."

"그 프로젝트, 아직도 진행 중인가요?"

그녀는 힘겹게 고개를 끄덕였다. "물론이죠." 그녀가 말했다. "챔버스 덕분에 할 일이 많아졌어요. 그의 과거를 유심히 살펴보면 단서가 잡힐 거예요. 그가 분명 뭔가를 남겨놨을 거라고요."

"뭐라도 나오면 알려줘요."

"존, 그가 죽기 전에 무슨 말을 남기지 않았나요?"

리버스가 미소를 지어 보였다. "중요한 말은 아니었어요." 그가 말했다. "전혀."

다시 돌아오겠다고, 에든버러에서 함께 주말을 보내자고, 자주 연락하겠다고 서로에게 굳게 약속한 뒤, 그는 짐을 챙겨 로비로 내려갔다. 조지 플라이트가 프런트 데스크에서 분주히 서명을 하고 있었다.

"이 호텔이 얼마나 비싼지 압니까?" 플라이트가 서명 중인 문서에서 눈을 떼지 않은 채 물었다. "다음엔 꼭 우리 집에서 묵도록 해요." 마침내 그가 리버스를 쳐다보았다. "그래도 당신이 돈값을 했으니 다행입니다." 그가 서명을 마치고 문서를 데스크 직원에게 넘겼다. 직원은 문서를 빠르게 훑고 나서 고개를 끄덕였다. "어디로 보내야 하는지 알고 있죠?" 플라이트가 말했다. 그리고 두 사람은 나란히 호텔을 빠져나왔다.

"빨리 트렁크 자물쇠를 고쳐야 할 텐데." 플라이트가 차의 뒷문을 닫으며 말했다. "어디로 갈까요? 킹스 크로스?"

리버스가 고개를 끄덕였다. "가는 길에 잠깐 들를 데가 있어요." 그가 말했다.

그들은 기차역으로 향하던 길에 기드온 파크에 자리한 로나의 아파트에 들렀다. 플라이트가 차를 세우고 핸드 브레이크를 당겼다.

"들어가볼 거예요?" 그가 말했다. 리버스는 잠시 고민하다가 고개를 저었다. 새미에게 무슨 말을 하겠어? 그 어떤 말도 위로가 안 될 텐데. 케니를 봤다고 하면 겁을 주어 그를 쫓아버렸다고 길길이 날뛸 거고. 아니야. 그냥 내버려두는 게 현명해.

"조지." 그가 말했다. "사람을 시켜 내 메시지를 전해줄 수 있어요? 내 딸에게 케니가 런던을 떠났다고 알려줘요. 그의 신상엔 아무 문제가 없으니 걱정 말라고도 전해주고. 난 그 친구가 내 딸 기억에서 빨리 지워졌으면 좋겠어요."

플라이트가 고개를 끄덕였다. "내가 직접 전해줄게요." 그가 말했다. "그놈을 만나봤어요?"

"오늘 아침에 만나보고 왔습니다."

"그리고?"

"뭐 별일 없을 겁니다."

플라이트가 그의 얼굴을 유심히 살폈다. "당신을 한번 믿어보죠." 그가 말했다.

"아, 한 가지 더 있어요."

"말해봐요."

"케니가 그러는데, 당신 부하도 그 일에 연루돼 있답니다. 앳된 얼굴의 그 자식 있죠?"

"램?"

"네, 바로 그 자식. 그도 토미 왓키스 밑에서 일해왔대요. 케니의 진술에 따르면."

플라이트가 입을 오므리고 잠시 침묵을 지켰다. "그 말도 믿어보겠습니다." 그가 나지막이 말했다. "걱정하지 말아요, 존. 내가 확실히 처리할 테니."

리버스는 대꾸하지 않았다. 그의 시선은 아직도 로나의 아파트 창문에 고정되어 있었다. 그는 새미가 창문으로 다가와 아버지를 내다봐주기를 간절히 바랐다. 떠나기 전에 그렇게라도 한 번 보고 싶었다. 하지만 집은 비어 있었다. 모녀는 보나마나 팀인지 토니인지 그레이엄인지 벤인지 하는 놈과 신나게 놀고 있을 것이다.

어차피 그건 리버스가 상관할 일이 아니었다.

"자, 갑시다." 그가 말했다.

플라이트는 그를 킹스 크로스까지 데려다주었다. 도시는 다른 곳들과 크게 다르지 않았다. 고풍스러움과 새로움이 조화를 이룬 거리에서는 선망과 흥분이 넘쳐났다. 악(惡)도 적당히 묻어나왔고. 그는 신에게 감사했다. 악의 손길이 더 많은 이들에게 미치지 못했으니. 그의 친구들과 가족이 무사했으니. 그리고 마침내 집으로 돌아가게 되었으니.

"무슨 생각을 그렇게 골똘히 합니까?" 차를 세운 플라이트가 물었다.

"아무것도 아닙니다." 리버스가 말했다.

그는 신문과 잡지를 챙겨 들고 인터시티 열차 125편에 올랐다. 기차가 천천히 움직이기 시작했을 때 누군가가 다가와 그의 맞은편에 자리를 잡고 앉았다. 남자가 테이블에 커다란 맥주캔 네 개를 내려놓았다. 머리를 짧게 깎은 청년은 키가 컸고 인상이 험악했다. 그가 리버스에게 눈을 한 번 흘긴 후 워크맨을 틀었다. 추-추-추. 그 소리는 리버스가 가사를 똑똑히 알아들을 수 있을 만큼 요란했다. 청년의 손에는 에든버러행 티켓이 꼭 쥐어져 있었다. 잠시 후, 그가 티켓을 내려놓고 첫 번째 캔을 뜯었다. 리버스는 포기한 듯 고개를 저으며 미소를 머금었다. 그만의 작은 지옥. 기차는 점점 속도를 높여가고 있었다. 그는 머릿속으로 그 리듬을 반복해서 되뇌었다.

FYTP

FYTP

FYTP

FYTP

FYTP

FYTP

집에 도착할 때까지.

감사의 말

사실 확인, 수치, 사이코패스, 그리고 난해한 문장의 해석에 대해 도움을 준 다음 분들에게 감사의 뜻을 전한다.

런던: S. 애덤스 박사, 피오나 캠벨, 크리스 토머스, 앤드류 워커, 토트넘 경찰서의 모든 분들

뉴마켓: L. 로저스

에든버러: J. 커트 교수, 앨리슨 거드우드

파이프: 콜린 스티븐슨 부부

글래스고: 알렉스 블레어

캐나다: 타이리 맥그리거, D. W. 니콜 박사

미국: 데이비드 마틴 박사, 레베카 휴스

추천 도서

엘리엇 레이턴, 『인간 사냥』(Penguin)

클라이브 R. 홀린, 『심리학과 범죄』(Routledge)

키스 심슨 교수, 『40년간의 살인』(Grafton)

마틴 파이도, 『런던의 살인 안내서』(Weidenfeld)

R. M. 홈즈 & J. 드버거, 『시리얼 머더』(Sage)

R. H. C. 불 외, 『경찰을 위한 심리학』(Wiley)

데이비드 캔터, 『뉴 소사이어티』 중 「강간범 잡기」, 1988년 3월 4일

데이비드 캔터, 『사이콜로지스트』 중 「범죄자 프로파일」, Vol. 2, No. 1, 1989년 1월

옮긴이의 말

영국에서 매년 팔려나가는 범죄소설 전체에서 무려 10퍼센트를 차지하는 엄청난 시리즈가 있다. 제임스 엘로이가 '타탄 누아르의 제왕'이라고 칭한 이언 랜킨의 '존 리버스 컬렉션'이 바로 그것이다. 지금까지 발표된 그의 모든 작품이 출간 3개월 만에 50만 부 이상씩 팔려나갔다는 통계도 있다. 이처럼 영국 범죄문학계에서 이언 랜킨이 차지하는 비중은 실로 대단하다.

존 리버스는 세 작품 만에 자신의 근거지인 스코틀랜드 에든버러를 벗어나 런던에 입성한다. 그리고 그 낯선 도시에서 좌충우돌하며 뭍으로 나온 물고기처럼 숱한 곤란을 겪게 된다. 영국 전체를 공포의 도가니에 빠뜨린 '울프맨 사건'을 수사하는 그의 입장에서 런던은 모두가 용의자이고, 모든 게 단서인 문제적 도시다. 한 인터뷰에서 랜킨은 젊은 시절 체험해본 런던 생활이 썩 유쾌하지 않았음을 고백하며 『이빨 자국』을 통해 리버스에게도 같은 악몽을 선물하고 싶었다고 털어놓았다. 그래서 굳이 그를 런던으로 보내게 되었다고.

개인적으로 런던 형사 플라이트와 외지인인 리버스 사이의 문화적 충돌, 그리고 처음부터 끝까지 톰과 제리처럼 티격태격하는 두 형사의 이른 바 '케미'를 이 작품의 가장 큰 매력 포인트로 꼽고 싶다. 물론 앞의 두 편과 마찬가지로 『이빨 자국』 역시 매혹적인 플롯과 충격적인 반전, 지극히 예리한 문체, 그리고 흥미로운 캐릭터 등 존 리버스 소설을 완성시키는 모든 요소를 고스란히 담고 있다. 『매듭과 십자가』와 『숨바꼭질』이 풋풋했다면 『이빨 자국』에서는 전에 없던 무게감과 원숙미가 뚜렷이 느껴진다.

이번 작품은 등골을 오싹하게 만드는 미스터리이면서 고난과 고독에 시달리는 한 남자, 그리고 선과 악의 불편한 밀착 관계에 대한 이야기이기도 하다. 이 소설이 특히 매력적인 이유는 페이지마다 화끈한 총격전이 넘쳐나기 때문이 아니라, 독자로 하여금 묘사되는 모든 상황에 온 신경을 집중하게 만드는 랜킨의 탁월한 스토리텔링 때문일 것이다. 리버스와 사만다와 케니를 엮어 흥미로운 서브플롯을 만든 후 그것을 이용해 '울프맨 사건'에 초점이 맞추어진 메인플롯을 절묘하게 흐려놓는 솜씨만 봐도 전작들에서 진일보한 테크닉을 확인할 수 있다.

『매듭과 십자가』와 『숨바꼭질』을 읽어본 독자라면 『이빨 자국』에 숨겨진 흥미로운 이스터 에그를 여럿 찾을 수 있을 것이다. 이 소설에서 몇 번 언급되는 저널리스트, 짐 스티븐스는 『매듭과 십자가』에서 비중 있게 등장했다. "단서는 사방에 널려 있다"(210쪽)는 리버스의 대사는 『매듭과 십자가』에서 범인이 그에게 보내온 메시지였다. 그가 속으로 웅얼대는 대사, "내 앞에서 하이드를 언급하지 말아요."(125쪽)는 바로 전작, 『숨바꼭질』과의 명백한 연결고리다.

『이빨 자국』은 초보 딱지를 떼고 본격적인 질주를 시작한 운전자와도 같다. 속편 『스트립 잭』에서는 그 질주가 거침없는 폭주로 또 한 단계 진화하기를 들뜬 마음으로 바라본다.

최필원

이빨 자국

초판 1쇄 인쇄 2016년 7월 27일
초판 1쇄 발행 2016년 8월 3일

지은이 | 이언 랜킨
옮긴이 | 최필원
펴낸이 | 정상우
주간 | 정상준
편집 | 이민정 김민채 황유정
디자인 | 박수연 김해연
관리 | 김정숙

펴낸곳 | 오픈하우스
출판등록 | 2007년 11월 29일 (제13-237호)
주소 | 서울시 마포구 동교로13길 34(04003)
전화 | 02-333-3705 팩스 | 02-333-3745
openhousebooks.com
facebook.com/vertigo.kr

ISBN 979-11-86009-62-0 04840
ISBN 979-11-86009-19-2 (세트)

VERTIGO 는 (주)오픈하우스의 장르문학 시리즈입니다.

이 도서의 국립중앙도서관 출판예정도서목록(CIP)은 서지정보유통지원시스템 홈페이지(http://seoji.nl.go.kr)
와 국가자료공동목록시스템(http://www.nl.go.kr/kolisnet)에서 이용하실 수 있습니다.
(CIP제어번호: CIP2016017199)